KRÜGER

Paige Toon

Ich in deinen Augen

ROMAN

Übersetzt von
Heidi Lichtblau

KRÜGER

Aus Verantwortung für die Umwelt hat sich der S. Fischer Verlag zu einer nachhaltigen Buchproduktion verpflichtet. Der bewusste Umgang mit unseren Ressourcen, der Schutz unseres Klimas und der Natur gehören zu unseren obersten Unternehmenszielen.

Gemeinsam mit unseren Partnern und Lieferanten setzen wir uns für eine klimaneutrale Buchproduktion ein, die den Erwerb von Klimazertifikaten zur Kompensation des CO_2-Ausstoßes einschließt.

Weitere Informationen finden Sie unter: www.klimaneutralerverlag.de

FSC www.fsc.org
MIX
Papier | Fördert gute Waldnutzung
FSC® C014496

Deutsche Erstausgabe
Erschienen bei FISCHER Krüger

Die Originalausgabe erschien 2020 unter dem Titel
»The Minute I Saw You«
im Verlag Simon & Schuster UK Ltd, London.

Dieses Werk wurde vermittelt durch die Literarische Agentur
Thomas Schlück GmbH, 30161 Hannover.

Satz: Pinkuin Satz und Datentechnik, Berlin
Druck und Bindung: GGP Media GmbH, Pößneck
Printed in Germany
ISBN 978-3-8105-3020-2

1

J*a, hallo …*
Ein gutaussehender Typ steht vor unserem Geschäft und telefoniert. Seine Augen sind hinter einer Sonnenbrille verborgen, doch man kann erkennen, dass er die Stirn runzelt.

Als er sich zu unserem Schaufenster umdreht, sehe ich, dass er sein kurzes dunkles Haar oben länger trägt und es im Stil der fünfziger Jahre nach hinten gekämmt hat. Die Sonne hat es dort zu einem Karamellton aufgehellt.

Er beendet das Gespräch und steckt sein Handy in die Tasche. Kurz verschwindet er aus meinem Blickfeld und erscheint gleich darauf vor der Ladentür.

»Guten Morgen!«, begrüßt Abbey ihn überschwänglich, sobald er hereingekommen ist. Er nimmt seine Sonnenbrille ab und klappt sie zusammen. Automatisch setzen wir uns beide aufrechter hin. »Was können wir für Sie tun?«

»Ich habe um Viertel vor zwölf einen Termin.«

Während Abbey das auf ihrem Monitor checkt, sieht er mit einem höflichen Lächeln zu mir.

»Hallo!« Ich streiche mir eine verirrte Haarsträhne hinters Ohr.

»Hi«, erwidert er und lässt seine Sonnenbrille zwischen Daumen- und Zeigefingerspitze hin- und herschwingen.

Blaue Augen …

»Sonny Denton?«, fragt Abbey, und lenkt seine Aufmerksamkeit damit wieder auf sich.

»Genau.«

Sonny? Selbst sein Name ist retro.

»Ihr letzter Augentest ist über zwei Jahre her?«

»Muss wohl so sein.«

»Dürfte ich Sie bitten, dieses Formular auszufüllen und Ihre Angaben zu überprüfen?« Sie überreicht ihm ein Klemmbrett mit den entsprechenden Unterlagen und fügt mit einem Kopfnicken auf mich hinzu: »Hannah, unsere Augenoptikerin, kümmert sich gleich um Sie.«

Ich deute auf den schwarzen Lederstuhl im Erkerfenster gegenüber meinem Schreibtisch. Während er zu mir kommt und Platz nimmt, grinsen Abbey und ich uns verstohlen an.

Danach riskiere ich lieber keinen Blick mehr zu ihr. Anfang der Woche kam ein ähnlich heißer Kunde herein, und sobald er sich wegdrehte, leckte sie sich verzückt die Lippen. Doch genau in diesem Moment wollte er etwas fragen und wandte sich um. Um ein Haar hätte ich mich an meinem Tee verschluckt.

Zum Glück bekam unsere Chefin, Umeko, davon nichts mit. Sie ist Optometristin und die Besitzerin des Geschäfts. Sie ist freundlich und klug, stellt aber auch hohe Ansprüche an uns. Ich bin erst seit ein paar Wochen hier und möchte meinen Job auf keinen Fall gleich wieder verlieren – vielen Dank auch!

Dass es junge Leute herzieht, ist keine Seltenheit – Umeko's ist ein kleines unabhängiges Unternehmen mit einem stylishen, wenn auch etwas hochpreisigen Brillensortiment. Unser Laden befindet sich in Newnham, einem Vorort im Südwesten von Cambridge, und liegt nur einen kurzen Fußmarsch vom Stadtzentrum entfernt. Wie auch die Straßen ringsherum wird unsere Straße von hübschen viktorianischen Reihenhäusern gesäumt. Das Geschäft selbst ist allerdings neben einer Apotheke in einem relativ gewöhnlichen Backsteingebäude untergebracht, das an einer Straßenecke liegt. Gleich gegenüber befindet sich ein netter kleiner Feinkostladen und ein paar Türen weiter ein Friseur. Es ist ein liebenswerter Stadtteil, der zudem nur fünfundzwanzig Gehminuten von Grantchester entfernt liegt, dem Dorf, in dem ich derzeit wohne.

Abbey und ich arbeiten vorwiegend in dem hellen und luftigen Ladenbereich. Abbeys Schreibtisch steht an der Rückwand, meiner auf der rechten Seite, von Abbeys durch den Mittelgang getrennt und mit Blick auf das Erkerfenster. Überall im Raum verteilt befinden sich gläserne Brillenauslagen.

Der Gang dahinter führt zu zwei Beratungsräumen, von denen einer von Umeko in Beschlag genommen wird. Meine Aufgabe besteht darin, mit den Kunden im zweiten Raum Vorabtests vorzunehmen und sie dann für die Hauptberatung an Umeko zu übergeben. Und genau dorthin geht es auch, sobald Sonny sein Formular ausgefüllt hat.

»Fertig?«, frage ich, als er aufsteht.

»Ja.«

Ich nehme ihm das Klemmbrett ab und überfliege es kurz. »Sie sind Fotograf?«

»Ja.«

Er ist groß, aber nicht riesig – ich tippe mal auf knapp über ein Meter achtzig – jedenfalls ist er einen guten Kopf größer als ich. Er trägt ein Jeanshemd über einem weißen T-Shirt, dazu eine schmal geschnittene, dunkelgraue Chinohose.

»Wie cool!« Mir springen zwei weitere wichtige Details ins Auge: Zum einen, dass er im höchstens zehn Autominuten entfernten Barton wohnt, und zum anderen, dass er seinem Geburtsdatum zufolge zweiunddreißig ist. »Wir müssen noch ein paar Tests machen, dann bringe ich Sie zu Umeko. Sie kennen den Ablauf von Ihrem letzten Besuch hier ja sicher noch.«

Ich meide Abbeys Blick – bloß kein Risiko eingehen! – und führe ihn den Gang entlang zu dem Raum auf der rechten Seite. Als er an mir vorbeigeht, nehme ich einen Hauch seines würzigen Aftershaves wahr.

»Tragen Sie heute Kontaktlinsen?«

»Ja, Monatslinsen. Ich habe eine Lösung dabei.«

»Super. Könnten Sie die jetzt rausnehmen?«

Seine Augen sind überraschend blau. Azurblau, würde ich sagen. Durch seine dunklen Wimpern kommen sie noch besser zur Geltung.

»Nehmen Sie bitte Platz und legen Ihr Kinn auf die Stütze«, bitte ich ihn, als er so weit ist.

Nachdem ich vom Hintergrund beider Augen Aufnahmen gemacht habe, wechseln wir an ein weiteres Gerät, um seine Sehstärke zu erfassen.

»Arbeiten Sie schon lange hier?«, erkundigt er sich.

»Nein, erst seit ein paar Wochen.«

»Und was ist aus Mr. Grumpy geworden?«

Sonny lehnt sich grinsend in seinem Stuhl zurück und schaukelt leicht hin und her.

»Falls Sie Bernard meinen – und davon will ich jetzt mal nicht ausgehen –, der ist nach Schottland gezogen, um näher bei seinen kranken Eltern zu sein.«

Er schmunzelt. »Kann nicht behaupten, dass ich seinen Mundgeruch vermissen werde.«

»Warten Sie mal ab, bis wir uns nähergekommen sind!«

Nein, nein, nein.

Nein, nein, nein, nein, nein!

Das ist mir jetzt doch nicht wirklich gerade rausgerutscht?

Doch, seiner Miene nach zu urteilen, schon. Er reißt die Augen auf, und sein Grinsen spricht Bände.

»Äh, das habe ich nicht so gemeint, wie es geklungen hat!«

Er lacht schallend, und obwohl mir das Ganze peinlich ist, spüre ich beim Klang seines Lachens ein Kribbeln.

»Ein letzter Test«, bringe ich zwischen zusammengebissenen Zähnen hervor.

»Der mit den Videospielen?« Hoffnungsvoll richtet er sich auf.

»Sie meinen den Gesichtsfeldtest?«

»Ja, bei dem man jedes Mal auf einen Knopf drücken muss, wenn am Rand eine wackelige Linie erscheint.«

»Unsere männlichen Kunden lieben das!«, erwidere ich lächelnd. »Aber ich muss Sie enttäuschen, es geht um den Test zur Messung des Augeninnendrucks.« Mit ihm lässt sich das Risiko berechnen, ein Glaukom zu entwickeln. Ich stelle das Gerät auf die richtige Höhe ein. »Wir fangen mit der rechten Seite an. Bitte mit weit geöffneten Augen immer geradeaus schauen.«

Bei jedem der drei Luftstöße, die ich ihm ins Auge blase, zuckt er zusammen. Das Ganze tut zwar nicht weh, besonders angenehm ist es jedoch auch nicht.

»So, das wär's erst mal von meiner Seite.« Ich sammele die Ausdrucke mit den Netzhautbildern und Testergebnissen zusammen. »Ich sehe mal nach, ob Umeko schon Zeit für Sie hat. Macht es Ihnen etwas aus, hier einen Augenblick zu warten?«

»Kein Problem.«

Umeko sitzt an ihrem Computer und lässt die Finger über die Tasten fliegen.

»Sonny Denton ist hier, um Sie zu sehen.«

»Ah, Sonny!« Mit einem Lächeln nimmt sie mir die Unterlagen ab.

»Ist er schon lange Kunde bei Ihnen?« Ich versuche, nicht allzu interessiert zu klingen.

»Ja, schon seit seiner Teenagerzeit.« Sie überfliegt die Informationen. »Sein Vater macht unsere Buchhaltung«, setzt sie hinzu.

Seit fast vierzig Jahren lebt Umeko nun schon in Großbritannien, konnte ihren japanischen Akzent aber nie ganz ablegen. Sie ist zwar bereits Anfang sechzig, doch mit ihrer glatten, faltenlosen Haut und kaum einer grauen Strähne im nachtschwarzen Haar würde man sie gute zehn Jahre jünger schätzen. Für die Arbeit frisiert sie sich die Haare immer zu einem eleganten Knoten, aber wenn sie es zu privaten Anlässen offen trägt, hängt es ihr den halben Rücken hinab.

Insofern ähnelt es meinem Haar, nur dass ihres ganz glatt ist, während sich meines wellt: hellbraun und mit natürlichen Strähnchen. Für die Arbeit trage ich es auch hochgesteckt, wobei dann bestenfalls ein unordentlicher Dutt herauskommt.

Nachdem ich noch mitbekommen habe, wie Sonny und Umeko sich wie alte Freunde begrüßen, gehe ich an meinen Schreibtisch zurück und zwinkere Abbey grinsend zu. Sie schnappt sich eine Zeitschrift und fächelt sich Luft zu, sodass die erdbeerblonden Strähnen, die sich aus ihrem hohen Pferdeschwanz gelöst haben, aus ihrem runden Engelsgesicht fliegen.

»Wie heiß ist *der* denn?«, raunt sie.

»Pst«, ermahne ich sie, schmunzele dabei aber. »Anscheinend kommt er schon seit Jahren her. Hast du ihn noch nie gesehen?«

»Nein.«

Logisch eigentlich, sie ist ja erst seit zwölf Monaten hier.

Umekos vorherige Praxismanagerin war eine herrische

Matrone, die schon mit dreiundfünfzig Jahren in Rente ging. Vorher arbeitete sie Abbey aber noch ein. Abbey hatte dann zunächst Bernard an ihrer Seite, war allerdings auch nicht besonders traurig, als er sich entschloss, zu seinen Eltern zu ziehen. Sie meint, Umeko habe bewusst nach jüngeren Mitarbeiterinnen gesucht – Abbey ist sechsundzwanzig, ich siebenundzwanzig.

Ich mache mich wieder an die Ablage der Formulare des National Health Service, kann mich bei dem Gedanken, dass Sonny demnächst wieder hier auftauchen wird, allerdings nicht so richtig konzentrieren.

Nach einer Viertelstunde sind die beiden fertig.

Umeko begleitet ihn in den Ladenbereich. »Sieh dich in Ruhe um und schau, was dir gefällt!«

»Kann ich Ihnen einen Tee oder Kaffee bringen?«, erkundige ich mich. »Latte? Cappuccino?«

In unserer Küche steht eine schicke Kaffeemaschine.

»Ein Latte wäre toll«, erwidert er.

Während ich den Kaffee zubereite, besprechen Umeko und ich uns kurz. Es ist alles völlig unkompliziert – Sonny trägt meistens Kontaktlinsen, setzt aber lieber eine Brille auf, wenn er – manchmal bis spät in die Nacht – vor dem Bildschirm sitzt, um Fotos zu bearbeiten.

Bei meiner Rückkehr probiert er vor dem Spiegel gerade ein Modell mit einem Metallrahmen auf.

»Die gefällt mir«, meint Abbey, als ich seinen Kaffee auf meinen Schreibtisch stelle.

»Sie ist mir ein bisschen zu hell«, antwortet er. »Und auch ein wenig zu auffällig.«

»Aber ein Metallgestell soll es sein?«, frage ich.

»Schon, aber ich hätte lieber eins in Blaugrau.«

»Dann gehen Sie sich doch mal zu den Kilsgaards.« Ich

führe ihn an einen Stand mit mehreren Modellen dieser dänischen Marke.

Er nimmt eine Brille, setzt sie auf und betrachtet sich im Spiegel. »Genau diese Farbe meinte ich.«

»Die steht Ihnen super«, bemerkt Abbey bewundernd.

»Das finde ich auch«, stimme ich zu. »Probieren Sie aber auch mal die hier.« Ich reiche ihm eine weitere. Er soll spüren, dass er sich alles in Ruhe ansehen kann.

Wir ermuntern ihn, auch zu den anderen Ständen zu gehen, doch schließlich entscheidet er sich für das Modell von Kilsgaard, das er als Erstes anprobiert hat.

»Ich muss auf einen Sprung zu meiner Schwester«, meldet sich Abbey zu Wort. Ihre Schwester wohnt in der Nähe und lässt gerade ihr Haus renovieren. Abbey hat versprochen, einen der Handwerker hereinzulassen. »Kann ich Ihnen noch einen Kaffee bringen, bevor ich gehe?«, fragt sie, während Sonny und ich an meinen Schreibtisch zurückkehren.

»Danke, nicht nötig, der hier ist noch warm«, antwortet er und trinkt einen Schluck.

»Möchten Sie die Brille noch mal aufsetzen?«, frage ich, als Abbey gegangen ist, und drehe den kleinen Spiegel auf dem Tisch zu ihm herum. »Sie steht Ihnen wirklich gut«, wiederhole ich. Wobei ihm die meisten, die er anprobiert hat, gut standen. »Darf ich die Passform überprüfen?«

»Gern.«

Er lehnt sich über den schmalen Tisch zu mir herüber. Wow, er riecht phantastisch!

Ich bewege prüfend die Brillenfassung und streife dabei mit den Daumenkuppen ganz leicht seine Wangen.

Seine Mundwinkel wandern nach oben, doch dann presst er hastig die Lippen zusammen, um ein Lächeln zu unterdrücken.

In dem Versuch, ebenfalls weiterhin ernst zu schauen, beiße ich mir auf die Unterlippe. Seine gute Laune ist ansteckend.

»Sorry«, entschuldigt er sich.

»Schon okay.« Ich fahre mit den Fingern an den Brillenbügeln entlang, um mich zu vergewissern, dass sie ausreichend lang sind und richtig auf den Ohren sitzen.

Wieder zucken seine Lippen.

»Tut mir leid, tut mir leid«, sagt er – hach, wie süß! –, und wir grinsen uns breit an.

»Da fällt es vielen schwer, ernst zu bleiben«, versichere ich ihm und schließe meine Überprüfung ab.

»Bei Bernard ging es mir nie so«, bemerkt er trocken, und mich überrieselt es wohlig.

»Äh, verstehe. Ich muss jetzt jedenfalls ein paar Maße nehmen.« Ich nehme einen Textmarker. »Sehen Sie mich bitte wieder an.«

Er blickt mir direkt in die Augen, und ich markiere die Stellen, an denen die Mitte seiner Pupillen auf die des Brillenglases trifft. Seine Nähe ist mir viel bewusster, als es bei anderen Kunden der Fall wäre. Trotzdem konzentriere ich mich auf meine Aufgabe – der Abgleich muss stimmen!

»Sie haben wirklich ungewöhnliche Augen«, meint er leise, als ich fast fertig bin.

»Ach, wirklich?« Eigentlich weiß ich es. Meine Augen haben eine seltsame, fast goldene Farbe, sind gesprenkelt und grün umrandet.

»Allerdings!« Er sieht mich unverwandt an.

Ich ziehe eine Augenbraue hoch. »Sie können die Brille jetzt abnehmen.«

Ich weiß, dass er mich beobachtet, während ich mit einem Lineal die Maße seiner Brille nehme und die entsprechenden

Informationen in den Computer eintippe, und mein Puls rast. Bis es so weit ist, die Linsenoptionen zu besprechen, hat er sich zum Glück wieder beruhigt.

»Wer stellt die Gläser her?«, möchte Sonny wissen.

»Zeiss.« Das ist eine clevere Frage, aber er ist ja auch Fotograf. »Machen die nicht auch Kameralinsen?«

Er nickt. »Ein paar von meinen sind auch von Zeiss.«

»Was fotografieren Sie denn so?«

»Mode in erster Linie.«

»Und wo? Hier?«

»Nein, überall. In Amsterdam, London, New York. Ich wohne in Amsterdam«, erklärt er und fügt angesichts meines verwirrten Blicks hinzu: »In dem Formular habe ich die Adresse meiner Eltern angegeben.«

»Ah, okay.« Dann ist er also doch nicht von hier. Interessant ... »Eine meiner Freundinnen ist vor ein paar Monaten nach Amsterdam gezogen. Diesen Sommer möchte ich sie unbedingt mal besuchen.«

»Kann ich nur empfehlen. Die Stadt eignet sich perfekt für einen Wochenend-Trip.«

»Wann geht's denn zurück?«

»Morgen in zwei Wochen. Hoffentlich ist die Brille bis dahin fertig?«

Ich werfe einen Blick auf meinen Online-Kalender. »Sie fahren am Samstag, den Fünfundzwanzigsten?«

»Genau.«

»Das müsste klappen. Sollen wir für den Tag vor Ihrer Abreise einen Termin vereinbaren?«

Ich muss ihm die neue Brille anpassen und diverse Korrekturen vornehmen, einfach nur abholen kann er sie also nicht.

»Gern.«

»Um die gleiche Zeit?«

»Perfekt.«

»Nicht, dass ich vorschlagen möchte, anderswo hinzugehen als in dieses großartige Geschäft, aber warum besorgen Sie sich Ihre Brille eigentlich nicht in Amsterdam?«

»Na, ich mag Umeko eben. Und komme schon seit Jahren her. Nicht mal Gammelrachen-Bernie hat mich davon abhalten können.« Er schmunzelt.

Lachend drehe ich den Computerbildschirm zu ihm herum. »Okay, wir kämen dann insgesamt auf …«

Der Preis scheint ihn nicht abzuschrecken.

»Und was machen Sie während Ihres Aufenthalts hier?«, frage ich beiläufig, während er mir seine Kreditkarte gibt. »Urlaub? Oder müssen Sie arbeiten?«

»Die Zeit über Ostern verbringe ich mit der Familie, danach geht's wieder an die Arbeit.«

»Kommen Sie oft nach Hause?« Ich tippe den Betrag ein.

»Nicht so oft, wie ich sollte.«

Ob er in Amsterdam wohl eine Freundin hat? Einen Ehering trägt er jedenfalls nicht.

»So, dann hätten wir's.« Lächelnd gebe ich ihm seine Karte zurück. Dabei berühren sich unsere Finger, und ein heißes Prickeln schießt meinen Arm hinauf.

»Danke. Dann sehe ich Sie wohl in zwei Wochen.«

»So wird's sein, schätze ich.«

Wir grinsen beide, als er zur Tür hinausgeht, und dann wirft er mir vor seinem Verschwinden noch einen letzten Blick über die Schulter zu.

Ich schnuppere an meinen Händen und stelle fest, dass sie von der kurzen Berührung seiner Wangen immer noch etwas nach seinem Aftershave duften. Seltsam, am liebsten würde ich mir nie wieder die Hände waschen! Doch jeden Moment erscheint hier der nächste Kunde, um den ich mich kümmern muss.

Ich kann mir nicht vorstellen, dass er einen ähnlich tiefen Eindruck hinterlassen wird.

2

Heute ist es so weit!«, erkläre ich laut und grinse meinen Spiegelbildern in dem Dreifachspiegel im Bad zu. Dann schnappe ich mir die Zahnbürste und putze mir die Zähne, kann dabei aber einfach nicht aufhören zu lächeln.

Es ist Freitag, der 24. April. Heute Mittag holt Sonny seine Brille ab.

Hätte ich den Termin doch nur schon für den Vormittag ausgemacht! Ich frisiere mein Haar zu einem Knoten und befestige ihn mit Haarklammern. Dann nehme ich mein Silberarmband vom Waschbeckenrand und lege es mir ums Handgelenk.

Als ich ins Schlafzimmer gehe und entdecke, dass Bertie es sich auf meinem Bett gemütlich gemacht hat, erlischt mein Lächeln. »Hey, du Frechdachs!«

Ich schnipse mit den Fingern und ernte von der schwarzen Labradorhündin meines Onkels einen traurigen Blick aus ihren braunen Augen.

»Runter da, aber dalli!«

Mit müden Gliedern rappelt sich Bertie widerwillig auf und lässt sich auf den Teppich plumpsen. Ich kraule sie hinter den Ohren, was sie mit einem anerkennenden Schwanzwedeln quittiert. Sie weiß, nun geht es zum Frühstück in die Küche, und verzichtet daher darauf, sich wieder hinzulegen.

Mein Onkel Charles unternimmt bis Ende September eine Kreuzfahrt quer über den ganzen Erdball. Währenddessen passe ich auf sein Cottage auf – und zu meiner Freude auch auf Bertie. Mit ihren zwölf Jahren ist sie schon etwas betagt, Charles ist mit seinen achtzig Jahren jedoch auch nicht mehr der Jüngste. Auf Reisen gehen wollte er immer schon, doch seine Frau konnte sich nichts Schlimmeres vorstellen, als mit Hunderten von Fremden auf einem Schiff eingepfercht zu sein. Außerdem litt June an Seekrankheit, war introvertiert und, wie sich herausstellte, leider herzkrank. Daran starb sie vor ein paar Jahren schließlich auch. Doch erst kürzlich konnte sich Charles dazu durchringen, sich seinen lebenslangen Wunsch zu erfüllen, allerdings nur, wenn ich nach England zurückkehren und mich in der Zeit um sein Haus und um Bertie kümmern würde. Dabei musste er mich gar nicht lange überreden. Als sein Anruf kam, war ich gerade in Indien, nachdem ich schon eine ganze Weile in der Weltgeschichte herumgegondelt war. Durch Charles' Bitte wurde mir klar, wie sehr ich mich darauf freute, wieder nach Hause zu kommen.

Berties Krallen klacken und kratzen auf den roten Bodenfliesen, als sie mir in die gemütliche Küche folgt und sich vor dem stets warmen Aga-Herd zusammenrollt.

Lediglich ein kleines Fenster bietet Blick auf die nahe gelegene Straße und den weißen Lattenzaun davor, der von Junes Rosen gesäumt wird. Die grünen Büsche zeigen sich bereits in den schönsten Farben, von pastelligen Pink- und Gelbtönen bis hin zu leuchtenden Schattierungen in Orange und Kirschrot. Im Juni stehen sie dann endgültig in voller Pracht.

Ich schütte Trockenfutter in Berties Napf, bereite mir Tee und Toast zu und setze mich damit an den Küchentisch. Draußen scheint die Sonne, nur ein paar Wolken sind am blassblauen Himmel zu sehen.

»Perfektes Wetter, um zu Fuß zur Arbeit zu gehen«, sinniere ich, und Bertie klopft begeistert mit dem Schwanz auf den Boden.

Sie weiß, sie darf mitkommen. Robert, Umekos bereits pensionierter Ehemann, kümmert sich tagsüber um sie. Er und Charles haben sich vor vielen, vielen Jahren an der Uni kennengelernt und sind gute Freunde. Robert mag Berties Gesellschaft, sie mag seine, und Charles weiß, dass sein altes Mädchen sich nicht einsam zu fühlen braucht. Eine absolute Win-Win-Situation.

Als ich meine alte ausgefranste Jeansjacke über meine marineblaue Arbeitskleidung ziehe, wuselt Bertie mir bereits um die Beine herum, wirft mich vor Freude darüber hinauszukommen, fast um, und ist dabei wieder ganz der vor Entzücken hechelnde Welpe, der sie früher war. Ich nehme ihre rote Leine vom Kleiderhaken, befestige sie an ihrem gleichfarbigen Halsband und öffne die Tür. Als wir aus dem strohgedeckten Vorbau hinaustreten, empfängt uns kühle Frühlingsluft. Da der im Schatten liegende Rasen noch feucht vom Tau ist, bemühe ich mich, nicht vom Gartenweg abzukommen, während Bertie mich zum Tor zerrt.

Ein Wagen biegt in die Einfahrt ein. Es ist Evelyn, die Therapeutin, die sich in den Anbau von Charles' Haus eingemietet hat. Wir bezeichnen es als »Anbau«, aber eigentlich ist es ein Teil des Wohnzimmers, der abgetrennt wurde, wodurch es jetzt wesentlich kleiner ist. Betreten kann man ihn durch einen privaten Seiteneingang, der von der Kommune bewilligt wurde, bevor man das Haus unter Denkmalschutz gestellt hat.

Ich winke ihr zu, und sie winkt zurück, warmherzig und freundlich wie immer. Sie ist Ende fünfzig und ihr zu einem Bob geschnittenes Haar graumeliert. Als wir uns kennenlernten, war es noch platinblond.

Sie verschwindet seitlich am Cottage vorbei nach hinten zum Parkplatz ihres Wagens.

Bertie und ich machen uns zu einem Spaziergang nach Newnham auf und kommen dabei an zwei Pubs vorbei. Insgesamt gibt es in Grantchester vier, die jeweils nur einen Katzensprung voneinander entfernt liegen. Momentan blickt man durch die Fenster noch in dunkle, leere Räume, und die Tische davor sind feucht und wenig einladend. Doch wenn sich das schöne Wetter wie vorhergesagt tatsächlich übers Wochenende hält, wird das bald ganz anders aussehen.

Das Gras ist zu lang und zu nass, um unten am Fluss entlangzugehen, aber hin und wieder erhasche ich einen Blick auf das in der frühen Morgensonne glitzernde Wasser.

Schließlich lassen wir die grünen Felder hinter uns und erreichen die Wohnstraßen Newnhams. Ich werfe einen Blick nach links, und tatsächlich, da ist sie wieder: die junge Frau aus der Apotheke von nebenan.

Grinsend bleibe ich stehen und warte auf sie.

»So, jetzt reicht's aber!«, ruft sie beim Näherkommen und lacht. »So oft, wie wir uns über den Weg laufen, wird es Zeit, dass wir uns einander mal vorstellen.«

Diese Woche war es wirklich verrückt. Nicht nur, dass wir uns auf dem Weg zur Arbeit ständig begegnen, wir machen uns auch zur gleichen Zeit wieder auf den Heimweg. Egal, ob ich fünf Minuten zu früh oder zu spät dran bin – sie ist es ebenfalls. Gestern habe ich sogar absichtlich einige Sekunden in der Türöffnung unseres Brillenladens gewartet, bevor ich auf den Bürgersteig getreten bin. Doch genau in diesem Moment tauchte sie neben mir auf. Wir sahen uns nur sprachlos an und prusteten dann los.

»Ich muss noch in den Supermarkt«, sagte sie schließlich

und wischte sich eine Lachträne aus den funkelnden grünen Augen.

»Okay, dann bis morgen früh!«, rief ich ihr hinterher und machte mich in die entgegengesetzte Richtung auf.

»Ich heiße Hannah«, erkläre ich ihr jetzt. »Und das ist Bertie.«

»Hallo, Bertie!« Sie beugt sich zu ihr hinunter und krault sie liebevoll. »Und hallo, Hannah!« Sie grinst zu mir auf. »Ich heiße Matilda.«

»Schön, dich endlich mal kennenzulernen!«

Sie dürfte Anfang dreißig sein und hat dunkles schulterlanges Haar. Mit den hohen Wangenknochen und der von ein paar Sommersprossen gesprenkelten Stupsnase erinnert sie mich ein bisschen an eine Elfe.

»Wo wohnst du denn?«, frage ich.

»In der Selwyn Avenue.« Sie richtet sich auf und deutet mit dem Daumen hinter sich. »Und du?«

»In Grantchester.«

»Cool! Wohnst du schon lange dort?« Gemeinsam setzen wir unseren Weg fort.

»Seit ungefähr sechs Wochen. Mein Onkel ist auf Reisen, und ich passe in der Zeit auf diese freche Fellnase hier auf.«

»Ein toller Hund!« Wieder streicht sie Bertie zärtlich über den Kopf. »Einen schwarzen Labrador wollte ich schon immer.«

»Und was hindert dich daran, dir einen zulegen?«

»Mein Freund und ich müssen tagsüber arbeiten. Was machst du in der Zeit mit Bertie?«

Wir unterhalten uns, bis wir unser Gebäude erreichen. Ich erfahre, dass Matilda und ihr Freund über Ostern in Sri Lanka Urlaub gemacht haben, was erklärt, warum wir uns bis vor kurzem nie begegnet sind.

»Wir sehen uns um fünf«, scherze ich und bleibe vor dem Eingang von Robert und Umeko stehen. Die beiden wohnen in der Wohnung direkt über dem Geschäft, die Tür befindet sich auf der rechten Gebäudeseite.

»Oder vielleicht sogar schon zur Mittagszeit!«, erwidert sie mit einem belustigten Augenzwinkern.

Ich lache und klopfe an die Tür. Bis Robert die Treppe heruntergekommen ist, um sie zu öffnen, bin ich in Gedanken schon wieder bei der Frage, was heute wohl sonst noch so passieren wird …

***

Abbey macht sich auf den Weg in die Pause und lässt mich allein im Laden zurück. In wenigen Minuten ist Sonnys Termin, und in meinem Bauch flattern die Schmetterlinge bereits wild durcheinander.

Der Auslöser dafür war diese Bemerkung über meine Augen, dazu dieser letzte Blick, den er mir noch zugeworfen hat. Ich bilde mir das nicht nur ein, er hat sich wirklich für mich interessiert.

Ja, ich weiß, morgen fliegt er nach Amsterdam zurück.

Aber uns bleibt immer noch der heutige Abend …

Ich lächele in mich hinein und mache dann schnell wieder eine ernste Miene. Wer will schon wie eine Irre rüberkommen?

Es ist schon eine Weile her, dass es zwischen mir und einem Mann gefunkt hat, deswegen fiebere ich dem heutigen Nachmittag umso mehr entgegen. Heute Abend werde ich dann in meine langweilige Realität zurückkehren, und mit den Tagträumereien ist wieder Schluss.

Seufzend trommele ich mit den Fingerspitzen auf den Tisch. Sonny hat in den Niederlanden doch garantiert eine Freundin. Ein hochgewachsenes, umwerfendes Model vermutlich, das er bei einem Fotoshooting kennengelernt hat.

Okay, inzwischen ist er spät dran. Aber er wird kommen, da bin ich mir sicher. Abbey hat ihn gestern angerufen, um den Termin zu bestätigen.

Die Tür geht auf, und mich durchfährt ein Ruck.

Er ist es! Heute trägt er schwarze Jeans und ein armeegrünes T-Shirt.

Als Nächstes fällt mir auf, dass er den Kopf gesenkt hält.

»Hi!«, begrüße ich ihn fröhlich.

»Hey«, murmelt er.

Er richtet den Blick zwar weiterhin auf den Boden, doch ich erkenne, dass er eine Brille trägt.

»Nehmen Sie doch Platz. Ich habe hier Ihre neue Brille für Sie«, erkläre ich freundlich.

Sonny kommt her und zieht sich einen Stuhl heran, weicht meinem Blick aber immer noch aus. Er wirkt wie ausgewechselt. Dieser Mann ist kein bisschen an mir interessiert, stelle ich mit leiser Enttäuschung fest. Wie konnte ich mit meiner Einschätzung nur so danebenliegen?

Ich reiche ihm sein stylishes neues Brillenetui und hoffe, dass er sich darüber freut. Aber seine Miene bleibt ausdruckslos.

Ob ihm das Ganze peinlich ist? Ich meine, schließlich war sein Verhalten beim letzten Termin schon ziemlich eindeutig – er hat mich immerzu angelächelt und mir tief in die Augen gesehen. Vielleicht hat er ein schlechtes Gewissen seiner Freundin gegenüber und versucht nun, sich aus der Affäre zu ziehen.

So wird es wohl sein, begreife ich betrübt, als er seine alte Brille abnimmt, und komme mir dämlich vor.

Eigentlich hatte ich vor, ihn zu fragen, wie sein Osterfest war und was er so in Cambridge unternommen hat. Doch nun hat es mir die Sprache verschlagen.

Er öffnet das Brillenetui und holt die Kilsgaard heraus.

Huch! *Zittern seine Hände etwa?*

»Könnten Sie sie anprobieren?« Verdutzt schiebe ich ihm den Spiegel hinüber.

Irgendetwas stimmt definitiv nicht. Seine Hände zittern wirklich. Selbst *er* wirkt zittrig. Ist er krank?

Ohne sich sein Spiegelbild anzuschauen, dreht er sich zu mir. Noch immer mit gesenktem Blick. Ein Lächeln ist heute nicht drin, so viel steht fest.

»Ich muss den Sitz überprüfen«, erkläre ich, und er lehnt sich mit abwesender Miene über den Schreibtisch gehorsam zu mir.

Die Atmosphäre im Raum ist so eigenartig! Nervös greife ich nach dem Brillenrahmen.

Seinen Bartstoppeln nach zu urteilen hat er sich schon seit etlichen Tagen nicht mehr rasiert. Als ich den Sitz der Brille prüfe und feststelle, dass die Bügel bequem aufliegen, streifen meine Daumenkuppen seine Wangenknochen. Um mich zu vergewissern, dass das Gestell gut sitzt und nicht von seiner Nase rutscht, bewege ich es leicht hin und her.

»An einem der Nasenpads würde ich gern eine kleine Anpassung vornehmen«, sage ich, und er nimmt die Brille ab und reicht sie mir.

Diesmal schaut er mir nicht bei der Arbeit zu.

»Kneift sie an der Nase?«, erkundige ich mich, als er sie wieder aufsetzt.

»Nein.«

»Können Sie gut damit sehen?«

»Ja.«

»Würden Sie sich mal im Laden umschauen? Ist alles deutlich zu erkennen? Können Sie lesen, was da auf dem Poster steht?«

Er schluckt und nickt.

»Wollen Sie sich im Spiegel ansehen?«

Er schüttelt den Kopf und nimmt die Brille wieder herunter, schluckt erneut und verstaut sie im Etui.

»Sonny?«, frage ich besorgt. »Alles okay?«

Unvermittelt schaut er mir direkt in die Augen, und was ich sehe, lässt mein Blut gefrieren. Er will sich erheben und schiebt abrupt seinen Stuhl zurück.

Ehe ich mich versehe, stehe ich auch schon vor ihm. »Sonny?«

»Die Brille ist prima«, murmelt er, den Blick wieder abgewandt.

»Was ist denn nur los?«

Nach einem weiteren Kopfschütteln setzt er seine alte Brille auf. »Nichts. Sind wir dann fertig?«

Dabei sieht er mich direkt an, und wieder erschrecke ich. Ihm stehen Tränen in den Augen.

Ich bin fassungslos, vor allem aber besorgt. Doch noch ehe ich etwas sagen kann, schiebt er sich an mir vorbei und marschiert zur Tür hinaus.

3

Falls ich dachte, ich könnte mir Sonny aus dem Kopf schlagen, so habe ich mich geirrt.

Auf den April folgte der Mai, doch ich konnte einfach nicht aufhören, an Sonny zu denken. Wenn auch nicht mehr auf so angenehme Art wie zuvor.

Sein Blick hatte mich wirklich umgehauen. Er wirkte so trostlos, gebrochen. Ich konnte ihn einfach nicht vergessen.

Ich vertraute Umeko an, dass er beim Abholen seiner Brille verstört gewirkt hatte. Daraufhin meinte sie, sie würde seinen Vater nicht gut genug kennen, um ihn wegen so etwas Persönlichem anzurufen, aber sie versprach, sich bei der nächsten Gelegenheit nach Sonny zu erkundigen. Soweit ich weiß, war das bislang noch nicht der Fall.

***

Als ich Mitte Mai spätnachmittags im Vorgarten verblühte Rosenblüten abschneide, bekomme ich mit, wie sich die Tür zu Evelyns Praxis öffnet. Evelyns abgeklärte, melodische Stimme ist zu hören, darauf die tiefe Stimme eines Mannes. Den genauen Wortlaut verstehe ich allerdings nicht. Kurz darauf taucht vermutlich ebendieser Mann hinter dem Gebäude auf und schiebt sein Fahrrad die Kieseinfahrt zur Straße hinunter. Ruckartig richte ich mich auf. Sonny!

Meine jähe Bewegung lenkt seinen Blick auf mich, und er nickt mir flüchtig zu. Dann stutzt er, schaut noch mal her und runzelt verwundert die Stirn.

»Sonny!«, rufe ich.

»Oh, hi«, erwidert er geistesabwesend und bleibt stehen.

»Hannah. Ich arbeite für Umeko«, helfe ich ihm verlegen auf die Sprünge, während er seinen Blick über mich wandern lässt.

»Ich habe Sie gar nicht erkannt«, gesteht er.

Na gut, das kann ich verstehen. Mit meinen Alltagsklamotten sehe ich völlig anders aus als in der dunkelblauen Arbeitsuniform. Bis auf einige klitzekleine, von bunten Perlen durchsetzte Zöpfe trage ich mein langes, gewelltes und sonnengebleichtes Haar nun offen. Ich habe einen blauen, langen Rock mit Blümchenmuster an und dazu ein weißes Spitzen-Top, das einen schönen Kontrast zu meiner gebräunten Haut bildet.

Er nickt in Richtung des weiß getünchten Cottages hinter mir. »Wohnen Sie hier?«

»Äh, wollen wir uns nicht duzen? Das Haus gehört meinem Onkel. Er ist momentan auf Reisen.«

»Oh.«

»Alles okay mit der Brille?«

Er trägt sie, und sie steht ihm gut, doch er selbst hat schon deutlich besser ausgesehen. Seine blauen Augen sind gerötet, er muss sich seit einer Woche nicht mehr rasiert haben, und sein stoppeliges Gesicht wirkt eingefallen.

»Ja, alles bestens.«

Es spielt keine Rolle, dass mir die Worte fehlen, er hat ja offensichtlich sowieso keine Lust, sich zu unterhalten. Und ich kann schlecht fragen, ob es ihm gut geht, wenn sein Besuch bei Evelyn eindeutig anderes vermuten lässt.

»Es war jedenfalls schön, dich zu sehen.« Ich bemühe mich, mir meine Besorgnis nicht anmerken zu lassen.

»Gleichfalls.« Er schwingt sich aufs Rad und fährt auf die Straße hinaus.

Sobald er außer Sicht ist, wende ich mich wieder den Rosen zu, und in meinem Kopf beginnt es zu rattern.

Warum ist er nicht nach Amsterdam zurückgekehrt?

Oder falls doch, warum ist er so schnell wieder hergekommen?

Und warum geht er zu einer Therapeutin?

Als mein Onkel in den Ruhestand trat, übernahm Evelyn seine Praxis. Früher war es tatsächlich so, dass Charles June einen Abschiedskuss gab, zur Hintertür hinaus- und am Seiteneingang wieder hereintrat. Dabei hätte er genauso gut durch die inzwischen verschlossene Verbindungstür im Wohnzimmer in die Praxis gelangen können. Doch das tat er nie. Er wolle Arbeits- und Privatleben strikt getrennt halten, sagte er, was aber Quatsch war – Charles brachte seine Arbeit immer mit nach Hause. Und man kann auch nicht sagen, dass er sich jetzt im Ruhestand wirklich *ausruht*.

Nachdem ich den Großteil meiner Teenagerjahre hier verbracht habe, weiß ich, wovon ich spreche.

Charles ist wie ein Vater für mich, und June war wie eine Mutter. Ich habe zwar eine Mutter und einen Vater, aber Eltern im klassischen Sinne waren sie nie. Sie zogen mich auf einer kleinen Farm auf, weit weg von allem, was auch nur im Entferntesten an Zivilisation erinnerte, und unterrichteten mich in meinen frühen Jahren zu Hause. Nur weil Charles und June meine Eltern davon überzeugen konnten, dass eine klassische Ausbildung das Beste für mich sei, bin ich mit dreizehn nach Cambridge gezogen.

Charles ist der ältere Bruder meiner Mutter, aber die beiden sind so verschieden wie Tag und Nacht. Charles ist ... na ja, ich schätze, er ist das, was die meisten Leute als normal bezeichnen würden. Meine Mutter hingegen ist ein freigeistiger Hippie, der auf Regeln nicht viel gibt.

Manchmal fühle ich mich hin- und hergerissen zwischen meiner wilden, unkonventionellen Kindheit und dem Leben, das ich jetzt führe, aber für den Moment weiß ich, ich bin genau da, wo ich hingehöre.

Nach allem, was Charles über die Jahre für mich getan hat, schulde ich es ihm, dass er in aller Ruhe und in der Gewissheit auf Reisen gehen kann, dass zu Hause alles rundläuft.

Das Geräusch von Evelyns Wagen, dessen Motor anspringt, holt mich in die Gegenwart zurück. Einen Augenblick darauf fährt sie die Einfahrt hinunter. Bevor sie auf die Straße biegt, winkt sie mir noch freundlich zu.

Und ich frage mich erneut, was den letzten Patienten des Tages wohl zu ihr geführt haben könnte.

4

Um wie viel Uhr geht ihr hin?«, frage ich Matilda.

Nach einem wirklich anstrengenden Arbeitstag haben wir uns nun gemeinsam auf den Heimweg gemacht. Ich brauche dringend einen Drink, und das Schöne ist, dass ich nicht mehr lange darauf warten muss.

»Bis Archie heimkommt, dauert es noch eine Weile. Sagen wir also um halb acht?«

»Perfekt. Dann habe ich genug Zeit, die kleine Dame hier zu füttern und mich umzuziehen.«

»Ich hoffe, du bringst sie mit!« Liebevoll krault Matilda Bertie am Kopf.

»Vermutlich würde sie sich vor dem Aga-Herd wohler fühlen, aber schön, dann schleife ich sie eben mit.«

»Prima!«

Es ist nun schon über einen Monat her, dass Matilda und ich auf dem Weg zur Arbeit ins Gespräch gekommen sind. Kurz darauf begegneten wir uns in der Warteschlange eines Coffee-Shops wieder und setzten uns nach einem leicht verlegenen »Hallo« zusammen an einen Tisch.

Seitdem haben wir uns bei zahlreichen gemeinsamen Mittagspausen näher kennengelernt. Heute Abend geht sie mit ihrem Freund und seinen Kumpeln in einen Pub und hat gefragt, ob ich mitkommen möchte. Ich freue mich sehr darauf, mal wieder auszugehen. Meine einzige Schulfreundin, die noch hier in der Gegend wohnt, hat vor kurzem ein Kind bekommen und deswegen leider kaum Zeit für so etwas.

»Bis später!«, sagt Matilda und überquert die Straße.

»Ja, bis später«, rufe ich zurück, und schon bald befinde ich mich auf dem Weg durchs Grüne, der mich nach Hause führt.

Heute am Freitagabend sind mehr Radfahrer unterwegs als sonst. Alle wollen schnell nach Hause und das Wochenende einläuten, und ich muss ständig auf die Wiese ausweichen, um nicht von ihnen umgefahren zu werden. Noch kniffeliger wird es dadurch, dass dort Kühe grasen, von denen einige ein gesteigertes Interesse an Bertie zeigen …

Ich kann nur hoffen, dass wir heil nach Hause kommen!

»Ich möchte unbedingt gut aussehen. Heute Abend lerne ich nämlich neue Leute kennen,« erkläre ich, während ich mir vor dem Spiegel die Zöpfe flechte. »Was hältst du von einem schwarzen schulterfreien Top?«

Schließlich entscheide ich mich für einen langen, fließenden Rock mit schwarzem und ockerfarbenem Muster und gehe auf der Suche nach den passenden Schuhen nach unten.

Hinter mir tapst Bertie in den schmalen Flur.

»Ich sollte die da tragen, schon klar.« Niedergeschlagen betrachte ich meine bequemen, aber langweiligen schwarzen Arbeitsschuhe. »Aber eigentlich würde ich viel lieber die hier anziehen!« Ich greife nach den smaragdgrünen Sandalen, die ich mir vor ein paar Tagen aus einer Laune heraus gekauft habe. »Ich weiß, sie sind nicht gerade ideal zum Laufen, aber es ist ja nicht weit.«

Während ich hineinschlüpfe, schaut Bertie mir mit gespitzten Ohren zu.

»Du hast mitbekommen, dass es losgeht, stimmt's?«

Sie wedelt bestätigend mit dem Schwanz, flippt aber nicht völlig aus. Sie muss wohl müde sein. Vielleicht sollte ich sie doch zu Hause lassen? Immerhin hat sie mich heute schon zur Arbeit begleitet und wieder zurück.

»Kommst du mit, oder bleibst du hier?« Noch immer unentschlossen, öffne ich die Tür.

Nun gerät sie so außer Rand und Band, wie ich es kenne.

»Na, dann komm.« Ich hole die Leine von der Garderobe. »Wir lassen uns Zeit, versprochen. Bin selbst auch ein bisschen erschöpft.«

Ich ziehe die Tür zu und halte erschrocken inne, als ich plötzlich Sonny vor dem Gartentor stehen sehe.

»So trifft man sich wieder!«, bringe ich heraus.

»Hi.« Er lächelt verlegen.

Ich bekomme Mitleid mit ihm. Wer möchte beim Besuch seiner Therapeutin schon ständig irgendwelchen Bekannten über den Weg laufen?

»Ich habe dich reden hören«, sagt er, und ich werde sofort nervös. »Ist dein Onkel zurück?«

»Nein, der ist noch bis Ende September unterwegs. Das ist sein Hund. Wir leisten uns gegenseitig Gesellschaft.«

»Wie heißt er denn?« Er geht in die Hocke und streichelt Bertie.

»Bertie. Es ist eine Sie.« Hach, sie ist wirklich hilfreich, wenn es darum geht, das Eis zu brechen! »Heute gar nicht mit dem Fahrrad unterwegs?«

»Nein, ich hab das Auto genommen und es beim Pub geparkt. Bin dort mit einem Freund verabredet.« Er blickt zu mir auf. Okay, er sucht nicht ständig Augenkontakt wie bei unserer ersten Begegnung, weicht ihm aber auch nicht aus. Von seinem früheren selbstbewussten Auftreten ist er noch weit entfernt, doch es scheint bergauf zu gehen. Seine

Wangen haben mehr Farbe, die blauen Augen blicken aufgeweckter. Rasiert hat er sich auch.

»In welchen Pub geht ihr denn?«

»In den Blue Ball.«

»Dahin will ich auch gerade!«

»Na, dann.« Mit einem verschämten Lachen richtet er sich auf.

»Geh ruhig schon vor. Wir sind nicht so schnell.«

»Kein Problem für mich!«

Schweigend machen wir uns auf den Weg, und ich zermartere mir das Hirn nach einem Gesprächsthema.

»Ehrlich gesagt bin ich froh, dass wir uns wiedersehen«, kommt er mir zuvor. »Ich wollte mich nämlich für mein Verhalten beim Abholen der Brille entschuldigen.«

»Aber das ist doch nicht nötig.«

»An dem Tag gab es schlechte Neuigkeiten, und ich stand völlig neben mir.«

»Das tut mir leid.« Es würde mich ja schon interessieren, um was genau es sich gehandelt hat, verkneife mir die Frage aber, und er geht auch nicht weiter darauf ein.

»Musstest du heute arbeiten?«, fragt er stattdessen.

»Ja. Morgen auch wieder.«

»Wirklich, am Samstag?«

Ich nicke. »Wir haben dafür montags frei.«

»Dann kannst du heute Abend gar keinen draufmachen?«

»Wohl eher nicht«, erwidere ich niedergeschlagen. »Mir ist aber auch nicht danach.«

»Wie kommt's?« Er wirft mir einen Seitenblick zu.

Nach kurzem Zögern beschließe ich, ehrlich zu sein. »Heute ist ein kleines Mädchen zum Augentest gekommen, und es könnte sein, dass es einen Hirntumor hat.«

»Oje. Wie alt?«

»Noch keine drei.«

»O Gott!«

Die Eltern kamen mit der Kleinen zu uns, weil eine ihrer Pupillen geweitet war. Ich brachte sie sofort zu Umeko, die schließlich das Krankenhaus wegen einer Notfall-Einweisung anrief. Das Mädchen, Ella, zeigte die klassischen Anzeichen für einen seltenen Tumor.

»Wird sie denn wieder gesund?«, fragt Sonny.

Mir kommen die Tränen. »Ich hoffe es!«

Er seufzt tief auf. »Da sehe ich meine Probleme doch gleich in einem ganz anderen Licht!«

»Wir haben alle unser Päckchen zu tragen«, erwidere ich leise.

Schweigend setzen wir unseren Weg fort. Nach einer Weile wirft er einen Blick auf mein linkes Bein.

»Alles okay?«, fragt er. »Hast du dir dein Bein verletzt?«

»Ach, eine alte Geschichte.«

»Was ist passiert?«

»Ein Unfall. Ein Autounfall. Schon Jahre her«, wische ich seine Besorgnis beiseite. »Normalerweise trage ich spezielle Schuhe, aber heute Abend ist es ja nicht weit.« Dadurch ist ihm im Optikergeschäft auch mein Hinken nicht aufgefallen.

»Du hättest darauf bestehen sollen, dass ihr in den Green Man geht. Oder in den Red Lion.«

»Oder in den Rupert Brooke!« Lächelnd deute ich auf den dritten Pub, an dem wir gleich vorbeikommen.

Das Blue Ball Inn liegt zwar am weitesten von mir entfernt, zu Archies und Matildas Wohnung in Cambridge jedoch am nächsten. Da der Weg insgesamt für mich immer noch kürzer ist, kann ich mich nicht beschweren. Und überhaupt, der Blue Ball Inn ist mein Lieblingspub.

»Du, ich muss noch was aus dem Wagen holen«, meint Sonny, als wir fast da sind. »Er steht ein Stück weiter vorn.« Er deutet die Straße entlang. »Wir sehen uns ja bestimmt drinnen noch mal.«

So klein, wie das Lokal ist, dürfte er recht haben.

»Und wenn nicht, dann laufen wir uns sicher auch so mal wieder über den Weg.«

Bertie und ich steigen die Stufen zum Eingang hinauf, und Sonny hebt lächelnd die Hand zum Gruß und geht weiter.

Ich horche in mich hinein und merke, dass ich mich nicht mehr zu Sonny hingezogen fühle. Er sieht gut aus, keine Frage, doch seine selbstbewusste Art war es, mit der er mir den Kopf verdreht hat. Ohne wirkt er normaler. Merkwürdigerweise erleichtert mich das.

Das Blue Ball Inn liegt an einer von kleinen Reihenhäusern gesäumten Straße. Die wenigen Tische auf der sonnenbeschienenen Terrasse davor sind alle besetzt, und da ich Matilda nirgends entdecken kann, gehe ich mit Bertie hinein und sehe mich drinnen um. Nachdem sie in den beiden gemütlichen Vorderräumen auch nirgendwo zu finden ist, marschieren wir an der Bar vorbei und in den Biergarten hinaus.

Als sie mich sieht, springt Matilda auf. »Hannah!«

Sie sitzt mit drei Männern an einem Tisch, von denen einer ebenfalls aufsteht.

»Das ist Archie«, stellt sie ihren Freund vor.

Er ist groß und breitschultrig, hat herrlich zerzaustes dunkelblondes Haar und warmherzige braune Augen.

»Hey!« Er gibt mir einen freundschaftlichen Kuss auf die Wange. »Das sind Kev und Warren.« Er deutet mit dem Kopf auf seine Kumpel.

Kev ist groß, blond und schätzungsweise Anfang dreißig. Warren, der ein paar Jahre älter zu sein scheint, hat kurze schwarzen Haare, olivfarbene Haut und derart kräftige Bartstoppel, dass sein Rasierer seine liebe Mühe damit haben dürfte.

»Ich gehe zur Bar«, verkündet Archie, der noch immer steht. »Was möchtest du trinken, Hannah?«

»Ich mach das schon!«

»Nein, nimm Platz«, erwidert er. »Diese Runde geht auf mich. Jungs? Dasselbe noch mal?«

Wir nennen unsere Wünsche, und Archie verschwindet ins Lokal.

Matilda klopft auf den Stuhl, den er freigemacht hat, und schiebt ihn vom Tisch weg, damit auch Bertie Platz hat. »Komm, setz dich zu mir. Ich brauche dringend weibliche Gesellschaft. Die Jungs reden über nichts anderes als Kricket.« Sie verdreht die Augen. »Sie spielen nämlich zusammen im Team.«

»Ja, Wahnsinn!« Ich lächele ihnen zu.

»Ach, von wegen. Mein ganzer Sommer geht damit drauf, neben Kricketfeldern rumzuhocken!«

Kev und Warren lachen.

»Tja, das Leben ist hart«, spottet Warren, lehnt sich auf seinem Stuhl zurück und streckt die Beine aus.

»Immerhin sehen die Spieler in den weißen Kricketklamotten ziemlich heiß aus«, fährt sie fort. »Wobei ich natürlich von den *Gegnern* spreche«, betont sie, und die beiden prusten wieder los.

»Seid ihr schon lange hier?«, frage ich Matilda, als sich Kev und Warren in ein Gespräch vertiefen. Ihr Roséglas ist schon fast leer.

»Seit zwanzig Minuten etwa. Archie hat doch früher Feierabend gemacht und wollte sofort los. Mir blieb kaum Zeit, mich frischzumachen.«

»Du siehst toll aus. Und diese Kleid, einfach wow!« Es ist knielang, schwarz und mit winzigen violetten Blümchen übersät.

Sie lehnt sich verschwörerisch zu mir. »*Du* siehst toll aus! Und deine Frisur, einfach wow! Ich habe noch nie gesehen, dass du deine Haare offen trägst.« Sie spielt mit einem meiner Zöpfe. »Ich hatte ja keine Ahnung, was für ein megacooles Hippie-Mädchen du bist!«

»Danke für das Kompliment!«, sage ich lachend. »Ich bin so froh, aus dieser schrecklichen Arbeitskluft raus zu sein.«

»Na, deine ist immerhin noch besser als meine«, erwidert sie gutmütig. »Marineblau schlägt Königsblau. Nicht dass ich mich beschweren würde. Mein jetziger Job macht mir deutlich mehr Spaß als der letzte.«

Matilda ist eigentlich gelernte Buchhalterin, hat sich vor ein paar Jahren aber wieder an der Uni eingeschrieben. Nun lässt sie sich zur Pharmazeutin umschulen, legt zurzeit allerdings ein Praxisjahr ein.

»Wie bist du eigentlich darauf gekommen, Apothekerin zu werden?«, frage ich.

»Als ich klein war, wollte ich immer Ärztin sein, als Teenager bin ich aber wieder davon abgekommen. Im Übrigen hätten meine Noten auch gar nicht gereicht. Nach dem Tod meines Vaters hat mich Archie dann darin bestärkt, wieder an die Uni zu gehen. In Naturwissenschaften und Mathe war ich schon immer gut, insofern lag Pharmazie nahe. Und nachdem mir mein Vater sein Haus hinterlassen hatte, konnte ich mir das Studium auch leisten, ohne arbeiten zu müssen.«

»Wow«, sage ich. »Auch wenn mir das mit deinem Dad natürlich leidtut.«

»Danke.« Ihre Mundwinkel wandern nach unten. »Es würde ihn freuen, dass sein Verlust für mich auch eine gute

Seite hatte. Zunächst mal habe ich auf die Art auch Archie kennengelernt.«

»Wie denn genau?«

Sie lächelt. »Damals habe ich noch in London gewohnt und bin über das Wochenende nach Cambridge gefahren. Ich musste ja Dads Haus leerräumen.« Ihr Lächeln lässt ein wenig nach. »Ich war dabei ganz allein, meine Eltern hatten sich vor Jahren getrennt, und ich bin ein Einzelkind. Irgendwann habe ich dann eine Pause eingelegt und bin Stechkahn gefahren. Dad und ich haben das immer zusammen gemacht, und es war der Tag seines Geburtstags. Archie war mit seiner Schwester und ein paar Freunden ebenfalls mit dem Stechkahn unterwegs und blieb mit seiner Stange im Schlamm stecken. Na, und da bin ich ihm zu Hilfe gekommen. Das Stechkahnfahren hatte er definitiv nicht drauf.« Matilda hebt die Stimme. »Und daran hat sich auch bis heute nichts geändert!« Sie grinst an mir vorbei ihren Freund an, der, wie ich vermute, gerade an unseren Tisch zurückkehrt.

Lächelnd drehe ich mich um und entdecke Archie, der mit einem Pint Bier, einem halben Pint Cider und Matildas Rosé auf uns zusteuert.

»Wozu muss ich Stechkahn fahren, wenn du es so gut kannst!« Schmunzelnd verteilt er die Drinks und wirft dann einen Blick hinter sich. »Sonny ist genau im richtigen Augenblick gekommen, um mir beim Tragen zu helfen.«

Sonny? Ich fasse es nicht! Doch da ist er. Schon wieder. Taucht mit drei Pints Bier in den Händen hinter Archie auf.

Er entdeckt mich sofort.

»Ja, hi!«, ruft er, und seine Augenbrauen schnellen in die Höhe.

»Selber hi!«, antworte ich ebenso überrascht.

»Kennst du die Typen hier?« Er stellt die Getränke auf dem Tisch ab.

»Überhaupt nicht. Ich dachte nur, ich setze mich mal an ihren Tisch und mach mich über ihre Drinks her.«

Er zieht die Nase kraus, und ich lache. Dann gibt er Matilda einen Kuss auf die Wange und begrüßt Kev und Warren.

Matilda lehnt sich zu mir. »Woher kennst du Sonny?«, flüstert sie mir ins Ohr.

»Er hat letzten Monat einen Augentest bei uns gemacht«, flüstere ich zurück.

»Ah. Dann hast du mit ihm also nicht …«

»Was? Nein!«

Sie atmet sichtlich auf.

Sonny holt sich einen Stuhl vom Nebentisch, setzt sich neben mich, beugt sich zu Bertie hinunter und krault sie energisch.

»Tja, anscheinend wirst du mich nicht los«, murmelt er und lächelt mich dabei schief an.

»Na, du mich aber auch nicht!«

Er hebt sein Glas. »Cheers!«

»Cheers!« Wir stoßen miteinander an und tun es mit den anderen am Tisch dann pflichtschuldig auch.

»Warum hast du dich eigentlich für Optometrie entschieden?«, setzt Matilda unsere vorangegangene Unterhaltung fort, nachdem Archie Sonny in ein Gespräch verwickelt hat. »Moment mal, Optometrie ist es ja gar nicht, oder?«

»Nein, ich bin Augenoptikerin, das ist eine Stufe unter der Optometristin und eine über der Optikassistentin. Für mehr haben die Noten nicht gereicht. Vielleicht studiere ich eines Tages noch mal, aber für den Moment bin ich ganz zufrieden so, wie es ist.«

»Und wie bist du auf den Beruf gekommen?«, spielt sie die Reporterin.

Mal abgesehen davon, dass Charles und June mich praktisch im Hauruckverfahren zu einer soliden Berufsausbildung gedrängt haben?

»Ähm ... Der Auslöser war eigentlich das, was eine meiner besten Freundinnen durchmachen musste.«

Angesichts meines veränderten Tonfalls wird ihre Miene ernst. »Was denn?«

»Sie hatte einen Gehirntumor. Und der wurde bei einem Augentest entdeckt. Das hat ihr das Leben gerettet, und es geht ihr inzwischen wieder gut.«

»Ach du je!«

Sonny, der offenbar mit einem Ohr zugehört hat, hält in seinem Gespräch inne. Vermutlich reimt er sich gerade zusammen, was für schlimme Erinnerungen der heutige Tag wachgerufen haben muss.

»Damals war ich oft bei ihr im Krankenhaus, um ihr beizustehen.«

»Wann genau war das?«, fragt Matilda.

»Wir haben da gerade mitten in unseren Abschlussprüfungen gesteckt.«

»Das muss sich doch aber auf deine Ergebnisse ausgewirkt haben?«, meint sie stirnrunzelnd.

»Das darf keine Entschuldigung sein.«

»Verstehe. Mir geht es mit der Scheidung meiner Eltern genauso. Während meiner Prüfungen haben die beiden immer wieder heftig gestritten, und trotzdem gebe ich ihnen nicht gern die Schuld. Wie dem auch sei, ich komme damit klar. Letztlich ist alles gut so, wie es gelaufen ist.«

»Worüber unterhaltet ihr zwei euch?«, unterbricht uns Archie neugierig.

Während Matilda ihn einweiht, rappelt Bertie sich auf und quetscht sich zwischen Sonnys Beine.

»Sorry!« Ich greife nach ihrem Halsband und versuche, sie wegzuziehen.

Dabei steigt mir ein Hauch seines Aftershaves in die Nase, und mir wird leicht schummerig. *Riechen* tut er immer noch phantastisch!

»Wie geht's den Kindern?«, erkundigt sich Matilda bei Sonny.

»Denen geht's gut.«

»Hast du Rochelle schon überredet, sich auch eine Fellnase zuzulegen?«, fragt Archie und deutet auf Bertie.

»Davon will sie nichts hören.«

Moment mal, hallo? Sonny ist verheiratet und hat Kinder?

»Du hast Kinder?«, frage ich.

»Ja, zwei Töchter. Imogen und Natalie. Imogen würde sich mit einer Katze zufriedengeben, aber für Natalie kommt nur ein Hund in Frage. Sie will Tierärztin werden, wenn sie mal groß ist.«

»Das wollte ich in dem Alter auch«, wirft Matilda wehmütig ein. »Wie alle Neunjährigen, schätze ich.«

»Äh, ich dachte, du wolltest Ärztin werden?«, fragt Archie sie mit gerunzelter Stirn.

»Ärztin, Tierärztin, was auch immer.«

Sonny hat eine neunjährige Tochter? Er ist doch gerade mal zweiunddreißig!

»Und wie geht es Rochelle?«, möchte Archie wissen.

»Gut«, antwortet Sonny unverbindlich.

Meine Neugierde gewinnt die Oberhand. »Ist Rochelle deine Frau?«

Archie schnaubt, und Sonny sieht ihn mit hochgezogenen Augenbrauen an.

»*Was ist?*«, fragt Sonny seinen Freund in trockenem, spitzem Ton.

»Sorry.« Archie kann sich das Grinsen nicht verkneifen. »Aber die Vorstellung, du könntest verheiratet sein, ist einfach zu absurd.«

Sonny verdreht die Augen und wendet sich wieder mir zu. »Wir sind nicht zusammen.«

Ich habe keine Ahnung, worum es bei diesem Austausch gerade ging.

»Wie habt ihr Jungs euch eigentlich kennengelernt?«, wechsele ich das Thema.

»Wir zwei an der Uni«, erwidert Archie und deutet auf Sonny und sich selbst. »Wir sind hier in Cambridge auf die Anglia Ruskin gegangen. Warren ist auch im Kricketteam, und Kev und ich sind Arbeitskollegen.«

»Und was machst du beruflich?« Das hat mir Matilda noch nicht erzählt.

»Ich bin Grafikdesigner.« Er deutet auf Sonny. »Wir haben beide Grafikdesign studiert, aber Sonny hat sich schließlich für die Fotografie entschieden. Im Rahmen unseres Studiums haben wir ein Semester in den Niederlanden verbracht. Sonny hat es dort so gut gefallen, dass er beschlossen hat, nach unserem Abschluss ganz hinzuziehen.« Er schenkt seinem Freund ein freches Grinsen.

»Wie lange bleibst du denn in England?«, fragt Matilda Sonny.

Er zuckt die Achseln. »Bin mir noch nicht sicher. Vielleicht den Sommer über.«

»Legst du einfach mal eine Pause ein?«

Wieder zuckt er die Achseln. Er scheint sich unbehaglich zu fühlen. »Ja. Und ich wollte etwas Zeit mit den Mädchen verbringen.«

»Du musst unbedingt in unser Team kommen«, wirft Warren ein. Das Gespräch dreht sich wieder um Kricket, und meine Gedanken schweifen ab.

Seine Kinder leben hier, und er wohnt in Amsterdam? Wie soll das funktionieren?

Weiß wohl noch jemand hier am Tisch, dass er zu einer Therapeutin geht?

Und wenn ja, weiß er auch, warum?

Ich beiße mir auf die Zunge, damit mir keine weiteren zu persönlichen Fragen herausrutschen.

5

Als ich am Montagnachmittag mit Bertie zum Gassigehen aufbreche, laufe ich Sonny erneut in die Arme. Offensichtlich hat er eine weitere Sitzung bei Evelyn hinter sich.

»Hey, Hannah!«, grüßt er mich herzlich und völlig unbefangen. »Führst du mal wieder Selbstgespräche?«

»Was? Oh, äh …« Ich lache verlegen und schaue zum Cottage zurück. Er hat wohl wieder einmal mitbekommen, wie wir das Haus verlassen haben.

»Solltest du dem Wahnsinn verfallen, hast du es immerhin nicht weit.« Er öffnet das Gartentor für uns.

»Evelyn ist Therapeutin, keine Psychiaterin.« Ich bemühe mich um einen lockeren Ton.

»Du kennst sie?«

»Ja, die Praxis hat früher meinem Onkel gehört. Sie hat sie übernommen.«

»Wo steckt dein Onkel eigentlich?«

»Der macht eine Kreuzfahrt um die Welt und schippert augenblicklich irgendwo auf dem Atlantik herum.«

Gestern hat mich Charles von den Falklandinseln angerufen und war richtig gut drauf. Sonst schickt er immer nur E-Mails, und es war so schön, endlich mal wieder seine Stimme zu hören. Er hat einen Haufen Freunde gefunden und ist nun unterwegs nach Südamerika.

»Wo soll's denn hingehen?«, fragt Sonny.

»Wir wollen unten am Fluss entlangspazieren.«

»Stört's dich, wenn ich euch begleite? Ich muss noch ein bisschen Zeit totschlagen.«

»Nein, gar nicht, klar!« Seine Frage freut mich, überrascht mich aber auch ein wenig.

Andererseits haben wir uns am Freitag ja auch wirklich gut verstanden. Obwohl die Situation anfangs etwas eigenartig war, wurde es noch ein richtig lustiger Abend. Es war schön zu sehen, wie entspannt Sonny im Umgang mit seinen Freunden ist. Egal was ihn gerade bedrückt, zumindest hat er nette Leute um sich.

»Gibt es Neuigkeiten von dem kleinen Mädchen?«, möchte er wissen, als wir nebeneinander auf dem schmalen Bürgersteig entlanggehen.

Es rührt mich, dass er sich nach ihr erkundigt. »Ja, Umeko hat mich heute Morgen angerufen und erzählt, dass die Scans den Tumorverdacht bestätigt haben. Es handelt sich um eine seltene Art, von der nur etwa eine Person von zwanzig Millionen betroffen ist. Der Arzt meinte, hätte man noch ein oder zwei Wochen länger gewartet, hätte die Kleine es nicht überlebt.«

»O Gott.«

»Als sie gestern operiert wurde, hatte sie ihr Sehvermögen auf dem linken Auge bereits eingebüßt. Die Ärzte wollten versuchen, ihr rechtes Auge zu retten. Ob sie damit Erfolg hatten, weiß man noch nicht.«

Sonny schüttelt den Kopf. »Armes Ding.«

»Allerdings.«

»Zum Glück habt ihr den Tumor entdeckt.«

»Ja, und zum Glück sind ihre Eltern mit ihr zu uns gekommen! Ich hoffe, deine Kinder gehen regelmäßig zur Augenuntersuchung.«

»Da bin mir nicht sicher«, gesteht er zerknirscht. »Soweit ich weiß, sehen sie aber gut.«

»Darum geht's gar nicht.« Ich kann nicht anders, ich muss einfach einen kleinen Vortrag vom Stapel lassen. »Sobald Kinder in die Schule kommen, sollten sie ohnehin alle ein, zwei Jahre getestet werden. Bei den Augentests geht es ja nicht nur darum, ob sie eine Brille brauchen. Ein Optometrist kann auch andere Probleme erkennen. Und für Kinder ist die Untersuchung kostenlos, es gibt also keinen Grund, sie nicht zu machen.«

»Ich rede mit Rochelle darüber.«

Wir kommen an der wunderschönen jahrhundertealten Kirche von Grantchester vorbei, der St. Andrew und St. Mary Church. Charles und June haben dort regelmäßig den Gottesdienst besucht, und zu Weihnachten und Ostern habe ich mich auch dazu überreden lassen. Jetzt bekomme ich das Kircheninnere höchstens noch zu sehen, wenn eine Szene der Krimiserie *Grantchester* darin spielt. Ich will Sonny gerade fragen, ob er sie kennt, als er wieder zu sprechen beginnt.

»Eigentlich sollte ich es wissen.« Er klingt geknickt. »Also, was die Augentests meiner Töchter angeht. Ich habe mich viel zu rar gemacht, aber daran arbeite ich gerade.«

»Bist du deshalb nicht nach Amsterdam zurückgekehrt?«, erkundige ich mich vorsichtig.

Er seufzt. »Zum Teil. Aber in meinem Leben läuft gerade generell einiges schief.«

In meinem Kopf rattert es, während wir auf den Weg hinunter zu den Grantchester Meadows abbiegen. Rechter Hand liegt der Orchard Tea Garden, und durch Lücken in den Bäumen sind Dutzende von meergrünen Liegestühlen und Holztische zu sehen, die unter den Apfelbäumen auf der Wiese aufgestellt worden sind.

»Im Orchard war ich schon seit Jahren nicht mehr«, meint Sonny.

»Ich auch nicht. Dabei sind die Scones dort richtig gut!«

»Was meinst du, sollen wir …?« Er bleibt stehen, und auf seinem Gesicht breitet sich ein Grinsen aus. »Oder braucht Bertie unbedingt noch Auslauf?«

»Nein, wir waren heute schon unterwegs. Wir wollten einfach nur die Sonne genießen.«

»Na, dann komm!« Seine Begeisterung steckt an.

»Okay!«, erwidere ich lachend, verblüfft über diese Wendung der Ereignisse.

Freunden wir uns etwa gerade an?

Bei dem Gedanken wird mir überraschend warm ums Herz.

Wir entscheiden uns für einen Platz in der Sonne. Sonny, der das Tablett aus dem Café getragen hat, stellt es auf dem Tisch ab.

Nachdem es den Großteil des Wochenendes in Strömen geregnet hat, ist das schöne Wetter eine willkommene Abwechslung. Bevor ich auf meinem Stuhl Platz nehme, prüfe ich lieber, ob er noch feucht ist.

Im Sommer ergattert man hier an den Wochenenden manchmal nur schwer einen freien Platz, heute ist jedoch alles ganz entspannt. An den Tischen um uns herum sitzen nur wenige Leute; leise dringen ihre Unterhaltungsfetzen und das Klirren von Besteck und Geschirr zu uns herüber, wenn sie sich Zucker in den Tee rühren. Die Luft ist warm und riecht nach Wiesenkerbel – die hohen Wildblumen mit den weißen schirmförmigen Blüten stehen dicht an dicht unterhalb der Büsche und Obstbäume. Ihr Duft weckt unzählige Erinnerungen an vergangene Sommer in mir.

Mit einem zufriedenen Seufzer gieße ich mir Tee ein. Sonny beugt sich vor und greift nach der eigenen Teekanne.

»Also diese Freundin, von der du Matilda am Freitagabend erzählt hast … Ich habe mitbekommen, wie du sagtest …«

»Du meinst Nina«, werfe ich ein. »Sie war sechzehn, als Umeko den Tumor bei ihr entdeckt hat.«

Sonny, der sich gerade Milch einschenken will, hält inne und sieht mich überrascht an. »Umeko hat ihn entdeckt?«

»Ja.« Das sind schon zwei seltene Hirntumore, mit denen meine Chefin in elf Jahren konfrontiert war. Und das sind auch nur die, von denen ich erfahren habe.«

»Dann kennst du Umeko also schon eine Weile?«

Ich nicke. »Schon lange. Ihr Mann und Charles, mein Onkel, sind alte Freunde.«

»Aber du arbeitest erst seit kurzem bei ihr?«

»Ja.« Nicht, dass mich mein Onkel nicht schon länger dazu gedrängt hätte. Ich schneide mein Rosinen-Scone in zwei Hälften und bestreiche sie mit Erdbeermarmelade und Clotted Cream. »Davor war ich in Indien.«

»Was hast du da gemacht?«

»Nachdem ich eine Weile herumgereist war, habe ich mir eine Bleibe in Mumbai gesucht und dort für ein paar Monate in einer Augenklinik ausgeholfen.«

»Das muss interessant gewesen sein.«

»Das auf jeden Fall auch. Dazu war es aber auch herausfordernd, traumatisch und frustrierend, in erster Linie aber sehr bereichernd.«

Nach dem Abschluss meiner Ausbildung hatte ich ein Praktikum in Bradford ergattert, bekam nach einem Jahr aber kalte Füße. Ob es nun an meinem mürrischen Chef lag oder auch daran, dass ich aus diversen Gründen in meiner Universitätsstadt nie heimisch geworden war, jedenfalls beschloss ich, eine Pause einzulegen und meine Lebensziele zu hinterfragen. Ich war unsicher, ob eine Berufslaufbahn als Augenoptikerin wirklich das Richtige für mich war, und auch auf meinen Reisen überzeugte mich nichts vom Gegenteil. Doch dann lernte ich in Indien in einer Jugendherberge eine Amerikanerin kennen, die über Kopfschmerzen klagte. Als sie auf einem Auge plötzlich nichts mehr sehen konnte, geriet sie verständlicherweise in Panik. Ich tippte auf Augenmigräne und brachte sie in eine gemeinnützige Augenklinik. Von der Hilfe, die sie dort erfuhr, war ich so berührt, dass ich mich spontan erkundigte, ob sie Freiwillige bräuchten.

Es war definitiv eine Art Feuertaufe, schließlich arbeitete ich dort quasi zum ersten Mal ohne Aufsicht. In kurzer Zeit lernte ich eine Menge und wurde mit einer großen Bandbreite an Augenproblemen konfrontiert, von Grauem Star bis zu Hornhautgeschwüren, Entzündungen und Infektionen.

Als mir Charles später erzählte, bei Umeko werde eine Stelle frei, schreckte mich die Aussicht, nach England zurückzukehren und dort eine Festanstellung anzutreten, längst nicht mehr so ab, wie das zuvor der Fall gewesen wäre.

Das Alltagsgeschehen bei Umeko ist wesentlich entspannter als in Mumbai, aber manchmal vermisse ich den Trubel und die Unvorhersehbarkeit dort.

»Geht es deiner Freundin Nina inzwischen wieder gut?«, fragt Sonny.

»Ja, sie hat sich zum Glück wieder vollkommen erholt.« Ich vertreibe eine Wespe. »Sie ist es übrigens auch, die in Amsterdam wohnt.«

»Was macht sie dort?« Sonny lehnt sich samt seiner Teetasse in seinem Liegestuhl zurück. Er trägt ein weißes, bis zu den Ellbogen hochgekrempeltes Hemd, graue Shorts und helle Leinenschuhe von Vans.

»Sie betreibt mit ihrem Freund, einem Niederländer, einen Designshop.«

»Wo liegt dieser Shop, weißt du das?« Die Wespe schwirrt um die Reste seines Scones herum. Er beobachtet sie finster.

»In der Nähe des Anne-Frank-Hauses, glaube ich. An den Straßennamen erinnere ich mich leider nicht.«

»Schöne Gegend dort.«

»Ich werde sie definitiv bald besuchen!« Wieder verscheuche ich die lästige Wespe.

An den Bäumen ringsherum hängen Wespenfänger. Zum Glück nervt uns nur diese eine. Später im Sommer, wenn auf dem Boden süßlich duftende verrottende Äpfel verstreut liegen, sind sie überall, faul und trunken vom Fruchtsaft.

»Und was ist mit dir? Du hast noch nicht so bald vor zurückzukehren, oder?«

Seine Miene spannt sich umgehend an, und ich bereue die Frage.

»Sorry, ich wollte nicht neugierig sein.«

»Schon okay.« Er starrt in seine Teetasse, und irgendetwas an seinem Verhalten – die Art und Weise, wie er mich leicht nachdenklich anschaut, bevor er wieder wegsieht und einen Schluck trinkt – verleitet mich zu der Frage: »Möchtest du darüber reden?«

Schon merkwürdig. Wir kennen uns kaum, und doch fühlt es sich gar nicht so an. Es ist, als ob etwas zwischen uns Klick gemacht hätte. Ihm geht es genauso, glaube ich.

Und tatsächlich, er beginnt zu sprechen.

»Ein Freund von mir ist kürzlich gestorben.«

»Das tut mir so leid!« Ich lege das letzte Stück meines Scones auf den Teller zurück.

»Es ging schon länger mit ihm bergab.« Kurz begegnet er meinem Blick. »Er war eine Überdosis. Ob aus Versehen oder Absicht wissen wir nicht.«

»O nein, das ist ja furchtbar.«

»Allerdings. Das hat mich schwer getroffen.«

»Gehst du deshalb zu Evelyn?«

Er zuckt mit den Schultern und nickt. »Unter anderem, ja.«

Er verstummt und lässt den Blick über den Obstgarten schweifen. In der Nähe klettert ein kleiner Junge auf einen der Apfelbäume.

»Lass das, bitte!«, ruft ihm eine ältere, exzentrisch gekleidete Dame zu. »Einige dieser Bäume sind über hundert Jahre alt! Und schon ziemlich morsch!«

Die Mutter des Kindes eilt mit beschämter Miene zu dem Jungen und fordert ihn auf herunterzukommen. Er springt hinunter und verfehlt dabei nur knapp einige Brennnesseln.

Sonny lächelt mich an. »Ich weiß noch, wie ich als Kind immer hergekommen bin. Den Mädchen würde es sicher gefallen. Keine Ahnung, ob Rochelle mit ihnen schon hier war.«

»Wie lange wart ihr zusammen?«

»Nicht lang«, antwortet er zu schnell und stellt seine Teetasse klirrend auf die Untertasse. »Falls Matilda es dir nicht schon erzählt hat, wird sie es bald tun: Frauen gegenüber verhalte ich mich wie der letzte Idiot.«

Ungewollt schlägt mein Magen einen Purzelbaum.

»Aber du kannst dich entspannen, ich habe mir geschworen, es erst mal sein zu lassen«, setzt er mit einem reumütigen Lächeln hinzu.

»Was? Das mit den Frauen?« Jetzt bin ich neugierig.

Er nickt. »Das mit dem Sex auch.«

»Das ist doch wohl nicht dein Ernst!«

»Doch, zumindest für das nächste Jahr.«

»Krass!«

Er lacht bitter auf und schüttelt den Kopf. »Na ja, vielleicht auch nur für ein halbes Jahr. Da bin mir noch nicht ganz sicher.«

»Aber *warum?*«

»Na ja, ich schaffe es einfach nicht, eine dauerhafte Beziehung einzugehen, arbeite aber mit Evelyn daran.«

O Gott, es ist ihm ernst damit. Es liegt absolut kein Humor in seiner Stimme, als er fortfährt.

»Sie hat mir vorgeschlagen, eine Zeitlang enthaltsam zu bleiben, und ich habe zugestimmt. Ich kann mich nicht erinnern, wann ich das letzte Mal so entschlossen war, etwas durchzuziehen.« Er wirft mir einen aufrichtigen Blick zu. »Du kannst Matilda also sagen, dass sie sich ihre Warnung hätte sparen können.«

»Wie kommst du überhaupt darauf, dass sie mich vor dir gewarnt hat?« Wie surreal, dass wir uns über so ein Thema unterhalten!

»Das hat sie bei anderen Freundinnen auch schon gemacht.«

»Und, zu Recht?«

Er schneidet eine Grimasse. »Leider ja.«

Hm.

6

Die Warnung erfolgt prompt.

»Dieser Typ ist ein Albtraum«, erklärt mir Matilda gleich am nächsten Tag auf dem Weg zum Lunch.

Gerade durchqueren wir Lammas Land, einen Park.

Über den Freitagabend haben wir uns bereits unterhalten und sind zu dem Schluss gekommen, dass wir so einen Abend bald wiederholen müssen.

Matilda hatte zwar gewusst, dass Archie Sonny einladen wollte, aber nicht damit gerechnet, dass er tatsächlich auftauchen würde. Sie hat verraten, dass er eine schwierige Phase durchgemacht hat, sich dabei aber vage gehalten. Und dann folgte eben ihre »Albtraum«-Bemerkung.

Dass ihre Warnung anstand, wusste ich ja, doch in meiner Neugier schlucke ich den Köder dennoch. »Warum denn?«

»Na, weil er sich Frauen gegenüber absolut mies benimmt. Ich weiß ja nicht mal, ob du an ihm interessiert bist, aber bitte: Lass bloß die Finger von ihm!«

Ich lache. »Ich habe absolut kein Interesse! Allerdings hat er mir schon gesagt, dass du mich bestimmt vor ihm warnen würdest.«

»Wann hat er das gesagt? Im Pub?«, fragt sie alarmiert.

»Nein, gestern. Wir sind uns zufällig begegnet, als ich spazieren war, und dann schließlich zu einem Tee im Orchard gelandet.«

Danach sind Sonny und ich noch eine Weile am Fluss entlangspaziert. Rochelle hatte ihm erlaubt, die Mädchen in ihrem Wohnort in ein Café einzuladen. Sie hat das volle Sorgerecht, insofern muss jeder Kontakt mit den Töchtern zu ihren Bedingungen erfolgen.

»Und er meinte wirklich, ich würde dich vor ihm warnen?«, fragt Matilda zweifelnd. »Was genau hat er denn gesagt?«

»Er hat gesagt, Frauen gegenüber würde er sich ›wie der letzte Idiot‹ verhalten, und dann hat er behauptet, er habe ihnen völlig abgeschworen.«

»Bullshit!«, ruft sie, woraufhin ein paar Jogger einen großen Bogen um uns machen.

»Er hat ein Enthaltsamkeitsgelübde abgelegt.«

»O. Mein. Gott! Was für ein Schwachsinn! Was fällt diesem Kerl wohl noch ein, um dich ins Bett zu kriegen?«

Ich lache, habe aber ein schlechtes Gewissen, dass wir so über Sonny herziehen. Andererseits muss er ja mit dieser Reaktion gerechnet haben, als er mich bat, Matilda auszurichten, es gebe keinen Grund, mich zu warnen.

»Hat er das wirklich zu dir gesagt? Dass er auf Sex verzichtet?«

Ich nicke.

»Tja, darüber werde ich Archie mal aushorchen.«

Wir gehen ins Hot Numbers, ein cooles kleines Café in der Trumpington Street in der Nähe des Fitzwilliam Museums. Da wir nicht viel Zeit haben, mache ich mich schon mal auf die Suche nach einem Tisch, während Matilda am Tresen unsere Bestellung aufgibt.

»Ich fand Archie übrigens sympathisch«, sage ich, als sie mit unseren Getränken zurückkommt.

Ich habe es geschafft, einen sonnigen Tisch im Innenhof zu ergattern.

»Ich bin ein Glückspilz, ich weiß!«

»Er aber auch.« Ich nippe mit einem Papierstrohhalm an meiner Himbeerlimonade.

»Ich freue mich so, dass wir zwei uns angefreundet haben!«, bemerkt Matilda.

»Und ich erst.«

Wir grinsen uns an, und dann schüttelt sie verwundert den Kopf. »Ich kann nicht glauben, dass Sonny diesen Quatsch über Abstinenz von sich gegeben hat.«

»Na komm, jetzt pack schon aus. Wenn du mich vor ihm warnen möchtest, dann bitte richtig. Was ist denn so schlimm an ihm?«

Sie rümpft die Nase. »Er ist der typische Aufreißer. Seitdem ich ihn kenne, hat er, glaube ich, noch nie eine Beziehung geführt, die länger als einen Tag gehalten hat. Dabei hat er schon vielen Frauen das Herz gebrochen. So quasi bei jedem Schritt, den er macht!«

Ich kichere über ihren melodramatischen Ton.

»Archie meint, er würde oft mit den Models schlafen, die er fotografiert.«

Diese Bemerkung trifft mich wie ein Eimer kaltes Wasser. Ich versuche, mir nicht anmerken zu lassen, dass mir ausgerechnet das zu schaffen macht, aber es fällt schwer, sich nicht von wunderschönen Frauen bedroht zu fühlen, wenn ich mir selbst so unvollkommen vorkomme. Ich kreuze meine Fußknöchel übereinander und bin froh, dass uns der Kellner das Essen bringt.

Ich habe mich für Avocado auf Sauerteigtoast mit Feta, Chili und Minze entschieden. Matilda hat für sich ein Bacon-Sandwich bestellt.

»Hat Sonny schon mal mit einer deiner Freundinnen geschlafen?«, erkundige ich mich.

Sie schaut genervt. »Ich weiß von mindestens zweien. Nessa wollte Freitagabend eigentlich mitkommen, hat es sich aber anders überlegt, als sie hörte, dass Sonny dabei ist. Faith ist darüber hinweg, glaube ich. Sie trifft sich jetzt mit Cameron, einem der anderen Typen, die mit den Jungs Kricket spielen.«

»Kennst du Rochelle?«

»Ich nicht, aber Archie. Sie hat an der Uni denselben Kurs besucht wie die beiden. Er meint, sie sei schon lange, bevor Sonny mit ihr schlief, in ihn verknallt gewesen. Ich habe ihn damals noch nicht gekannt, aber soweit ich weiß, hat er kaum etwas mit der Erziehung seiner Kinder zu tun, seit er in Amsterdam wohnt.«

»Was für ein Mistkerl.«

»Du sagst es.« Sie verdrückt den Rest ihres Sandwichs. »Na, habe ich jetzt ganze Arbeit geleistet?«

»Ganze Arbeit, wobei?«

»Dabei, dich vor ihm zu warnen?«

»Schon, aber das wäre gar nicht nötig gewesen. Selbst wenn ich interessiert wäre, hat er den Frauen ja abgeschworen.«

»Das glaube ich erst, wenn ich es sehe«, bemerkt sie trocken.

7

Als ich mir am Freitagabend gerade die Arbeitsklamotten ausgezogen habe und mir auf dem Weg nach unten überlege, was ich mir zum Essen machen soll, klopft jemand geräuschvoll an die Haustür.

Bertie stürmt an mir vorbei, gibt ihr übliches fünfmaliges Bellen von sich und wedelt dabei so energisch mit dem Schwanz, dass sich ihr ganzes Hinterteil mitbewegt.

»Komm her!« Ich ziehe sie an ihrem Halsband zurück.

Sonny steht vor der Tür.

»Hi!« Überrascht schaue ich zu ihm auf.

»Hi!«, erwidert er vergnügt.

Er trägt Shorts und ein hellblaues T-Shirt, und seiner sonnengebräunten Haut nach zu urteilen, hat er die ganze Woche zum Großteil an der frischen Luft verbracht.

Bertie zerrt hechelnd an ihrem Halsband, und ich lasse sie los. Sonny geht in die Hocke, um sie gebührend zu begrüßen. Selbst als sie ihm ein paarmal übers Gesicht leckt, schreckt er nicht zurück.

»Kommst du von Evelyn?« Ich nicke in Richtung ihrer Praxis.

»Ja. Ich dachte, ich sage mal Hallo.« Gut gelaunt grinst er mich an. Die Farbe seines Hemdes unterstreicht seine blauen Augen.

»Hallo«, wiederhole ich belustigt. »Willst du nicht reinkommen?« Ich öffne die Tür noch ein Stück und trete zurück.

»Gerne.« Er richtet sich auf und folgt Bertie hinein, doch nach zwei Schritten stutzt er.

»Rechts entlang«, erkläre ich und schließe die Haustür.

Er biegt um die Ecke in die Küche und sieht sich in dem gemütlichen Raum mit den altmodischen Kupfertöpfen an den weiß getünchten Wänden um.

»Dir scheint's gut zu gehen«, entfährt es mir.

»Ich fühle mich super.« Er lächelt. »Mit jedem Besuch bei Evelyn geht es mir besser.«

»Cool!« Wie schön, dass diese Sitzungen etwas bewirken. Klingt so, als ginge er zweimal in der Woche hin. »Hättest du gern was zu trinken?«

»Für ein Bier würde ich töten!«

Ich werfe einen Blick in den Kühlschrank. »Sorry, mit Bier kann ich nicht dienen. Aber Wein hätte ich da.«

»Äh, wie wäre es stattdessen mit einem Drink im Pub?«

Ich schließe die Kühlschranktür wieder. »Warum nicht?«

Ich sage dir, warum nicht, ertönt eine innere Stimme, und vor meinem geistigen Auge erscheint Matilda. Sie hat die Hände in die Hüften gestemmt, wippt mit dem Fuß und funkelt mich wütend an. Bei der Vorstellung muss ich schmunzeln.

Ich setze mich auf die Treppe und ziehe meine Sandalen an – sorry, Matilda, aber ich nehme die hübschen.

Junes Rosen stehen in voller Blüte. Ihr Duft erfüllt die Abendluft, und ich freue mich plötzlich sehr, noch einmal aus dem Haus zu kommen. Eigentlich war ich mit meiner alten Schulfreundin Danielle verabredet, doch die war anscheinend so erledigt, dass sie mich bat, das Treffen zu verschieben. Nun werde ich sie und ihr neugeborenes Baby stattdessen am Sonntag sehen.

Sonny, der Bertie angeleint hat, während ich mich fertig

gemacht habe, gibt sie nun nicht mehr her und prescht in flottem Tempo mit ihr los. Da kann ich nicht mithalten. Sonny bemerkt es bald und schaut zu mir zurück.

»Oh, sorry!« Zerknirscht verlangsamt er seinen Schritt.

»Schon gut. Wie wär's mit dem Green Man?« Dieser Pub liegt am nächsten.

»Klingt gut. Tut's weh?« Er wirft einen Blick auf mein linkes Bein.

»Ähm ... manchmal. Normalerweise ist alles gut. Ach, was ich dir noch erzählen wollte!«, wechsele ich das Thema. »Das kleine Mädchen, du weißt schon ...«

»Ja?«

»Seit der Operation kann sie wieder sehen. Nicht nur auf dem Auge, das die Ärzte retten wollten, sondern auch auf dem, mit dem sie gar nichts mehr sah.«

»Das ist ja unglaublich!«

»Ganz über den Berg ist sie allerdings noch nicht. Sie muss eine Chemotherapie machen, um den Tumor zu verkleinern. Er ist zwar gutartig, befindet sich aber an einer heimtückischen Stelle. Durch die Chemo bekommt sie Zeit, bis der Eingriff nicht mehr so riskant ist. Die Ärzte gehen davon aus, dass sie sich vollständig erholen wird.«

»Was für schöne Nachrichten!«

»Allerdings. Ich bin so erleichtert.«

Wir steuern an den belebten Tischen, die sich unter einem Baldachin aus üppig blühenden lila Glyzinien vor dem Pub befinden, auf direktem Weg die Bar an.

Danach geht es mit unseren Drinks in den Biergarten, einem langen schmalen Wiesenstück mit Bänken und Tischen, an dessen Ende sich ein Wanderweg anschließt, der direkt zu den Meadows führt. Der perfekte Pub für einen Drink nach dem Gassigehen also, wie ich aus eigener Erfahrung weiß, da ich schon unzählige Male mit Charles hierhergekommen bin.

»Hättest du was dagegen, wenn ich mein Auto über Nacht bei dir stehen lasse?«, fragt Sonny. »Evelyn meinte, falls ich keinen Parkplatz an der Straße finde, könnte ich mich dort hinstellen.«

»Na klar. Willst du mit dem Taxi nach Hause?«

»Yep. Ich habe Lust auf ein paar Bierchen. Morgen komme ich dann gleich morgens mit dem Fahrrad vorbei und hole es.«

»Gern. Ich bin dann allerdings schon bei der Arbeit. Komm also, wann immer du Lust hast.«

»Danke. Das Auto gehört meinem Vater, insofern bringe ich es ihm lieber möglichst bald zurück. Wem gehört eigentlich der alte Morris Minor?«

»Charles. In dem habe ich Auto fahren gelernt.« Bevor er auf Reisen ging, hat er mich wieder mitversichert, damit ich einen fahrbaren Untersatz habe, falls nötig.

Sonny wird hellhörig. »Wer hat es dir beigebracht? Charles?«

Ich nicke. »Als Teenager habe ich bei ihm und meiner Tante June gewohnt«, erwidere ich dann auf seinen verwunderten Blick hin.

Ich merke, dass meine Antwort nur noch mehr Fragen aufwirft, und erzähle ihm von meiner Kindheit samt Homeschooling bei meinen unkonventionellen Hippie-Eltern.

»Das ist also für dich mehr als ein Look.« Er deutet auf mein Äußeres. »Nicht nur ein Fashion-Statement.«

»Fashion? Ich? Ha!«

»Ich habe schon einen Haufen Frauen kennengelernt, denen das auch nur annähernd so gut steht wie dir.«

»Dass ich nicht lache!«

»Ich scherze nicht!«

Und mir ist nicht nach Lachen zumute.

»Du siehst interessanter aus als die Hälfte der Models, mit denen ich gearbeitet habe«, beharrt er. »Auf Dauer sind diese Frauen alle ein bisschen nichtssagend. Du hingegen …« Er beugt sich vor und studiert mein Gesicht. »Also deine Augen sind nicht von dieser Welt.«

Ich betrachte ihn argwöhnisch und versuche, die Schmetterlinge zu ignorieren, die in meinem Bauch ihre Flügel ausbreiten.

»Das soll jetzt übrigens kein Annäherungsversuch sein.« Er grinst und trinkt einen großen Schluck Bier.

»Gut zu wissen«, bemerke ich mit gespielter Empörung.

»Allerdings nur, weil ich gerade auf Sex verzichte.« Er knallt sein Bierglas auf den Tisch und sieht mich verschmitzt an. »Hatte ich denn nun recht damit, dass Matilda dich vor mir warnen würde?«

»Hattest du, ja.« Ich gebe mich betont locker, auch wenn ich mich gar nicht so fühle. »Du scheinst dich ja ganz schön danebenbenommen zu haben, Sonny Denton!«

Er reagiert mit einem Schnauben und wischt etwas Kondenswasser von seinem Glas.

Ich freue mich, dass wir wieder zu unserem alten Ton zurückgefunden haben.

»Es wird nicht ganz leicht sein, sie davon zu überzeugen, dass du dich geändert hast«, füge ich hinzu.

»Na, ich weiß ja nicht mal, ob es so ist. Die Absicht habe ich aber.«

»Wissen Archie und Matilda eigentlich, dass du zu Evelyn gehst?«

»Nein. Es ist zwar kein Geheimnis, aber auch nichts, was ich an die große Glocke hängen möchte. Archie werde ich es aber bald verraten. Mann, ich hätte Lust auf einen Burger«, meint er unvermittelt. »Was meinst du, sollen wir was essen?«

»Warum nicht? Hab heute Abend eh nichts anderes vor.«

»Dann organisiere ich mal Speisekarten.« Er rutscht von seiner Bank.

»Falls du gleich schon bestellen möchtest: Ich nehme die vegetarische Variante.« Ich krame mein Portemonnaie aus der Handtasche.

»Du bist Vegetarierin?«

»Eigentlich Pescetarierin. Fisch esse ich schon.« Ich halte ihm einen Zwanzig-Pfund-Schein hin.

Er winkt ab. »Das nächste Mal kannst du das übernehmen.«

Sonny meint also, wir wiederholen das Ganze? Mir wird warm ums Herz.

Er kommt mit frischen Getränken zurück. »Du bekommst Fish and Chips. Ich habe es nicht über mich gebracht, dir einen veganen Kartoffel-, Erbsen-, Seegras-Burger zu bestellen.«

»Dabei hört sich das doch gut an!«, beschwere ich mich mit einem Augenzwinkern.

»Sorry, aber es gibt Fisch and Chips. Basta!«

»Das klingt genauso gut. Und danke dafür.« Ich greife nach meinem frischen Glas Cider.

»Danke, dass du mitgekommen bist und mir Gesellschaft leistest.« Er erhebt sein Glas.

»Was Matilda und Archie wohl heute Abend vorhaben?«, sinniere ich.

»Ich hatte schon überlegt, Archie anzurufen, dann jedoch beschlossen, es erst mal bei dir zu versuchen.«

»Oh, ich fühle mich geehrt. Oder war es nicht einfach nur so, dass du faul warst und ich gleich nebenan wohne?«

Er lacht. »So was in der Art. Nein!« Er schüttelt den Kopf. »Ich mag dich. Zugegeben, für mich ist das eine völlig neue Vorstellung, aber ich glaube, wir könnten gute Freunde werden.«

Ich grinse ihn an. »Was an dieser Vorstellung ist so neu?«

»Gute Freundinnen sind nicht so wirklich mein Ding.«

»Und warum nicht?«

»Dem gehen Evelyn und ich gerade auf den Grund«, antwortet er ohne jede Ironie, beugt sich zu Bertie hinunter und krault sie. Um den Blickkontakt mit mir aus dem Weg zu gehen, schätze ich.

»Wie sind deine Eltern so?«, frage ich nach einer Weile.

»Ganz normal. Mein Vater ist Buchhalter, meine Mutter Bibliothekarin. Ich habe zwei ältere Schwestern: Harriet ist Friseurin und Jackie Lehrerin an einer weiterführenden Schule. Sie sind alle ganz normal.«

»Wie viel älter als du sind deine Schwestern?«

»Harriet ist zwölf Jahre älter und Jackie neun. Mir ist klar, was du denkst ... Das habe ich mit Evelyn schon durchgekaut – und du hast recht. Ich wurde als Kind verwöhnt. Bekam praktisch alles, was ich wollte. Das Nesthäkchen der Familie. Der verlorene Sohn«, ergänzt er spöttisch. »Es würde Sinn ergeben, wenn mein mieses Verhalten Frauen gegenüber darauf zurückzuführen wäre, aber ich hatte in meiner Kindheit gute Vorbilder: Mein Vater hat sich gegenüber meiner Mutter grundsätzlich hochanständig verhalten, zumindest was ich mitbekommen habe. Und meine Schwestern sind glücklich verheiratet und haben zusammen fünf Kinder. Alle ganz normal«, wiederholt er und betont dabei das letzte Wort. »Wahrscheinlich habe ich einfach einen Knacks weg.«

»Und der – also, dein Knacks, wie du es nennst – hat dich unglücklich gemacht?«

»Nein, ich habe mich leer gefühlt dadurch«, gesteht er. »Ausgehöhlt. Ehrlich gesagt, kommt es mir immer noch ein bisschen so vor. Jetzt gerade allerdings nicht«, stellt er klar. »Nach einer Sitzung bei Evelyn geht's mir grundsätzlich besser.«

Er zögert. »Und mit dir kann ich auch gut reden.« Sein Blick ist aufrichtig.

»Ich hatte ja auch den besten Lehrmeister. Schließlich bin ich bei Charles aufgewachsen, vergessen? Da wurde ich ständig analysiert.«

»Und warum war das nötig?«

»Na, ich war ein Teenager«, antworte ich entschieden. Näher darauf eingehen möchte ich nicht. »Wie bist du auf Evelyn gekommen?«, lenke ich das Gespräch daher wieder auf ihn.

»Harriet hat sie mir empfohlen. Ihr Mann hat vor ein paar Jahren in einem Tief gesteckt, als er seinen Job verlor. Sie meinte, Evelyn habe ihm wirklich geholfen. Harriet hat mich buchstäblich gezwungen, einen Termin bei ihr auszumachen.« Er wendet den Blick ab, aber seine düstere Miene entgeht mir nicht. Nach dem Tod seines Freundes muss er wirklich am Boden zerstört gewesen sein.

Ein Mann kommt von der Bar mit zwei Tellern in den Händen auf uns zu.

»Sonny?«, fragt er.

»Das bin ich«, antwortet Sonny. »Danke.«

Als er mir meine Fish and Chips vorsetzt, bedanke ich mich ebenfalls.

»Wenn deine Eltern so stinknormal sind, warum haben sie dich dann Sonny genannt?«

»Was stimmt denn an Sonny nicht?«, erwidert er stirnrunzelnd, nimmt sich eine Pommes und beißt hinein.

»Alles gut. Er ist nur einfach ein bisschen zu cool irgendwie.«

»Bin ich etwa nicht cool?«

Ich lache. »Du bist schon okay«, räume ich widerstrebend ein. Nicht, dass er noch abhebt! »Aber deine Eltern sind nicht cool, oder?«

Grinsend greift er nach seinem Burger. »Mein richtiger Name ist James. Als Baby hat mich jeder Jimmy genannt. Dann hat mein Opa damit angefangen, mich Sonny Jim zu nennen, und das ist hängen geblieben. Zumindest der Sonny-Teil. Ich bin Sonny, seit ich denken kann.«

Der Name passt, keine Frage.

***

Später, als mit der Abenddämmerung die Mücken kommen, verziehen wir uns in das jahrhundertealte Gebäude hinein und setzen uns in einer gemütlichen Ecke in zwei abgewetzte alte Ledersessel am Fenster. Durch die schummerige Beleuchtung und die vorwiegend aus Holz bestehende Innenausstattung – niedrige Deckenbalken, Bar, Wandpaneele, der Dielenboden, Bücherregale – wirkt hier alles dunkler und intimer.

Zum ersten Mal an diesem Abend gehen uns die Gesprächsthemen aus. Sonny löst den Blick nicht von mir, und der Alkohol, der durch meinen Adern fließt, macht es mir möglich, seinen Blick unbefangen zu erwidern.

»Ich rufe besser ein Taxi.« Sein Tonfall ist leise, zögernd.

»Echt? Jetzt schon?« Ich werfe einen Blick auf meine Uhr. Gerade mal halb elf.

»Yep«, erwidert er entschieden, aber wenig begeistert, holt sein Handy hervor und geht die Kontakte durch.

»Warum so eilig?«

»Du musst morgen arbeiten«, murmelt er. Seine ganze Aufmerksamkeit gilt dem Display seines Handys.

»Ich bin doch aber schon ein großes Mädchen …«

»Eben, und wenn ich noch einen Drink zu mir nehme, versuche ich, mit dir zu schlafen.« Er sieht mich vielsagend an.

»Oh.«

»Ja, genau: oh!« Er hält sich das Telefon ans Ohr.

Mein Herz schlägt Purzelbäume. Zum Glück habe ich während seines Telefonats mit der Taxizentrale die Möglichkeit, mich wieder zu fassen.

»Das Taxi ist in zehn Minuten da.« Mit nachdenklichem Blick steckt er sein Handy weg. »Tut mir leid«, sagt er und fährt sich mit der Hand durchs Haar. »Aber ich möchte dieses Versprechen, das ich mir selbst gegeben habe, auf keinen Fall brechen.«

»Vielleicht fühlst du dich ja besser, wenn ich dir sage, dass ich eh nicht mit dir geschlafen hätte?«

Er schürzt die Lippen. »Na, dann …!«

Sein fröhlicher Tonfall bringt mich zum Lachen.

»Weißt du, an dem Tag, als ich meine Brille abgeholt habe, da hatte ich eigentlich vor, dich auf einen Drink einzuladen«, gesteht er.

»Ich hätte nicht Nein gesagt.«

»Wirklich?«

»Ja, wirklich. Du wärst ja am nächsten Tag nach Amsterdam geflogen, insofern wäre es völlig unverbindlich gewesen.«

»Und das wäre dir recht gewesen?«, fragt er verdutzt.

»Ja. Du bist nämlich nicht die einzige Person hier, die ein Problem mit dauerhaften Beziehungen hat.« Genau deshalb habe ich ihn auch nicht verurteilt. »Mit sechzehn hatte ich mal einen Freund, doch als es dann ernst wurde, habe ich Schluss gemacht.«

»Magst du keinen Sex?«, fragt er verwirrt.

»Natürlich mag ich Sex. Aber darum ging's nicht. Er wurde einfach zu anhänglich.« Er wollte alles über mich wissen, und ich fühlte mich nicht wohl dabei, zu viel von mir preiszugeben, das war schon immer so. »Kurze Affären sind mir lieber. Alles viel unkomplizierter.«

So lief das auch, als ich im Ausland unterwegs war. Auf Reisen fühlt sich ohnehin nichts von Dauer an, man lässt sich einfach treiben und hat mit ernsten Beziehungen eher nichts am Hut. Jetzt, wo ich monatelang hier feststecke – schönen Dank auch, Charles! –, werde ich wahrscheinlich durchdrehen. Aber ich will mein Leben nun mal nicht verkomplizieren, indem ich mich auf jemanden hier aus der Gegend einlasse. Eine Nacht mit Sonny, bevor er wieder nach Amsterdam verschwindet, das wär's gewesen! Jetzt allerdings stehen die Chancen dazu schlecht.

»Du brauchst dir also keine Sorgen zu machen«, beteuere ich. »Ich werde nicht zulassen, dass du mit mir schläfst. Nicht jetzt, wo ich dich allmählich besser kennenlerne. Ach was, ich *verspreche* es dir sogar!«

»Und ich verspreche dir, dass ich auch nicht versuchen werde, mit dir zu schlafen«, erwidert er mit schwacher Stimme, und ich höre Bedauern gemischt mit Erleichterung heraus, was mein Ego mit leichter Genugtuung zur Kenntnis nimmt.

»Prima. Dann sind wir also einfach wieder gute Freunde!«

8

Calvin ist so goldig!« Versonnen betrachte ich das kleine Bündel in meinen Armen.

Er sieht zu mir auf, direkt in meine Augen.

Ich erinnere mich, dass ich vor ein paar Jahren mal etwas über eine Studie an Babys gelesen habe. Darin hieß es, Säuglinge im Alter von zwei bis fünf Tagen würden am liebsten Menschen anschauen, die ihren Blick erwidern. Aufzeichnungen der Gehirnaktivität von vier Monate alten Säuglingen zeigten außerdem, dass sie die Gesichter von Menschen intensiver verarbeiten, wenn sie direkt angesehen werden.

Calvin ist noch keine zwei Wochen alt, und er ist offensichtlich ganz fasziniert von mir. Es fällt schwer, den Blick von ihm loszureißen.

»Wie kommst du mit dem Ganzen so zurecht?«, frage ich Danielle.

Sie ist müde, aber in Hochstimmung, hat die Füße unter sich auf dem Sofa angezogen und den Kopf auf ein Kissen gelegt. In den Händen hält sie einen Becher mit heißem Tee.

»Ich liebe es«, erwidert sie leise. »Es ist anstrengend, aber gleichzeitig auch überwältigend, weißt du.«

Ich weiß es zwar nicht, nicke aber und lächele einfühlsam.

Da Danielles Mann, Brett, zum Supermarkt gegangen ist, haben wir das Haus für uns allein.

Wir reden eine Weile über sie, über die schlaflosen Nächte und die Herausforderungen beim Stillen, darüber, wie sich ihr Körper von der Geburt erholt, über die Freundschaften, die sie durch die Geburtsvorbereitungskurse geschlossen hat, und wie wiederum die mit all dem zurechtkommen.

»Und was hast du so getrieben, seit du wieder hier bist?«, möchte sie schließlich wissen.

Bisher sind wir kaum dazu gekommen, uns in Ruhe zu unterhalten, da Danielle in den letzten Wochen ihrer Schwangerschaft so viel um die Ohren hatte und jedes Mal beschäftigt war, wenn ich mich mit ihr treffen wollte.

»Ich habe gearbeitet. Mich um Bertie gekümmert. Charles' Haus und Garten in Schuss gehalten. Ja, und ich habe mich mit ein paar Leuten angefreundet!«

Sie setzt sich aufrechter hin. »Mit wem genau? Und wie sind sie so?«

»Matilda arbeitet in der Apotheke gleich neben unserem Geschäft.« Ich erzähle, wie wir uns ständig über den Weg liefen und schließlich ins Gespräch gekommen sind. »Und dann wäre da noch Sonny.«

Mein Tonfall muss sich verändert haben, denn sie horcht auf. »Aha ...?«

»Wie gesagt, wir haben uns angefreundet, das ist alles. Aber ich gebe es zu: Er ist heiß!«

Sie reißt verzückt die Augen auf. Calvin fängt in meinen Armen an zu weinen.

Danielle wirft einen besorgten Blick auf die Uhr. »Hm, eigentlich ist es noch zu früh für eine Mahlzeit.« Widerstrebend stellt sie ihren Tee auf dem Tisch ab und steht auf. »Ich nehme ihn mal lieber«, seufzt sie, doch sobald Calvin in ihren Armen liegt, lächelt sie wieder. Sie geht in die Mitte des Raumes und bewegt sich gurrend hin und her, worauf er sofort zu quengeln aufhört.

»Okay, er ist also heiß ...«, souffliert sie.

Ich fange an zu erzählen, wie Sonny und ich uns kennengelernt haben, aber ihr Blick wandert immer wieder zu ihrem süßen kleinen Sohn, und ich bin mir nicht sicher, wie viel sie überhaupt mitbekommt. Was ich ihr aber nicht übel nehme.

Sie wirkt jetzt so ganz anders als das Mädchen, mit dem ich zur Schule gegangen bin. So erwachsen. Sie ist jetzt Mutter, und das ist einfach Wahnsinn!

Ihre Cornrows müssten neu geflochten werden, und das erinnert mich daran, wie wir uns gegenseitig früher die Haare gemacht haben. Damals waren wir unzertrennlich, liehen uns gegenseitig die Klamotten aus, quetschten uns in einen einzigen Sessel, schauten fern und mampften dabei Popcorn. Wir waren ein Herz und eine Seele, aber das ist lange her. Es fällt schwer, nicht nostalgisch zu werden.

Danielle und Brett kennen sich sogar noch länger als wir beide uns. Mit sechzehn fingen sie an, sich zu daten, und haben seitdem kaum einen Tag ohne einander verbracht. Sie ist sechsundzwanzig – ich bin ein Jahr später in die weiterführende Schule gekommen als sie, sie ist also jünger als ich – und trotzdem schon irgendwie angekommen, sie weiß, was sie vom Leben will.

»Habt ihr eigentlich immer noch Kontakt zu Joshua?«, frage ich.

Joshua war mein erster Freund, von ihm hatte ich Sonny erzählt. Er und Brett waren in der Schule beste Freunde, und eine Zeitlang war Danielle regelrecht besessen von der Vorstellung, dass wir vier ein Quartett bilden könnten. Irgendwann gab ich nach, zumal unsere Freundin Nina sich gerade in Behandlung befand und ich mich in der Schule ausgegrenzt fühlte.

»Ja, den treffen wir andauernd. Er hat sich verlobt. Was du im Übrigen wüsstest, wenn du Instagram hättest.«

»Ja, super. Ich freue mich für ihn!« Ich hoffe, das hört man mir auch an, denn wenn ich ehrlich bin, nagt es schon an mir, dass alle erwachsen werden und ihren Weg gehen. Alle außer mir.

9

Gerade als ich in Charles' Auto steige, kündigt mein Handy eine eingehende Nachricht an. Jedes Mal, wenn ich damit fahre, fühle ich mich in meine Teenagerzeit zurückversetzt. Was auch am Geruch des abgenutzten kastanienbraunen Lederinterieurs liegt, das zur Außenlackierung passt, und an dem markanten Eschenholzrahmen, der innen wie außen zerkratzt ist. Ein paar dieser Kratzer an den hinteren Innentüren stammen von meinen Fingernägeln, erinnere ich mich schuldbewusst, als ich in genau diesem Wagen meine Jungfräulichkeit an Joshua verlor.

Ich versuche, die Erinnerung an ihn und die anderen bedeutungslosen Freunde zu verdrängen, die ihm viel zu knapp aufeinanderfolgten, und krame in meiner Handtasche nach dem Handy.

Die Nachricht stammt von Matilda: *Die Jungs spielen ab 13.30 Uhr Kricket auf der Wiese. Na, hättest du Lust, es mit anzuschauen?*

Meine Stimmung hebt sich augenblicklich. *Klingt großartig*, schreibe ich zurück, lasse den Motor an und frage mich, wen sie mit »die Jungs« genau meint.

Wieder meldet sich mein Telefon.

Und nimm einen Badeanzug mit!

Das Gespräch mit Sonny am Freitagabend kommt mir immer noch surreal vor. Normalerweise unterhalten sich gute Freunde nun mal nicht darüber, ob sie miteinander schlafen wollen. Der Alkohol war Schuld daran. Wie wird es wohl sein, wenn wir uns das nächste Mal begegnen?

Vielleicht finde ich das ja schon bald heraus.

***

Bei meiner Ankunft – Bertie habe ich zuvor abgeholt – ist das Spiel bereits in vollem Gange. Die ganze Szenerie wirkt so klassisch englisch – über eine große Grünfläche verteilte Männer in weißen Trikots, dazu im Hintergrund der River Cam –, dass ich gar nicht anders kann, als eine Weile stehen zu bleiben und das Geschehen zu beobachten.

Archie setzt gerade zum Wurf an, und Kev und Warren befinden sich auf dem Spielfeld, doch von Sonny ist weit und breit nichts zu sehen.

Ich lasse den Blick über die Zuschauer schweifen und entdecke Matilda unten am Fluss. Um nicht versehentlich einen Kricketball abzubekommen, umrunde ich das Spielfeld mit Bertie weiträumig.

»Schön, dass ihr es hergeschafft habt«, ruft Matilda bei unserem Anblick, rappelt sich von ihrer Picknickdecke auf und umarmt mich. »Das ist Faith«, stellt sie mir die Frau hinter sich vor, und mir dreht sich der Magen um, als mir aufgeht, dass es sich bei dieser Faith um eine der Frauen handeln muss, mit denen Sonny geschlafen hat.

»Hi!«, begrüßt Faith mich mit einem freundlichen Lächeln. Sie ist ungefähr in meinem Alter, und mit ihrer hochgewachsenen schlanken Figur, dem schulterlangen blonden Haar und dem herzförmigen Gesicht wirklich hübsch.

»Hallo!« Ich ziehe Bertie von der Decke zurück und versuche, ebenso erfreut zu klingen.

Zu Danielle, die kein großer Hundefan ist und nicht gewollt hätte, dass einer ihrem Neugeborenen zu nahe kommt, hatte ich Bertie nicht mitgenommen, und entsprechend übermütig ist Bertie jetzt.

»Einen Pimm's?« Faith hält eine Flasche in die Höhe.

»Hört sich gut an!«

Matilda reicht Faith ein leeres Glas, und ich lasse mich auf der Seite der Decke nieder, neben der eine Hecke Schatten wirft, und klopfe aufs Gras, um Bertie dazu zu bewegen, sich dort hinzulegen und nicht in die pralle Sonne.

Wenn ich so darüber nachdenke, könnte es auch sein, dass Matilda meinte, es sei ihre Freundin *Nessa* gewesen, die partout nicht herkommen wollte, als sie hörte, Sonny könnte ebenfalls auftauchen. Und hieß es nicht, Faith sei mit einem der Kricketspieler zusammen?

»Bist du denn ein Kricketfan?« Ich hoffe, mit dieser Frage klärt sich das Ganze.

»Ungefähr ein so großer Fan wie ich«, antwortet Matilda für sie. »Faith ist mit Cameron zusammen, dem da drüben hinter diesen komischen Stöcken.«

»Hinter den Stumps beziehungsweise dem Wicket«, korrigiert sie Faith. »Und er wird Wicketkeeper genannt, glaube ich.«

»In meiner Gegenwart bitte keine Fachbegriffe!« Matilda wirft ihr einen vernichtenden Blick zu.

»Tut mir leid«, erwidert Faith zerknirscht.

Ich lache und trinke meinen ersten Schluck Pimm's in diesem Sommer. Die Kombination aus Limonade, Ginger Ale, frischen Erdbeeren und Minze ist einfach göttlich.

Faith und Matilda haben beide ihre Sandalen abgestreift, und ich tue es ihnen gleich.

Die Sonne brennt gnadenlos auf mich herunter – meinen

langen Rock habe ich inzwischen hochgerafft und bin froh, dass ich daran gedacht habe, mich vor dem Weggehen mit Sonnencreme einzuschmieren und meinen Strohhut mitzunehmen.

Vielleicht liegt es am Pimm's, vielleicht an der Gesellschaft oder vielleicht auch an der Aussicht – Matilda hat auf jeden Fall recht: Männer in weißen Krickettrikots sind heiß.

»Wo wohnst du eigentlich?«, möchte Faith wissen, als wir auch unser zweites Glas schon fast geleert haben.

»In Grantchester.« Ich deute hügelaufwärts. »In der Nähe des Green Man. Und du?«

»Ich in Barton, aber Cameron wohnt auch in Grantchester. In der Coton Road.«

In Barton wohnen Sonnys Eltern.

»Ach, was ich dich schon immer fragen wollte.« Faith wendet sich zu Matilda um. »Ich habe Sonny neulich aus dem Hofladen kommen sehen. Was macht er denn noch hier?«

Unsere Gedanken sind eindeutig in dieselbe Richtung gewandert.

»Er bleibt noch den Sommer über da.« Matilda angelt sich eine Erdbeere aus ihrem Glas.

»Alles klar.« Der Gedanke scheint Faith nicht sonderlich zu beunruhigen. »Dann werden wir uns wohl über kurz oder lang über den Weg laufen.«

»Ich glaube allerdings nicht, dass er noch lange in Barton bleibt«, verrät Matilda. »Er möchte sich irgendwo ein Zimmer mieten. Und unbedingt weg von seinen Eltern.«

»Ich könnte ihm unser Gästezimmer anbieten«, meint Faith. »Aber ich glaube, Cameron wäre nicht allzu glücklich darüber. Kennst du Sonny?«, wendet sie sich an mich.

Ich nicke.

»Allerdings nicht so, wie du denkst«, kommt mir Matilda zu Hilfe. »Hannah ist Augenoptikerin. Sie haben sich bei einem Augentest kennengelernt. Wir arbeiten quasi Tür an Tür.« Sie deutet mit dem Daumen zwischen uns hin und her. »Ich habe sie schon vor ihm gewarnt«, fügt sie grimmig hinzu.

Faith grinst. »Wenn du auf der Suche nach einem festen Freund bist, dann solltest du einen großen Bogen um ihn machen. Für ein bisschen Spaß ist er aber gut zu haben.«

»Ach, und was ist mit der armen Nessa?«, entrüstet sich Matilda.

»Nessa?« Faith lacht höhnisch auf. »Die hätte es besser wissen müssen. Ach was, sie *wusste* es besser!« Sie sieht zu mir und erklärt: »Sonny und ich haben uns vor ein paar Jahren mal für die Heimfahrt ein Taxi geteilt und sind schließlich bei mir zu Hause gelandet. Am nächsten Tag ist er nach Amsterdam geflogen, und das war's. Schwamm drüber!«

Sie wendet sich an Matilda. »Nessa hat anscheinend gedacht, ihre Nummer zu Silvester wäre der Auftakt zu einer wunderbaren Beziehung oder so was. Sie hat sich ihm regelrecht an den Hals geschmissen.«

»Ähem …!«, unterbricht Matilda sie vielsagend.

Faith lacht. »Ja, ja, ich weiß schon, wer selbst im Glashaus sitzt …. Das mit dem gemeinsamen Taxi hatte ich mir von Anfang an vorgenommen«, bekennt sie grinsend. »Aber zumindest habe ich mir nichts vorgemacht. Ich kenne Nessa ja nicht so gut – sie ist in erster Linie Matildas Freundin –, aber anscheinend war sie in Sonny verknallt und völlig am Boden zerstört, als er danach nicht vor ihr auf die Knie gefallen ist und ihr seine unsterbliche Liebe gestanden hat.«

»*Leicht* überspitzt formuliert«, wirft Matilda ein, berichtigt sie aber nicht.

Applaus ist zu hören, und wir blicken zum Spielgeschehen.

»Ist es schon vorbei?«, fragt Faith überrascht.

»Sieht ganz danach aus.« Matilda steht auf und klatscht.

Archie sieht in unsere Richtung und kommt dann grinsend auf uns zugelaufen. Währenddessen macht sich Faith über den Rasen auf den Weg zu Cameron. Im Vorbeigehen geben sie und Archie sich ein High-Five.

»Habt ihr gewonnen?«, ruft Matilda, als Archie uns erreicht hat.

»Habt ihr etwa nicht zugeschaut? Natürlich haben wir gewonnen!«

»Huch, du bist ja ganz verschwitzt«, beschwert sie sich, als er sich zu ihr hinunterbeugt und sie umarmt.

»Ich bin eben ein heißer Typ!«, kontert er.

Das könnte jeder hier unterschreiben.

Er entdeckt mich hinter ihr. »Hey, Hannah!«, begrüßt er mich warm. »Ich küss dich mal lieber nicht.«

Ich lächele. »Danke!«

Ihm rinnt der Schweiß übers Gesicht.

»Nachher geht's ins Blue Ball«, erklärt er. »Davor gehen ein paar von uns allerdings noch baden.«

»Nur gut, dass ich deine Badehose eingepackt habe.« Matilda wendet sich an mich. »Hast du an deine Badesachen gedacht?«

»Nein, aber das macht nichts. Ich lasse meine Füße auch einfach gern ins Wasser baumeln.«

»Bist du sicher? Du könntest noch mal schnell nach Hause düsen.«

»Bin ich, ja.« Ich werde mich bestimmt nicht vor allen anderen im Badeanzug zeigen.

***

Bald darauf stehe ich neben Matilda ein Stück weiter Richtung Cambridge im seichten Wasser des Flusses. Nachdem sie doch keine Lust mehr darauf hatte, sich extra umzuziehen, raffen wir nun einfach nur unsere Röcke hoch. Besser gesagt: ich, ihr Kleid reicht nämlich sowieso nur zu bis zu den Oberschenkeln.

Schlamm quillt zwischen unseren Zehen hindurch, doch das Wasser ist herrlich kühl. Was macht es da schon, dass man sich hinterher die Füße sauber machen muss?

Faith und Cameron, die bei Camerons Eltern zu einem späten Sonntagslunch eingeladen sind, haben sich bereits verabschiedet, und ein paar der Teammitglieder sind schon zum Pub aufgebrochen.

Am Fluss ist einiges los, und kaum ein Moment vergeht, in dem man nicht vergnügtes Kindergelächter hört. Überall tummeln sich Familien – wo man auch hinsieht, liegen Picknickdecken, und Kinder hüpfen vom Ufer ins Wasser oder lassen sich an einem Seil, das am Baum gegenüber befestigt wurde, darüber schwingen. Kanus, Stechkähne und Stand-up-Paddler ziehen in regelmäßigen Abständen an uns vorbei, und auch ein paar schnatternde Enten watscheln in der Hoffnung auf Picknickreste herum. Bertie stürzt sich natürlich ebenfalls ins Getümmel und springt zwischen den begeisterten Kindern hin und her, die ihr zum Apportieren abwechselnd ein Stöckchen werfen. Sie liebt es, im Fluss zu schwimmen.

Archie, der sich gerade noch am gegenüberliegenden Ufers auf dem Rücken hat treiben lassen, kommt zu uns herübergeschwommen. Vermutlich möchte er wissen, wo seine Freunde stecken.

»Hast du heute schon was von Sonny gehört?«, fragt er mich und streicht sich sein nasses dunkelblondes Haar aus dem Gesicht.

»Nein.« Warum fragt er das ausgerechnet mich?

Er wirkt besorgt. »Ich hab vorhin versucht, ihn anzurufen, aber er hat den Anruf umgeleitet und mir dann geschrieben, er könne gerade nicht sprechen. Ich bin davon ausgegangen, dass er inzwischen zurückgerufen hat. Er ist gestern Abend bei mir vorbeigekommen«, verrät er, »und hat uns erzählt, dass er eine Therapie macht. Und zwar bei deiner Nachbarin, stimmt's? Anscheinend lauft ihr euch ja ständig über den Weg.«

Ich nicke verlegen und weiche einem Kind aus, das versucht, an mir vorbei zum Ufer zu flitzen. »Er möchte dir das in Ruhe erklären. Da will ich mich nicht einmischen.«

»Schon klar.«

»Machst du dir Sorgen um ihn?«, frage ich. Bertie kommt auf uns zugeschwommen und jault auf, als sie mit ihren Pfoten im Schlamm versinkt. Doch ich versuche, mich auf Archies Worte zu konzentrieren.

Er runzelt die Stirn. »Ein bisschen, ja. Gestern Abend schien er gar nicht er selbst zu sein. Wie war er denn am Freitagabend drauf?«

Er und Matilda wissen also, dass wir zusammen aus waren. Bestimmt wundert sich Matilda, dass ich das gar nicht erwähnt habe, noch dazu, wo wir uns mit Faith ja vorhin über Sonny unterhalten haben.

»Gut, um ehrlich zu sein.«

»Hm.« Archie wirkt nachdenklich. Bertie hat zu winseln aufgehört und kämpft sich durch den Schlamm ans Ufer. Ihrem Blick nach zu urteilen, wird sie sich jeden Augenblick schütteln und uns dabei alle nass spritzen. Zum Glück wirft in diesem Moment ein Kind wieder einen Stock für sie, dem sie natürlich hinterhersprinten muss.

»Vielleicht könnten wir ihn demnächst ja mal zum Essen einladen?«, wendet sich Archie an Matilda. »Versuchen, ihn zu unterstützen?«

»Ja, sicher«, erwidert sie halbherzig.

»Gerade könnte er wirklich ein paar gute Freunde um sich herum gebrauchen.« Es klingt, als müsste er sie davon überzeugen.

»Ich weiß. Natürlich können wir ihn einladen.« Sie dreht sich zu mir. »Vielleicht kommt Hannah ja auch?«

Ich nicke. Zu meiner Erleichterung höre ich keine Verurteilung aus ihrer Stimme heraus.

Andererseits will ich sie vielleicht ja auch einfach nicht hören.

10

Es ist Montagnachmittag, und ich befinde mich gerade im Garten hinter dem Cottage, als Sonny mit dem hellblauen Volvo seines Vaters vorfährt.

Nach dem Baden gestern hat Archie versucht, ihn anzurufen, und ihm, nachdem er ihn nicht erreichen konnte, geschrieben, dass wir in den Pub gehen.

Dort habe ich dann vergeblich gehofft, dass er auftaucht.

»Hey, Sonny!«, grüße ich ihn nun herzlich, als er aus dem Auto steigt. Meine Sorge um ihn ist größer als die Angst vor Peinlichkeiten nach dem Gespräch von Freitagabend.

»Hi«, erwidert er schwach und schließt die Autotür hinter sich.

»Alles okay?« Ich gehe auf ihn zu.

Er zuckt lustlos die Achseln. »Immerhin bin ich hier, oder?«

Sein düsterer Tonfall erwischt mich kalt, und ich bleibe abrupt stehen.

»Sorry«, murmelt er und sein Blick bleibt an dem Kanu hängen, das ich auf den Rasen geschleppt habe.

»Hab gehört, Archie ist kein Fan vom Stechkahnfahren?«

»Nope«, bestätigt er.

»Kanupaddel lassen sich viel leichter handhaben als Stoßstangen. Ich hab mich an dieses Kanu von Charles erinnert und dachte mir, ich mach's sauber, falls wir damit mal rausfahren wollen.«

Er schweigt dazu, seine Miene ist ausdruckslos. Einen Moment darauf dreht er sich in die Richtung von Evelyns Eingang.

»Ich gehe jetzt besser.«

»Okay, bis gleich!«

»Yep«, erwidert er düster und trottet mit gesenktem Kopf davon.

***

Ich arbeite noch etwa eine Stunde am Kanu weiter und bin noch draußen, als Sonny wieder herauskommt.

Ich versuche ja wirklich, ihn und Evelyn nicht zu belauschen, doch ihre Stimmen werden durch die Brise hergetragen. Anscheinend haben sie am Freitag einen weiteren Termin.

Er taucht um die Ecke des Gebäudes auf, und seine blauen Augen finden meine.

»Na?« Beim Herkommen verziehen sich seine Lippen zu einem kleinen Lächeln.

Es scheint ihm ein wenig besser zu gehen! Statt ihn zu löchern, lächele ich nur und deute mit großer Geste auf mein Werk.

Er nickt beeindruckt. »Sieht doch gleich viel besser aus!«

Ich habe den Schmutz abgeschrubbt, und nun glänzt die grüne-beige-braune Tarnfarbe des Kanus wieder.

»Wie du siehst, muss ich an den Innenraum noch ran.« Das Kanu ist noch zu einem Viertel mit schlammigem Wasser gefüllt.

Ich merke, wie er seinen Blick über meine untere Körperhälfte wandern lässt. Ich habe mir meine alten Jeansshorts angezogen, weil der Rock beim Putzen im Weg war.

»O Gott, ich sehe ja schlimm aus!« Verlegen streiche ich über meine schmutzverschmierten Oberschenkel. Normalerweise würde ich meine unvollkommenen Beine niemals zeigen.

Mit undurchdringlicher Miene sieht er mir wieder in die Augen.

»Wie war dein Wochenende?« Ich kämpfe gegen den Drang an, ins Haus zu gehen und wieder meinen Rock anzuziehen.

Er zuckt mit den Schultern. »Ganz gut. Am Samstagabend habe ich Archie und Matilda besucht.«

»Ja, das haben sie erzählt.«

»Du hast sie getroffen?«

»Gestern, bei dem Kricketspiel.«

Er hebt eine Augenbraue. »Was, du warst dort?«

»Ja. Wir haben dich vermisst.«

Er richtet seine Aufmerksamkeit wieder auf das Kanu. »Wie willst du das denn zum Fluss schaffen?«

»Charles hat dafür einen Rollwagen, aber der ist sehr schwer.«

»Könntest du beim Ausschöpfen Hilfe gebrauchen?«

»Das wäre super«, erwidere ich dankbar.

Er begibt sich auf die andere Seite des Kanus und macht sich daran, es zur Seite zu neigen. Ich drehe den Schlauch auf.

»Ich krieg das schon hin«, meint er, als ich ihm helfen will. »Du spritzt es sauber.«

Er trägt ein weißes T-Shirt, und die Muskeln an seinem Bizeps schwellen an, als er das schwere Boot vorsichtig neigt. Er ist immer noch sehr schlank, sieht jedoch gesünder aus, seine gebräunte Haut schimmert golden.

»Ich danke dir sehr«, sage ich, als wir fertig sind.

»Freut mich, dass ich helfen konnte. Meine Töchter hätten bestimmt auch Lust, mal damit herumzupaddeln.«

»Du kannst es dir jederzeit ausleihen!«

Seine Miene verfinstert sich. »Dafür müsste mir Rochelle erst mal erlauben, einen Ausflug mit ihnen zu machen.«

»Darfst du das nicht?«, frage ich erstaunt.

»Nope. Alles geschieht zu ihren Bedingungen.« Er seufzt. »Und ich kann es ihr nicht mal verdenken. Wie war dein Wochenende?« Er bewegt sich zu der Bank um den alten Apfelbaum und nimmt darauf Platz.

»Am Samstag musste ich ja arbeiten«, erinnere ich ihn.

Er klopft auf den Platz neben sich, und ich schlendere hinüber und setze mich zu ihm. Das Gras unter meinen bloßen Füßen ist von der Seifenlauge ganz matschig und schaumig.

»Hattest du einen Kater?«

»Das nicht, ich bin aber trotzdem froh, dass du rechtzeitig zum Aufbruch gedrängt hast. Auch so habe ich immer noch lieber die Luft angehalten, wenn ich mit Kunden zu tun hatte.«

Er grinst. Die Sonne scheint durch die Blätter und wirft ein Flickwerk aus Licht und Schatten auf sein Gesicht. Er muss sich seit Tagen nicht mehr rasiert haben.

»Ich glaube, ich hab gerade in einem kleinen Alkoholtief gesteckt«, gesteht er zerknirscht. »Bisher ist mir nie aufgefallen, dass sich das Trinken auf meine Stimmung auswirkt, andererseits war ich früher auch trinkfester als jetzt.« Nach kurzem Zögern fragt er: »Hast du heute noch was vor?«

»Eigentlich nicht.«

»Wie wäre es mit einen Ausflug zum Gog Magog?«

»Weshalb musst du denn da hin?« Das Gog ist ein Hofladen mit angeschlossenem Café, allerdings gibt es durchaus auch Cafés und Hofläden, die näher liegen. Das direkt in seinem Wohnort Barton gelegene Burwash Manor zum Beispiel ist eines der besten in der Gegend.

»Ich habe Lust, ein wenig herumzufahren. Außerdem wohnen meine Eltern gleich gegenüber von Burwash«, erklärt er. »Dort laufe ich dauernd irgendwelchen Freunden von ihnen über den Weg.«

Wetten, dass er ständig gefragt wird, wie es ihm geht?

»Einverstanden, ich zieh mir nur schnell was anderes an.« Mir fällt auf, dass er sich sein zuvor makelloses weißes T-Shirt schmutzig gemacht hat. »Sorry wegen deines Shirts. Du hast nicht zufällig noch ein anderes dabei?«

»Das geht schon so. Zumindest kann ich jetzt behaupten, heute etwas Produktives getan zu haben«, meint er trocken.

Ich nehme Bertie mit ins Haus und bringe sie in die Küche. Ich möchte nicht, dass sie im Wagen von Sonnys Vater überall ihre schwarzen Haare hinterlässt.

Gog Magog liegt eine zwanzigminütige Autofahrt entfernt. Sonny stöpselt sein iPhone in die Stereoanlage und lässt auf höchster Lautstärke eine Indie-Rock-Playlist laufen. Anstatt die Klimaanlage einzuschalten, kurbeln wir unsere Fenster herunter und entscheiden uns, mitzusingen anstatt zu reden. Als wir in die Farmeinfahrt biegen, hat sich seine Laune deutlich verbessert. Doch als ich ihn auf zwei süße Shetlandponys auf einer Koppel hinweise, rauscht sie wieder in den Keller.

»Die würden meine Mädels auch lieben!« Seufzend stellt er den Motor ab und steigt aus dem Auto.

»Warum erlaubt Rochelle nicht, dass du mit ihnen einen Ausflug machst?«, frage ich auf dem Weg zum Café.

»Sie traut mir nicht. Und sie glaubt nicht, dass ich imstande bin, auf Natalie und Imogen aufzupassen. Das mag früher so gewesen sein, aber ich bemühe mich wirklich und würde sie nie in Gefahr bringen, Herrgott nochmal. Ich würde sie so gern mal irgendwohin mitnehmen, vielleicht sogar über Nacht. Campen zum Beispiel, aber ob das jemals passieren wird, steht in den Sternen.«

»Vielleicht kriegt sie sich ein. Bloß nicht aufgeben!«

»Genau das erwartet sie aber von mir.« Er hält mir die Tür zum Café auf.

Nachdem wir an der Theke unsere Bestellung aufgegeben haben, setzen wir uns draußen nebeneinander an einen Tisch in der Sonne mit Blick zum Innenhof. Sonny wählt den Platz links von mir, so dass wir nebeneinandersitzen und beide auf den Innenhof blicken. Während wir auf unsere Kaffeebestellung warten, nimmt er den Gesprächsfaden wieder auf.

»Ich hatte gestern gehofft, die Mädchen sehen zu können, doch dann hat Rochelle das Ganze kurzfristig abgesagt.«

»Und weißt du, wieso?«

»Sie meinte, ihr neuer Freund würde sich einen Familientag wünschen.«

»Autsch.«

»Allerdings!«

»Du hättest zu uns kommen sollen. Wir hätten dich aufgemuntert.«

»Ich war nicht in der Stimmung, mich unter Leute zu mischen.« Er wirft mir einen entschuldigenden Blick zu. »Sorry, ich will jetzt nicht rumjammern.«

»Jammere ruhig, das macht mir nichts aus.«

»Im Moment scheine ich aber nur noch rumzujammern!«

»Du machst eben gerade eine schwere Zeit durch. Das wird schon wieder.«

Als die Kellnerin uns den Kaffee bringt, halten wir in unserem Gespräch inne und bedanken uns.

Sonny wirft ein Stück Würfelzucker in seinen Milchkaffee und rührt bedächtig um.

»Weißt du denn, ob Rochelle schon viele Freunde hatte?«

»Keine Ahnung«, erwidert er achselzuckend. »Wenn ich sie in der Vergangenheit gefragt habe, ob sie sich mit jemandem trifft, hat sie mir immer deutlich zu verstehen gegeben, dass mich ihr Privatleben nichts angeht.«

»Hoffentlich tut ihr Neuer ihr gut. Wenn er einen Familientag mit den Mädchen verbringen will, muss er doch eigentlich ganz okay sein, meinst du nicht?«

»Ich schätze schon«, antwortet er unglücklich.

»Vielleicht könntest du ja anbieten, babyzusitten, damit die beiden mal was allein unternehmen können.«

Er nickt. »Das habe ich am Samstag sogar schon vorgeschlagen, als wir telefoniert haben.«

»Und, wie hat sie es aufgenommen?«

Wieder zuckt er mit den Schultern. »Das lässt sich bei ihr schwer sagen. Ich werde es einfach weiter anbieten und sehen, wo es mich hinbringt.«

Der Arme. Er wirkt so verzweifelt! Spontan drücke ich ihm den Arm. Er sieht auf meine Hand.

»Es tut mir leid, dass du dich gerade so schlecht fühlst.« Ich nehme die Hand wieder weg. »Am Freitag warst du so gut drauf. Liegt es nur an Rochelle und deinen Mädchen, oder …?«

Mit einem tiefen Seufzer nimmt er seine Kaffeetasse und trinkt einen Schluck.

»Du musst nicht darüber reden, wenn du nicht magst.«

Er stellt seine Tasse auf den Tisch zurück. »Es wird sich schwachsinnig anhören.«

»Ich bin bei Charles aufgewachsen«, erinnere ich ihn, »da habe ich einiges mitbekommen.«

Er lächelt halbherzig und wirft mir einen Seitenblick zu. Mir ist aufgefallen, dass er es vermeidet, mir in die Augen zu schauen, wenn er schlecht drauf ist. Tut er es dann aber doch, stellt das seltsame Sachen mit mir an.

»Momentan bin ich ziemlich unzufrieden mit meinem Leben«, meint er bitter.

Ich warte darauf, dass er fortfährt.

»Meine Arbeit ... Meine *Beziehungen* ...« Bei den letzten Worten trieft seine Stimme vor Sarkasmus.

»Alles an meinem Leben fühlt sich gerade ... Nein, seit *Jahren* fühlt sich alles in meinem Leben ... sinnlos an.«

Meine geduldige Miene scheint ihn dazu zu bewegen fortzufahren.

»Früher habe ich das Fotografieren geliebt«, vertraut er mir an. »Aber Modefotografie ... dabei empfinde ich eine solche Leere. Und das schon so lange.« Er atmet schwer aus, lehnt sich zurück und sieht mich an. »In ein paar Wochen muss ich wegen eines Jobs nach Amsterdam. Das ist das Letzte, was ich tun möchte, aber ich habe mich schon vor Monaten dazu verpflichtet und kann es jetzt nicht mehr rückgängig machen. Dabei fühle ich mich dazu noch gar nicht bereit.«

»Warst du seit Ostern noch mal zu Hause?«

»Nein. Ich habe solche Schuldgefühle, dass ich nicht zu Scotts Beerdigung gegangen bin.«

»Ist das der Freund, der gestorben ist?«

Er nickt. »Ich konnte es einfach nicht. Nicht mal aus dem Bett aufstehen konnte ich.«

»O Sonny, habt ihr euch sehr nahegestanden?«

»Das ist es ja gerade. Eigentlich hatten wir einfach nur einen gemeinsamen Freundeskreis.« Er seufzt. »Aber ich habe mich in ihm wiedererkannt. Als er starb, wurde mir bewusst, dass ich auf demselben Weg bin wie er.«

Mein Gott!

»Ich stand vor der Wahl«, fährt er fort, während meine Gedanken rasen. »Weiterzumachen, um irgendwann so zu enden wie Scott, oder etwas zu ändern.«

Wieder drücke ich seinen Arm. »Und das tust du gerade. Du hast nicht aufgegeben. Du bist immer noch hier und versuchst, etwas Sinnvolles zu tun, indem du mehr Zeit mit deinen Töchtern verbringst. Ab jetzt geht's bergauf. Ganz bestimmt.«

Er nickt. Er ist nicht imstande zu sprechen, glaube ich.

»Und dieser Job in Amsterdam ...«, füge ich hinzu. »Vielleicht tut es dir ja gut, für eine Weile dorthin zurückzukehren, um zu sehen, wozu du imstande bist. Um zu sehen, ob du diesen Schwur, den du dir selbst gegeben hast, wirklich durchziehen kannst.«

Er blickt auf und hebt eine Augenbraue. Ganz ernst habe ich beim letzten Satz beim besten Willen nicht bleiben können.

»Gerade warst du drauf und dran, Evelyn den Rang abzulaufen, und dann sagst du so was!«

»Es tut mir leid, es tut so mir leid!«

Er lacht, und ich kann nicht anders, ich falle mit ein, während er den letzten Schluck seines Kaffees hinunterkippt.

11

Gerade sitzen wir wieder im Auto und biegen auf die Hauptstraße, als Sonnys Handy klingelt.

»Rochelle!«, stellt er in verblüfftem Ton fest. Bevor er den Anruf entgegennimmt, gibt er mir ein Zeichen, still zu sein. »Hi!«, meldet er sich dann.

»Wo bist du gerade?«, will sie wissen.

Bei ihrem bissigen Ton sträuben sich mir sofort die Nackenhaare.

»Im Auto. Wieso?«

»Wo im Auto? Bist du weit weg?« Sie klingt sehr ungeduldig.

»So circa zehn, fünfzehn Minuten Fahrzeit von euch entfernt. Warum?«, fragt er wieder.

»Kannst du die Mädchen von der Schule abholen und dich zu Hause ungefähr eine Stunde um sie kümmern, bis ich von der Arbeit heimkomme? Die Tagesmutter hat sich eine Magenverstimmung eingefangen, und meine Mum ist im Fitnessstudio.«

»Kein Problem! Aber ich habe jemanden dab…«

»Männlich oder weiblich?«

»Weiblich.«

»Ich will nicht, dass du meine Töchter mit einem deiner Flittchen bekannt machst!«

»Sie ist kein …« Er klingt aufgebracht. »Es ist einfach eine Freundin!« Er wirft mir einen entschuldigenden Blick zu, während ich in dem vergeblichen Versuch, der Attacke auszuweichen, auf meinem Sitz herumrutsche.

»Tja, entschuldige, aber mir ist nun mal bekannt, dass du mit halb Cambridgeshire geschlafen hast«, schnauzt sie.

»Rochelle, ich habe das Gespräch auf laut gestellt«, erwidert er ruhig. Ich bedenke ihn mit einem erstaunten »Nee, oder?«-Blick. Will er sie absichtlich auf die Palme bringen?

»Vergiss es!«, zischt sie. »Ich frage eine Freundin.«

»Warte!«, ruft er. »Ich bin in zehn Minuten da. Ruf sonst niemanden an. Ich werde bestimmt da sein«, beharrt er.

»Gut«, schnauzt sie und beendet das Gespräch.

Er legt auf und sieht mich an. »Sorry. Macht's dir was aus?«

Noch immer baff, verneine ich, was eigentlich nicht ganz stimmt.

***

Rochelle wohnt mit Sonnys Kindern in Hauxton, einem kleinen Ort südlich von Cambridge. Auf dem Weg dorthin kommen wir auf kurvenreichen Straßen an reetgedeckten Cottages und Wohnungsbauten aus den siebziger Jahren vorbei.

»Hoffentlich hat sie in der Schule Bescheid gegeben«, sagt Sonny, als er vor der Dorfschule anhält. »Das einzige Mal, als ich die beiden abgeholt habe, wollte ihre Lehrerin sie mir nicht überlassen, weil sie nicht wusste, wer ich bin.«

»Na, dann: viel Glück«, wünsche ich ihm schwach, als er aus dem Auto steigt.

Sein Leben scheint wirklich kompliziert zu sein!

Viel zu spät kommt mir, dass ich ihn hätte bitten sollen, mich irgendwo abzusetzen. Ich hätte ein Taxi nach Hause nehmen oder sogar in dem netten Feinkostgeschäft warten können, an dem wir vorbeigekommen sind. Aber jetzt ist es zu spät.

Es dauert gut fünf Minuten, bis die ersten Kinder die Schule verlassen, und weitere fünf, ehe Sonny auftaucht. Einen Moment lang bin ich verwirrt. Seine Töchter sehen identisch aus: Sie sind gleich groß, tragen die gleiche Schuluniform, und ihre hellblonden Haare sind jeweils zu gleich hohen Pferdeschwänzen gebunden. Und dann begreife ich, dass sie identisch *sind*. Sie sind Zwillinge.

Mir kommt es vor, als hätte man einen Eimer Eiswasser über mich ausgeleert.

Matilda hatte gesagt, sie erinnere sich noch, wie es war, neun zu sein, und ich ging davon aus, dass sie sich dabei auf das Alter von nur einer der beiden bezog. Sie hatte Sonny auch als den typischen Aufreißer beschrieben, und Sonny selbst hatte zugegeben, nicht lange mit Rochelle zusammen gewesen zu sein. Ich ging von ein paar Jahren aus, aber mit meinem jetzigen Wissensstand wird mir klar, dass es sich wahrscheinlich nur um Tage gehandelt hat, wenn überhaupt. Schön dumm von mir, dass ich das alles nicht schon früher geschnallt habe.

Um mich herum öffnen sich die Autotüren, Sonny steigt vorne ein, und seine Töchter drängen sich hinten hinein.

Ich zwinge mich dazu, mich lächelnd umzudrehen.

Sonny wendet sich ebenfalls um. »Mädels, das ist Hannah. Hannah, das sind Imogen und Natalie.«

»Hallo, Natalie!«, gurre ich, und alles in mir krampft sich zusammen, als ich dem Kind zuwinke, das Sonny mir als Imogen vorgestellt hat. »Hallo, Imogen!«

»Nope, ich bin Natalie«, erklärt Natalie.

»Nein, du bist Imogen. Moment mal, nein, du bist Imogen.« Ich deute auf sie und tue so, als wäre ich verwirrt, worauf sie zu kichern anfangen.

Beim Klang ihres identischen Lachens zieht sich mein Herz zusammen.

Sie haben die Augen ihres Vaters: hell, blau, fast schon violett, und auch etwas an ihrem Lächeln erinnert mich an ihn.

»Sind alle angeschnallt?«, erkundigt sich Sonny.

Von der Rückbank ertönt zweimal ein Ja.

»Hannah?«, fragt er mich in strengem Ton.

»Ja, Dad!«, rufe ich, und die beiden giggeln wieder los.

Wir fahren zum Spielplatz des Dorfes, der sich in einer großen, gepflegten Grünanlage befindet.

Ich schubse Natalie auf der Schaukel an, und Sonny neben mir Imogen. Immer höher geht es, bis ihre Freudenschreie zu Angstschreien werden und wir langsamer machen, woraufhin sie sich beschweren, und das Ganze wieder von vorn losgeht.

Schließlich bemerkt Imogen, dass sie Hunger hat, worauf Natalie prompt auch der Magen knurrt. Sonny erklärt, dann müssten wir nach Hause fahren, da er keine Zeit mehr hatte, Snacks zu besorgen. Der Gedanke, in Rochelles Territorium einzudringen, behagt mir gar nicht, andererseits fänden es die Mädchen bestimmt komisch, wenn ich im Auto sitzen bleibe. Außerdem, wer weiß, wie lange ihre Mum noch weg ist.

Rochelle und ihre Töchter leben in einem kubusartigen Einfamilienhaus aus den Achtzigern in einer Straße voller anderer kubusartiger Häuser aus den Achtzigern. Der Vorgarten ist gepflegt, aber eintönig: Er besteht aus einer kleinen frisch gemähten Rasenfläche und einem Topf mit rosa Geranien, der unter einem der Fenster steht.

Der Ersatzschlüssel steckt in einem Schlüsselsafe neben der Haustür, dessen Code die Mädchen kennen, und so gehen wir hinein. Als der Alarm losgeht, zucken Sonny und ich zusammen.

Natalie tritt seelenruhig zur Tastatur und tippt vier Ziffern ein, worauf der Alarm verstummt.

»Puh«, murmelt Sonny, und sein banger Blick sagt mir, dass ihm die Nerven genauso flattern wie mir.

»Du hast das noch nie gemacht?«, frage ich, während die Mädchen in die Küche vorauseilen.

Er schüttelt beklommen den Kopf. »Letztes Mal musste ich mit den beiden auf dem Spielplatz bleiben, bis Rochelle sie abholen kam.«

»Dann ist das doch ein gutes Zeichen«, flüstere ich. »Sie vertraut dir inzwischen!«

»Mm«, macht er nur.

Sonny steht ganz schön unter Druck. Das ist ihm deutlich anzumerken.

Er betritt die Küche und klatscht in die Hände. »Also gut, was esst ihr nach der Schule denn normalerweise als Snack? Und sagt nicht, es wären Eis und Süßigkeiten, denn damit kommt ihr bei mir nicht durch.«

»Manchmal bekommen wir echt Eis und Bonbons!«, protestiert Imogen.

»Ganz genau!«, pflichtet Natalie ihr bei. Mit ihren kleinen Gesichtern sehen sie hoffnungsvoll und flehend zu ihrem Vater auf.

»Wollt ihr etwa, dass ich Ärger mit eurer Mum bekomme?«, fragt Sonny mit gerunzelter Stirn. »Was gibt es sonst noch so?«

»Toast?«, lautet Natalies nicht ganz so begeisterter Vorschlag.

»Toast, das schaffe ich.« Sonny sieht sich um, entdeckt den Brotkasten und nimmt einen Laib vorgeschnittenes Vollkornbrot heraus. »Wie viele Scheiben?«

»Zwei!«, erwidern sie wie aus einem Munde.

Er steckt vier Scheiben in den Toaster. »Was wollt ihr trinken?« Er geht zum Kühlschrank und späht hinein. »Apfelsaft?«

»Ja, bitte!« Wieder im Chor.

Da ich etwas zu tun brauche, biete ich an, das zu übernehmen.

Gerade sitzen wir alle am Tisch, als wir hören, wie die Haustür aufgeschlossen wird. Sonny bedeutet mir, sitzen zu bleiben, steht auf und geht in den Flur. Man hört, wie Sonny leise mit Rochelle spricht, dazu ihre knappen Antworten. Dann erscheint sie im Türrahmen.

»Hallo, meine Schätzchen!«, ruft sie munter. Ihre blauen Augen huschen von ihren Töchtern zu mir und wieder zurück.

Ihr Aussehen entspricht so gar nicht meinen Erwartungen. Sie ist sehr zierlich mit lockigem, fast schon krausem braunem Haar, das zu einem tiefen Pferdeschwanz zusammengefasst ist. Ihr Gesicht ist schmal, die Kinnpartie scharf, und sie trägt eine hellblaue Uniform ganz ähnlich der, die ich bei der Arbeit tragen muss.

»Hi!« Ich stehe vom Tisch auf und strecke ihr, als sie näher kommt, die Hand entgegen. »Ich bin Hannah.«

Habe ich mich je unwohler gefühlt?

»Hi.« Sie schüttelt kurz meine Hand und mustert mich abschätzend.

»Es war schön, deine Töchter kennenzulernen. So lieb, die beiden!«

»Sie machen nichts als Ärger, so sieht's doch aus«, erwidert sie in scherzhaftem Ton, den Blick auf ihre Töchter gerichtet.

Imogen und Natalie sehen zu uns her und kichern.

Ich grinse ihnen zu.

Als Rochelle mir das nächste Mal in die Augen sieht, wirkt sie etwas entspannter. »Sorry, dass ich so kurzfristig Bescheid gegeben habe«, entschuldigt sie sich. »Aber danke fürs Einspringen. Ich hoffe, ich habe damit eure Pläne nicht durchkreuzt.«

»Ach, überhaupt nicht. Es hat echt Spaß gemacht. Ich arbeite montags nicht, insofern war es schön, etwas zu tun zu haben. Wir waren sowieso nur einen Kaffee trinken.« Ich nicke Sonny zu, der im Hintergrund unserem Gespräch lauscht.

»Was machst du denn beruflich?«, möchte Rochelle wissen.

»Ich bin Augenoptikerin. Und meine Arbeitskleidung ähnelt deiner sehr. Was bist du von Beruf?«

»Ich bin Zahnarzthelferin.«

»Cool!«

Sie lächelt verkniffen. »Auf jeden Fall danke noch mal.«

»Wie gesagt, es war mir ein Vergnügen.« Ich spüre das nahende Verfallsdatum unseres Empfangs und stehe auf. »Es war toll, euch beide kennenzulernen. Bye, Natalie! Bye, Imogen!« Ich winke übertrieben albern, und sie setzen zum Protest an, da ich sie wieder verwechselt habe. »War nur ein Scherz!«, lache ich. »*Du* bist Natalie, und *du* bist Imogen!« Ich blödele noch immer herum, und das wissen sie inzwischen auch, denn sie kichern wie die Irren, während ich mich langsam zurückziehe.

»Bye«, rufe ich Rochelle lächelnd zu.

»Bye!«, erwidert sie. Ihr Lächeln wirkt endlich echt.

»Ich warte draußen«, sage ich zu Sonny im Vorbeigehen.

Er nickt zwar nur knapp, schenkt mir aber einen warmen Blick.

Ein paar Minuten darauf kommt er heraus. Da das Auto abgesperrt war, habe ich mich daran gelehnt und mein Gesicht zum wolkenlosen Himmel emporgehoben. Durch gleichmäßige Atemzüge versuche ich, mein wild klopfendes Herz zu beruhigen.

»Tut mir leid«, entschuldigt er sich und schließt eilig das Auto auf.

»Das braucht's doch nicht.« Ich, stoße mich von der Autoseite ab und drehe mich um.

Er wirft mir einen erleichterten Blick zu, sieht danach aber erst wieder in meine Richtung, als er auf die Straße zurückgestoßen ist und wir außer Sichtweite des Hauses sind.

»Danke dafür.« Er atmet laut aus.

»Kein Problem.«

»Sie meinte, ich könnte die beiden in Zukunft häufiger von der Schule abholen, damit die Tagesmutter nicht mehr so oft einspringen muss.«

»Das klingt doch super!«

Ich bin erstaunt und ein bisschen beeindruckt darüber, wie eine so zierliche Person einen Mann derart im Griff haben kann. Und ich meine Rochelle damit, nicht die Kinder, die aber auch.

Er nickt. »Ja, das wär's wirklich.«

Er klingt wirklich total überwältigt.

12

Gerade, als wir Grantchester erreichen, klingelt Sonnys Telefon.

»Archie!«, verkündet er und schaltet die Freisprecheinrichtung an. »Hey!«

»Na, Kumpel, was geht?« Archies tiefe Stimme erfüllt das Wageninnere.

In meiner Handtasche fängt mein Handy zu vibrieren an. Ich krame es heraus und halte Sonny lächelnd das Display hin, bevor ich rangehe – es ist Matilda.

»Hi, du!«, sagt sie.

»Hallo, Matilda!«

»Bin bei der Arbeit, daher nur kurz: Hast du heute Abend Zeit? Es soll morgen regnen, und da dachten Archie und ich, wir nutzen das Wetter noch aus und grillen.«

»Eine großartige Idee!«

»Archie lädt auch Sonny ein, wenn das okay ist.«

»... aber sie ist Vegetarierin«, höre ich Sonny sagen. Er sieht dabei zu mir, spielt also auf mich an.

»Pescetarierin«, korrigiere ich ihn.

»Moment mal?«, sagt Matilda, dann überrascht: »Höre ich da etwa Archies Stimme?«

»Ja, er telefoniert gerade mit Sonny, der neben mir sitzt.«

»Stell mich mal bitte auf Lautsprecher«, drängt sie, und ich tue es. »Archie! Sonny!«, ruft sie.

»Huch, wo kam das denn jetzt her?«, fragt Archies körperlose Stimme verwirrt.

»Hannah ist bei *Sonny*!«, erklärt sie ihm. »Kann er kommen?«

»Ja, aber er sagt, Hannah sei Vegetarierin.«

»Pescetarierin«, berichtigt ihn Sonny.

»Ich bringe mir einfach was zu essen mit!«, werfe ich ein.

»Ich wollte eh auch Halloumi besorgen«, mein Matilda. »Wärst du mit einem Halloumi-Burger einverstanden?«

»Klingt perfekt.«

»Ihr könnt also beide kommen?«, fragt Archie.

»Ja!«, antworten wir.

»Was können wir mitbringen?«, erkundige ich mich.

»Alk«, erwidert Archie, während Matilda gleichzeitig erklärt: »Nur euch selbst!«

Sonny grinst. »Okay, und wann sollen wir aufschlagen?«

»Um halb sieben?«, schlägt Archie vor.

»Klingt gut! Dann bis später!«, sage ich, worauf wir uns alle ein Bye zurufen.

Sonny und ich sehen uns lachend an.

»Keine Ahnung, warum die beiden nicht schon längst verheiratet sind. Verstehst du das?«, fragt er mich.

»Nein. Sie sind so ein tolles Paar.«

»Allerdings«, stimmt er mir liebevoll zu.

Sonny bringt mich nach Hause, damit ich Bertie ausführen kann, und fährt dann zu seinen Eltern, um sich zu duschen und umzuziehen.

Rund eine Stunde später kehrt er zurück. Sein fröhliches Klopfen bringt mich zum Lächeln, und ich habe Schwierigkeiten, ihm die Tür zu öffnen, da ich dafür erst einmal eine übermütige Bertie von der Tür wegziehen muss.

Sonny trägt ein frisches T-Shirt – ein marineblaues diesmal –, und als er sich nach Berties Begrüßung wieder aufrichtet, sehe ich, dass sein Kinn absolut stoppelfrei ist, und *oh, wow …*

Ich schließe kurz die Augen. »Mann, riechst du gut!«

Es ist mir herausgerutscht, bevor ich mich bremsen kann.

Belustigt verzieht er die Lippen, und ich muss lachen. »Ehrlich gesagt, glaube ich, dass ich nach deinem Aftershave süchtig bin. Vielleicht muss ich mir da mal was abzweigen …«

Er schmunzelt. »Eventuell haben ich es ein wenig übertrieben. Das Aftershave war danach so gut wie leer.«

»Du musst dir unbedingt ein neues besorgen.«

Er tritt nahe an mich heran und hebt sein Kinn, so dass ich seinen glatt rasierten Hals vor mir habe.

Ohne nachzudenken, stelle ich mich auf die Zehenspitzen, drücke meine Nase knapp unterhalb des Kinns an seinen Hals und atme tief ein.

Augenblicklich wird mir schummerig. Ich senke meine Fersen wieder auf den Boden und sehe zu Sonny auf.

Einen Moment lang wirkt er panisch, dann blähen sich seine Nasenflügel, und seine Augen verdunkeln sich.

Sein Blick fällt auf meine Lippen …

Und dann gibt er sich einen Ruck, schüttelt den Kopf und macht einen Schritt zurück.

»Oha, mach das lieber nicht noch mal«, warnt er mich, und trotz seines Lächelns weiß ich, es ist ihm ernst damit.

»Okay«, antworte ich verlegen, bewege mich rückwärts ins Haus und sehe zu, dass ich nicht von Bertie umgestoßen werde, während ich meine Sandalen vom Boden aufhebe.

Mist, Mist, Mist, denke ich, setze mich auf die unterste Treppenstufe und streife die Schuhe über.

Sonny lacht laut auf, und ich schaue besorgt zu ihm, doch

da prustet er richtig los. Das ist so ansteckend, dass ich mich auch schon bald vor Lachen nicht mehr einkriege, während Bertie uns beide wie wild anbellt.

»Gehen wir?«, fragt Sonny, als wir uns alle drei wieder beruhigt haben. In seinen Wimpern haben sich Lachtränen verfangen, wodurch seine Augen glitzern wie die Sonne auf einem Ozean.

Ich nicke, stehe auf und gebe Bertie mit einem Fingerschnipsen zu verstehen, mich vorbeizulassen.

»Bis später!« Ich tätschele ihr den Kopf und erinnere mich dann daran, die Flasche Prosecco aus dem Kühlschrank zu holen und den Rosenstrauß mitzunehmen, den ich vorhin im Garten für Matilda geschnitten habe.

Ich folge Sonny nach draußen und ziehe die Tür hinter mir ins Schloss.

Heute Abend ist Sonny mit dem Wagen da – er möchte nichts trinken – und hat direkt vor dem Haus einen Parkplatz gefunden. Als wir darin dann gezwungenermaßen eng beieinandersitzen, merke ich, dass unser Gelächter das flatterige Gefühl in meinem Magen nicht vertrieben hat. Im Gegenteil, die Schmetterlinge in meinem Bauch spielen inzwischen regelrecht verrückt.

Mir fällt partout nichts ein, was ich sagen könnte, und bin heilfroh, dass er fährt, denn ich brauche einen Drink. Verdammt, eigentlich hätte ich zu Fuß gehen sollen.

»Ach, übrigens, vorhin habe ich eine Nachricht von Rochelle bekommen«, meint Sonny, als wir Grantchester hinter uns gelassen haben und uns auf der von Hecken gesäumten Landstraße Richtung Stadt befinden.

Ich bin erleichtert, dass er das Schweigen gebrochen hat, doch seine Stimme kommt mir betont lässig vor.

»Ach, ja? Und was hat sie geschrieben?«

»Sie hat sich bedankt, dass ich ihr aus der Klemme geholfen habe, und gesagt, ich könne am Samstag etwas mit den Mädchen unternehmen.«

»Hey, super!«

»Genau. Und dir soll ich auch danke sagen.«

»Nett von ihr!«

»Ja.«

Sekunden verstreichen. Ich runzele die Stirn und starre aus dem Fenster. Gerade kommen wir an ein paar College-Sportplätzen vorbei.

»Was hast du mit ihnen vor?«, frage ich ihn schließlich.

»Das weiß ich noch nicht. Hängt davon ab, ob ich mit ihnen in Hauxton bleiben muss, oder nicht.«

»Warum schlägst du nicht eine Kanufahrt vor?«

»Hast du denn Schwimmwesten?«

»Nur für Erwachsene.«

»Ich könnte welche kaufen«, überlegt er. Die Grünflächen beiderseits der Straße weichen Doppelhäusern.

Er setzt den Blinker und biegt rechts ab.

»In Archies und Matildas Haus war ich noch nie.« Ich schaue aus dem Seitenfenster auf die kleinen zweigeschossigen viktorianischen Häuser aus gelbbraunem Backstein, die sich die gesamte Länge der Straße entlangziehen und sich nur durch den Türanstrich und die Hausnummern voneinander unterscheiden. Vorgärten gibt es keine, man betritt sie also direkt vom Bürgersteig aus.

»Sie haben wirklich was Cooles draus gemacht. Archie hat ein gutes Gespür für den richtigen Style.«

Unsere Freunde wohnen hinter einer blaugrünen Haustür – Matilda öffnet auf unser Klopfen hin.

»Ja, hallo!« Sie umarmt mich strahlend und zieht sich dann in den Flur zurück.

»Hey, Leute!«, ruft Archie hinter ihr und winkt uns fröhlich zu.

Ich schiebe mich an Matilda vorbei, um mit Archie einen Wangenkuss auszutauschen, während Sonny und Matilda sich hinter mir begrüßen. Allerdings wartet Archie, bis wir in der Küche sind und mehr Platz haben, bevor er Sonny freundlich umarmt. Beim Anblick ihrer ungezwungenen Zuneigung wird mir warm ums Herz.

Sonny hat recht: Das Innere des Hauses ist wirklich überwältigend.

Eine der Küchenwände ist hellgrau gestrichen, in der Mitte befindet sich eine etwas dunklere graue Insel, doch der Rest der Küche besteht aus verschiedenen Grün- und Blautönen, angefangen von den blassgrünen Wandfliesen über die petrolfarbenen Schränke bis hin zu den smaragdgrünen Pendelleuchten über der Kücheninsel. Das Wohnzimmer liegt zur Straße hin, und ich kann durch die geöffneten Flügeltüren erkennen, dass das Farbschema dort überwiegend in Grün- und Gelbtönen gehalten ist. An den rückwärtigen Teil des Hauses schließt sich ein neuer Anbau an, der sich zum Garten hin öffnet und einem Esstisch für sechs Personen Platz bietet.

»Euer Haus ist der Hammer!« Ich reiche Matilda die Rosen von Junes Sträuchern.

»Die sind ja wunderschön!«, schwärmt sie und holt aus einem Küchenunterschrank eine weiße Vase heraus. »Das meiste hier hat Archie gemacht. Ich hab einfach nur allem zugestimmt.«

Ich überreiche ihr den Prosecco. »Ein kleines Mitbringsel.«

»Das wäre doch nicht nötig gewesen«, meint sie und füllt Wasser in die Vase. »Aber vielen Dank! Archie, kannst du mal …?«

»Na klar.« Widerstrebend löst er den Blick von den Craftbier-Flaschen, die Sonny mitgebracht hat, obwohl er selbst nichts trinken will, und holt ein paar Sektflöten aus dem Schrank.

Mit gefüllten Gläsern gehen wir in den langen, schmalen Garten hinaus, von dem aus man auf eines der Spielfelder des Colleges blickt – des Downing Colleges, wie ich auf meine Frage hin erfahre.

»Wie lange wohnt ihr schon hier?«

»Ungefähr zwei Jahre«, antwortet Matilda, während wir uns alle an einen schlichten Tisch aus silbrig verwittertem Holz setzen, auf dem Schälchen mit Nüssen, Oliven, Chips und einem Dip stehen.

»Früher hat Archie am anderen Ende der Stadt gewohnt, doch dann konnte ich ihn überreden, hierherzuziehen«, setzt sie mit einem Lächeln hinzu.

Matildas Vater hat in einem zweigeschossigen viktorianischen Einfamilienhaus in einer der Straßen in der Nähe unseres Arbeitsplatzes gewohnt, das sie mir mal bei einem unserer Spaziergänge in der Mittagspause gezeigt hat.

Durch den Verkauf konnte sie sich dieses Haus leisten, ihren langweiligen Job in London aufgeben und sich hier mit Archie ein neues Leben aufbauen. Doch ich spüre, dass ihr derzeitiges Glück getrübt ist. Sie und ihr Vater standen sich sehr nahe.

»Die Gegend hier ist viel schöner«, räumt Archie ein. »Aber fürs Studium war meine Wohnung schon praktisch.«

»Stimmt. Und für deine Arbeit auch. Tut mir leid.«

Er grinst sie an und streicht ihr zart über die Wange. Für sie würde er sogar ans Ende der Welt ziehen, glaube ich.

»Ach, übrigens!«, verkünde ich. »Ich habe letztens Charles' Kanu entdeckt und gereinigt. Sonny hat mir dabei geholfen.« Das muss schließlich erwähnt werden.

»Aber ich hab doch kaum was gemacht!«

»Na, jedenfalls ist es einsatzbereit, falls wir mal damit rausfahren wollen.«

»Auf jeden Fall!«, ruft Archie. »Wie wär's mit diesem Wochenende, falls das Wetter mitspielt?«

»Wir könnten mit dem Kanu nach Cambridge fahren und dort was trinken gehen«, schlägt Matilda begeistert vor. »Hast du am Samstagabend Zeit?«

»Ja, ich schon«, erwidere ich, und alle blicken zu Sonny.

Er nickt. »Tagsüber unternehme ich was mit den Mädchen, aber Rochelle wird sie wahrscheinlich rechtzeitig zum Abendessen zurückhaben wollen.«

»Was hast du mit ihnen vor?«, möchte Matilda wissen.

»Lustigerweise hat Hannah uns das Kanu angeboten. Jetzt muss ich Rochelle nur noch rumkriegen, dass sie es uns erlaubt.«

»Warum sollte das ein Problem sein?« Archie runzelt die Stirn.

»Sie hält mich immer noch an der kurzen Leine«, erwidert Sonny trocken.

Für den Fall, dass Rochelle zustimmt, schmieden wir einen Plan: Während Matilda und ich am Samstag noch arbeiten, wird Archie Sonny helfen, das Kanu zum River Cam zu schaffen.

Am Nachmittag fährt Sonny mit seinen Töchtern damit herum, und wenn er die beiden dann nach Hause bringt, behält Archie das Boot im Auge. Matilda und ich machen uns gleich nach der Arbeit zum Fluss auf.

Ich kann wirklich von Glück reden, so tolle neue Freunde gefunden zu haben. Und das Schönste ist, dass wir noch einen ganzen Abend vor uns haben!

13

Während des Essens kommen wir auf aktuelle Serien zu sprechen. Weder Charles noch Sonnys Eltern haben Netflix oder Sky. Vor allem Sonny fällt daher abends oft die Decke auf den Kopf. Seine Eltern sind süchtig nach Seifenopern, und bei nur einem Fernsehgerät fällt es nicht leicht, einen Film zu finden, der allen gefällt.

Ich selbst habe mich durch eine Reihe von DVD-Boxsets gearbeitet, die ich in einem Wohltätigkeitsladen erstanden habe, aber irgendwie war das halt doch eine einsame Geschichte. Charles war noch nie der große Fernsehgucker – er unterhielt sich lieber, las oder spielte Karten und Brettspiele – weshalb ich früher immer zu Danielle und Nina gegangen bin, um mir Filme reinzuziehen. Es war einfach viel schöner, gemeinsam mit einer Freundin fernzusehen und mitzufiebern und sich darüber zu unterhalten. Bei der Erinnerung daran werde ich gleich ganz wehmütig.

Archie erzählt uns von *Stranger Things*, einer Serie, die er und Matilda sich demnächst anschauen wollen. Sie spielt in den Achtzigern und bezieht sich auf solche Klassiker wie *Die Goonies* und *E. T. – Der Außerirdische*. Sonny und ich sind sofort angefixt. Wie sich herausstellt, teilen wir die Liebe zu Filmen aus den Achtzigern.

»Was meint ihr, sollen wir uns die erste Folge anschauen?«, fragt Matilda. »Wir könnten daraus unser Ding machen!«

Ich finde die Idee toll, die Jungs auch, und so gehen wir hinein und sammeln unterwegs leere Teller und Flaschen ein.

Auf dem Kaminsims des Wohnzimmers stehen Bilderrahmen, die ich beim Warten genauer betrachte. Auf einem davon ist ein Mann um die sechzig zu sehen, der den Arm um Matilda gelegt hat. Die Lichterketten im Hintergrund lassen vermuten, dass es zur Weihnachtszeit aufgenommen wurde. Er hat ein breites, offenherziges Gesicht und schütteres braunes Haar, das ihm leicht in die Stirn fällt.

»Ist das dein Vater?«, frage ich Matilda, als sie sich zu mir stellt.

»Ja.«

»Ihr habt das gleiche Lächeln.«

Auf dem Foto strahlen die beiden, jetzt jedoch sieht Matilda traurig aus.

»Es tut mir leid, dass du ihn so früh verloren hast.«

»Danke.« Nachdem sie zwei große Schüsseln mit Popcorn auf den Couchtisch gestellt hat, kehrt sie in die Küche zurück, will sich aber nicht helfen lassen. Daher setze ich mich im Schneidersitz auf den Boden neben den übergroßen Sessel und lasse das zweisitzige Sofa für Archie und Matilda frei. Sonny kommt und bietet an, sich auf den Boden zu setzen, damit ich auf den Sessel kann.

»Alles gut«, erwidere ich, »wenn es zu unbequem wird, quetsche ich mich zu dir.«

Ich scherze, aber er scheint es ernst zu nehmen und meint: »In Ordnung.«

Matilda und Archie gesellen sich zu uns und protestieren nun auch.

»Den Kuschelsessel können doch wir nehmen!«, bietet Matilda an.

Nennt man den so?

Es dauert eine Weile, bis ich sie davon überzeugt habe, dass ich gern auf dem Boden sitze.

»Na schön, beim nächsten Mal tauschen wir dann«, beschließt sie.

***

Die Serie ist richtig gruselig. Ich liebe sie!

Nach etwa einer halben Stunde lehne ich mich mit dem Rücken an die rechte Seite des Sessels, strecke meine Beine vor mir aus und überkreuze sie. Als ich mein langes Haar über die rechte Schulter streiche, sehe ich aus dem Augenwinkel Sonnys Knie, weshalb mir auch auffällt, als sein Bein leicht zu zittern beginnt.

Ich schaue zu ihm auf. »Na, bekommst du Angst?«, necke ich ihn leise.

Er spielt mit, nickt mit weit aufgerissenen Augen, rutscht ganz an den Sesselrand und klopft auf den frei gewordenen Platz.

Ich überlege nicht lange.

Jetzt sitzen wir so eng beieinander, dass ich spüren kann, wie sich sein Brustkorb bei jedem Atemzug hebt und senkt, was mein Herz Achterbahn fahren lässt.

Ich stehe ohnehin unter Spannung, und das verstärkt sich durch das Geschehen auf dem Bildschirm noch. Ich weiß, gleich kommt ein Moment, bei dem man sich zu Tode erschreckt, und dennoch tue ich es, als es so weit ist.

Sonny lacht in sich hinein. »Entschuldigung«, murmelt er dann und lehnt sich langsam und bedächtig über mich zum Beistelltisch, um seine leere Flasche darauf abzustellen.

Automatisch werde ich einer direkten Dosis meiner neuen Lieblingsdroge ausgesetzt.

»Was zur Hölle …?«, raune ich, als er sich wieder zurücklehnt. Der Blick, den er mir zuwirft, sagt mir, dass er genau weiß, was er tut.

Seine Augen – marineblau in diesem Licht – funkeln belustigt.

»Versuchst du, mich um den Verstand zu bringen?«, frage ich fast unhörbar.

»Keine Ahnung, was du meinst«, erwidert er mit Unschuldsmiene.

Ich bin sicher, dass die Warnung neulich ernst gemeint war, insofern kommt mir das Ganze schon sehr wie ein Spiel mit dem Feuer vor. Wenn wir uns daran die Finger verbrennen, geht das auf seine Kappe!

Mit meiner Selbstbeherrschung ist es nun endgültig vorbei: Ich lehne mich an ihn, drücke meine Nase an seine warme Haut und atme tief ein. Ich spüre, wie er erschauert, und das Blut in meinen Adern beschleunigt sich und macht mich schwindelig von etwas, das sich gefährlich nach Lust anfühlt.

»Hey, was war das denn?« Matildas verstörte Stimme lässt uns auseinanderfahren. »Sie hat gerade an seinem Hals geschnuppert!«

Sonny legt den Kopf in den Nacken und lacht.

Matilda stöhnt auf und vergräbt ihr Gesicht in den Händen.

»Was ist denn los?«, fragt Archie sie amüsiert.

Sie hebt den Kopf und starrt mich unglücklich an. »Du!« Sie sieht zu Sonny. »Und du! Euch beide hat's erwischt, stimmt's?«

»Es ist alles unter Kontrolle.« Sonny versucht sich an einem Pokerface, was ihm jedoch völlig misslingt.

Aber er leugnet es nicht. Interessant!

»Ich habe Hannah versprochen, dass ich nicht versuchen werde, mit ihr zu schlafen«, fährt er spöttisch fort. »Und Hannah wiederum mir, dass ich in der Hinsicht ohnehin auf Granit beißen würde, insofern ist alles in bester Ordnung.«

»Ah ja. Schön zu hören«, erwidert Matilda sarkastisch, während es mich heiß und kalt überläuft.

»Hat diese Vereinbarung ein Ablaufdatum?«, möchte Archie grinsend wissen.

»Na ja, sobald mein halbes Jahr um ist, garantiere ich für nichts mehr«, antwortet Sonny flapsig und bedenkt mich mit einem frechen Grinsen, das mich an den Tag unseres Kennenlernens erinnert.

»Ach, ein halbes Jahr nur noch? War nicht ursprünglich mal von einem ganzen die Rede?«, frage ich.

»Ein halbes Jahr reicht völlig.«

Ich sehe ihn einen langen Moment an und zwirbele dabei eine Haarsträhne um den Finger. »Bis dahin bin ich eh schon weg.«

»Wie meinst du das?«

»Ich bleibe nur bis zu Charles' Rückkehr hier.«

»Und wann ist das? Ende September?«

Ich nicke.

»Und wohin geht's dann?« Auch Matilda klingt geknickt.

Ich zucke die Achseln. »Weiß noch nicht. Vielleicht besuche ich für eine Weile meine Eltern in Australien.«

»Wo wohnen sie da?«

»In Südaustralien. Auf einem Hausboot.«

»Wow!«, sagt Matilda.

»Ja, so was ist genau ihr Ding.«

Mein Vater ist Australier und hat meine Mutter auf einer Europareise kennengelernt. Nach ihrer Hochzeit ließen sie sich in Großbritannien nieder. Während meines letzten Schuljahres wurde die Mutter meines Vaters – mein einziger verbliebener Großelternteil – krank, und die beiden beschlossen, nach Australien zu ziehen und sich um sie zu kümmern. Eigentlich nur vorübergehend, hieß es, doch schließlich verkauften sie alles, was sie hier an Land besaßen, und investierten das Geld dort in ein Heim auf dem Wasser.

»Du machst aber nur Urlaub da, oder?« Sonny sieht mich finster an.

»Mal sehen. Aber ziehst du nach dem Sommer nicht sowieso nach Amsterdam zurück?«

Er zuckt die Achseln. »Ich spiele mit dem Gedanken, wieder dauerhaft hier zu wohnen.«

»Ernsthaft?«, will Archie wissen.

Sonny nickt.

Komisch, diese Information haut mich doch fast ein bisschen um.

14

Es ist Samstag, ich sitze bei der Arbeit, poliere Brillengläser und wünsche mir, die Zeit würde schneller vergehen. Doch sie spielt nicht mit.

»Schon irgendwelche Pläne für heute Abend?«, fragt mich Abbey beiläufig und lehnt sich so weit auf ihrem Stuhl zurück, dass es mich nicht wundern würde, wenn sie gleich ihre Füße auf den Schreibtisch legen würde.

Unser nächster Kunde kommt erst in zwanzig Minuten, und im Geschäft war heute absolut nichts los. Nachdem es vier Tage durchgeregnet hat, wachten wir bei strahlendem Wetter auf, und nun scheinen alle draußen die Sonne zu genießen.

Der perfekte Tag für eine Kanufahrt. Ich freue mich so für Sonny, dass Rochelle ihm erlaubt hat, etwas mit den Mädchen zu unternehmen.

»Ich fahre mit dem Kanu in die Stadt«, antworte ich fröhlich auf Abbeys Frage. »Kann's kaum erwarten. Und du?« Ich greife nach der Kilsgaard – der gleichen, die sich Sonny gekauft hat. Bisher hat er sie kaum getragen.

»Dale und ich besuchen Cecily und Ricky Dick.« Dale ist ihr Freund, Cecily ihre Schwester und »Ricky Dick« ist Cecilys Mann Richard. Ob er seinen Spitznamen wohl kennt …?

»Die Arbeit ist geschafft, und nun stoßen wir auf die Eröffnung an.«

Ich werfe ihr einen fragenden Blick zu. »Eröffnung?«

»Die ihrer Ferienwohnung«, erklärt sie. »Daran hat Cessy die ganze Zeit gewerkelt: Sie hat ihre Garage in ein Studio umgebaut, das sie nun vermieten kann.«

»Alles klar! Ich hatte keine Ahnung, was genau sie vorhat. Hat sie sie schon online gestellt?«

»Noch nicht, sie wollte mit dem Hochladen lieber warten, bis alle Arbeiten beendet sind, rechnet aber damit, dass das Studio schnell ausgebucht sein wird. Die Lage ist schließlich super, und der Preis echt in Ordnung.«

Ich halte in meiner Beschäftigung inne. »Meinst du, sie wäre an einer Langzeitvermietung interessiert?«

***

Als würde sich der Tag nicht sowieso schon endlos hinziehen, muss ich jetzt auch noch darauf hinfiebern, Sonny eröffnen zu können, dass ich möglicherweise eine Wohnung für ihn aufgetan habe. Abbey rief gleich Cecily an, und die war von der Idee begeistert. Mehr noch, sie meinte sogar, wenn Sonny sofort einziehen könnte, würde sie ihm ein besonders günstiges Angebot machen. Zu dumm, dass ich Sonnys Handynummer nicht habe, sonst könnte ich ihm eine Nachricht schicken. Da er immerzu unangekündigt vor meiner Tür auftaucht, ist es mir noch nie in den Sinn gekommen, danach zu fragen.

Gestern Abend habe ich das zum ersten Mal bedauert. Ich wusste, dass er eigentlich wieder eine Sitzung bei Evelyn haben musste, und ging davon aus, es würde wieder der letzte Termin des Tages sein. Also wartete ich auf ihn. Als ich dann aber hörte, dass Evelyn sich auf den Heimweg machte, rannte ich spontan nach draußen und gab ihr ein Zeichen anzuhalten.

»Ist Sonny heute schon früher bei dir gewesen?«, fragte ich.

»Über meine Patienten darf ich nicht reden, Hannah«, meinte sie bedauernd.

»Natürlich! Sorry!«, erwiderte ich beschämt. »Ich hab mir nur Sorgen um ihn gemacht. Aber es geht ihm bestimmt gut!«

Wie peinlich! Schnurstracks marschierte ich ins Haus. Ich hätte mich wirklich ohrfeigen können.

Später schrieb mir Matilda, die Planung für heute stünde und Archie und Sonny würden das Boot um die Mittagszeit abholen.

Also ließ ich das Kanu samt Paddeln darin für sie im Garten. Um Kinderschwimmwesten wird sich Sonny ja bestimmt gekümmert haben.

Es macht mir Angst, wie wichtig es mir war, ihn gestern Abend zu sehen, und wie sehr ich mich auf den Abend heute mit ihm freue. Es gefällt mir nicht, wenn ein Mann derart meine Gedanken beherrscht – dabei kann nichts Gutes rauskommen! Ich muss dringend etwas finden, das mich ablenkt.

***

Als es endlich fünf ist, ziehe ich mich in der Personaltoilette um, verabschiede mich von Umeko und hole Bertie von Robert ab.

Bertie hat Kanufahrten mit Charles immer geliebt, doch die letzte dürfte schon Jahre her sein. Ich kann nur hoffen, dass sie sich heute Abend wohlfühlt.

Matilda verlässt die Apotheke genau dann, als ich mich von Robert verabschiede.

»Hi! Ich wollte dich gerade abholen«, begrüße ich sie. »Gut siehst du aus.«

Sie trägt ein rotes knielanges Kleid mit Flügelärmeln und weißem Blümchenmuster.

»Du aber auch! Mir gefällt deine Frisur!«

Ich bin heute Morgen schon früh wach geworden und habe die Zeit genutzt, die vordere Partie zu einem Zopf zu flechten. Die restlichen Haare trage ich in lockeren Wellen.

»Danke! Wollen wir los?«

»Ich muss erst noch in den Supermarkt und gekühlten Prosecco kaufen. Archie hat mir getextet, dass er Eis vergessen hat.«

»Das könnten wir auch besorgen.«

Ich warte mit Bertie draußen, während sie im Laden ist, dann spazieren wir gemeinsam zum Fluss.

Wir sehen Archie lange, bevor er uns entdeckt – was möglicherweise daran liegt, dass er eingeschlafen ist.

Er hat das Kanu an einem Baum befestigt und liegt im Gras, die Arme hinter dem Kopf verschränkt, die langen Beine gekreuzt. Er trägt eine Sonnenbrille, also kann man nicht erkennen, ob seine Augen geschlossen sind, aber ich vermute es mal, da er nicht aufschaut, bis Bertie ihn fast erreicht hat.

»So lässt sich's aushalten, oder?«, ruft Matilda, als Archie erschrocken hochfährt. Er grinst und krault Bertie ordentlich durch.

»Ein großartiger Tag.« Er steht auf und schlendert zu uns. Nach einem Begrüßungskuss nimmt er mir die Tüte mit dem Eis ab, schultert sie und trägt sie zum Boot. »Wie war's bei euch?«

Wir unterhalten uns eine Weile, und er erzählt, dass mit

Sonny, Imogen und Natalie alles gut gelaufen ist – erst vor einer Stunde ist Sonny aufgebrochen, um sie nach Hause zu bringen.

»Kam er dir okay vor?« Noch immer frage ich mich, ob Sonny am Vortag bei Evelyn war.

Archie nickt. »Schon, vielleicht hat er das den Kindern zuliebe auch nur vorgespielt. Aber das kriegen wir ja später vielleicht heraus. Um halb sieben will er uns jedenfalls in der Stadt treffen, in der Nähe der Garret Hostel Bridge.«

Nach einigem Hin und Her schaffen wir vier es – Bertie eingeschlossen – ins Boot zu steigen, ohne dass es kentert. Da Bertie sich partout nicht hinlegen will, setzte ich mich zu ihr in die Mitte und lasse Matilda und Archie paddeln. Als Schwerster sitzt Archie hinten, Matilda vorne.

Auf dem Fluss ist bereits einiges los, Archie und Matilda haben den Dreh aber schnell raus, und schon bald überholen wir auf unserem Weg nach Cambridge andere Leute in Stechkähnen.

»Ihr macht das echt perfekt!« Ich genieße die Fahrt und beobachte leuchtend blaue Libellen, die aus den nahen Binsen heraus- und hineinschwirren. Manchmal ist das Wasser so klar, dass man zwischen den Schilfhalmen darunter kleine Fische sehen kann.

»O ja, Matilda ist ein Naturtalent.« Archie lässt sein Paddel auf der linken Bootsseite durch das Wasser gleiten, Matilda auf der rechten. Und das absolut synchron. »Du solltest sie erst mal in einem Stechkahn erleben!«

Matilda lacht. »Das ist erst recht ein Kinderspiel.«

»Ich kann jederzeit übernehmen, wenn du möchtest«, biete ich an. Bertie scheint mit dem Kanu endlich Frieden geschlossen zu haben und hat sich auf meinen Füßen niedergelassen.

»Schon okay«, erwidert Matilda. »Aber gib Bescheid, wenn du mal drankommen möchtest. Oder du löst Archie ab!«

»He!«, beschwert der sich. »Das ist doch das Einzige, was ich kann!«

»Von wegen *das Einzige* …«, schnaubt Matilda. »Das Einzige, was du *nicht* kannst, ist Stechkahn fahren.«

Er lacht. »Das stimmt zwar nicht, aber es ist sehr nett von dir, dass du mich für so ein tollen Kerl hältst.«

»Du *bist* ein toller Kerl!«, gibt sie zurück.

Ich tue so, als müsste ich mich übergeben. Sie lachen.

»Wie sieht es aus?«, frage ich. »Soll ich schon mal die Proseccoflasche köpfen?«

»Nur zu!«, jubelt Matilda. »Solange du mein Glas halten kannst, während ich diesem extrem wichtigen Job nachgehe?«

»Gern. Archie, du auch?«

»Für mich ein Bier, bitte.«

Darum kümmere ich mich zuerst und reiche ihm eine Dose. Er legt sein Paddel auf den Knien ab und lässt das Boot ein wenig treiben, während Matilda es auf Kurs hält. Dann lasse ich den Korken des Proseccos knallen.

»Woohoo!«, juchzt Matilda.

Ich schenke zwei Gläser ein, und Matilda nimmt sich eines, stößt mit mir an und trinkt einen Schluck.

Während wir weitertreiben, recke ich mein Gesicht der Sonne entgegen. Das Geräusch des perlenden Proseccos vermischt sich mit dem Klang des Wassers, das durch die Binsen plätschert, und dem unaufhörlichen Quaken einer Ente in der Nähe.

»O Mist!«, keucht Archie unvermittelt, und da stoßen wir auch schon ans Ufer und werden kräftig durchgerüttelt.

Bertie rappelt sich erschrocken auf, und ich verschütte etwas von meinem Getränk, als sie mit dem Hinterteil an meine Beine stößt.

»Schon gut, schon gut«, beruhige ich sie, aber zu meinem Entsetzen macht sie Anstalten, aus dem Boot ins Wasser zu springen. Auf die Gefahr hin, dass ich meinen Prosecco in alle Richtungen verspritze, versuche ich, sie am Halsband zu packen. Doch wenn sie etwas will, entwickelt sie ungeahnte Kräfte, und – zack – ist sie auch schon im Wasser.

»O Bertie, nein!«, rufe ich entsetzt. Matilda bricht in Gelächter aus.

Was soll ich jetzt bloß tun?

Es fällt schwer, nicht das Komische daran zu sehen, aber ich weiß auch, dass ich pitschnass sein werde, wenn sie erst wieder im Boot sitzt. Und wie genau soll ich sie wieder reinhieven? Bitte sagt mir nicht, dass ich ihr hinterherspringen muss ... Verzweifelt sehe ich mich nach einer Möglichkeit um, ans Ufer zu gelangen, doch das ist dicht mit Brennnesseln bewachsen.

Archie steht auf, und das Boot schwankt bedenklich.

»Soll ich sie reinheben?« Er beugt sich hinunter und versucht, Bertie an ihrem leuchtend roten Halsband zu fassen zu kriegen. Der Ärger, den sie verursacht, ist ihr überhaupt nicht bewusst. Eine verängstigt quakende Ente schießt zwischen tiefhängenden Ästen hervor, und Bertie schwimmt außer Reichweite Archies.

»Da!« Am Ufer habe ich eine freie Stelle entdeckt, an der ich an Land gehen könnte.

Archie und Matilda manövrieren uns in die richtige Position – weiß der Himmel, wie sie das mit ihren Getränken in den Händen schaffen –, und ich klettere hinaus und rufe Bertie zu mir her.

Die hat natürlich viel zu viel Spaß, als dass sie mir gehorchen würde, aber Archie lotst sie mit seinem Paddel in meine Richtung, und schließlich gelingt es mir, sie am Halsband zu packen.

Sie aus dem Wasser zu bekommen ist noch mal eine andere Sache, ich bin inzwischen klatschnass, aber irgendwann ist der Hund am Ufer.

Ich lasse mich auf den Rücken fallen und lache schallend. Ich mache mir nicht einmal die Mühe, Bertie wegzuschieben, als sie versucht, mein Gesicht abzulecken, und mir das Wasser über mein weißes Spitzenoberteil tropft.

»Wir trocknen lieber noch ein bisschen, bevor wir wieder an Bord gehen«, sage ich schließlich und stehe auf. Ein Weg führt am Fluss entlang, so dass ich laufen kann, während die beiden neben mir her paddeln.

»Dann nimm zumindest das hier.« Matilda schenkt mir ein neues Glas Prosecco ein.

»Wenn du darauf bestehst!«

Ab und zu weicht der Weg vom Fluss ab, aber wann immer wir uns in Sicht- und Hörweite voneinander befinden, unterhalten wir uns. Nachdem das Boot aber natürlich viel schneller vorwärtskommt als ich zu Fuß, schlage ich meinen Freunden bald vor, doch schon mal vorzufahren und irgendwo anzulegen.

In der Zwischenzeit genieße ich die Ruhe und den kleinen Proseccoschwips.

Es ist ein herrlich warmer Abend, doch durch Berties Aktion sind mein Top und mein Rock zum Teil so durchnässt, dass es eine Weile dauern wird, bis sie trocknen.

Von weiter vorn ertönt männliches Gelächter, und als ich um eine Biegung komme, sehe ich zwei Männer im Fluss schwimmen, deren lange, schlanke Oberkörper in der frühen Abendsonne schimmern. Noch ein Stück weiter vorn entdecke ich Archie und Matilda. Anscheinend haben sie einen Platz zum Warten gefunden.

»Hallo!«, ruft mir einer der Männer mit einem, wie ich vermute, deutschen Akzent zu.

»Hi!«, erwidere ich lächelnd.

»Hey, warte mal!«, sagt derselbe Mann.

Ich bleibe stehen und mustere ihn. Hm, kennen wir uns nicht? Auch wenn er noch im Wasser steht, kann ich an seinen breiten Schultern erkennen, dass er sehr groß ist. Er hat blonde Haare, und seine Augen sind von einem intensiven Blau. Das weiß ich bereits, obwohl er zu weit weg ist, um das wirklich beurteilen zu können. Ich weiß es, weil ich ihn *kenne*, die Frage ist nur: *woher*?

»Spanien!«, ruft er mir mit einem breiten, attraktiven Lächeln zu. »Granada. Erinnerst du dich etwa nicht mehr, Hannah?«

Und dann steigen die Erinnerungen in mir hoch, ich japse auf und schlage mir die Hand vor den Mund.

»Johann!«

Ich war zwanzig und schon eine Weile in Europa unterwegs, als wir uns kennenlernten. Da ich noch lange nicht bereit war, meine Ausbildung wieder aufzunehmen, zögerte ich meine Rückkehr nach England hinaus. Ich war für einen Weiterbildungskurs in Bradford angenommen worden, hatte das Ganze aber um ein Jahr verschoben und spielte nun mit dem Gedanken, es noch ein weiteres Jahr hinauszuzögern. Ich war hin- und hergerissen zwischen den eigenen Wünschen und den hohen Erwartungen, die June und vor allem Charles an mich stellten. Es war ein Fall von Herz gegen Kopf.

Am Ende gewann der Kopf. Doch diese Monate vor meiner Heimkehr waren mit die wildesten und sorglosesten, die ich je erlebt habe.

Ein Reisegefährte hatte mir von einer Hippie-Kommune in den Bergen der Sierra Nevada in Südspanien erzählt, und ich beschloss, sie ausfindig zu machen. Meine Eltern hatten sich in einer ähnlichen Kommune verliebt – möglicherweise war es sogar genau die! –, und ich war neugierig, wie es dort zuging.

Wie sich herausstellte, handelte es sich lediglich um einen Haufen ganz gewöhnlicher Leute mit einem einfachen, unaufgeregten Lebensstil, bei denen ich ein paar entspannte, wenn auch ereignislose Wochen verbrachte.

Johann machte zu der Zeit eine Interrail-Tour durch Europa, und wir begegneten uns im Zug nach Granada. Da es zwischen uns sofort funkte, beschloss ich, ein paar Tage mit ihm in der Stadt zu verbringen, bevor ich weiterzog.

Jetzt schwimmt er auf mich zu und lässt den Blick über mich wandern. »Unglaublich, dass wir uns wiedersehen!«

»Was hat dich denn hierher verschlagen?«

Er deutet mit dem Kopf zu seinem Freund. »Giles heiratet nächstes Wochenende. Deshalb bin ich hier.«

Giles winkt mir zu. »Hallo!«

Er ist Brite.

»Hi«, erwidere ich lächelnd.

»Wohin geht's?«, will Johann wissen.

»Ich bin mit ein paar Freunden nach Cambridge unterwegs.«

»Wohnst du hier in der Nähe? Vielleicht können wir uns später ja treffen?«

»Puh, ich weiß noch nicht genau, was wir vorhaben. Außerdem sind wir dann in einem Kanu unterwegs, in das nur vier reinpassen. Na ja, fünf.« Ich deute auf Bertie.

Er wirkt enttäuscht, und mir kommt eine Idee ... Könnte das nicht genau die Ablenkung sein, die ich brauche?

»Aber vielleicht hast du ja an einem anderen Tag Zeit, solange du hier bist?«

»Klar! Gib mir mal deine Nummer.«

Bevor ich vorschlagen kann, er solle mir seine geben, hievt er sich mit seinen muskulösen Armen aus dem Wasser. Als er sich anmutig erhebt, fließen Rinnsale über die gesamte Länge seines durchtrainierten Körpers. Er greift nach einem Handtuch, um sich die Hände abzutrocknen, und ich versuche, den Blick von seinem Sixpack zu lösen.

Er zieht sein Handy aus der Tasche seiner abgelegten Jeans. »Also, wie lautet sie?«

Ich fahre zusammen und nenne sie ihm dann.

»Ich schreibe dir«, verspricht er mit einem bedeutungsvollen Blick. »Es ist wirklich toll, dich wiederzusehen«, wiederholt er grinsend.

»Das finde ich auch!« Hitze schießt mir in die Wangen.

Genau in diesem Moment steigt nämlich die Erinnerung an unsere letzte gemeinsame Nacht in mir hoch.

Ja, das ist genau die Ablenkung, die ich brauche.

Wir verabschieden uns, und ich setze meinen Weg fort.

15

Als wir das Stauwehr erreichen, bin ich extrem beschwipst. Ohne mein Wissen haben Matilda und Archie mein ganzes Gespräch mit Johann mitbekommen, und entsprechend hat mich Matilda den letzten Abschnitt der Fahrt mit Fragen über ihn gelöchert. Je mehr ich trank, umso mehr löste sich meine Zunge. Und genau das war wohl auch Matildas Absicht, denn sie hielt immer wieder im Paddeln inne, um unsere Gläser aufzufüllen.

Nun müssen wir das Kanu aus dem Wasser heben und es über den Fußweg zu den Rampen tragen, mit deren Hilfe wir es zum niedrigeren Teil des Flusses transportieren können. Selbst in nüchternem Zustand ist das schon nicht einfach, betrunken aber eine echte Herausforderung. Wir müssen Radfahrern, Spaziergängern und sogar einer Kuh ausweichen, die sich von der nahen Wiese hierher verirrt hat. Zum Glück verträgt Archie Alkohol besser als Matilda und ich. Sie und ich haben einen Kicheranfall nach dem anderen, und als sie die Kuh bittet, doch bitte aus dem Weg zu gehen, mache ich mir fast in die Hose.

Keine Ahnung, wie wir es schaffen, wieder ins Boot zu steigen, ohne ins Wasser zu fallen.

Schon bei Grantchester kam es uns so vor, als sei auf dem Cam viel los, doch das ist nichts im Vergleich zu dem Treiben in Cambridge. Es ist ein sonniger Samstagabend, und die Stechkahnfahrer sind in einem Großaufgebot vertreten. Es gibt dutzendweise Boote, die man im Auge behalten muss.

Viele davon sind größere Ausflugsboote für zwölf Passagiere, doch auch viele kleinere Boote sind unterwegs, in denen Anfänger sitzen, die keine Ahnung haben, wie man die Gefahrenzonen umfährt.

»Ihr seid einfach unglaublich!« Ich staune, wie meine Freunde es immer wieder schaffen, Kollisionen zu vermeiden. »Selbst betrunken könnt ihr noch geradeaus paddeln!«

Matilda lacht.

Hier zeigt sich Cambridge von seiner pittoresken Seite, mit Brücken, die sich über das glitzernde Wasser spannen, und historischen Gebäuden, die stellenweise direkt an den Fluss grenzen. Und nicht zuletzt ist da noch der großartige Anblick der hoch aufragenden King's College Chapel, die hinter einem riesigen, perfekt gemähten Rasen liegt.

»Ich muss mal«, erkläre ich laut, wohl wissend, dass diese derbe Ankündigung eigentlich nicht zu dieser herrlichen Umgebung passt.

»Wir sind fast da«, erklärt Archie. Ich kann ihn zwar nicht sehen, da er hinter mir sitzt, aber ich glaube, er muss sich ein Lachen verkneifen.

Das Bedürfnis wird so stark, dass sich meine Gedanken, als wir uns der Garret Hostel Bridge nähern, fast nur noch darum drehen, wie schnell ich zu McDonald's laufen und mich dort in die Toilette reinschmuggeln kann. Ich schaue zur Brücke hoch, um zu sehen, ob Sonny schon da ist. Aber in meiner Not kümmert es mich nicht weiter, als ich ihn dort nirgends entdecken kann. Dann biegen wir in einen kleinen Seitenarm ein, wo ich aussteigen möchte, und da ist er, sitzt an der Anlegestelle und lässt die nackten Füße ins Wasser baumeln.

»Da seid ihr ja!«, ruft er und grinst.

»Hi!«, erwidere ich überrascht. Ich bin bereits aufgestanden und versuche, Bertie zurückzuhalten, ohne das Gleichgewicht zu verlieren.

»Hannah muss dringend aufs Klo«, wirft Matilda hilfsbereit ein.

Sonny erkennt meine Notlage und springt auf. Als er seine starken Hände um meine schließt und mir auf festen Boden hilft, durchfährt es mich heiß. Er umfasst meine Taille, um mir Halt zu geben.

»Ähm, weißt du eigentlich, dass dein Oberteil durchsichtig ist?«, fragt er mit hochgezogenen Augenbrauen.

»Im Ernst?« Erschrocken blicke ich an mir hinunter und sehe, dass mein korallenroter Spitzen-BH durch mein immer noch feuchtes weißes Top schimmert.

»Wirklich?«, fragte Matilda ebenso erschrocken und dreht sich zu mir um. Dann macht sie große Augen. »Archie, warum hast du ihr das denn nicht gesagt?«

»Das ist mir gar nicht aufgefallen. Sie saß ja mit dem Rücken zu mir! Warum hast du es ihr denn nicht gesagt?«, schnauzt er zurück.

»Gerade wäre es mir sogar egal, wenn ich nackt durch die Straßen rennen müsste!«, schreie ich, während sie sich weiter zanken. Doch noch bevor ich die Straße erreichen kann, hat sich Sonny schon sein weißes Hemd ausgezogen und hält es mir hin.

»Sosehr mir der Anblick auch gefällt, nimm das hier«, murmelt er so leise, dass nur ich es hören kann. Ich schlüpfe hinein – die Ärmel sind hochgekrempelt.

Ich schenke ihm ein freches Grinsen und stürze auf dem Kopfsteinpflaster davon.

Fünf Minuten später verlasse ich eine Toilettenkabine und fühle mich um Welten besser. Ich binde mir Sonnys Hemd in der Taille zusammen, trete auf den Rose Crescent hinaus und entdecke ihn, an die Sandsteinmauer des gegenüberliegenden Gebäudes gelehnt, wo er auf mich wartet.

Ich deute lächelnd auf sein weißes T-Shirt. »Gut, dass du unter deinem Hemd noch was anhattest.«

Nicht, dass ich etwas dagegen hätte, ihn nackt durch die Straßen laufen zu sehen … Na ja, *halb*nackt.

Mit seiner Sonnenbrille, den hellgrauen Shorts und cremefarbenen Vans sieht er unglaublich cool aus.

Er stößt sich von der Wand ab, kommt zu mir und küsst mich zwanglos auf die Wange.

»Dir ist wohl wirklich das Aftershave ausgegangen, stimmt's?«, stelle ich traurig fest.

Er nickt. »Leider ja.«

»Ich habe schon an deinem Hemd geschnuppert.« Pause. »Auch wenn das vielleicht schräg rüberkommt.«

Er lacht und nickt in Richtung des Restaurants, das auf dem Bürgersteig vor uns Tische aufgestellt hat. »Archie und Matilda haben vorgeschlagen, Pizza zu bestellen. Ich habe mich bereit erklärt, sie abzuholen, und dachte mir, vielleicht hättest du ja Lust, mit mir darauf zu warten?«

»Gerne.«

Draußen wird ein Tisch frei, und eine Bedienung lässt uns die Wartezeit über daran Platz nehmen und fragt, ob wir etwas trinken wollen.

»Ich muss mich mal etwas bremsen«, sage ich und bestelle einen Apfelsaft.

»Und ich muss aufholen«, erwidert er und entscheidet sich für ein Bier.

»Du trinkst heute Abend Alkohol?«

Er nickt. »Meine Mum hat mich hergebracht. Was ist denn?«, fragt er, als er sieht, dass ich plötzlich ganz aufgeregt bin.

Beinahe hätte ich vergessen, dass ich ihm ja etwas Wichtiges zu erzählen habe!

Meine Beschreibung der Wohnung von Abbeys Schwester Cecily begeistert Sonny sehr, und er schickt ihr sofort eine Nachricht. Sie antwortet innerhalb weniger Minuten und macht für den nächsten Tag eine Besichtigung mit ihm aus. Danach erzählt er mir, wie sehr Imogen und Natalie die Kanufahrt genossen haben. Sie hatten alles für ein Picknick dabei und sind sogar baden gegangen.

»Als ich sie zu Hause abgesetzt habe, gab es immer noch kein anderes Thema mehr«, meint er liebevoll. »Und sie wollten wissen, wann wir wieder mal einen Ausflug mit dem Kanu machen.«

»Wie gesagt, ihr könnt es euch jederzeit ausleihen.«

»Vielleicht magst du ja das nächste Mal mitkommen?«

»Ach, da störe ich doch nur.«

»Unsinn. Du könntest Bertie mitnehmen.«

»Bertie! Ha! Du hast doch gesehen, wie ich vorhin aussah – dieses Hundsvieh ist einfach ins Wasser gesprungen!«

»Ach, so war das also?«

»Ja, es war der reinste Albtraum, sie wieder aus dem Wasser zu kriegen.«

Er lacht belustigt.

»Rochelle hat mich gebeten, nächsten Samstagabend auf die Mädchen aufzupassen«, verrät er. »Sie hat ein Date mit ihrem Freund.«

»Oha!«

»Ja.« Er lächelt halbherzig. »Leider kann ich da nicht. Ich muss aus Jobgründen nach Amsterdam.«

»Oh.«

Er seufzt. »Ich hab gefragt, ob es nicht stattdessen am Freitagabend ginge. Sie meinte, sie würde sich noch mal bei mir melden. Ich fände es schön, wenn Imogen und Natalie mal bei mir übernachten könnten. Wenn das mit Cecilys Wohnung klappt, ginge das ja vielleicht.«

»Das wäre toll. Was für ein Gefühl hast du dabei, wieder nach Amsterdam zurückzukehren?«

Er zuckt die Achseln. »Na ja, ich freue mich zwar nicht darauf, aber es muss nun mal sein.« Er lächelt mich schüchtern an. »Sag mal, willst du mich nicht begleiten? Deine Freundin treffen?«

Ich verwerfe den Gedanken nicht sofort. »Wann genau fliegst du?«

»Am Samstag. Es ginge aber auch am Samstagabend, wenn du mit der Arbeit fertig bist. Und zurück dann am Montagabend?«

Er sieht hoffnungsvoll aus.

»Könnte klappen.« Hach, das klingt wirklich verlockend. »Ich müsste nur noch klären, ob Nina auch Zeit für mich hätte.«

»Schreib ihr gleich mal!«

»Soll ich wirklich?«

»Na komm, mach schon!«

Nach kurzem Zögern hole ich mein Handy hervor, doch in meinem Kopf rattert es. Ist das eine gute Idee? Es fühlt sich so an. Aber stimmt das auch? Doch eigentlich spricht nichts dagegen. Das fängt schon mal damit an, dass wir uns die Fahrtkosten zum und vom Flughafen teilen könnten.

Ich schreibe Nina eine Nachricht und rechne gar nicht mit einer baldigen Antwort, doch noch bevor ich das Handy wieder in meiner Tasche verstauen kann, summt es.

Ihre Antwort besteht aus einem einzigen Wort: *JA!*

»Sie findet die Idee großartig«, erzähle ich Sonny.

»Wirklich?« Er freut sich.

»Ja.« Ich zeige ihm ihre Nachricht. Doch dann summt mein Handy erneut. Ich werfe einen Blick aufs Display.

»Oh!«

»Was denn?«

»Ihr ist eingefallen, dass die Schwester ihres Freunds nächstes Wochenende bei ihnen übernachtet.«

»Dann schlaf halt bei mir!«

»Hast du ein Gästezimmer?«

»Nein, aber ich schlafe gern auf dem Sofa.«

Wir sehen uns ein paar Sekunden lang an, ehe ich mich wieder meinem Handy zuwende. »Soll ich das so vorschlagen?« Mein Versuch, völlig entspannt zu klingen, misslingt.

»Ja.«

Das wäre genial! schreibt Nina. *Sie reist sowieso am Sonntag ab, also könntest du immer noch eine Nacht bei mir pennen!*

Ich erzähle Sonny davon.

»Super!« Er scheint froh zu sein, Gesellschaft zu haben. »Ich schaue morgen nach Flügen.«

»Okay.«

Ich schreibe Nina, dass ich sie auf dem Laufenden halte, und versuche, das nagende Gefühl beiseitezuschieben, überstürzt gehandelt zu haben. Aber zur Not kann ich immer noch einen Rückzieher machen.

Ich trinke einen Schluck Apfelsaft, schaue durch das Fenster in das Restaurant und frage mich, wie lange wir noch auf unsere Pizzen warten müssen. Als ich wieder zu Sonny blicke, starrt er an mir vorbei auf den Marktplatz, und plötzlich sind seine Augen vor Entsetzen geweitet. Er schiebt seinen Stuhl weg vom Tisch, und ich höre, wie um uns herum auch andere erschrocken nach Luft schnappen. Doch bevor ich Sonny fragen kann, was los ist, stürmt er schon in Richtung

Marktplatz. Ich drehe mich um und beobachte, wie er die Straße erreicht und sich über eine Gestalt beugt.

Wurde jemand angefahren?

Ich springe auf und laufe zu ihm. Um die beiden hat sich eine kleine Menschenmenge versammelt, die aber Abstand hält. Als ich Sonny erreiche, sehe ich eine junge Frau Anfang zwanzig mit verfilzten kastanienbraunen Haaren und ausgebeulter, unförmiger Kleidung auf dem Bordstein sitzen. Und in der Nähe entdecke ich einen Radfahrer, der von seinem Drahtesel gestiegen ist.

»Sie ist mir direkt vors Fahrrad gelaufen«, erklärt er gerade.

Er ist noch jung – wahrscheinlich ein Student. Der Schreck scheint ihm noch in den Gliedern zu stecken.

Andere kümmern sich um ihn, aber Sonny konzentriert sich auf die am Boden sitzende Frau – es könnte sein, dass sie obdachlos ist.

»Bist du verletzt?« Sonny legt ihr die Hände auf die Schultern.

»Ich habe ihn nicht gesehen«, murmelt sie benommen.

»Kann ihr jemand einen Eistee besorgen?«, fragt Sonny in die Menge.

»Ich mach das«, meldet sich eine Frau mittleren Alters.

Ich knie mich neben sie. »Alles okay mit dir?«

Sie nickt. »Ich habe ihn nicht gesehen«, wiederholt sie.

»Sie ist plötzlich auf die Straße gelaufen, und er konnte nicht mehr ausweichen«, erklärt mir Sonny.

»Wie heißt du?«, frage ich die Frau.

»Mel.«

Mir kommt der Gedanke, dass möglicherweise ihr Blickfeld eingeschränkt ist. Ursache dafür könnte ein Glaukom, ein Kopftrauma, eine Netzhautablösung oder sogar ein Augeninfarkt sein.

Als ich in Indien war, behandelten wir einen Mann mittleren Alters mit einem Augeninfarkt. Aber er kam erst so spät zu uns, dass sich die Sehkraft seines rechten Auges leider nicht mehr retten ließ. Die Folge war, dass er nicht mehr arbeiten konnte – ein unglaubliches Trauma für ihn und seine Familie. Das geht mir bis zum heutigen Tag nicht aus dem Sinn.

»Kannst du mich mal einen Moment ansehen, Mel?«, frage ich. »Sieh immer zu mir.« Ich halte meinen Finger zwischen uns hoch und bewege ihn an die linke Seite ihres Gesichts. »Kannst du meinen Finger aus dem Augenwinkel sehen?«

Sie nickt.

Ich bewege ihn auf die andere Seite. »Und jetzt auch?«

Wieder nickt sie.

Ich wiederhole das Ganze, bewege meinen Finger diesmal aber auf und ab. Zu meiner Erleichterung besteht sie diesen grundlegenden Test, doch ganz aus dem Schneider ist sie deshalb noch nicht.

Ich wiederhole den gleichen Test, bitte sie diesmal jedoch, meinem Finger zu folgen und dann zu lesen, was auf einem der Marktplakate steht.

Sie blinzelt und konzentriert sich, schafft es aber nicht.

Mit ziemlicher Sicherheit braucht sie eine Brille.

»Wann hast du das letzte Mal einen Sehtest gemacht?«

Sie zuckt die Achseln. »So was kann ich mir nicht leisten.«

»Der National Health Service bietet kostenlose Tests an.«

»Tja, für Sozialleistungen müsste man registriert sein.« In ihren Ton schleicht sich ein Hauch Ungeduld. »Ich kann aber keine Adresse vorweisen, geschweige denn ein Bankkonto.«

»Ich bin Augenoptikerin«, erkläre ich, während sie mich weiterhin trotzig anstarrt. »Ich kann mit dir gern einen kostenlosen Sehtest machen, ganz ohne Registrierung. Meinst du, du könntest zu mir in die Praxis kommen? Sie befindet sich in Newnham, es wäre also gar nicht weit.« Ich beschreibe ihr unseren Standort und hoffe, dass Umeko nichts dagegen hat.

»Komm nächste Woche doch vorbei, wenn du kannst. Vielleicht musst du ein bisschen warten, aber wir werden da auf jeden Fall was machen können. Okay?«

Mel nickt, und ihre Miene hellt sich auf. Sie versucht sich aufzurappeln, und Sonny hilft ihr dabei.

»Und du bist sicher, dass alles okay ist?«, fragt er.

»Ein paar Prellungen, aber das wird schon wieder.« Sie lächelt ihn dankbar an.

»Möchtest du etwas essen? Unsere Pizza ist gleich fertig«, bietet er ihr freundlich an.

»Nein, ich muss los.«

»Hier ist der Eistee!«, ruft die Frau von vorhin und eilt mit einem Becher zum Mitnehmen auf uns zu.

Ich höre, wie Mel ein Dankeschön murmelt und ihn nimmt, dann trottet sie langsam davon.

Sonny sieht ihr stirnrunzelnd nach und seufzt resigniert. Unsere Blicke treffen sich, und er nickt in Richtung des Restaurants. In diesem Moment kommt unsere Bedienung mit einem Stapel Pizzakartons heraus. Mit verwirrtem Blick bleibt sie an unserem leeren Tisch stehen. Dann entdeckt sie uns und lächelt erleichtert.

Wir marschieren zum Kanu zurück, ohne viel zu reden, aber ich kann nicht aufhören daran zu denken, wie Sonny mit Mel umging und was für eine menschliche Wärme er dabei ausstrahlte.

Was auch immer er getan hat, wie sehr er momentan auch damit kämpft, sich selbst zu mögen, er ist ein herzensguter Mensch. Daran habe ich nicht den geringsten Zweifel.

16

Und die hättet ihr beinahe verschenkt? Ich fass es nicht!«, scherzt Matilda und verputzt ihr drittes Pizzastück.

Sie und Archie haben von uns natürlich sofort erfahren, was passiert ist.

»Stimmt es wirklich«, fragt mich Sonny, »dass man keine kostenlose Augenbehandlung bekommt, wenn man kein Sozialhilfeempfänger ist? Was ist mit all den anderen obdachlosen Menschen, die es gibt? Wie machen die das denn?«

»Ich weiß es nicht.« Meine Ahnungslosigkeit ist mir peinlich.

»Vielleicht kümmert sich ja irgendeine eine Wohltätigkeitsorganisation darum?«, überlegt Matilda.

»Und wenn es keine gibt, dann sollte es eine geben«, meint Sonny. »Aber es kommt einem verrückt vor, dass sie nicht einfach zu einem Optiker gehen und einen Termin ausmachen können.«

»Ob sie wohl wirklich auftaucht?«, fragt Matilda.

»Große Hoffnung habe ich nicht.« Ich sehe zu Sonny. »Du etwa?«

»Ich weiß es nicht«, erwidert er nachdenklich.

Wir schweigen eine Weile, dann zerdrückt Sonny seine leere Dose in den Händen.

»Ist das Bier alle?«, fragt er Archie.

»Yep, sorry, Kumpel.«

»Ich hab völlig vergessen, welches mitzunehmen. Vielleicht besorge ich uns noch schnell eins. Braucht sonst noch jemand was?«

»Ich komme mit«, meint Archie.

»Eigentlich müsste ich eh mal aufs Klo«, sagt Matilda. »Hannah?«

»Alles okay. Ich passe aufs Boot auf.«

Wir haben vor der Wren Library angelegt und die Pizza direkt am grasbewachsenen Ufer verputzt. Ich bin mir nicht sicher, ob Hunde hier erlaubt sind oder ob wir uns überhaupt hier aufhalten dürfen, aber bisher hat sich noch niemand beschwert. Es ist ein idyllisches Plätzchen – auf der anderen Flussseite zeichnet sich hinter den Bäumen das blendend weiße New Court-Gebäude des St. Johns College‹, auch als »Wedding Cake« bekannt, ab, und hinter mir spiegelt sich die Abendsonne in den einheitlichen Fenstern der Wren Library.

Nachdem die anderen losgezogen sind, lege ich mich auf den Rücken und schaue zum wolkenlosen blauen Himmel empor. Obwohl es schon nach acht ist, ist es noch taghell. Der längste Tag des Jahres steht kurz bevor.

Sommersonnenwende …

Wie aus dem Nichts überkommt mich eine Erinnerung aus meiner Kindheit. Ich liege auf dem Rücken auf einer Wiese, und der Himmel ist überall, eine weite Fläche von Dämmerungsblau, die fast mein gesamtes Sichtfeld einnimmt. Von irgendwo in der Ferne höre ich jemanden nach mir rufen, doch ich antworte nicht. Ich bin vollkommen allein und spüre eine große Leere in mir.

***

Als Sonny, Archie und Matilda zurückkommen, spukt mir die Erinnerung immer noch im Kopf herum. Ich setze mich auf und lasse geistesabwesend mein Silberarmband um mein Handgelenk kreisen.

»Wir wären dann startklar!«, ruft Matilda und hält eine weitere Flasche Prosecco in die Höhe.

»Dann bin ich endgültig dicht«, warne ich und zwinge mich, mein Armband loszulassen.

»Morgen muss doch keiner arbeiten, oder?«, gibt sie kichernd zurück. »Na los, zurück ins Boot. Lasst uns zur Silver Street paddeln. Sonny hat uns von diesem Buch erzählt, das er gerade liest«, fügt sie hinzu, während ich mich ans Ufer klammere und versuche, das Boot ruhig zu halten, damit alle einsteigen können. »Kann ich neben dir sitzen? Die Jungs wollen zeigen, was sie draufhaben.«

Archie und Sonny tauschen leidende Blicke aus.

»Klar.« Ich rutsche zur Seite und mache ihr Platz. »Und was hat es jetzt mit diesem Buch auf sich?«, möchte ich wissen, als bis auf Bertie alle sitzen. Ich halte sie an ihrem Halsband fest, damit sie nicht auf dumme Gedanken kommt.

»Es ist ein Buch über Blickkontakt«, erklärt Matilda, während die Jungs unser Kanu mit den Paddeln vom Ufer abstoßen.

»Es ist kein Buch über Blickkontakt«, berichtigt Sonny sie geduldig. »Es ist ein Buch über Stress. Evelyn hat es mir empfohlen.«

Er sitzt ganz vorn, den Blick geradeaus gerichtet, und Archie hinter Matilda und mir.

»Na los, jetzt erzähl schon«, drängt ihn Matilda, als wir allmählich Fahrt aufnehmen.

»Nein, mach du.«

»Es ist ein Buch über Stress, Depressionen und Angstzustände und handelt unter anderem davon, wie wichtig es ist, mit seinem Leben etwas Sinnvolles anzufangen. Stimmt's?«, fragt sie Sonny.

»Ganz genau«, antwortet er und paddelt weiter.

»Wie heißt es denn?«, frage ich.

Matilda starrt auf Sonnys Hinterkopf.

»*Der Anti-Stress-Plan*«, erwidert er.

»Und da steht eben auch was über Augenkontakt drin.« Matilda entfernt die Folie um den Flaschenhals. »Eine Übung, die dieser Typ Dr. äh, wie heißt er noch gleich?«

»Rangan Chatterjee«, hilft ihr Sonny auf die Sprünge.

»Eine Übung, die man machen sollte, erfordert, dass man einer fremden Person in die Augen sieht.«

»Ich sehe immerzu Fremden in die Augen.« Bertie lässt sich zu meinen Füßen nieder, und ich lasse ihr Halsband durch meine Finger gleiten.

»In diesem Fall musst du es fünf Minuten lang tun«, entgegnet Matilda und reicht mir unsere Gläser, damit sie sie auffüllen kann.

»Fünf Minuten am Stück?«, frage ich.

»Ja.«

»Ich würde loskichern. Du nicht auch, Sonny?«

Er lacht. »Yep. Wahrscheinlich schon.«

»Ist das ein Insider-Witz?«, fragt Matilda, wartet die Antwort jedoch gar nicht ab, sondern schlägt aufgeregt vor: »Probieren wir es doch mal aus!«

»Du willst einem Fremden fünf Minuten lang in die Augen schauen?«, fragt Archie verblüfft.

»Nein, du Dödel, ich will *dir* fünf Minuten lang in die Augen sehen. Anscheinend verspürt man zu der anderen Person dann eine eigenartige Verbindung oder so. Keine Ahnung. Es klingt jedenfalls interessant.«

»Was, und ich soll dann Sonny in die Augen schauen?«, frage ich erschrocken.

»Genau! Komm schon, das wird lustig«, drängt Matilda. »Leute, haltet unter der Seufzerbrücke an.«

»Als ob das so einfach wäre«, meint Sonny, während wir auf die schöne überdachte Brücke zusteuern. »Aber ein Stück dahinter könnte es klappen.«

»Moment mal, machen wir das wirklich?« Es überrascht mich, dass er dazu bereit ist.

»Warum nicht? Dr. Rangan Chatterjee meint, jeder sollte es mal versuchen.«

Ernsthaft? Na dann!

Wir entdecken eine passende Stelle zum Anlegen. Obwohl Bertie döst, binde ich sie mit der Leine sicherheitshalber an der Sitzbank an.

Kichernd steht Matilda auf, steigt über die mittlere Bank und lässt sich Archie gegenüber auf der anderen Seite nieder.

»Das ist so schräg«, höre ich ihn murmeln. Nachdem Sonny sich vergewissert hat, dass Matilda sitzt, dreht er sich selbst auch um.

Als wir uns gegenübersitzen, lachen wir uns an.

»Archie hat recht«, sage ich. »Doch irgendwie fasziniert es mich auch. Normalerweise würde man ja jemandem nie länger als ein paar Sekunden in die Augen schauen.«

»Es sei denn, man hat Sex«, wirft Matilda ein.

»Da mache ich immer die Augen zu«, erwidere ich.

»Ich auch«, bekennt Sonny.

Matilda reißt verwundert die Augen auf. »Ihr schaut dem anderen beim Sex nie in die Augen?«

»Hat sich wohl noch nicht ergeben«, erklärt Sonny.

Matilda dreht sich so schwungvoll zu uns um, dass das Boot heftig zu schaukeln beginnt.

»Hey, nur die Ruhe«, schimpft Sonny und legt seine Hände auf beide Seiten des Kanus, um es wieder zu stabilisieren.

»Im Ernst? Du hast noch nie jemandem beim Sex in die Augen geschaut!«

»Nein!«, rufe ich.

Sie ist völlig perplex. Komisch.

»Machen wir das jetzt, oder wie?« So allmählich reicht es mir mit der spanischen Inquisition.

»Ihr müsst euch so setzen, dass sich eure Knie berühren«, erklärt Sonny.

Wir tun es, und das Boot kippelt.

»Woher wissen wir, wann die fünf Minuten um sind?«, will Archie wissen.

»Ach, stimmt«, meint Sonny. »Ich stelle die Stoppuhr.«

Er tippt auf seiner Uhr herum.

Ich habe den Stoff meines Rocks beiseitegeschoben und bin mir der Stelle überaus bewusst, an der sich unsere nackte Haut berührt. Sonny strömt Wärme aus, und seine weichen, lockigen Haare an den Beinen kitzeln mich an den Knien.

Er sieht mich an, und in meinem Bauch erwachen Schmetterlinge zum Leben.

»Okay?«, fragt er.

Ich nicke.

»Schließ die Augen.«

Warum machen wir das noch mal? Ach ja, stimmt, weil ich betrunken bin.

»Und jetzt öffne sie wieder.«

Der Anblick seiner strahlend blauen Augen geht mir durch und durch. Zuvor hatte er seine Sonnenbrille auf, und mir war gar nicht aufgefallen, dass er sie abgenommen hatte.

Es vergehen nur wenige Sekunden, bis wir beide loskichern, aber diesmal ist es noch unangenehmer, weil wir nicht wegschauen dürfen.

Matilda mahnt uns, still zu sein – sie nimmt das Ganze ernster.

Ich bemühe mich, mir mein Lächeln zu verkneifen, und kurze Zeit darauf wandern auch Sonnys Mundwinkel nicht mehr automatisch nach oben und entspannen sich.

Puh, das ist ganz schön krass. Noch nie hat mich ein Blick so gefangengenommen.

Seine Augen sind wunderschön. Um seine Iris verläuft ein marineblauer Ring, und von der Pupille ziehen sich wellenförmige Linien in verschiedenen Blautönen nach außen. Sie erinnern mich an Wasser, das sich im Sonnenlicht kräuselt.

Seine Pupillen sind weder vollständig geweitet noch verengt, irgendetwas dazwischen.

Woran denkst du gerade?, frage ich mich, und in diesem Moment weiten sich seine Pupillen noch ein wenig mehr. Meine Schmetterlinge flattern aufgeregter, mein Atem wird flacher. Der Drang, den Blick abzuwenden, wird unerträglich, quälend sogar. Es ist unglaublich anstrengend, den Blickkontakt so lange zu halten.

Er blinzelt, senkt den Blick, und ich verspüre eine Welle der Erleichterung, aber dann stellt er den Augenkontakt sanft wieder her, und mir verschlägt es den Atem.

Aus den Augenwinkeln erkenne ich, dass er die Lippen spitzt, und die Spannung lässt etwas nach, dann lehnt er sich ein Stückchen zu mir, und ich weiche zurück. Seine Mundwinkel wandern nach oben, und mir wird bewusst, dass er mich neckt. Lächelnd hebe ich eine Augenbraue und beuge mich zu ihm. Wenn wir dieses Spielchen schon spielen, dann will ich auch gewinnen.

Wir sind keine dreißig Zentimeter voneinander entfernt. Wenn ich wollte, könnte ich seine Wimpern zählen.

Er sieht mir mal in das eine, mal in das andere Auge, dann hält er meinen Blick fest, und das kommt mir plötzlich sehr intensiv vor.

Ich bin mir überaus bewusst, dass sich unsere Knie berühren. Was gäbe ich dafür, wenn es nicht nur bei den Knien bliebe! Sein Blick wandert zu meinen Lippen hinunter, doch gleich darauf schnellt er wieder nach oben. Seine Pupillen sind voll geweitet. Inzwischen nähert sich das Flattern der Schmetterlinge in meinem Bauch gefährlich Hurrikanniveau.

Verdammt, ich will ihn küssen!

Meine Augen weiten sich, seine genauso. Er weicht etwas zurück, um den Abstand zwischen uns zu vergrößern, was in mir aber nur den Wunsch erweckt, die Lücke zu schließen. Nur mit äußerster Willenskraft kann ich es verhindern.

Ich versuche, mich auf seine Augen zu konzentrieren, auf ihre Farbe, darauf, wie seine Pupillen einige der blauen Wellen verdrängt haben. Ich denke daran, dass ihm noch nie jemand so in die Augen geblickt hat.

Und dann schießt mir der Gedanke durch den Kopf, dass das bei mir nicht so ist, da gibt es durchaus jemanden, und eine Dunkelheit, eine Schwärze senkt sich über mich und zieht mich nach unten.

Ich breche den Augenkontakt ab, bekomme aber noch mit, wie auf Sonnys Gesicht kurz ein Ausdruck des Schocks aufblitzt.

Seine Stoppuhr meldet sich.

Matilda haucht ein Wort: »*Ja!*«

Sonny und ich sehen einander an und sofort wieder weg. Ich fühle mich seltsam zittrig, und dann, glaube ich, dämmert es uns beiden gleichzeitig, dass Archie und Matilda wild miteinander knutschen.

»Hast du das wirklich ernst gemeint?«, höre ich Archie flüstern, nachdem sie sich voneinander gelöst haben.

Ich drehe mich um und bemerke, dass Matilda ihn mit leuchtenden Augen ansieht.

»Hey, was läuft da bei euch?«, platzt es aus mir heraus.

»Archie hat mich gefragt, ob ich ihn heiraten will.« Matildas Stimme bebt vor Rührung. »Und ich habe Ja gesagt!«

17

Wie Kondensstreifen, die hinter einem Flugzeug am Himmel verblassen, verschwindet auch der Wasserdampf allmählich, ein geisterhafter Dunst, der den Spiegel beschlagen hat. Die linke Spiegeltür steht leicht offen, und zwei Gesichter starren mich an, die grün-goldenen Augen durchdringend und anklagend.

»Ich hätte mein Schutzschild nie senken dürfen«, erkläre ich mit leiser Stimme. »Aber ich dachte, von ihm hätte ich nichts zu befürchten. Wenn er dem Sex nicht abgeschworen hätte, hätte ich doch nie im Leben zugelassen, dass wir uns so nahekommen.«

Mein Gedankenfluss wird vom Klingeln des Telefons unterbrochen. Stirnrunzelnd eile ich nach unten ins Wohnzimmer. Keine Ahnung, warum ich mir überhaupt die Mühe mache: Vermutlich handelt es sich sowieso um irgendeinen Werbeanruf.

»Hallo?«

»Hannah!«

»Hey, hallo, du!«, rufe ich aus. Es ist Charles. »Na, wo steckst du gerade?«

»In Kapstadt! Wir übernachten hier zweimal. Gleich fahren wir mit der Seilbahn auf den Tafelberg rauf, davor wollte ich dich aber noch anrufen. Wie geht es dir, Liebes?«

»Mir geht's gut. Aber erzähl lieber mal von dir. Wo warst du seit deiner letzten E-Mail noch überall?« Ich setze mich aufs Sofa und ziehe die Füße unter mich.

»Die meiste Zeit sind wir auf dem Atlantik unterwegs gewesen, aber vor ein paar Tagen waren wir in Namibia. In der Walvis Bay. Eine riesige Lagune, die Hunderttausende von Vögeln anzieht, darunter auch wahnsinnig viele Flamingos. Es war großartig!«

»Und wohin geht's als Nächstes?« Ich lächele Bertie zu, die ins Zimmer gekommen ist und sich auf dem Teppich niederlässt.

»Moment, ich hole meinen Reiseplan. Es ist gar nicht so leicht, den Überblick zu behalten.«

Während ich warte und dem Geräusch eines Reißverschlusses lausche, dem das von raschelnden Papieren folgt, nehme ich den Bilderrahmen, der auf dem Beistelltisch steht. Dieses Foto von Charles ist erst wenige Jahre alt. Sein grauweißes Haar ist ordentlich aus der Stirn gekämmt, und durch sein Lächeln haben sich um seine blauen Augen Lachfältchen gebildet. June, die neben ihm sitzt, sieht leicht gequält in die Kamera. Ihre blassgrünen Augen blicken erstaunlich scharf. Sie hat es nie gemocht, fotografiert zu werden.

Charles ist zurück am Telefon. »Wir bleiben noch eine Weile in Südafrika: Mossel Bay, Durban und Richards Bay, dann geht's weiter nach Maputo in Mosambik.«

»Und macht dir das Ganze denn immer noch Spaß?«

»Und wie!«, antwortet er mit Nachdruck. »Ich habe wunderbare Menschen kennengelernt. Natürlich sind auch ein paar kauzige Gestalten dabei, aber auf ihre Weise sind sie alle unterhaltsam.«

»Ich hoffe, du unterziehst nicht jeden an Bord einer Psychoanalyse!«, scherze ich.

Er gluckst. »Du kennst mich doch. Und wie geht's dir?«

»Prima. Ich komme gut zurecht. Bertie ist großartig.« Bei der Erwähnung ihres Namens klopft Bertie mit dem Schwanz auf den Boden. »Ich habe neulich dein altes Kanu gereinigt und bin damit nach Cambridge gepaddelt.«

»Nur ihr zwei?«

»Ähm, nein, wir waren mit Freunden unterwegs.«

»Mit Danielle?«

»Nein, die habe ich seit meinem Besuch, bei dem sie mir Calvin vorgestellt hat, nicht mehr getroffen.«

»Das tut mir leid.«

»Muss es nicht!« Vor Verlegenheit brennen mir die Wangen.

»Mit wem warst du denn dann unterwegs?«

»Mit neuen Freunden. Mit Matilda, die in der Apotheke nebenan arbeitet, und ihrem Freund Archie. Und seinem Freund Sonny«, füge ich hinzu.

Er spürt meine Zurückhaltung und stürzt sich darauf. »Ah ja, Sonny! Und, was ist das so für einer?«

»Er ist nett.«

»Nett? Hannah, was für ein nichtssagendes Wort!«

»Fang gar nicht erst an.« Mit etwas mehr Schwung als beabsichtigt, stelle ich sein Foto auf den Beistelltisch zurück. Prompt fällt der Rahmen um.

»Ich fange doch gar nicht an! Ich will lediglich wissen, wie es dir geht.«

»Mir geht's gut. Mir geht's bestens! Alles läuft super. Die Rosen von June stehen in voller Pracht.« Ich versuche, den Bilderrahmen wieder aufzustellen.

»Wechsele nicht das Thema, Liebes.«

»Mach ich doch gar nicht!«

»O doch. Erzähl mir von Sonny.«

»Er ist nett.«

Ich höre ihn seufzen.

»Okay, nein, er ist nicht nett. Er hat Probleme. Ich versuche, ihm eine gute Freundin zu sein.«

»Das klingt schon besser. Unterhältst du dich mit ihm?«, fragt er nach einer kurzen Pause.

Ich schlinge meine Arme um meine Brust. »Ich unterhalte mich mit ihm, ja. Und mit Matilda auch.«

»Das ist gut. Bist du ihnen gegenüber denn offen?«

»So offen, wie ich es sein kann.«

»Also bist du es nicht!«

»Charles, wir haben uns gerade erst angefreundet!« Ich erhebe meine Stimme etwas.

»Ich will doch nur, dass du glücklich bist!«

»Das bin ich.«

Zwischen uns breitet sich Stille aus.

»Dieser Anruf muss dich ein Vermögen kosten«, sage ich schließlich.

»Musst du reden, Liebes?«

»Nein, Charles, alles gut.«

»Sprichst du mit ihr?«

Ich schlucke.

»O Hannah.« Er klingt todtraurig.

»Bitte, Charles. Lass es.«

Mit Erleichterung höre ich, wie der Reiseveranstalter ihm sagt, es sei an der Zeit, den Tafelberg hinaufzufahren.

Nachdem wir uns verabschiedet haben, mache ich keine Anstalten, mich vom Sofa zu erheben. Stattdessen lege ich seufzend meine Füße hoch, erkläre Bertie: »Dein Herrchen ist eine Nervensäge«, und schaue mit gerunzelter Stirn zu der Tür, die zu Charles' ehemaliger Praxis führt.

Es dauert eine Weile, bis ich mich über Charles' Sorge hinwegsetzen kann, aber schließlich halte ich mich nicht länger zurück und lasse meinen Gedanken freien Lauf.

»Gestern haben sich Archie und Matilda tatsächlich verlobt! Das war schräg. Na, zumindest war das mein erster

Gedanke, aber anscheinend hat Archie das Thema Heiraten schon öfter angesprochen. Eigentlich wollte Matilda erst noch ihre Ausbildung beenden, und Archie war bereit, noch so lange zu warten. Doch während sie sich so tief in die Augen geschaut haben, ist den beiden irgendwie bewusst geworden, dass die Zeit dafür jetzt reif ist.«

Bertie hat den Kopf gehoben und sieht mich an. Ich ignoriere sie, lasse mich auf dem Sofa in eine liegende Position fallen und starre zur Decke hoch.

»Sonny und ich haben uns wirklich für sie gefreut. Gleichzeitig war ich aber auch heilfroh über die Ablenkung. Mir wäre es nämlich schwergefallen, Sonny nach den fünf Minuten noch in die Augen sehen zu müssen. So kam es zum Glück nicht mehr dazu. Wir haben Archie und Matilda auf der mittleren Bank sitzen lassen und sind den größten Teil des Weges nach Hause gepaddelt, Sonny hinten, ich vorne. Sonny und Archie haben das Boot zum Cottage getragen, und dann haben sich die drei für den Heimweg ein Taxi geteilt. Daher haben wir beide kaum noch miteinander gesprochen.«

Mein Handy meldet den Eingang einer neuen Nachricht. Ich setze mich auf, schnappe es mir und sehe nach. Sie stammt von einer unbekannten Nummer.

Amsterdam Flug 18.30 Uhr am Samstag – kannst du früher Feierabend machen?

Sofort flattern meine Nerven. Sonny muss sich meine Nummer von Matilda und Archie besorgt haben.

»Bleibt es also dabei?«, überlege ich. »Na, es wäre wohl auch komisch, das Ganze jetzt abzublasen, oder?«

Ich lese mir seine Nachricht noch mal durch.

Ein Flug zu dieser Zeit würde bedeuten, dass ich spätestens um vier Uhr losmüsste. Samstags arbeiten wir nur bis fünf, und zu dieser Zeit kommen auch kaum noch Kunden. Ich gehe davon aus, dass Sonny die Flüge jetzt buchen will, also beiße ich in den sauren Apfel, rufe Umeko an und entschuldige mich, sie am Sonntag stören zu müssen. Sie hat nicht nur kein Problem damit, dass ich früher Schluss machen möchte, sie bietet mir sogar an, für ein paar Tage auf Bertie aufzupassen.

Ich schreibe Sonny, dass es bei mir zeitlich klappen würde.

Er fragt, ob eine Rückkehr am Montagabend okay sei, und als ich damit einverstanden bin, braucht er nur noch meinem Nachnamen, um zu buchen. Ich hatte bis jetzt noch keinen Grund, ihn ihm zu nennen.

»Culshaw«, erwidere ich.

In einer letzten Nachricht teilt er mir den Preis mit.

Der Austausch erfolgt kurz angebunden und geschäftsmäßig, dennoch macht mich der Gedanke nervös, allein mit ihm nach Amsterdam zu fliegen. Ich habe das Gefühl, die Kontrolle zu verlieren – wenn das nicht ohnehin schon geschehen ist.

Das Handy noch in der Hand, verfasse ich eine Kurznachricht an Johann.

Denn eine andere Möglichkeit, diese Kontrolle ein Stück weit zurückzugewinnen, fällt mir nicht ein.

18

Fünf Tage darauf stehe ich gerade im Bad und schminke mich, als es an der Tür klingelt.

»Das wird Johann sein!« Ich trage noch schnell Lipgloss auf und eile die Treppe hinunter.

»Oh. Hallo!«, sage ich.

»Hi«, erwidert Sonny und nimmt mich fester in den Blick als bei unserem letzten Abschied. »Ich war gerade nebenan.«

Bertie drängelt sich an mir vorbei. Sonny begrüßt sie.

»Brichst du morgen direkt von der Arbeit auf?«, kommt er gleich zur Sache.

»Ich muss noch mal herkommen und meine Reisetasche holen«, antworte ich entschuldigend. Die Tasche dürfte nämlich zu schwer sein, um damit zu Fuß zur Arbeit zu gehen.

»Ich habe um zehn vor vier ein Taxi zu mir bestellt. Sollen wir dich nicht einfach von der Arbeit einsammeln? Dann könnten wir deine Tasche auf dem Weg zum Flughafen noch schnell holen.«

»Klingt perfekt!«

Er richtet sich auf und mustert mich dabei. »Hast du was vor?«

»Äh, ja.«

Ich spüre, dass er noch etwas sagen möchte, doch in diesem Moment erscheint Johann hinter ihm am Gartentor.

»Hallo, Hannah!«, ruft Johann und hebt die Hand zum Gruß. Bertie gibt ihr übliches fünfmaliges Bellen von sich.

Sonny dreht sich um und sieht Johann den Gartenweg entlangkommen.

Die Tatsache, dass mir das unangenehm ist, ist genau der Grund, warum ich es tue, rufe ich mir in Erinnerung.

»Hi«, grüßt Johann Sonny mit einem freundlichen Lächeln.

»Sonny, das ist Johann. Johann, Sonny«, stelle ich die beiden einander vor, und sie geben sich die Hand.

Als Sonny sich wieder zu mir dreht, hat er eine kleine Falte zwischen den Augenbrauen. »Wir sehen uns dann morgen.«

Ich nicke. »Bis dann.«

Er geht an Johann vorbei den Weg entlang. Ich schaue ihm nach und verspüre einen kleinen Stich. Doch dann reiße ich mich zusammen und öffne die Tür ein Stück weiter.

»Komm doch rein, Johann.«

»Was für ein cooles Haus!«, bemerkt er, als er mit eingezogenem Kopf das kleine Cottage betritt. Er ist so groß, dass er mit dem Kopf fast an die Decke stößt.

Mit seinem kinnlangen erdbeerblonden Wuschelhaar und dem Siebentagebart sieht er wirklich heiß aus, was mich seltsamerweise aber kalt lässt. Dennoch frage ich ihn, ob er hier noch etwas trinken oder direkt zum Pub aufbrechen möchte. Er entscheidet sich für Letzteres.

»Vielleicht landen wir ja später wieder hier«, setzt er mit einem Augenzwinkern hinzu.

»Bist du Single?«, erkundige ich mich geradeheraus, während ich Bertie anleine.

»Ja.« Er grinst zu mir herunter. »Und du?«

»Immer.« Lächelnd deute ich zur Tür.

»Und wer ist Sonny?«, fragt er beim Hinausgehen.

»Ein Freund.«

Ich ziehe die Tür hinter uns zu.

Im Blue Ball setzen wir uns in einem der beiden gemütlichen Vorderräume an einen von Kerzenlicht erleuchteten Tisch. Johann hat sich kein bisschen verändert. So gesprächig, spaßig und zum Flirten aufgelegt, wie er ist, macht das Zusammensein mit ihm einfach Spaß.

Wir tauschen uns darüber aus, was wir in den letzten Jahren so getrieben haben. Meistens redet er, und ich stelle die Fragen, und genau so mag ich es.

Dennoch spukt Sonny immer in meinen Gedanken herum.

Immerzu muss ich an ihn denken, auch als wir zum Cottage zurückkehren. Als Johann im hell erleuchteten Flur seine Finger in mein Haar gleiten lässt und mich an sich zieht. Und als er seinen Mund auf meinen senkt.

»Warum bist du damals verschwunden, ohne dich zu verabschieden?«, fragt er im heißen Flüsterton an meine Lippen.

Ich zucke die Achseln, und er küsst mich erneut, drückt sich an mich.

Das Ganze könnte so einfach sein. Ich müsste nur mit ihm nach oben gehen.

Nur …

Sanft, aber bestimmt schiebe ich ihn von mir weg.

»Sorry, ich muss morgen früh raus.«

»Ich auch.« Er löst sich nur widerwillig von mir.

»Tut mir leid.« Ich halte ihn auf Abstand. »Aber es war schön, dich zu wiederzusehen.«

»Das war's?« Er sieht mich ungläubig an.

Ich nicke.

»Was ist denn plötzlich los?« Johann versteht die Welt nicht mehr.

Ich gehe und öffne die Tür. Einen Augenblick darauf geht er an mir vorbei in die kühle Nacht und murmelt dabei etwas, das sich sehr nach deutschen Kraftausdrücken anhört.

Was ich ihm nicht übel nehme. Ich bin ja selbst auch sauer auf mich.

19

Im Auto herrscht eine eigenartige Atmosphäre. Bald erreichen wir den Flughafen Luton, und doch haben Sonny und ich noch kaum ein Wort miteinander gesprochen.

Als er mich mit dem Taxi abholen kam, trug er eine Sonnenbrille. Und das tut er immer noch. Es ist nicht so, dass er etwas falsch macht, im Gegenteil, er benimmt sich absolut vorbildlich. Als ich herauskam, stieg er aus dem Auto und öffnete mir die Tür, und als wir in Charles' Cottage waren, um meine Reistasche zu holen, erkundigte er sich, ob ich an meinen Reisepass gedacht hätte.

Den Großteil der Fahrt hat er auf seinem Handy herumgetippt und gemurmelt, er müsse für die Arbeit noch ein paar Sachen klären. Und ich saß da und starrte aus dem Fenster.

Bei unserer Ankunft am Flughafen seufze ich tief auf, und er steckt mit einem Blick zu mir sein Handy in die Tasche zurück.

»Sorry«, murmelt er.

»Alles okay?«

»Yep, alles geklärt.« Er holt sein Portemonnaie heraus und winkt ab, als ich nach meiner Handtasche greife. »Übernimm du die Rückfahrt.«

»Bist du sicher? Ich schulde dir auch immer noch ein Abendessen!«

Er seufzt und beugt sich vor, um den Fahrer zu bezahlen.

Da wir online eingecheckt haben und nur mit Handgepäck reisen, können wir direkt zur Abflughalle durchgehen.

»Arbeitest du morgen?«, frage ich, als die Schlange vor uns langsam kleiner wird.

Sonny nickt, sein Mund ist zu einem Strich verzogen.

»Und am Montag?«

»Da auch.« Er stößt einen kleinen Seufzer aus.

Seine Arbeit stresst ihn.

Nach dieser Erkenntnis drücke ich ihm spontan die Schulter. Zunächst versteift er sich, aber als er mein Mitgefühl spürt, werden seine Gesichtszüge weicher.

»Das wird schon«, sage ich.

Er nickt und geht durch die Sicherheitskontrolle.

Wir haben nicht mehr viel Zeit, und ich möchte noch eine Zeitschrift kaufen, daher vereinbaren wir, uns am Gate zu treffen.

Auch im Flugzeug bleibt Sonny schweigsam, und mir fällt ebenfalls nichts ein, was ich sagen könnte. Er hat Johann mit keiner Silbe erwähnt, und ich auch nicht. Keine Ahnung, ob er überhaupt einen Gedanken an ihn verschwendet hat – seine Stimmung hat wahrscheinlich gar nichts mit meinem Liebesleben zu tun. Ich bin davon ausgegangen, ihm wäre unwohl dabei, nach Amsterdam zurückzukehren und er hätte mich aus diesem Grund gebeten, ihn zu begleiten. Aber gerade sieht es nicht so aus, als würde ihm etwas daran liegen.

Nach einer Weile fragt er, ob es mich stören würde, wenn er sich seine Kopfhörer aufsetzt und Musik hört. Ich blättere in meiner Zeitschrift herum, kann mich aber nur schwer konzentrieren. Es ist, als hätte sich zwischen uns eine Kluft aufgetan.

Er hat die Augen geschlossen und die Arme vor der Brust

verschränkt. Er sieht müde aus, abgespannt. Eine weitere Welle des Mitgefühls überkommt mich.

Als wir seine Wohnung erreichen, ist es fast zehn Uhr abends. Unerklärlicherweise bin ich total erledigt, aber ich habe Nina versprochen, auf einen Drink vorbeizukommen, und so will ich nur schnell meine Reisetasche loswerden und dann zu ihr. Laut Sonny dauert es zu Fuß nur etwa zehn Minuten.

Er wohnt ganz oben in einem viergeschossigen Stadthaus aus schwarzem Backstein mit weiß gerahmten Fenstern, das direkt an einer Gracht liegt, deren Wasser im Mondlicht schimmert. Ein paar schmale Hausboote liegen an den Ufern vertäut. Die kopfsteingepflasterten Straßen werden von altmodischen Straßenlaternen beleuchtet, und aus einer nahe gelegenen Bar dringt warmes Licht. Durch die offene Tür sind Musik und Gelächter zu hören.

Bei der Vorstellung, morgen bei Tageslicht die Umgebung zu erkunden, steigt meine Stimmung.

Sonny schließt die Haustür auf, lässt mit den Worten, um seine Post werde er sich morgen kümmern, die Briefkästen links liegen und führt mich die Treppe hinauf. Einen Aufzug gibt es nicht, und ich bin ganz schön aus der Puste, als er seine Wohnungstür aufschließt. Er knipst das Licht an, und ich bin überwältigt.

»Ja Wahnsinn!«, hauche ich.

Er wohnt in einem offen gestalteten Loft-Apartment, das zwar nicht groß, aber unfassbar cool ist. Abgesehen vom Eingangsbereich, in den eine niedrige Decke eingezogen ist, bildet die Loftdecke das Dach dieses typisch niederländischen Stadthauses nach, das sich in einem hohen Bogen nach oben wölbt. Die alten Parkettböden wurden abgezogen und gebleicht, die minimalistische Einrichtung besteht durchweg aus zweifellos teuren Designermöbeln, vom blassgrauen Sofa über die moderne gelbe Chaiselongue bis hin zur orangefarbenen Giant-Stehleuchte von Anglepoise an dem niedrigen Couchtisch. Die Küche zu meiner Linken verfügt über eine Insel im Industrielook aus poliertem grauem Beton. Außer einer silbern glänzenden, professionell wirkenden Kaffeemaschine an der anthrazitfarbenen Rückwand sind keinerlei Gerätschaften zu entdecken. An der rechten, aus Sichtziegeln bestehenden Wand hängen eine Reihe von Schwarz-Weiß-Fotografien, die ich mir auf jeden Fall noch genauer anschauen werde, aber im Moment habe ich eigentlich nur Augen für das riesige Stahlfenster mit Blick auf die von Bäumen gesäumte Gracht. Verzückt gehe ich darauf zu. Weder Jalousien noch Vorhänge verdecken den Blick, und als ich mich schließlich umdrehe, entdecke ich, dass sich auf dem abgesenkten Deckenteil beim Eingangsbereich ein höher gelegenes Schlafzimmer befindet, das ebenfalls offen gestaltet ist.

»An Privatsphäre liegt dir wohl nicht besonders«, stelle ich fest und frage mich, was die Nachbarn gegenüber wohl schon alles mitbekommen haben. Meine Phantasie geht mit mir durch, und ich schaudere.

»Möchtest du einen Drink?«, fragt er, als ich mir die Bilder an der Wand genauer anschaue.

Er hat hier einen Arbeitsplatz samt Computer und einem Drucker. Auf dem Boden stapeln sich mehrere große Metallkisten mit Schirmen, einer Lichtbox und anderer Fotoausrüstung, die er wohl für seine Shootings braucht.

»Danke, aber ich sollte jetzt besser los«, antworte ich. »Sind das Arbeiten von dir?«

»Ja.«

Die Sammlung besteht aus einer Kombination aus abstrakten, ununterscheidbaren Formen und Linien und Zufallsaufnahmen eines bebrillten Mannes im Anzug, der an einer Backsteinmauer vorbeischreitet, einem blonden Model im Stil der Sechzigerjahre, das an einem Oldtimer lehnt, und dunklen, stimmungsvollen Architektur- und Landschaftsbildern. Jedes Bild ist unverwechselbar, und doch passen sie alle zusammen.

»Sie sind unglaublich«, murmele ich. Kurz darauf erkenne ich in einer der abstrakten Aufnahmen die Rundung einer Frauenhüfte aus der Nähe. Würg.

»Das Badezimmer ist hier.« Sonny öffnet eine Tür und gibt den Blick auf einen hell erleuchteten, weiß gekachelten Raum frei. Er geht hinein und kommt mit Handtüchern und Bettwäsche zurück. »Die Zugehfrau war gerade da, das Bett ist also frisch bezogen.«

»Ich schlafe auf dem Sofa, Sonny«, protestiere ich.

Ich möchte ihm nicht das eigene und einzige Bett wegnehmen.

»Nix da!« Er wirft die Laken auf die gelbe Chaiselongue und wirkt nicht so, als würde er sich umstimmen lassen.

»Na gut«, seufze ich. »Dann geh ich jetzt mal besser.«

»Ich begleite dich.«

»Sei nicht albern. Es ist doch nicht weit!«

»Mir ist schon klar, dass du sehr wohl in der Lage bist, auf dich selbst aufzupassen«, meint er leicht süffisant und reicht mir seinen Ersatzschlüssel. »Aber ich fühle mich dann einfach besser.«

Als wir gemeinsam die Treppe hinuntergehen, melden sich wieder diese lästigen geflügelten Kreaturen in meinem Bauch.

»Wie lange wohnst du schon hier?«, frage ich.

»Ein paar Jahre.«

»Wird es dir schwerfallen, von hier wegzuziehen? Von so einer Wohnung kann ich nur träumen.«

Er zuckt die Achseln. »In mancher Hinsicht schon. Aber es gibt wichtigere Dinge im Leben.«

»Sag mal, ist alles in Ordnung mit dir?«, frage ich ihn unverblümt, als wir aus dem Haus treten. Er wirkt immer noch niedergeschlagen. »Bedrückt dich der Job, deine Rückkehr hierher oder etwas anderes?«

»Ich gebe gerade einen ganz schönen Trauerkloß ab, was? Das tut mir leid. Wenn ich dieses Wochenende erst mal hinter mich gebracht habe, wird das schon wieder.«

Erst als er das Thema wechselt und mir von der Bar an der Ecke und dem großartigen Brunch dort erzählt, geht mir auf, dass er meine Frage nicht beantwortet hat.

Nina und ihr Freund Aart wohnen in einem gewöhnlichen Wohnblock, von dem aus man allerdings Blick auf einen weiteren hübschen, von Bäumen gesäumten Kanal hat. An der Hauswand neben der Tür windet sich eine reich blühende Glyzinie empor.

Sonny begleitet mich zur Tür.

»Komm mit hoch und sag Hallo.« Mein Finger schwebt über der Klingel.

Während unseres Spaziergangs ist Sonny lockerer geworden, hat mir von der Gegend erzählt und mir Orte empfohlen, die ich mir morgen ansehen sollte. Da er arbeiten muss, werde ich ihn wohl kaum zu Gesicht bekommen, weshalb ich noch nicht bereit bin, mich von ihm zu verabschieden.

Nach kurzem Zögern stimmt er zu.

Kurz nachdem ich geklingelt habe, kommt Nina auch schon aus einer Tür im Erdgeschoss herausgeschossen.

»Hannah!«, kreischt sie und umarmt mich euphorisch.

Ich drücke sie ebenso fest zurück. Es ist schon so lange her. *Zu* lange. Fast drei Jahre. Verrückt. Sie war eine meiner besten Schulfreundinnen. Und ist immer noch ganz die Alte.

Das schokoladenbraune Haar hat sie zu einem glatten, kinnlangen Bob geschnitten, und ihre Schildpatt-Hornbrille gehört genauso zu ihr wie der abgefahrene Nerd-Style. Heute Abend trägt sie einen rot-schwarzen Schottenkaro-Minirock mit einem knallorangenen Pulli dazu und ähnelt damit ein bisschen Velma aus der Zeichentrickserie *Scooby Doo*.

Sie löst sich von mir und mustert Sonny, der ein Stück zurückgeblieben ist, mit unverhohlenem Interesse.

»Nina, das ist Sonny, ein Freund von mir«, stelle ich ihn ihr vor.

Sie fackelt nicht lange und gibt ihm einen doppelten Wangenkuss. Dabei wirft sie mir einen Blick puren Entzückens zu.

Ich muss lachen, weil sie nicht einmal versucht, ihre Freude zu verbergen.

»Du kommst doch auf einen Drink mit rein, oder?«, fragt Nina ihn frech, nimmt Sonny am Arm und führt ihn im Polizeigriff zu ihrer Haustür. »Abagael!«, ruft sie einer schlanken Brünetten zu, die auf einem der beiden knallroten Sofas im marineblau gestrichenen Wohnzimmer sitzt. Aarts Schwester, nehme ich mal an. »Abagael, ich habe Besuch mitgebracht! Sie hat kürzlich mit ihrem Freund Schluss gemacht«, erklärt sie Sonny ganz nebenbei. »Und jetzt zeigen wir ihr mal, was die Männerwelt noch so zu bieten hat. Das macht dir doch nichts aus, oder?«

Abagael errötet, steht aber gleich auf, um uns freundlich zu begrüßen. Sonny scheint immer noch hin- und hergerissen zu sein, ob er bleiben soll, aber für den Moment spielt er mit.

»Wo ist Aart?«, frage ich.

»Oh, der ist in seinem Büro und *arbeitet*.« Nina zieht eine Grimasse und schreit dann: »Aart! Schwing deinen Hintern her und trink was mit uns!«

Ein erschöpft wirkender Aart taucht aus einer Tür zum Wohnzimmer auf. Er ist ein Stück größer als Nina und ich, etwa ein Meter achtzig, und er ist schon ungefähr Mitte dreißig. Er hat schwarze Haare und einen Dreitagebart.

»Hannah!« Er kommt herüber, ergreift liebevoll meine Arme und küsst mich. »Wie schön, dich wiederzusehen!«

Wir sind uns erst ein paarmal begegnet, aber er empfängt mich so warmherzig, dass es mir vorkommt, als würde ich ihn schon lange kennen.

Nina dreht die Musik auf – es läuft gerade ein verrückt klingender holländischer Popsong –, und wir setzen uns mit unseren Drinks auf die roten Sofas. Wohin man auch blickt, überall entdeckt man kräftige Farbtupfer, vom kanariengelben Plastik-Couchtisch über die knallgrünen Vorhänge bis hin zu dem lila-orangefarbenen Teppich.

»Sonny, du wohnst in Amsterdam?«, fragt Nina.

»Stimmt, inzwischen schon fast zehn Jahre.«

»Und was machst du beruflich?«, erkundigt sich Aart.

»Ich bin Fotograf.«

»Wie heißt du denn mit Nachnamen?«

»Denton.«

Aarts Augen weiten sich. »Sonny Denton?«

Sonny nickt.

»Wir haben ein paar Arbeiten von dir in unserem Laden hängen!«

»Wie cool ist das denn?«, sage ich stolz und drehe mich zu Sonny neben mir um.

Er wirkt unbeeindruckt, und mir wird klar, dass er vermutlich herunterspielt, wie gut er ist.

»Welche davon sind denn von Sonny?«, fragt Nina Aart.

Sie und Aart betreiben einen Design-Laden, der von skurrilen Geschenken bis hin zu Kunstwerken alles Mögliche anbietet. Aart kümmert sich um die Kunst, Nina um alles andere.

»Die nackten Mädchen, Neonlinien, ultraviolettes Licht.« Er kürzt seine Beschreibung ab, aber für Nina ergibt sie Sinn, denn sie sieht Sonny bewundernd an.

»Das klingt heiß!«, wirft Abagael ein.

Da hat sie recht, aber die anderen Gefühle, die sich bei mir einstellen, hauen mich um.

Die Vorstellung, dass Sonny nackte Models fotografiert, gefällt mir nicht.

Und ich *hasse* es, dass sie mir nicht gefällt.

Unvermittelt werde ich wütend darüber, dass ich Johann gestern Abend habe abblitzen lassen. Es war die perfekte Gelegenheit, mich von meinen verwirrenden Gefühlen für den Mann neben mir abzulenken, und ich habe es vermasselt.

Wir wenden uns anderen Themen zu. Ich bemühe mich, dass meine Laune nicht kippt, doch es fällt mir erstaunlich schwer. Als Sonny sagt, er werde nun aufbrechen, da er sich für das Shooting am nächsten Tag noch vorbereiten müsse, würde ich mich ihm am liebsten gleich anschließen.

»Nimm dir für den Rückweg ein Taxi«, drängt mich Sonny.

Ich verdrehe die Augen.

»Nur weil du meinst, allein klarzukommen, heißt das noch lange nicht, dass dem auch wirklich so ist«, sagt er leise, und als ich ihn ansehe, hält er meinem Blick stand, bis mein Herz zu rasen beginnt.

Als Aart und Nina aus der Küche kommen, löst er den Augenkontakt und steht auf. Sie wechseln ein paar Worte, während ich auf dem Sofa sitze und herzhaft gähne.

Abagael erscheint aus dem Bad, erwischt mich dabei, lacht und fängt ebenfalls zu gähnen an.

»Ich weiß nicht, wie's euch so geht, aber ich krieche jetzt in die Federn«, meint sie.

»Möchtest du noch etwas trinken, Hannah, oder machst du dich auch auf die Socken?«, ruft Nina zu mir herüber.

Ich werfe einen Blick zu Sonny und sehe seinen fragenden Blick. Dass ich mit ihm aufbrechen könnte, scheint ihm gar nicht in den Sinn gekommen zu sein.

»Vielleicht sollte ich mit dir nach Hause gehen.«

»Okay.« Er wirkt überrascht, allerdings nicht unangenehm.

Er wartet an der Tür, während Nina und ich Pläne für den nächsten Tag schmieden, dann verabschieden wir uns.

»Ist es okay für dich, zu Fuß zu gehen, oder sollen wir lieber ein Taxi nehmen?«, fragt er, als wir aus dem Haus treten.

»Zu Fuß«, antworte ich stur, was so richtig bescheuert ist. Jetzt ein Taxi, das wäre göttlich!

Wir gehen schweigend los, aber ich merke, dass er langsamer geht als auf dem Hinweg. Ich trage zwar feste Schuhe, bin aber schon ziemlich erledigt.

»Was genau ist damals passiert?«, fragt er sanft und blickt auf mein linkes Bein. »Also, bei diesem Autounfall.«

Ich schüttele bedauernd den Kopf. »Ich spreche nicht gerne darüber.«

»Na gut.« Er starrt geradeaus.

Er fühlt sich eindeutig vor den Kopf gestoßen, und das tut mir leid, lässt sich aber nicht ändern.

»War wohl ein langer Abend gestern, hm?«, fragt er trocken, als ich gähne.

»Eigentlich nicht. Ich bin einfach nur müde.«

Ein paar Schritte später geht mir auf, dass er dabei auf Johann angespielt hat.

Ich spüre, dass er noch mehr sagen möchte, es sich aber verkneift. Ich bin mir unsicher, was ich davon halten soll.

»Hast du gestern denn noch was unternommen?«, lenke ich das Gespräch unauffällig in eine andere Richtung. »Wolltest du nicht was mit den Mädchen machen?«

»Schon, aber Rochelle wollte bei ihrem Date heute Abend bleiben und hat stattdessen nun ihre Mum zum Aufpassen eingespannt. Ich hab mich dann mit Archie getroffen.«

Ich erinnere mich, dass er mir, als er an jenem Freitagabend vor ein paar Wochen zum ersten Mal zu mir kam, sagte, seine Alternative wäre Archie gewesen. War das gestern Abend auch der Fall? Wenn Johann nicht aufgetaucht wäre, hätte er mir dann vorgeschlagen, mit ihm auszugehen? Das er meine Nähe sucht, gefällt mir.

Zu sehr!

»War das dann also so eine Angelegenheit ohne weitere Verpflichtungen?«, fragt er und versucht, flapsig zu klingen. Hach, dann hat es ihm also wirklich zu schaffen gemacht, mich zusammen mit Johann zu sehen!

»Hm«, erwidere ich unverbindlich und muss dann doch noch hinzuzufügen: »Es hat sich nicht ganz in diese Richtung entwickelt.«

Er wirft mir einen Blick zu. »Alles okay mit dir?«

Ich lächele. »Denkst du wirklich, ich könnte spät nachts nicht allein durch die Straßen von Amsterdam laufen? Ich hab doch selbst diesen deutschen Muskelprotz mühelos abfertigen können!«

Er lacht laut auf und setzt mit einem Grinsen, das in meinem Bauch Schmetterlinge auffliegen lässt, hinzu: »Das höre ich gern!«

Shit, mich hat es wirklich erwischt!

20

Der Geruch von frischem Kaffee ist es, der mich schließlich aus einem der bequemsten Betten lockt, in denen ich je geschlafen habe. Als ich mir Sonnys weiche Daunendecke vom Gesicht ziehe, blendet mich augenblicklich helles Sonnenlicht.

Autsch!

Die freie Aussicht ist schön, aber lohnt es sich wirklich, deswegen zu dieser Morgenstunde auf Jalousien zu verzichten?

Ein Blick auf mein Handydisplay verrät mir, dass es halb acht ist. Ich habe also nur ein paar Stunden geschlafen, wenn überhaupt. Nach unserer Rückkehr habe ich lange gebraucht, um runterzukommen.

Ich setze mich im Bett auf, linse über das niedrige Geländer und entdecke Sonny unten in der Küche, wo er wie ein Profi-Barista an seiner Kaffeemaschine herumhantiert. Er trägt eine tiefsitzende graue Trainingshose zu nacktem Oberkörper, und es überrascht mich, wie muskulös er ist.

Ich lasse mich aufs Bett zurückfallen und starre an die Decke. Unruhe überfällt mich.

Wegen dieses gottverdammten Versprechens, das er sich selbst gegeben hat, kann ich mir diese blöde Verknalltheit ja nicht mal aus dem Kopf schlagen, indem ich mit ihm schlafe! *Und ich habe auch ein Versprechen abgegeben*, erinnere ich mich.

Ich muss mir etwas einfallen lassen. Vielleicht tut er uns beiden den Gefallen, sich hier in Amsterdam völlig idiotisch aufzuführen, so dass ich nichts mehr mit ihm zu tun haben will. Hoffentlich!

»Morgen!«, rufe ich und tapse in einer blassrosa Pyjamahose und einem weißen ärmellosen T-Shirt die Treppe hinunter.

Wenn er noch immer seine Schlafklamotten trägt, dann kann ich das auch.

»Oh, hey«, sagt er über seine Schulter.

»Du hast deine Brille auf!«, bemerke ich. Sie steht ihm wirklich gut.

»Yep!« Er wirkt amüsiert, dann besorgt. »Sorry, habe ich dich etwa geweckt?«

»Nein, das war die Sonne.« Ich nicke Richtung Fenster.

»Ja, das ist der einzige Nachteil.« Er bedenkt mich mit einem süßen Lächeln.

Sein Haar ist an mehreren Stellen plattgedrückt, an seinem Kinn zeigt sich ein Bartschatten. So verschlafen und zerzaust sieht er einfach zum Niederknien aus!

Zum Niederknien? Süß? Was ist nur in mich gefahren? Gar nicht gut ...

»Kaffee?«, fragt er.

»Danke.« Ich deute zum Badezimmer, und er nickt und macht sich wieder an die Kaffeezubereitung.

»Lass es«, flüstere ich, als ich am Spiegel vorbeikomme. »Lass es einfach!«

Als ich ins Wohnzimmer zurückkehre, nimmt Sonny gerade seine Laken von der Chaiselongue und faltet sie zusammen.

»Soll ich das Bett abziehen?«, frage ich.

»Nein«, erwidert er stirnrunzelnd und häuft das Bettzeug

unordentlich aufeinander. »Du weißt schon, dass du heute gern wieder hier übernachten kannst?«

»Oh. Danke.« Ich bin gerührt. »Bist du dir sicher?« Da Nina morgen sowieso arbeiten muss, wäre es einfacher so.

»Natürlich bin ich mir sicher.« Er kommt auf mich zu, und es kostet mich unglaublich viel Kraft, den Blick von seinem bloßen Oberkörper zu lösen. Die Art, wie sich diese Hose an seine schmalen Hüften schmiegt, ist einfach … *so* …

Sonny deutet auf die Kücheninsel, auf der mein Kaffee steht.

Ich nehme ihn mir und versuche, mich wieder einzukriegen, während er die Treppe hinaufgeht. Ich beobachte, wie er oben zu der Kommode geht, die als Nachttisch dient, ein weißes T-Shirt herauszieht und es sich über den Kopf streift.

Seufzend nehme ich meinen Kaffee mit zum Sofa und versuche, mich in der Aussicht aus dem riesigen Fenster zu verlieren. Die grünen Baumkronen leuchten im grellen Morgenlicht.

Sonny kommt ebenfalls mit seinem Kaffee her und setzt sich neben mich.

»Wie sehen denn deine Pläne …«, beginnt er, sieht zu mir und erstarrt.

»Was ist denn?«

Wortlos stellt er seine Kaffeetasse auf dem Tisch ab und marschiert zu den silbernen Koffern, die auf dem Boden stehen. Er öffnet einen davon und nimmt eine Kamera heraus.

Verwirrt beobachte ich, wie er hastig ein Objektiv anschraubt und mit Blick auf mein Gesicht wieder zu mir zurückkommt.

»Was machst du?«, frage ich alarmiert, als er sich vor mir hinkniet und die Kamera auf mich richtet. »Moment mal! Sonny!« Ich halte die Hand vor den Sucher, und er senkt die Kamera und sieht mich flehend an.

»Hannah, bitte nimm die Hand runter.«

»Nein!« Allmählich werde ich sauer. Was denkt er sich eigentlich?

»Deine Augen. Bitte. Ich *muss* einfach.«

So etwas habe ich noch nie erlebt. Fassungslos starre ich ihn an.

»Bitte«, sagt er wieder und macht Anstalten, die Kamera zu heben.

Widerstrebend lasse ich meine Hand in den Schoß fallen, und er beginnt zu knipsen.

»Schau zum Fenster. Bitte!«

Ich weiß nicht, was in mich gefahren ist, aber ich gehorche ihm und zucke innerlich zusammen, als er noch ein paar weitere Fotos macht.

Er überprüft die Bilder in seinem Sucher, nimmt eine Einstellung vor, macht noch ein paar Bilder und wiederholt den Prozess des Checkens, Einstellens und Fotografierens.

Er fotografiert wie unter Zwang, ist hochkonzentriert, aber schließlich entspannt er sich, lehnt sich zurück und geht die Bilder auf seinem Display durch.

Benommen sieht er zu mir auf.

»Na, wenn das nicht schräg war!«, lache ich, und auf seinem Gesicht breitet sich ein Grinsen aus.

»Möchtest du sie dir mal ansehen?«

»Ich weiß nicht. Will ich das?«

»Ja.«

Er steht auf, setzt sich neben mich auf das Sofa, und wir sind uns fast so nah wie auf Archies und Matildas Kuschelsitz.

Hüfte an Hüfte, Bein an Bein, und angesichts der Wärme, die sich dadurch einstellt, wird mir leicht schummerig. Ich versuche, mich auf das Display der Kamera zu konzentrieren.

Es handelt sich um eine Nahaufnahme, und er hat auf eine unglaubliche Art das Sonnenlicht auf meinem Gesicht eingefangen. Meine Wangenknochen wirken prägnanter, die Lippen voller, doch überrascht bin ich vor allem von meinen Augen. Sie haben eine Tiefe, wie sie mir nie zuvor aufgefallen ist: als würde durch flüssiges Gold Licht schimmern.

»Du lässt mich wunderschön aussehen«, hauche ich, sobald ich meine Stimme wiedergefunden habe.

»Du *bist* wunderschön«, erwidert er.

O Mann, ich sitze gehörig in der Patsche …

Unvermittelt klingelt es, und wir fahren beide zusammen.

Sonny sieht zur Tür, steht auf und legt die Kamera auf den Couchtisch. Dann geht er barfuß darauf zu.

Noch immer zittrig, bekomme ich mit, wie er dem schönsten Wesen, das mir je begegnet ist, die Tür öffnet.

»Sonny!«, ruft sie atemlos und stürzt sich förmlich in seine Arme. »Ich hab gehört, du bist zurück!«

Beklommen beobachte ich, wie er die Arme um sie legt.

Sie spricht mit einem starken Akzent, der französisch sein könnte, und ist so groß wie er, allerdings so megaschlank, dass er vergleichsweise stämmig wirkt.

Als sie mich entdeckt, lodern ihre grünen katzenartigen Augen auf, und sie löst sich von ihm.

»Du hast Besuch!«, sagt sie vorwurfsvoll und sieht erst ihn und dann mich an.

Er macht einen kleinen Schritt von ihr weg und schwenkt die Hand in meine Richtung. »Das ist Hannah, eine Freundin aus England.«

»Eine Freundin?« Sie geht an ihm vorbei in die Wohnung und wirft dabei ihr langes kastanienbraunes Haar zurück.

Ich sehe, wie er beim Schließen der Tür leicht genervt die Lippen zusammenpresst, aber dann habe ich nur noch Augen für die Frau, die geradewegs auf mich zukommt. Ich stehe auf und fühle mich mit meinem Schlafanzug plötzlich entsetzlich unglamourös. Kurz bevor sie mich erreicht, entdeckt sie das Bettzeug am Ende der Chaiselongue, und quittiert es mit einem atemberaubenden Lächeln.

»Katya«, stellt sie sich vor und küsst mich erst auf die eine, dann auf die andere Wange.

Katya? Das wird ja immer besser! Einen erotischer klingenden Namen gibt es wohl kaum.

»Schön, dich kennenzulernen«, sage ich.

»Wie lange bleibt ihr?«

»Morgen Abend geht's schon wieder zurück«, erwidert Sonny.

»Och nö!« Sie zieht einen hübschen Schmollmund. »Warum denn nur so ein kurzer Besuch?«

»Magst du einen Kaffee?«, fragt er, anstatt ihr zu antworten.

»Einen Espresso.« Sie tänzelt hinter ihm her in den Küchenbereich.

Er blickt über die Schulter zu mir, und ich deute erst auf das Schlafzimmer und dann aufs Bad, um darauf hinzuweisen, dass ich mich dort anziehen möchte. Er nickt.

Als ich es in einem langen Rock und einem olivgrünen schulterfreien Top wieder verlasse, steht Sonny an seinem Schreibtisch und hantiert an seiner Kamera herum.

»Ist Katya schon wieder weg?«, frage ich verwundert.

»Ja«, erwidert er knapp.

»Eins von diesen unverbindlichen Techtelmechteln?« Ich hebe eine Augenbraue.

Er wirft mir einen kurzen Blick zu, gibt ein Schnauben von sich und widmet sich wieder seiner Kamera.

Mir war ohnehin schon leicht übel, aber sein Schweigen auf meine Frage macht es noch schlimmer. »Du bist auch nur ein Mensch«, zwinge ich mich, in demselben gleichgültigen Tonfall hinzuzufügen.

»Ich verbringe lieber eine Minute in deiner Gesellschaft als eine Stunde in ihrer«, antwortet er mit tiefer Stimme.

Seine Worte ziehen mir den Boden unter den Füßen weg. Er ist so vertieft in seine Arbeit, dass er es gar nicht bemerkt.

Ich gebe mir einen Ruck.

»Hör mal, Sonny, danke für das Übernachtungsangebot, aber ich gehe zu Nina.«

Diese Entscheidung habe ich im Bad gefällt.

»Wann brichst du auf?« Er legt seine Kamera vorsichtig auf dem Schreibtisch ab. Schwer zu sagen, ob er sauer ist oder nicht.

»Sobald ich fertig bin.«

»Möchtest du noch was frühstücken?«

»Ich glaube, wir gehen brunchen.«

Er nickt und wendet sich ab, beugt sich über seinen Schreibtisch und zieht einen Schnellhefter aus einem Papierstapel.

Jetzt mach schon. Geh nach oben. Pack deine Sachen!

Es kommt mir vor, als würde ich durch Schlamm waten, doch ich bringe meine Glieder dazu, zu gehorchen, und packe die wenigen Dinge zusammen, die ich dabeihabe.

»Wann fängt dein Shooting an?«, frage ich, als ich mit der Tasche in der Hand wieder nach unten komme.

»Um elf, aber bis dahin habe ich noch einen Haufen zu tun.« Er blickt auf meine Tasche. »Kommst du morgen denn nicht wieder her?«

»Arbeitest du da nicht auch?«

»Nur für ein paar Stunden. Um zehn Uhr habe ich ein Meeting, aber den Großteil der Überarbeitung erledige ich erst in England.«

»Wann bist du heute Abend fertig?«

Er zuckt mit den Schultern. »So um sechs, sieben …«

»Hast du danach denn schon was vor?«

Hey, was machst du?

Er wirkt bedrückt. »Vermutlich sollte ich mich noch mit ein paar Leuten treffen.«

Nun mache ich mir Sorgen um ihn. Er wollte von Anfang an nicht herkommen, und jetzt lasse ich ihn im Stich. Was für eine Freundin bin ich eigentlich?

»Im Grunde«, sage ich, ohne auf die Stimme in meinem Kopf zu hören, und stelle meine Tasche ab, »… ist das ja ein bisschen bescheuert, oder? Nina arbeitet morgen, vielleicht sollte ich heute Abend also *doch* wieder zu dir zurückkommen. Überhaupt, warum kommst du nicht später zum Essen zu uns? Aart ist auch dabei. Bestimmt hat er Lust, sich weiter mit dir zu unterhalten.«

Die beiden haben sich am Abend zuvor auf Anhieb verstanden und sich angeregt über Fotografie, Kunst und Architektur unterhalten. Da ich mit Nina und Abagael in ein Gespräch vertieft war, habe ich allerdings nur Bruchstücke davon mitbekommen.

Sonny schenkt mir ein kleines Lächeln. »Danke, Hannah, aber es wird wohl Zeit, dass ich mich meinen Dämonen stelle.«

»Wie meinst du das?«

»Komm auf jeden Fall heute Abend wieder her. Wenn Nina arbeitet, dann können wir beide ja morgen etwas zusammen unternehmen.«

»Bist du sicher, dass ich nicht in irgendetwas hereinplatze, wenn ich später zurückkomme?«

Er weiß, worauf ich hinauswill, und hebt lächelnd drei Finger zum Pfadfinderehrenwort.

Lachend greife ich nach meiner Tasche.

»Ich bring sie wieder nach oben«, bietet er an und kommt zu mir. Als er sie nimmt, berühren sich unsere Finger, und es ist, als würde ich einen Stromschlag erhalten.

»Falls du mich brauchst: Meine Nummer hast du ja«, sage ich schwach und löse meinen Blick von seinen schönen blauen Augen.

»Bis später«, sagt er leise.

Ich nicke und gehe zur Tür hinaus.

21

So, und nun mal raus mit der Sprache«, sagt Nina entschlossen. »Was läuft da mit Sonny?«

»Er ist bloß ein guter Freund.«

»So ein Quatsch!« Sie grinst. »Die Funken, die zwischen euch gesprüht haben, hätten die Vorhänge in Brand setzen können – und das will was heißen, die sind nämlich feuerfest!«

Ich schmunzele.

Wir sitzen in dem von Sonny empfohlenen hippen Café an der Straßenecke. Die Wände dort sind unverputzt und mit Gigpostern beklebt, dazu große Fenster, die viel Licht hereinlassen, und Möbel, die alle ein bisschen alt und abgenutzt aussehen. Ich bin hergekommen, weil ich unbedingt aus Sonnys Wohnung rausmusste, bevor ich etwas sage oder tue, was sich nicht mehr rückgängig machen lässt. Mit Nina war ich eigentlich erst um zehn verabredet, aber nachdem ich ihr eine Nachricht geschickt hatte, kam sie sofort her, die Gute. Es ist erst acht Uhr dreißig.

»Sonny ist ein komplizierter Mensch«, sage ich unbehaglich, nehme die Stroopwafel, die zu meinem Kaffee kam, und beiße hinein.

Nina sieht mich vielsagend an. »Du nicht auch?«

Ich lege den Kopf schräge und nicke bestätigend. »Was es schlimmer macht, nicht besser«, erkläre ich mit vollem Mund.

»Wo liegt denn das Problem bei ihm?«

»Bei unserer ersten Begegnung hat es definitiv geknistert.« Wir haben Nina und Aart gestern Abend erzählt, wie wir uns bei meiner Arbeit kennengelernt haben, sind jedoch nicht weiter ins Detail gegangen. »Die Art, wie er mich angesehen hat … Bei ihm hat's genauso gefunkt wie bei mir. Einen Tag vor seiner Rückkehr nach Amsterdam musste er dann seine Brille abholen, und ich hab mir gedacht … Na ja, das kannst dir sicher denken …«

Verständnisvoll, aber nicht beifällig, zieht sie die Augenbrauen nach oben. Sie weiß, dass ich für nichts Langfristiges zu haben bin. Sie weiß auch, warum. Ich nehme an, sie hat Verständnis dafür, was aber nicht heißt, dass sie auch glücklich darüber ist. Sie will nur das Beste für mich, und für Nina bedeutet das: eine liebevolle Beziehung mit jemandem, der das Leben lang für mich da sein könnte.

Doch so etwas ist für mich nicht vorgesehen. War es nie.

»Na, egal. Als er jedenfalls seine Brille abgeholt hat, war er wie ausgewechselt. Konnte mir kaum in die Augen sehen, und er wirkte irgendwie … gebrochen.«

Sie zieht verwundert die Stirn kraus.

»Dann habe ich ihn eines Tages aus Charles' ehemaliger Praxis gleich nebenan kommen sehen. Er war bei Evelyn.«

»Er macht eine Therapie?«, fragt sie besorgt.

Ich nicke.

»Weißt du, warum?«

»Wie's aussieht, haben wir noch etwas gemein. Er kommt auch nicht mit langfristigen Beziehungen klar.«

Sie lässt sich auf ihrem Stuhl zurückfallen. »Im Ernst? Was hat er denn für ein Problem damit?«

»Er hat gleich mehrere. Er war noch nie verliebt. Schläft mit einer Frau nach der anderen. Eine davon hat er vor zehn

Jahren geschwängert, da war er gerade mal zweiundzwanzig. Bis vor kurzem hatte er mit seinen Töchtern allerdings kaum etwas zu tun.« Ich halte kurz inne. »Es sind Zwillinge.«

Sie zieht die Brauen zusammen. »Eineiige?«

Ich nicke. »Sie sind jetzt neun.«

Nina atmet tief ein und stößt die Luft dann langsam wieder aus.

»Du weißt ja, er ist Fotograf«, fahre ich fort, »und verdient sein Geld hauptsächlich im Modebereich. Er schläft mit vielen der Models, mit denen er zusammenarbeitet.« Ich muss mich zwingen, das zu erzählen, aber wenn ich zu jemandem ganz ehrlich sein kann, dann zu Nina. »Er hat angedeutet, dass es schon länger mit ihm bergab geht. Ich weiß nicht, ob es am Alkohol oder an den Drogen lag oder an beidem, aber einer seiner Freunde ist letzten April gestorben, und Sonny sagte, er könne sich in diesem Freund wiedererkennen. Es sei ihm vorgekommen, als befände er sich auf dem gleichen Weg. Er sagte, er hätte schon so lange nichts mehr *gefühlt.* Sein Leben habe an Bedeutung verloren. Vielleicht hat er an Depressionen gelitten – keine Ahnung –, jedenfalls war er, als er an diesem Tag ins Umeko's kam, völlig durch den Wind, und davon hat er sich auch nur langsam erholt. So richtig gut geht's ihm immer noch nicht. Manchmal wird es besser, aber dann ist es wieder so, als würde er gegen eine Wand rennen, und er fühlt sich absolut hoffnungslos. Er versucht aber, etwas zu ändern. Wünscht sich eine Beziehung zu seinen Töchtern, und daran arbeitet er. Mit der Mutter der beiden war es schwierig, aber er ist entschlossen, das zu ändern. Wie es mit seiner Arbeit weitergehen soll, weiß er noch nicht. Die Modefotografie erfüllt ihn wohl nicht so. Und er hat aufgehört, wild herumzuvögeln.« Ich sehe sie genau in dem Moment an, als ihre Augenbrauen hochschnellen.

Davor war ich ganz darin vertieft, längst aufgelösten Zucker in meinem Kaffee herumzurühren, anstatt ihren Blick zu erwidern. Ich wünsche mir so verzweifelt, all das aus meinem Kopf zu bekommen, indem ich endlich mal mit jemandem *wirklich* darüber reden kann.

Mit Matilda konnte ich nicht darüber sprechen, Danielle hat genug anderes um die Ohren, und Charles will ich da unbedingt aus dem Spiel lassen …

»Genau genommen schläft er mit niemandem mehr«, fahre ich fort, klopfe mit dem Löffel gegen den Tassenrand und beobachte, wie der Kaffee an der Außenseite heruntertropft. »Er hat sich geschworen, mindestens ein halbes Jahr keinen Sex zu haben. Er glaubt, nur so lernt er, Beziehungen aufzubauen, die Bestand haben.«

Ich versuche so zu klingen, als ob mich das Ganze nichts angehen würde, doch als ich mich wieder traue, ihr in die Augen zu sehen, wünschte ich, ich hätte es nicht.

Ihre Besorgnis ist spürbar. »Hast du mit ihm über dich gesprochen?«, fragt sie sanft, aber eindringlich.

»Nein! Natürlich nicht!«

»Und warum nicht? Hannah, es klingt, als stündet ihr zwei euch sehr nahe. Das könnte die dauerhafte Beziehung sein, nach der ihr beide sucht!«

»Ich bin nicht auf der Suche nach einer dauerhaften Beziehung!«

»Okay, schön.« Sie hebt beschwichtigend die Hände. Eine Weile herrscht betretenes Schweigen, dann sinniert sie: »Was mag er wohl erlebt haben, dass er sich so verhält.«

»In seiner Familie sind anscheinend alle ganz normal.« Zum Glück ist sie zu dem einzigen Thema zurückgekehrt, das ich wirklich erforschen will, nämlich Sonny.

»Aber wenn man nie lange genug bei jemandem bleibt,

um echte Gefühle für ihn entwickeln zu können ... Das ist doch eigenartig.«

»Stimmt«, räume ich ein. »Aber wenn überhaupt jemand dem auf den Grund gehen kann, dann Evelyn.«

»Das ist wahr. Mir hat sie auf jeden Fall geholfen.« Nina hat während ihrer Krebsbehandlung bei Evelyn eine Therapie gemacht. »Und dir auch, oder?«

»Mm.« Manchmal meine ich ja, mir ist nicht mehr zu helfen. Ich trinke meinen Kaffee aus. »Na komm, los geht's.«

22

Nachdem ich mit Nina Amsterdam erkundet habe, bin ich so müde, dass ich nach dem Abendessen bei ihr einen Barbesuch ausschlage und zu Sonny zurückfahre. In einem Taxi, ganz richtig!

Nina kommt damit klar. Wir haben heute so viel Zeit miteinander verbracht wie schon seit Jahren nicht mehr. Außerdem hat sie versprochen, im Spätsommer nach England zu kommen und ihre Familie, Danielle, Baby Calvin und mich zu besuchen.

Als ich nach zehn Uhr die Tür zu Sonnys Wohnung aufschließe, ist er zu meiner Überraschung schon da, sitzt an seinem Schreibtisch und arbeitet.

»Oh, hey!« Er springt auf.

Mit seinen schwarzen Jeans, einem schlichten grauen T-Shirt und seiner Brille wirkt er wie eine Kombination aus sexy-stylisch und liebenswert nerdig. »Ich dachte, du kommst erst viel später.«

Er scheint sich aufrichtig zu freuen, mich zu sehen.

»Es war ein langer Tag«, erwidere ich lächelnd und bin erstaunt, wie sehr auch ich mich freue, wieder bei ihm zu sein. »Wie war das Shooting?«

Er zuckt die Achseln. »Gut. Möchtest du noch etwas trinken oder gleich ins Bett? Ich kann das Deckenlicht ausschalten, damit es dich nicht stört.«

»Ein Drink wäre schön.«

Lächelnd geht er in den Küchenbereich.

Er möchte wissen, was Nina und ich so getrieben haben, und ich erzähle es ihm, während er mir ein Glas Wein einschenkt und sein Wasser auffüllt. Dann nickt er zum Sofa.

In erster Linie sind Nina und ich herumgebummelt und haben uns die Sehenswürdigkeiten angesehen, es immerhin aber auch in zwei Museen geschafft: das Rijksmuseum und das Moco, das Museum für moderne Kunst, eines von Sonnys Lieblingsmuseen.

»Ich will mir schon seit Ewigkeiten die Banksy-Ausstellung ansehen!«, sagt er.

»Du könntest morgen hingehen. Wenn du das nächste Mal herkommst, ist sie vielleicht schon vorbei.«

Er lässt die Schultern hängen. »Ich muss in ein paar Wochen wieder her.«

»Wirklich? Warum?«

»Ich habe mich zu einem weiteren Job breitschlagen lassen. Außerdem muss ich auch entscheiden, was aus dieser Wohnung wird.« Er sieht sich um.

»Gehört sie dir, oder ist sie gemietet?«

»Sie gehört zum Teil mir.« Er steht auf und geht in die Küche. »Die andere Hälfte gehört Katya.«

Ich bin perplex. Er holt den Weißwein aus dem Kühlschrank, kommt damit zurück und schenkt mir nach.

»Der alte Bauunternehmer, den sie damals datete, hat ihr die Wohnung angeboten, worauf sie mich gefragt hat, ob ich mit einsteige. Der Zustand beim Kauf war okay, die ganze Arbeit daran habe dann allerdings ich gemacht. Dafür brauche ich jetzt nicht so viel Wohngeld zu zahlen wie sie. Wenn sie mit einem Verkauf einverstanden ist, machen wir eine gute Rendite.«

»Meinst du, sie lässt sich drauf ein?«

»Bei ihr weiß man nie. Da die Hypothek erst in einem Jahr ausläuft, müssten wir im Fall eines Verkaufs eine Vorfälligkeitsentschädigung zahlen.«

»Und du hast sie vorhin noch nicht gefragt?«

»Nein, sie musste zur Arbeit.« Er nimmt sich sein Handy vom Couchtisch. »Sie hat mir getextet und mich gebeten, mich mit ihr und ein paar Freunden in einer Bar zu treffen.«

Über seine Schulter hinweg erkenne ich eine winzige rote Zahl, die über seinem Nachrichten-Icon schwebt.

»Sie hat dir fünf Nachrichten geschrieben?«

»Noch viel mehr. Das sind nur die, die ich noch nicht geöffnet habe.«

Einen Haufen WhatsApp-Nachrichten hat er auch bekommen. Hat Katya sie nicht mehr alle?

»Die sind nicht alle von ihr. Es hat sich halt herumgesprochen, dass ich da bin«, fügt er spöttisch hinzu, nimmt einen Schluck von seinem Wasser und legt das Handy zwischen uns aufs Sofa.

»Deine Freunde wissen alle, dass du hier bist?«

»Yep. Bin mir allerdings nicht sicher, ob ich sie als Freunde bezeichnen würde. Leute, mit denen ich früher Party gemacht habe, trifft es eher.«

»Ich dachte, du wolltest dich deinen Dämonen stellen.«

Auch wenn mir ehrlicherweise nicht ganz wohl ist bei dem Gedanken, dass er mit der Gruppe abhängt, die für seine Probleme unter Umständen mitverantwortlich ist.

Er wirft mir einen Seitenblick zu. »Die können mich alle mal!«

Ich kichere, und er lächelt, hält den Augenkontakt ein paar schöne Sekunden lang. Beinahe gedankenlos hebt er die Hand streicht mir eine Haarsträhne hinters Ohr. »Diese Aufnahmen von dir …« Er hält inne. »Darf ich morgen früh noch ein paar machen?« Ganz so verzweifelt oder flehend wie heute Morgen klingt er zwar nicht, aber ein bettelnder Unterton schwingt mit.

Warum bloß? Mit jemandem wie Katya kann ich nicht konkurrieren. Ich möchte nicht als sein Fotomotiv herhalten, das er von allen Seiten in den Blick nimmt, doch ich merke, wie viel ihm daran liegt, und bin daher hin- und hergerissen.

»Ich schätze schon.«

Er lächelt erleichtert.

»Hast du von Imogen und Natalie schon viele Fotos gemacht?«, frage ich, als eine weitere Textnachricht eintrifft.

»Gar nicht mal.« Er blickt auf sein Handy, versucht aber nicht, die Nachricht zu lesen. »Blöd von mir, ich weiß.« Er zögert kurz. »Mir war nicht danach.«

Er hat recht. Blöd.

Sein Adamsapfel hüpft auf und ab. »Vor diesem Sommer hatte ich nie das Gefühl, als würden sie zu mir gehören«, gesteht er.

Es fällt ihm schwer, es laut auszusprechen, das merke ich. Vermutlich war das eines seiner Themen bei Evelyn. Ich werfe ihm einen – hoffentlich – angemessen mitfühlenden Blick zu und warte geduldig, versuche, ihn nicht zu verurteilen.

»Bei ihrer Geburt habe ich als Vater total versagt und mich – das klingt jetzt furchtbar – in den Jahren danach nur mit ihnen abgegeben, weil ich das Gefühl hatte, ich *müsste* es. Ich hatte nie eine Verbindung zu ihnen. Erst jetzt.« Unvermittelt lächelt er mich an. »Sie sind so lustig, so süß. Und so *unterschiedlich*. Mir kommt es vor, als hätte ich sie vorher kaum gekannt und könnte diese Jahre nie mehr zurückbekommen. Ich habe so viel verpasst.«

Abrupt nimmt er seine Brille ab und drückt sich die Handballen an die Augen.

Gerade will ich ihm über den Rücken streichen, als es an der Tür klingelt.

Er hebt den Kopf, und auf seinem Gesicht zeigen sich nacheinander Verwirrung, Entsetzen und nach dem erneuten Ertönen der Klingel schließlich müde Resignation.

»Das könnte jetzt unschön werden.« Er setzt seine Brille wieder auf und steht auf. »Ich sehe zu, dass ich sie so schnell wie möglich wieder loswerde.«

Bevor er die Tür erreicht hat, klingelt es noch einmal. Er reißt sie auf, und vom Gang her sind schrilles Kreischen und ein paar tiefere Rufe zu hören.

Fünf laute und offensichtlich betrunkene Menschen drängen sich an ihm vorbei in die Wohnung – zwei Männer und drei Frauen, darunter Katya, die Sonny einen Schubser gibt und ihn anfährt, warum er nicht auf ihre Nachrichten reagiert habe. Kurz darauf lacht sie und umarmt ihn, da sie wohl eindeutig lieber feiert, anstatt zu streiten.

»Leute, ich bin nicht in der Stimmung hierfür«, höre ich Sonny sagen, der versucht, sich Katya vom Leib zu halten.

»Hannah kann doch auch mitmachen«, kontert sie.

Selbst aus dieser Entfernung erkenne ich, wie geweitet ihre Pupillen sind – man muss kein Genie sein, um zu kapieren, dass sie high ist.

Die Männer kommen zu mir und stellen sich vor. Die Frauen verziehen sich in den Küchenbereich und holen sich Gläser aus den Schränken und Getränke aus dem Kühlschrank, als wären sie hier zu Hause. Vermutlich sind sie Models: groß, schlank und umwerfend gutaussehend. Eine rückt dort Sonny auf die Pelle. Er wirkt genervt, schiebt sie aber nicht weg.

Ein Hipster namens Fabian stöpselt sein iPhone in die Stereoanlage, und im Raum erschallt dröhnende Clubmusik. Alle reden laut, die Hälfte davon niederländisch, weshalb ich kaum etwas verstehe. Dann kniet sich der andere Mann – ich glaube, er hat sich als Erasmus vorgestellt – an den Couchtisch und beginnt, Kokain in Linien aufzuteilen.

Ein ganz spezielles Völkchen!

»Was zum Fuck?« Sonnys Stimme erhebt sich über den ganzen Lärm, und er marschiert mit wütender Miene auf Erasmus zu. »Pack diesen Scheiß weg!«, brüllt er. »Alle von euch! Ich will das nicht! Ich hab euch gesagt, dass ich das nicht will, aber ihr hört mir einfach nicht zu, verdammt nochmal!«

Die Clubmusik dröhnt immer noch aus der Stereoanlage, und alle starren Sonny an, doch keiner scheint sich sonderlich angesprochen zu fühlen – nur ich bin schockiert. Noch nie habe ich ihn so wütend erlebt.

Hinter mir in der Küche fängt eine der Frauen zu lachen an, dann noch eine, doch ich wende meinen Blick nicht von Erasmus und Sonny ab, die einander anfunkeln.

Sonny, dessen Hände zu Fäusten geballt sind, spannt die Armmuskeln an. Erasmus schaut ihn überrascht an, macht aber keine Anstalten, seiner Aufforderung nachzukommen. Immerhin hantiert er nicht länger mit dem Kokain herum.

Sonny stapft zur Stereoanlage hinüber, zieht Fabians Handystecker heraus und streckt ihn ihm entgegen. Das Gelächter verstummt, und die Stille ist ohrenbetäubend.

»Raus hier!«, befiehlt Sonny und richtet den Blick wieder auf Erasmus.

Als wüsste er nicht, was das ganze Theater soll, zuckt Erasmus die Achseln und fängt an, in Seelenruhe seine Drogen wegzupacken.

»Was zur Hölle ist bloß los mit dir?«, bricht Katya leicht schwankend das Schweigen. »Seit wann bist du so eine Spaßbremse?«

Die anderen Frauen beginnen ein Gespräch auf Niederländisch, verdrehen die Augen und knallen ihre Weingläser wütend auf die Arbeitsplatte. Ich rechne fast schon damit, dass sie dabei zu Bruch gehen, was aber nicht der Fall ist.

Lärmend verlässt die ganze Meute die Wohnung, und Sonny schließt die Tür hinter ihnen.

Mit einem entschuldigenden Blick dreht er sich zu mir um.

»Das lief ja prima!« Ich schenke ihm ein aufmunterndes Grinsen.

»Es tut mir so leid!« Er kommt zu mir herüber. »Bei Nina wärst du besser aufgehoben gewesen.«

Lächelnd stehe ich auf und strecke mich. »Es hätte schlimmer kommen können«, erkläre ich mit einem Gähnen. »Du hast mir nie erzählt, wie dein Leben hier ausgesehen hat.«

Seine Schultern sacken nach unten, er wischt sich mit den Händen über das Gesicht und stöhnt auf.

Ich gebe ihm einen Klaps auf den Arm, und er sieht mich düster an. »Du musstest dich eben doch deinen Dämonen stellen!«

Er verzieht das Gesicht zu einem müden Lächeln. »Yep, da musste ich wohl durch. Und jetzt heißt es, je schneller ich von hier wegkomme, desto besser.«

23

Ich schrecke auf. Es ist dunkel, und einen Moment lang weiß ich nicht, wo ich bin. Dann erinnere ich mich, dass ich in Sonnys Bett liege, und da höre ich ihn auch schon die Treppe hochkommen.

»Hallo?«, frage ich laut.

»Alles okay mit dir?«, flüstert Sonny. Im Licht der Straßenlaternen unten an der Gracht sehe ich, wie er sich an meine Seite kauert. »Du hattest einen Albtraum.«

»Echt?«

»Du kannst dich nicht erinnern?« Er klingt verwirrt.

»Nein. Mir geht's gut. Geh wieder schlafen.«

Eine ganze Weile rührt er sich nicht, doch dann richtet er sich auf, sagt »okay« und verschwindet wieder nach unten.

Erschrocken starre ich zur dunklen Decke empor. *Was zum Teufel habe ich im Schlaf von mir gegeben?*

Danach kann ich vor lauter Angst nicht mehr einschlafen, die Stunden vergehen, während es in meinem Kopf rattert.

Als sich Sonny gegen sieben endlich zu rühren beginnt, liege ich im Bett und lese. Ob er wohl schon immer so ein Frühaufsteher war?

Ich warte, bis er im Bad war und die Kaffeemaschine in Gang setzt, bevor ich nach unten gehe.

»Hi!« Meine heisere Stimme verrät, dass ich zu wenig Schlaf abbekommen habe.

»Hey!« Er kommt her und bleibt direkt vor mir stehen. Ich glaube, er hatte vor, mich zu umarmen, überlegt es sich im letzten Moment aber anders. »Wie fühlst du dich?«

»Gut.«

»Dein Traum heute Nacht muss es in sich gehabt haben.«

»Ach ja?« Ich gebe mich belustigt.

»Du hast deinen Namen gerufen. Eigentlich eher schon geschrien.«

»Oh, Shit. Tut mir leid. Bist du wieder gut eingeschlafen?«

Er runzelt die Stirn. »Schon, aber …«

»Wie sieht's mit dem Kaffee aus?«, schneide ich ihm das Wort ab und gehe an ihm vorbei zur Maschine.

Ich höre ihn seufzen, aber er hakt nicht nach. »Ich bringe ihn dir rüber.«

Es ist so verdammt hell im Raum, dass ich nach oben gehe und nach meiner Sonnenbrille suche.

»Hey«, meint Sonny, als ich wieder hinunterkomme, »glaub ja nicht, du kannst dich davor drücken.«

»Was? O nein.« Mit sinkendem Herzen begreife ich, dass er auf ein weiteres Fotoshooting aus ist.

»Das ist das Einzige, was mich … ach, ich weiß nicht, seit wie lange schon inspiriert hat. Es würde mir eine Menge bedeuten.«

»Na, du übst ja *überhaupt* keinen Druck aus!«, motze ich und lasse mich aufs Sofa fallen.

»Sorry.« Lächelnd reicht er mir meinen Kaffee. »Aber ein Nein lasse ich als Antwort nicht gelten.«

»Penetrant bist du ja gar nicht …«

Immer noch lächelnd, nickt er. »Ganz genau!«

»Nimmst du deine Fotoausrüstung mit zurück?«, frage ich, während er seine Kamera vom Schreibtisch holt.

»Zum Teil. Ich habe mir darüber Gedanken gemacht, was

du gesagt hast – über Imogen und Natalie. Rochelle hat bald Geburtstag, und …«

»Das ist eine super Idee!«, falle ich ihm begeistert ins Wort.

»Ich habe mich gefragt, ob wir vielleicht sogar ein Fotoshooting auf dem Cam in deinem Kanu machen könnten?«

»Na klar!«

Lächelnd hebt er seine Kamera hoch und deutet mit dem Kopf auf meine Sonnenbrille.

»Argh.« Widerwillig nehme ich sie ab. »Ich sehe doch gerade furchtbar aus. Sollte ich mich nicht wenigstens erst mal anziehen?«

»Nicht nötig. Es werden Nahaufnahmen.«

»Aber ich bin unausgeschlafen. Ich muss riesige Tränensäcke unter den Augen haben!«

»Du bist perfekt.«

Ich verenge die Augen, weil ich weiß, ich bin alles andere als das. »Allmählich geht mir auf, warum sich dir die Frauen an den Hals werfen.«

Er schnaubt und fotografiert.

»Ist doch so, oder?« Ich bin neugierig. »Lernst du je eine Frau kennen, die du einfach haben *musst*, und gibst nicht auf, bis du es geschafft hast?«

»Das ist noch nie vorgekommen.« Er checkt das Display.

»Dann ist es also normalerweise andersherum? Und du kannst nicht Nein sagen?«

»Ich schätze mal«, meint er achselzuckend.

»Mit wie vielen Frauen hast du schon geschlafen?«

»Mit zu vielen.« Er hebt die Kamera. »Schau zum Fenster.«

Ich tue es. »Vermisst du ihn nicht?«

»Hm?« Er macht ein paar weitere Aufnahmen.

»Na, den Sex. Vermisst du ihn nicht?«

»Komischerweise nicht, nein«, antwortet er mit tiefer Stimme. »Seltsam, oder?«

»Was, glaubst du, würde passieren, wenn du noch hier leben würdest? Meinst du, du würdest wieder in alte Muster zurückfallen?«

»Hör auf zu reden«, befiehlt er.

Frustriert halte ich den Mund.

Nach einer Weile verwandelt sich mein anfängliches Unbehagen, ihm als Fotomotiv zu dienen und im Mittelpunkt seiner Aufmerksamkeit zu stehen, in ein seltsam elektrisierendes Gefühl. Sonny ist extrem fokussiert und aufmerksam, sein gebannter Blick, wenn er nicht gerade durch die Kamera sieht, faszinierend.

Er geht die Aufnahmen durch, die er gemacht hat. »Mein Gott, Hannah«, sagt er ehrfürchtig, »deine Augen sind der Wahnsinn.«

Mir läuft ein Schauer über den Rücken, doch ich räuspere mich und gebe mich unbeeindruckt.

»Schneidet dir deine Schwester die Haare?« Ich erinnere mich, dass er sagte, eine seiner Schwestern sei Friseurin.

Tatsächlich sehen seine Haare immer super aus – selbst als es ihm richtig mies ging.

»Ja.« Er zieht die Brauen zusammen. »Harriet.«

»Steht ihr zwei euch nahe?«

Er zuckt die Achseln. »Manchmal behandelt sie mich wie ihr viertes Kind.« Nochmaliges Achselzucken. »Hast du eigentlich Geschwister?«

»Nein. Wie heißt deine andere Schwester noch gleich?«

»Jackie.«

»Und wie viel Jahre ist sie älter als du?«

»Neun. Harriet zwölf.«

»Ich wette, sie fanden es toll, einen kleinen Bruder zu haben. Haben sie dich herausgeputzt und so getan, als wärst du eine Puppe?«

Er grinst. »Jackie schon. Aber Harriet war bei meiner Geburt ja praktisch schon ein Teenager.«

»Du warst ihr also eher im Weg?«

Er nickt. »Sie hat mich immerzu angeschrien.«

»Vielleicht will sie das jetzt wiedergutmachen, indem sie sich um dich kümmert.« Immerhin hat sie ihm Evelyn vermittelt.

Er senkt den Blick. »Vielleicht.«

Mir kommt ein Gedanke. »Haben die beiden eigentlich schon viel mit Jungs rumgemacht, als du klein warst?« Ich frage mich nämlich, ob er sich sein promiskuitives Verhalten von seinen Teenager-Schwestern abgeguckt hat.

»Nicht wirklich«, erwidert er, doch ein eigenartiger Ausdruck huscht über sein Gesicht. Er steht roboterartig auf und durchquert den Raum zu seinem Arbeitsplatz.

»Alles gut?«, frage ich verwirrt und beobachte, wie er seine Kamera weglegt.

»Yep, alles gut.« Doch seine Stimme klingt eigenartig, und er wendet mir noch immer den Rücken zu.

»Hab ich was Falsches gesagt?« Besorgt stehe ich auf.

»Nein, überhaupt nicht.« Er dreht sich um und bedeutet mir zu bleiben, wo ich bin.

»Hör mal, ich hab um zehn ein Meeting. Hast du vor, Nina im Laden zu besuchen?«

»Ich habe ihr gesagt, dass ich vorbeischaue.« Ich bin mitten im Raum stehen geblieben und versuche noch immer, mir einen Reim auf sein Verhalten zu machen.

»So gegen sechs sollten wir zum Flughafen aufbrechen, aber am Nachmittag könnten wir doch noch was unternehmen?«

Er hat sich wieder gefangen oder tut zumindest so.

»Gerne.«

»Noch mal vielen Dank dafür.« Er klopft auf seinen Schreibtisch. Es soll lässig rüberkommen, doch irgendetwas stimmt nicht, irgendetwas an *ihm* stimmt nicht.

»Sonny«, sage ich bekümmert und gehe weiter auf ihn zu.

Sein Blick wird wachsam, dann dreht er sich um und stützt sich mit den Händen auf den Schreibtisch.

»Ist etwas passiert, als …«

»Lass es!«, unterbricht er mich, bevor ich fortfahren kann. »Wechsele das Thema, darin bist du doch so gut.« Er dreht sich um und funkelt mich an. »Oder hast du etwa gedacht, ich merke das nicht? Du machst doch selbst bei einer so simplen Frage wie der, ob du Geschwister hast, schon dicht!«

Ich schlucke und würde am liebsten gehen, aber der Drang, der Ursache seines merkwürdigen Verhaltens auf den Grund zu gehen, ist stärker.

»Hast du dich Evelyn anvertraut?«, frage ich behutsam.

Sonny rührt sich nicht, doch er presst die Zähne zusammen, über seiner linken Augenbraue zuckt ein Muskel, und sein ganzer Körper ist starr vor Anspannung. Er greift nach seiner Kamera und schraubt mit zitternden Händen das Objektiv ab.

Mir kommen Ninas Worte von gestern in den Sinn: *Was mag er wohl erlebt haben, dass er sich so verhält.*

Was hatte ich noch mal gesagt, das ihn so aus der Fassung gebracht hat? Ach ja, seine Schwestern … Nein, die Frage, ob sie schon viel mit *Jungs* rumgemacht haben!

Und dann fällt es mir wie Schuppen von den Augen.

»Hat dir jemand weh getan?«, frage ich mit entsetzter Stimme.

Er knallt die Kamera auf den Tisch, und ich mache einen Satz zurück. Seine Hände sind zu Fäusten geballt, und er sieht aus, als wolle er auf etwas einschlagen, jemanden umbringen, attackieren, *verletzen*.

Mein Verstand rät mir, Abstand zu halten, mein Herz hingegen, zu ihm zu gehen.

»Es ist okay«, flüstere ich und umschließe mit den Händen sein wütendes Gesicht. »Es ist okay.«

Er sieht mich an, und der Anblick des Schmerzes in seinen Augen erschüttert mich zutiefst. Er sieht verloren aus, überwältigt, und er zittert am ganzen Körper. Er hebt die Hände, und einen Augenblick glaube ich, er wird mich wegstoßen.

Im Gegenteil.

Es geht alles zu schnell, und ich bin so verblüfft, dass ich kurz nicht weiß, wie mir geschieht. Er hat meine Hände von seinem Gesicht weggeschoben und stattdessen seine um meines gelegt. Nun zieht er mich an sich und drückt seinen Mund auf meinen – und für einen Moment bin ich nicht imstande, etwas anderes zu tun, als seinen Kuss zu erwidern.

Schockwellen pulsieren durch meinen ganzen Körper, als seine Zunge meine findet. Kaum nehme ich wahr, wie er mich rückwärts lotst, bis ich gegen die Wand stoße, und dann spüre ich, wie er sich durch den dünnen Stoff meiner Pyjamahose an mich drückt – und er ist so *erregt!*

Und oh, ich bin es auch …

Aber dann schießt mir ein Gedanke in den Kopf: *Wenn wir Sex haben, verliere ich ihn.*

Und das will ich nicht.

Mit dem letzten Rest an Willenskraft, der noch in mir steckt, zwänge ich meine Hände zwischen unsere aneinandergepressten Körper.

Ich stoße ihn weg, und er stolpert zurück. Seine blauen Augen sind fast schwarz, seine Lippen geschwollen, und seine Brust hebt und senkt sich.

Doch er ist kreidebleich, und seine Miene gequält.

Ich fühle mich benommen und verwirrt, und einen Moment lang ergibt nichts einen Sinn.

Ich wollte es. Ich will *immer noch* Sex mit ihm. Wie oder warum habe ich mich also quergestellt?

Weil ich es ihm versprochen habe? Nein, das spielt gerade keine Rolle.

Dann kommt mir ein Gedanke.

»Sag mal, setzt du Sex als Ablenkungsmanöver ein?«, frage ich atemlos, bemüht, mich zu fokussieren.

Er zuckt zusammen, weicht zurück und löst den Blickkontakt.

»Bitte, block jetzt nicht ab«, flehe ich.

Er fährt sich durchs Haar und starrt zu Boden. »Tut mir leid. Das hätte ich nicht tun sollen.«

»Bitte rede mit mir!«

Er schüttelt den Kopf. »Ich muss mich auf das Meeting vorbereiten.«

»Sonny«, flüstere ich. »Hilft dir Sex zu vergessen?«

Den Blick noch immer gesenkt, zögert er. Es dauert eine Weile, bis er antwortet, und als er es tut, spricht er so leise, dass ich mich anstrengen muss, um ihn zu verstehen. »Wenn das nur irgendwie möglich wäre.«

»Komm, setzen wir uns.« Ich gehe zu ihm und nehme ihn vorsichtig am Arm.

Er lässt sich zum Sofa führen, wo er die Ellbogen auf die Knie stützt und den Kopf in die Hände legt, sobald er sitzt.

Ich streichele seinen Rücken und warte geduldig darauf, dass er spricht.

»Harriet hat bei einem Friseur in der Stadt gearbeitet«, sagt er, und ich bin so nervös, dass ich kaum atmen kann. »Da war ich ungefähr zehn. Und sie hat noch zu Hause gewohnt.« Jedes Wort presst er mühsam heraus, jeder Satz wird sekundenlang von Schweigen unterbrochen. »Sie war mit diesem Typen zusammen.« Er räuspert sich. »Der war ein paar Jahre älter als sie, aber für mich hat er sich immer viel Zeit genommen. Manchmal wollte er, dass ich sie begleite – in den Park, ins Café, einmal sind wir sogar in den Zoo gegangen. Meine Eltern waren immer ganz hingerissen, wie gut er mit Kindern umgehen kann.«

Angesichts der Bitterkeit in seiner Stimme zieht sich mein Herz zusammen, und ich schmiege mich enger an ihn.

»Einmal haben wir ein Blickduell gespielt, bei dem wir nicht blinzeln durften«, fährt er fort. »Das hatte ich ganz vergessen, doch auf dem Kanu ist es mir wieder eingefallen.« Er wirft mir einen kurzen Blick zu, und ich erinnere mich, wie unsere fünf Minuten zu Ende gingen. Ich war davon ausgegangen, etwas in *meiner* Miene hätte ihn schockiert, nicht eine Erinnerung.

»Harriet war nicht da – wir waren im Park, also war sie vielleicht gerade im Café –, und nachdem er gewonnen hatte, sagte er mir, dass er mich mag. Er sagte mir, dass er mich noch mehr mag als Harriet.« Sonny erschauert. »Ich hab mich schuldig gefühlt, und sie hat mir leidgetan, aber irgendwie habe ich auch ein gewisses Kribbeln verspürt.«

Unvermittelt sieht er aus, als würde ihm übel. Er springt auf, stürmt ins Bad und schließt die Tür hinter sich ab.

Ich bleibe, wo ich bin. Mir bricht das Herz.

24

Als er schließlich wieder aus dem Badezimmer auftaucht – frisch geduscht und sichtlich erschüttert –, weigert er sich, weiter mit mir darüber zu sprechen.

Er hebt warnend die Hand. »Ich kann jetzt nicht, Hannah. Ich muss zu diesem Meeting.«

Ich hatte gehofft, er würde es absagen. Doch offensichtlich kommt das nicht in Frage.

Später textet er mir, das Meeting werde länger dauern und wir könnten uns nun doch nicht mehr treffen. Ich schaue bei Nina vorbei, und irgendwie schaffe ich es, mir nichts anmerken zu lassen. Als wir uns schließlich in seiner Wohnung wiederbegegnen, kann er mir kaum ins Gesicht sehen.

»Ich will jetzt nicht darüber reden«, sagt er immer wieder, während er seine Sachen packt.

Das muss ich dann wohl respektieren, aber die angespannte Atmosphäre auf der Heimreise ist kaum auszuhalten.

»Bitte erzähl es niemandem«, sagt er leise, als das Taxi schließlich vor dem Cottage hält. Bertie werde ich erst morgen abholen.

»Das würde ich nie tun!«, zische ich. Es trifft mich, dass er auch nur daran denken kann, ich würde sein Vertrauen missbrauchen.

Beruhigend greife ich nach seiner Hand, doch er drückt sie nur flüchtig und löst sich schnell wieder von mir.

Auch vier Tage später kreisen in meinen wachen Stunden

fast all meine Gedanken um Sonny Denton, und viele selbst dann noch, wenn ich schlafe. Wie ich während der Arbeit überhaupt funktionieren kann? Keine Ahnung!

Am Dienstag schreibe ich ihm eine Nachricht, um zu erfahren, wie es ihm geht, und er antwortet mir erst am Nachmittag: *Gut. Ich unternehme was mit den Mädchen.*

Rochelle hat zugestimmt, dass er die beiden von Dienstag bis Donnerstag nachmittags anstelle der Tagesmutter betreut, bis sie von der Arbeit zurückkommt.

Hey, aber nicht vergessen, dein Kanu-Fotoshooting zu buchen!, schreibe ich betont locker zurück.

Niemals!, antwortet er.

Am Mittwochmorgen laufe ich auf dem Weg zur Arbeit Matilda über den Weg, und sie fragt, ob ich am Abend Lust auf eine weitere *Stranger Things*-Session hätte. Das habe ich definitiv, doch am Nachmittag schaut sie kurz ins Umeko's herein und berichtet mir, dass Sonny keine Zeit hätte.

Sie meint, ich könne doch trotzdem kommen, aber ich denke, es ist besser, das Ganze zu verschieben.

Um nicht aufdringlich zu wirken und Sonny dennoch zu unterstützen, warte ich bis Donnerstag, ehe ich ihm wieder schreibe. Er antwortet, ihm gehe es gut.

Eine Minute darauf schickt er mir eine weitere Nachricht: *Morgen Termin bei Evelyn.*

Das ist gut!, erwidere ich begeistert.

Er schreibt nichts zurück.

Am Freitag entdecke ich bei meiner Rückkehr von der Arbeit hinter dem Haus ein abgesperrtes Fahrrad. Ich vermute, es ist Sonnys, auch wenn ich mich an nicht viel mehr erinnere, als dass es blau war.

Ich weiß, dass ich ihn in Ruhe lassen muss – er wird sich

nachher schon melden, wenn er mich sehen will –, aber Abstand zu halten fällt mir so schwer.

Ich sitze am Küchentisch und schaue zum Fenster hinaus, doch nach zwanzig Minuten werde ich langsam mürbe.

»So geht das nicht!« Abrupt stehe ich auf und mache mich unter der Küchenspüle auf die Suche nach Junes alten Gartenhandschuhen.

Wenn ich mich hinter dem Haus aufhalte, stolpert er förmlich über mich, insofern entscheide ich mich für einen Kompromiss und gehe in den Vorgarten. Hier kann er notfalls einfach an mir vorbeiradeln, wenn er möchte.

Es dauert eine weitere halbe Stunde, ehe ich mitbekomme, wie Evelyns Tür aufgeht und sie sich freundlich von ihm verabschiedet.

Als ich höre, wie er hinter das Haus geht, dann Stille herrscht, weil er wohl sein Fahrradschloss aufschließt, und wie er dann mit dem Rad über den Kies fährt, fühlt sich mein Herz zentnerschwer an. Ich knie vor den Rosensträuchern und kämpfe gegen den Drang an, ihn auf mich aufmerksam zu machen. Er kommt hinter dem Gebäude hervor und bemerkt mich auch so.

Bertie klopft mit dem Schwanz auf den Boden, macht sich aber nicht die Mühe, aufzustehen.

»Hey!« Sonny kommt zum Stehen.

»Hi.« Ich lächele ihn an.

Er hat hektische Flecken im Gesicht und kann meinem Blick trotz seiner Sonnenbrille nicht standhalten. Wenn er sie abnähme, wären seine Augen entsetzlich blutunterlaufen, schätze ich.

»Musst du gleich weiter?«, frage ich.

Er nickt.

»Okay.«

Er stellt den Fuß wieder aufs Pedal und biegt auf die Straße hinaus.

Ich blicke ihm hinterher und würde am liebsten losheulen.

»Hannah!«

Ich drehe mich um und entdecke eine stämmige Frau in einer himmelblauen Tunika und passenden Hosen am anderen Ende des Cottages. Evelyn.

»Hallo, Evelyn«, erwidere ich mit heiserer Stimme und versuche, meine Tränen zurückzuhalten. Doch meine bebenden Lippen verraten mich.

»Wie wär's mit einer Tasse Tee?«, fragt sie leise, die haselnussbraunen Augen warmherzig und freundlich, und deutet auf meine Haustür. »Wir haben uns schon eine Weile nicht mehr miteinander unterhalten.«

Ich möchte Nein sagen, finde aber nicht die Kraft dazu. Und so nicke ich und richte mich unsicher auf.

Sie beginnt mit Höflichkeiten, fragt, wie es Charles gehe und ob ich den Sommer genießen würde, kommt jedoch schon bald auf den eigentlichen Grund zu sprechen.

»Ich befinde mich in einer etwas schwierigen Lage«, erklärt sie auf ihre ruhige, mütterliche Art. »Du und Sonny, ihr seid beide Patienten von mir.«

Er muss ihr wohl erzählt haben, was in Amsterdam passiert ist. Und sie wird auch nicht vergessen haben, dass ich sie auf ihn angesprochen habe.

»Ich war schon lange nicht mehr bei dir.« Ich klinge abwehrender, als ich möchte.

»Das nicht, aber ich sorge mich immer noch um dich.« Sie sieht mich voller Mitgefühl an, und für einen Augenblick befinde ich mich wieder in der Vergangenheit, bin entblößt und exponiert und kann nirgendwohin fliehen oder mich verstecken.

»Ich hatte gehofft, mit dir sprechen zu können, um herauszufinden, wie es dir geht.«

»Ich … Ich mache mir Sorgen um Sonny.«

Sie nickt und bedeutet mir fortzufahren.

»Inzwischen ist er mir ans Herz gewachsen«, gestehe ich. »Wir sind Freunde.«

»Ist das alles?«

Ich trinke einen Schluck Tee. Dieser Frau kann ich nicht entkommen. Jeder Versuch ist zwecklos.

»Können wir darüber reden, was in Amsterdam passiert ist?«

Mir wird heiß im Gesicht. »Er hat versucht, sich von der Erinnerung an den Missbrauch abzulenken, den er als Kind erlebt hat. Also, glaube ich zumindest. Hat er sich dir deswegen anvertraut?«

»Ich darf dir keine Auskunft geben«, meint sie bedauernd. »Aber würdest du mir erzählen, was aus deiner Sicht passiert ist? Das wäre hilfreich, glaube ich. Für euch beide.«

Ich fasse mir ein Herz und erzähle ihr von dem Fotoshooting, der Erwähnung von Sonnys Schwestern und ihren Freunden, und alles, was danach passiert ist.

»Lass mich hier mal einen Schritt zurückgehen«, sagt sie sanft. »Du hast ihn weggestoßen?«

Ich nicke.

»Dürfte ich fragen, warum?«

»Weil ich gespürt habe, dass er Sex als Bewältigungsmechanismus einsetzt.« Noch während ich es sage, begreife ich, dass ich mich eines ihrer Erklärungsmuster bediene.

Und mir dämmert, warum sie dieses Gespräch führen wollte: Die Hannah, die Evelyn früher behandelte, hätte einen Mann *niemals* weggestoßen.

Die Hannah, die sie behandelte, hat Sex auch als Bewältigungsmechanismus eingesetzt.

Ich war gerade mal siebzehn, als Charles für mich zum ersten Mal einen Termin bei Evelyn vereinbarte, und hatte zu diesem Zeitpunkt bereits mit drei Jungen geschlafen. Ich sehnte mich verzweifelt nach Trost und Nähe, allerdings nur auf einer körperlichen, flüchtigen Ebene. Charles und June waren besorgt, doch in dieser einen Hinsicht konnte ich mich ihnen nicht anvertrauen.

Evelyn wirft mir einen liebevollen und ermutigenden Blick zu.

Meine Augen beginnen zu brennen. Ich kneife sie zu, ziehe auf dem Sofa die Knie an und schlinge die Arme um sie. Am liebsten würde ich mich zu einer Kugel zusammenzurollen.

Ihre Stimme durchdringt den Schmerznebel. »Es ist okay, Hannah. Nimm dir Zeit.«

Während die Sekunden in Minuten übergehen, wiederholt sie diesen Satz immer wieder: »Nimm dir Zeit«.

Schließlich bin ich imstande zu sprechen.

»Ich war nicht bereit, ihn gehen zu lassen«, murmele ich.

»Du dachtest, wenn ihr Sex habt, ist es das Ende eurer Freundschaft«, stellt sie klar.

Ich nicke. Ich weiß, sie wird enttäuscht sein zu erfahren, dass ich mich nach all den Jahren immer noch nicht weiterentwickelt habe.

»Aber weißt du, es geht nicht nur um mich!«, platzt es unvermittelt aus mir heraus. »Er hätte danach auch nichts mehr mit mir zu tun haben wollen. So läuft das bei ihm nämlich, das ist seine Masche: Er benutzt Frauen für Sex und macht sich dann auf und davon.«

Ich bin noch immer außer mir, dass er mich um ein Haar nur als eine weitere Kerbe in seiner Bettkante verbucht hätte.

Sie schaut nachdenklich. »Glaubst du, mit dir wäre es auch so gewesen?«

Mich überläuft ein kalter Schauer, als ich begreife, was sie besorgt: Sie befürchtet, ich könnte ihm das Herz brechen!

Sie seufzt. »Dieses Versprechen, das du gegeben hast …« Sie bezieht sich dabei nicht auf mein Versprechen an Sonny. »Da warst du noch ein Kind.«

Ich schüttele heftig den Kopf. *Sprich es nicht an!*

»Hast du mit dem Gedanken gespielt, dich ihm anzuvertrauen?«

»Nein«, erwidere ich kurz und knapp.

Einen Augenblick sieht Evelyn aus, als würde sie die Last der ganzen Welt auf ihren Schultern tragen.

25

Eine Woche darauf wache ich in den frühen Morgenstunden in erregtem Zustand auf. Ich steckte gerade in einem heißen Traum über Sonny und hätte lieber weitergeschlafen.

Kurz gebe ich mich noch einmal der Erinnerung an unseren Kuss hin und an das Gefühl seines an mich gepressten Körpers. Doch dann überkommen mich Schuldgefühle, und ich quäle mich mühsam aus dem Bett.

Auf dem Weg zur Dusche sehe ich im Spiegelschrank mein erhitztes Gesicht: ein doppelter Beleg für mein verwerfliches Verhalten.

»Wie kann man jemanden auf eine sexuelle Phantasie reduzieren, wenn er so etwas Schweres durchmachen muss?«, flüstere ich laut.

Noch dazu passiert mir das nicht zum ersten Mal.

Ich presse die Hände an meine heißen Wangen.

»Was stimmt bloß nicht mit mir?«

Mein Gesicht glüht, inzwischen allerdings nicht mehr vor Verlangen, sondern vor Scham.

Seit seinem Besuch bei Evelyn letzte Woche habe ich Sonny nicht mehr zu Gesicht bekommen. Matilda hat sich auch schon nach ihm erkundigt – er hat am Mittwoch einen weiteren *Stranger-Things-Abend* abgesagt, jedoch versprochen, die Woche darauf wieder mit dabei zu sein.

Matilda hat mich letztes Wochenende in den Pub eingeladen, die ideale Gelegenheit also, mal wieder einen draufzumachen – ich hatte nur keine Lust dazu –, und Danielle rief vor ein paar Tagen an, um mich zum Abendessen einzuladen. Als ich dann dort war, wollte sie nur über Sonny reden – Nina hatte sie eingeweiht.

Allerdings hatte ich Nina nur von dem Kuss erzählt. Ich war nicht in der Stimmung, ihr zu erklären, warum Sonny ein so komplizierter Mensch ist – und ich dürfte es ohnehin nicht verraten.

Meine Freundinnen wollen, dass ich mich häuslich niederlasse und so bin wie sie: normal.

Aber das werde ich nie sein.

Ich reiße meinen Blick vom Spiegelschrank los und mache mich für die Arbeit fertig.

***

Es ist Freitag, und mein Tag ist vollgepackt mit Terminen. Um drei Uhr nachmittags bin ich gerade damit beschäftigt, einem Kunden eine Brille anzupassen, als Sonny hereinkommt.

Mein Herz macht einen Sprung. »Ja, hallo!«

»Hi!« Er lächelt mich verlegen an.

»Ah, du bist Sonny, stimmt's?«, erinnert sich Abbey. »Was können wir für dich tun?«

»Ich habe mich gefragt, ob ich mal kurz mit Hannah sprechen könnte«, erkundigt er sich zögernd und wendet sich dabei halb an sie und halb an mich. »Ich warte aber gerne.«

»Ich brauche nicht mehr lange«, rufe ich zu ihm hinüber. Mein Herz schlägt mir bis zum Hals. »Nimm doch Platz.«

Ich kümmere mich wieder um meinen Kunden, einen Mann mittleren Alters mit üblem Raucheratem, aber selbst das kann mein Glücksgefühl nicht trüben.

»Wie wär's mit einem Kaffee?«, fragt Abbey Sonny.

»Danke, alles gut«, erwidert er.

Er fühlt sich nicht wohl in seiner Haut und will keinen unnötigen Wirbel machen.

»Und, wie lebt es sich so in der Wohnung meiner Schwester?«, erkundigt sich Abbey.

Ich bin dankbar, dass sie sich um ihn kümmert, während ich noch beschäftigt bin. Als sie erfuhr, dass Sonny und ich auch privat Kontakt haben, war sie zuerst überrascht und rief dann begeistert: »Schnapp ihn dir!« Ich glaube kaum, dass der Satz »Wir sind nur gute Freunde« jemals öfter über zwei Menschen gesagt worden ist.

Abbey löst mich so schnell wie möglich ab und bittet den Kunden zum Bezahlen an die Kasse.

Ich wende mich mit einem erwartungsvollen Lächeln an Sonny, der aufsteht und zur Tür deutet.

»Vergiss den Termin mit Mrs. Simmons um Viertel nach drei nicht!«, ruft Abbey mir hinterher.

Meine Frustration ist mir garantiert anzusehen.

»Ich brauche bloß eine Minute«, versichert Sonny uns beiden.

»Es tut mir leid«, sage ich. Wir gehen um das Gebäude herum, um uns vor neugierigen Blicken zu schützen.

»Nein, ist schon okay.« Er lehnt sich an die Wand und verschränkt die Arme vor der Brust. »Ich wollte nur sagen, dass ich später zu Evelyn gehe, danach aber nicht bei dir vorbeischaue.«

»Oh.« Ich schlucke. »Okay.«

Er ist hergekommen, um mir mitzuteilen, dass er mich

nicht sehen will? Ich kann nur schwer verbergen, wie sehr mich das trifft.

»Es ist nur so, dass …« Nach einem kurzen Blick zu mir sieht er weg. »Diese Sitzungen nehmen mich ganz schön mit, und …« Noch einmal sieht er mir in die Augen, bevor er den Blick wieder senkt. »… danach brauche ich Zeit, um das Ganze verarbeiten.«

Nun würde ich am liebsten die Arme um ihn schlingen und ihn nie wieder loslassen.

»Ich habe mich aber gefragt, ob du vielleicht morgen Zeit hast?«, fährt er fort. »Nach der Arbeit? Ich wollte dir die Aufnahmen zeigen, die ich in Amsterdam gemacht habe. Und es gibt noch etwas, worüber ich gern mit dir sprechen würde. Kommst du zu mir?«

»Natürlich!« Meine Gefühle fahren Achterbahn. »Ja! Sehr gerne!« Ich würde meine Freude so gerne verbergen, schaffe es aber nicht.

»Okay.« Lächelnd stößt er sich von der Mauer ab. »Dann lass ich dich mal wieder arbeiten.«

»Cool!« Ich strahle ihn an.

Er schaut belustigt. »Bis dann!«

»Bye.«

Nur mit Mühe kann ich mich dazu zwingen, ihm nicht hinterherzuschauen.

***

Am nächsten Tag ziehe ich mich nach der Arbeit im Laden um, frische mein Make-up auf und marschiere – nach einem Zwischenstopp in einem Getränkeladen, wo ich kurz schwanke, ob es unpassend wäre, einen Wein zu kaufen, – zu

Cecilys umgebauter Garage – Sonnys neuer Wohnung, die nicht weit vom Brillengeschäft liegt.

Es ist fünf Uhr fünfundzwanzig, und ich hoffe, es stört ihn nicht, dass ich so früh auftauche. Vielleicht hat er geglaubt, ich würde erst noch Bertie heimbringen, aber lieb und zuvorkommend, wie Robert und Umeko sind, haben sie mir angeboten, sie über Nacht dazubehalten, um mir den Weg zu ersparen.

Die umgebaute Garage befindet sich neben einem großen freistehenden Haus im viktorianischen Stil. Abbey hat mir schon erzählt, dass ihre ältere Schwester einen Chirurgen geheiratet hat, der »stinkreich« ist. Allerdings fahren weder er noch ihre Schwester Auto, weshalb sie die Garage für eine Platzverschwendung halten. Als Hausfrau und Mutter wünschte sich Cecily ein Hobby und kam auf die Idee, eine Ferienwohnung daraus zu machen.

»Manchen reicht so was«, lautete Abbeys Kommentar dazu.

Das Garagentor wurde durch eine Wand aus Glasbausteinen ersetzt, durch die von innen ein warmer Schein nach draußen dringt. Es regnet in Strömen, und ich bin mir nicht sicher, wie lange mein Mini-Regenschirm dem Angriff noch standhalten wird, daher eile ich zur Haustür und klopfe.

Die Tür wird aufgerissen. »Was ist mit dem Sommer passiert?«, ruft Sonny. »Schnell, komm rein!«

Nachdem ich die Regentropfen abgeschüttelt habe, schließe ich die Tür und stelle meinen Schirm auf dem Boden ab.

»Wo ist Bertie?«

»Robert und Umeko haben angeboten, sie über Nacht bei sich zu behalten.«

»Das ist nett von ihnen.«

»Ja, sie sind wirklich toll.«

Er gibt mir einen kleinen Kuss auf die Wange, dreht sich um und winkt mit der Hand ins Zimmer.

So eine schlichte Berührung, und doch lässt sie mich erröten. In der Hoffnung, dass er es nicht bemerkt, gehe ich an ihm vorbei und sehe mich um.

»Wow, wie cool!«

»Nicht ganz wie mein Apartment in Amsterdam, aber mir gefällt's!«, erwidert er.

Der eigentliche Wohnbereich des kompakten, aber funktionalen Apartments geht im rückwärtigen Teil auf einen privaten Innenhof hinaus, den man durch Glasschiebetüren betritt. Das Badezimmer befindet sich vorne links, die Küche rechts. Einen Esstisch gibt es zwar nicht, aber ich entdecke, dass unter die zentrale Kücheninsel drei Hocker geschoben worden sind.

Zwei große Deckenoberlichter sorgen dafür, dass der Raum an sonnigen Tagen von Licht durchflutet wird.

Doch momentan ist es finster am Himmel, und man hört den Regen aufs Dach prasseln.

»Wo schläfst du eigentlich?« Neben einem Schreibtisch entdecke ich Sonnys Fotokoffer. Auf dem Rückflug von Amsterdam musste er deswegen zum Sperrgepäckschalter.

»Auf dem Schlafsofa!«

»Aha!«

»Einen Drink?« Er geht zur Küchentheke und öffnet den Kühlschrank darunter. »Ich habe Prosecco da.«

»Oh, ja gern!« Ob das heißt, dass wir den Abend über hierbleiben? »Ich habe den hier mitgebracht«, setze ich hinzu und hole eine Flasche Rotwein aus meiner übergroßen Handtasche.

»Oh, danke! Möchtest du dann lieber Rotwein trinken?«

»Nein, lieber Prosecco, danke.«

Ich sehe mich nach Gläsern um.

»Im Unterschrank der Kücheninsel«, erklärt er und entfernt die Silberfolie vom Korken. »Ich trinke auch einen.«

Während er einschenkt, bemerke ich auf dem Tresen neben dem Herd eine Packung handgemachter Nudeln und einen Laib knuspriges Brot. Dazu ein paar Schalen mit Nüssen und Oliven.

Er reicht mir ein Glas und bedeutet mir, doch auf dem Sofa Platz zu nehmen. Mit den Snackschalen folgt er mir und stellt sie vor mir auf den Couchtisch.

»Hast du Hunger?«, fragt er.

»Ein bisschen schon. Danke.« Ich lehne mich vor und nehme mir eine Olive.

»Nein, ich meine damit, ich hätte auch Pasta da. Ich kann sie aufsetzen, wann immer du willst.«

»Du kochst?«

»Natürlich. Dachtest du etwa, ich lade dich ein und bewirte dich dann nicht?« Sein belustigter Ausdruck wird zunehmend misstrauisch. »Es sei denn, du hast andere Pläne …«

»Nein!«, antworte ich schnell. Zu schnell!

Er lacht verlegen, und ich genehmige mir zur Beruhigung meiner Nerven einen Schluck Prosecco.

Grübelnd schaut er zu den Oberlichtern hinauf und geht in die Küche zurück.

Aus einem Lautsprecher auf seinem Schreibtisch erklingt langsame, sinnliche Musik. Der tiefe Bass bringt das Glas zum Vibrieren.

Sonny kommt mit ein paar hübschen Kerzen zurück und macht sich daran, sie anzuzünden.

»Sexy Musik … Kerzen … Wenn ich es nicht besser wüsste, würde ich denken, du würdest mich umwerben, Sonny Denton«, erkläre ich schmunzelnd.

Er schnaubt. »Das habe ich schon versucht. Kam aber nicht so gut an.« Er setzt sich ans andere Ende des Sofas.

Obwohl wir nur herumflachsen, bringen seine Worte mein Inneres zum Tanzen.

»Die hier hat mir Harriet zum Einzug geschenkt.« Er deutet auf die Kerzen. Dann holt er sein Handy heraus und streckt es mir entgegen. »Such eine andere Musik aus, wenn du magst. Ich hab mir das hier während der Arbeit angehört.«

»Nein, es gefällt mir. Von wem ist das?«

»Von Billie Eilish.«

Ich drehe mich zu ihm um. Er kippt einen Schluck Prosecco, und ich merke, dass auch er nervös ist.

»Wie fühlst du dich?«

»Mir geht's gut.« Er hebt eine Schulter, sieht mir aber nicht in die Augen. »Außer während meiner Sitzungen mit Evelyn denke ich nicht viel darüber nach. Die Erinnerungen haben es wirklich in sich«, fügt er mit einem unbehaglichen Lachen hinzu. »Mir kommen wieder Sachen in den Sinn, die ich versucht habe zu verdrängen.«

Ich sehe ihn mitfühlend an. »Evelyn weiß genau, wie sie so etwas aus einem rauskitzelt, findest du nicht?«

Er schaut mich scharf an. »Du gehst zu ihr?«

»Nein, als ich jünger war allerdings schon«, räume ich widerwillig ein, nachdem mir das ungewollt herausgerutscht ist.

»Warum?«

Ich reiße die Augen auf.

»Sorry, zu direkt.« Er entschuldigt sich aufrichtig, aber als ich nicht antworte, runzelt er die Stirn und setzt mit schneidender Stimme hinzu: »Ich bin hier wohl der Einzige, der seine dunklen Geheimnisse verraten soll.«

Als er sein Glas auf dem Tisch abstellt, aufsteht und zu

seinem Schreibtisch an der gegenüberliegenden Wand geht, wird mir übel.

Aber dann schaut er zu mir zurück und sagt: »Tut mir leid. Was ich gesagt habe, war scheiße.«

»Schon okay.«

Er kehrt zum Sofa zurück und reicht mir ein paar große Abzüge. Es sind Nahaufnahmen von meinen Augen, und sie sind ... atemberaubend. Die Farben springen einem förmlich entgegen, und es sind so viele: von Gold und Bernstein über Braun, Grün und Haselnussbraun.

»Mir ist da so eine Idee gekommen«, meint Sonny, während ich ehrfürchtig die Bilder betrachte. »Hat Mel schon bei euch im Geschäft vorbeigeschaut?«

Ich muss kurz überlegen, ehe mir kommt, dass er die junge Obdachlose meint, die von einem Radfahrer angefahren wurde.

»Nein, leider nicht.«

»Weißt du noch, worüber wir mit Archie und Matilda gesprochen haben? Also wie schwierig es für Obdachlose ist, an eine kostenlose Augenbehandlung zu kommen?«

Ich nicke.

»Es gibt eine Wohltätigkeitsorganisation, die sich darauf spezialisiert hat. Sie heißt Vision Care for Homeless People. Was Mel gesagt hat stimmt: Die meisten Menschen ohne festen Wohnsitz bekommen keine finanzielle Unterstützung, insofern haben sie auch keinen Anspruch auf einen Sehtest oder die Gutscheine, die man für den Kauf einer Brille verwenden kann. Diese Gutscheine decken oft nicht mal den Preis der Brille ab, diese Wohltätigkeitseinrichtung dagegen bietet alles umsonst an. Bislang haben sie noch keine Klinik in Cambridge, aber vielleicht wird das mit mehr finanziellen Mitteln eines Tages geschehen.«

Seine Recherchen sind beeindruckend. »Woran denkst du?«

»Ich denke daran, noch ein paar weitere Fotos zu machen.« Er deutet auf die Bilder in meiner Hand.

Sonnys Idee besteht darin, die Augen von Menschen zu fotografieren, die auf der Straße leben, und eine Ausstellung zu veranstalten, um Geld für Vision Care for Homeless People zusammenzubekommen und auf das Thema aufmerksam zu machen.

»Ich rede von *extremen* Nahaufnahmen!« Er malt ein großes Quadrat in die Luft. »Nur ein Auge oder vielleicht sogar nur die Iris, damit die Tiefe und die Farbe besser zur Geltung kommen. Diesen Bildern könntest du nicht entkommen – es wäre unmöglich, wegzuschauen, wie wir es normalerweise tun, wenn wir an obdachlosen Personen vorbeikommen. Vielleicht könnte die Ausstellung den Titel ›Nun sehen wir dich‹ heißen, oder so was in der Art.« Er zuckt verlegen die Achseln. »Ich bin mir sicher, vermute aber mal, dass Archie bereit wäre, das Plakat zu designen. Wenn nicht, könnte ich das auch selbst übernehmen.«

Stimmt, er hat ja auch Grafikdesign studiert.

»Sonny, die Idee ist genial! Aber wie willst du obdachlose Menschen dazu bringen, sich fotografieren zu lassen?« Keine Ahnung, wie ich es fände, unter diesen Umständen Aufnahmen von mir machen zu lassen.

»Ich bin mit ein paar Obdachlosenunterkünften in der Umgebung in Kontakt getreten, und sie denken, dass einige ihrer Gäste sich bereit erklären würden. Außerdem habe ich angeboten, ehrenamtlich bei Jimmy's zu arbeiten.« Das Jimmy's ist eines der bekannteren Wohnheime in der Stadt. »Das wollte ich eigentlich sowieso tun, solange ich die Zeit dazu habe, und es könnte helfen, wenn ich dort schon ein vertrautes Gesicht bin und nicht nur irgendein x-beliebiger Fotograf.«

Ich bin sprachlos. Er hat nicht nur diese Idee gehabt, er setzt sie auch um! Dass sie das Obdachlosenproblem nicht lösen wird, ist ihm klar, aber es ist immerhin *etwas*, und alles, was das Leben von Menschen ohne festen Wohnsitz verbessert, zählt.

»Du hast gesagt, du würdest gern etwas Sinnvolles tun.«

Er nickt. »Ich brauche ein Ziel vor Augen. Ich liebe es, Zeit mit meinen Töchtern zu verbringen, aber mein Glück sollte nicht von ihnen abhängen. Da würde ich von gerade mal Neunjährigen zu viel erwarten.«

»Unglaublich, dass du das alles in die Wege geleitet hast, obwohl du dich gerade mit so viel anderem herumschlagen musst.«

Kurz wirkt er ernüchtert. »Es hat mich, ehrlich gesagt, auf andere Gedanken gebracht. Es war eine gute Ablenkung.« Er steht auf. »Hast du Hunger? Soll ich die Nudeln aufsetzen? Ich hab zwar nur gekauftes Pesto, aber immerhin ist es frisch.«

»Klingt perfekt.« Ich folge ihm in die Küche und ziehe mir einen Hocker heran.

Der Gedanke, durch seine Ausstellung zu schlendern, erfüllt mich mit enormem Stolz.

Doch dann fällt mir etwas ein.

»Wann hoffst du, die Ausstellung eröffnen zu können?«

Er zuckt die Achseln. »So weit bin ich gedanklich noch gar nicht. Wenn man es so richtig aufziehen will, mit Werbung und allem Drumherum, dann würde ich wohl so drei, vier Monate brauchen.« Etwas an meiner Miene lässt ihn innehalten. »Bist du dann etwa nicht mehr hier?«

»In nicht mal mehr drei Monaten kommt Charles zurück«, erinnere ich ihn.

Mit einem tiefen Seufzer zieht er sich einen Hocker heran und betrachtet mich niedergeschlagen.

Ich erwidere seinen Blick ebenso unglücklich. Ich will die Ausstellung nicht verpassen!

»Warum musst du von hier fort?«, fragt er leise.

»Ich muss es einfach. Ich kann nicht mit Charles zusammenwohnen.« Vor seiner Abreise habe ich das für ein paar Wochen getan, und diese Erfahrung möchte ich so bald nicht wiederholen.

»Warum nicht?« Er wartet meine Antwort gar nicht ab, sondern meint: »Dann such dir eine andere Bleibe. Geh nicht. Bleib da.«

»Es ist doch erst Anfang Juli. Könnten wir nicht Ende September anpeilen? Ich helfe auch, wo ich kann! Wenn du eine Assistentin brauchst ... Jemanden, der in Cambridge Plakate aufhängt ... Freiwillige aus der Optikerbranche ... Ich mache alles!«

»Wir könnten versuchen, das bis Ende September hinzubekommen. Aber warum musst du weg, wenn Charles zurückkommt?«

»Ich muss mal wieder zu meinen Eltern. Die habe ich seit fast zwei Jahren nicht mehr gesehen.«

»Sie wohnen in Australien?«

»Ja.«

»Wie lange willst du bei ihnen bleiben?«

»Ein paar Wochen. Wenn es für längere Zeit wäre, würde ich mich wahrscheinlich in den Fluss stürzen. Sie wohnen auf einem Hausboot«, erinnere ich ihn.

Er nickt. »Und danach? Was machst du dann?«

»Eine Weile herumreisen.«

»Warum das denn?«, fragt er verdutzt. »Ich meine, natürlich verstehe ich, dass du die Welt sehen willst, aber das hast du doch schon. Willst du denn nicht mal eine Zeitlang am selben Ort bleiben?«

»Das tue ich doch gerade. Ich war schon seit Jahren nicht mehr so lange in England wie jetzt.«

»Gefällt's dir hier in Cambridge etwa nicht?«

»Daran liegt es nicht.«

»Was auch immer es ist, was du meinst, mir nicht sagen zu können, weiß es sonst jemand?«

Ich nicke und blicke auf meine Hände hinab. »Charles. Danielle. Nina. Evelyn. Und meine Eltern.«

Plötzlich fühle ich mich so erschöpft. Es ist anstrengend, meine Vergangenheit mit mir herumzuschleppen. Es zermürbt mich. *Er* zermürbt mich.

Sonny seufzt, und sagt dann nach einer langen Pause: »Ich werde meiner Schwester Harriet von dem Missbrauch erzählen.«

Ich sehe zu ihm auf.

»Ich muss einfach wissen, wer er war«, erklärt er. »An seinen Vornamen erinnere ich mich, aber an seinen Nachnamen nicht. Ich möchte rausfinden, was aus ihm geworden ist.«

»Was wirst du tun, wenn du es weißt?«

»Keine Ahnung.« Er schluckt kurz, zögert. »Stehen du und deine Eltern euch eigentlich nahe?«

Vertraut er mir Dinge an, damit ich es im Gegenzug auch tue? Ich vermute mal schon, und dennoch antworte ich ihm.

»Menschen nahezustehen, die am anderen Ende der Welt leben, ist nicht so einfach. Meine Eltern haben ja nicht mal ein Telefon.«

»Aber ihr Verhältnis zu dir ist generell gut?«

»Es ist okay«, antworte ich bedächtig. Ich seufze. »Als ich jünger war, ist etwas passiert, über das wir nie wirklich hinweggekommen sind.«

»Der Unfall?«

Ich zucke zusammen.

»Ist einer von ihnen Schuld daran?«

Rasch schüttele ich den Kopf. Ich habe schon mehr verraten, als ich je vorhatte.

»Wann wirst du es Harriet sagen?«, lenke ich das Thema wieder auf ihn.

»Ich treffe sie morgen.«

»Wirst du es auch deinen Eltern erzählen?«

»Nein!«, erwidert er entsetzt.

»Warum nicht?«

»Das könnte ich nicht ertragen.«

»Und was ist mit Rochelle?«

»Auf gar keinen Fall!«

Wenn ich vorher schon dachte, er würde beunruhigt aussehen, so ist das nichts im Vergleich zu jetzt.

»Vielleicht würde es ihr aber helfen zu verstehen, warum du dich damals so verhalten hast.«

»Weißt du eigentlich, wie viele Pädophile als Kinder selbst missbraucht wurden?«, fragt er. »Wenn Rochelle den Eindruck bekommt, es könnte die Möglichkeit bestehen, und sei sie noch so gering, dass ich ...« Erregt springt er auf. »Wenn jemand unseren Kindern etwas antun würde, dann würde ich ihn umbringen!«, erklärt er leidenschaftlich. »Ich würde niemals ... wirklich niemals ...«

»Natürlich würdest du das nicht!« Ich empöre mich an seiner Stelle. »Rochelle muss doch wissen, dass du nie zu so etwas imstande wärst.«

»Ich kann dieses Risiko nicht eingehen. Und werde es auch niemals.« Er ist so verzweifelt.

Ich gleite von meinem Hocker und schlinge die Arme um seine Taille.

Einen Moment erstarrt er, umarmt mich dann aber zurück.

Ich bin selig. Er ist so warm und fest. Ich kann seinen Herzschlag spüren – er hallt in meinem Brustkorb wider.

»Ich wünschte, du könntest so mit mir reden, wie ich mit dir rede«, murmelt er an mein Haar. »Vertraust du mir nicht?«

»Das ist es nicht.« Jetzt werde ich unruhig.

»Nein, du hast schon recht damit. Als du mich das letzte Mal umarmt hast, habe ich versucht, dir an die Wäsche zu gehen.«

Ich lache. Liebe ihn für seinen Versuch, die Stimmung aufzulockern.

»Übrigens, gut, dass du dein Versprechen gehalten hast«, sagt er in einem eigenartig beschwingten Ton. »Tut mir leid, dass ich dich geküsst habe«, setzt er flüsternd hinzu.

»Vergiss es!« Ich löse mich von ihm, um ihn anzusehen.

Zu meiner Überraschung ist seine Miene ernst.

»Das kann ich nicht.« Er lächelt hilflos.

Dann lässt er mich los und greift nach der Nudelpackung.

»Na gut. Was meinst du, wie viel davon soll ich nehmen?«

26

Am Dienstagabend holt Sonny mich ab. Wir fahren zu Archie und Matilda, um unseren *Stranger-Things*-Marathon fortzusetzen, nachdem Archie Sonny gedroht hatte, Matilda und er stünden kurz davor, ohne uns weiterzumachen.

Ein Scherz. Matilda zufolge machte sich Archie große Sorgen um Sonny. Er hat keine Ahnung, warum es mit seinem Freund wieder bergab geht.

»Guten Abend«, sagt Sonny, als ich ihm die Tür öffne. Er linst an mir vorbei und hält das Ohr an die Wand. »Hast du Besuch?«

»Nein, es sind nur ich und Bertie.« Unbeholfen hüpfe ich zurück, um nicht auf die verstreute Post zu steigen, die hier immer noch herumliegt.

Sonny bückt sich und hebt sie auf.

»Oh, danke.« Ich strecke die Hände aus. »Bei meiner Heimkehr hat das Telefon geklingelt, deshalb bin ich einfach reingestürmt.«

Es war Charles, der sich von den Malediven meldete, der Glückspilz.

»Hannah C?« Sonny studiert einen Brief mit vertrauter Handschrift auf der Vorderseite. »Wer ist denn da zu faul, deinen Nachnamen auszuschreiben?«

»Das wird meine Mutter sein.«

Mir gerunzelter Stirn sieht er auf einen Umschlag, in dem

sich sicher eine Rechnung befindet, und reicht mir den ganzen Stapel. »Charles heißt mit Nachnamen ebenfalls Culshaw? Ich dachte, er wäre der Bruder deiner Mum?«

»Hm? Ja, ist er auch!«

»Aber dann …«

»Wie geht es dir?«, unterbreche ich ihn. »Wolltest du mich nicht noch auf den neusten Stand bringen, bevor wir losfahren?«

Zum Zeichen, dass er mich durchschaut, zieht er eine Augenbraue nach oben, lässt sich auf meinen Themenwechsel aber ein.

»Sollen wir ins Wohnzimmer gehen?«

Das Wohnzimmer ist zwar gemütlich, doch mit seinen schmuddeligen cremefarbenen Wänden, dem abgetretenen blassgrünen Teppich und den museumsreifen Möbeln sieht man ihm an, dass es seit Jahren nicht mehr auf Vordermann gebracht worden ist. Dabei könnte es sich Charles durchaus leisten, es herzurichten – er sieht nur den Sinn darin nicht. Er mag seine vertraute Umgebung.

Sonny geht zu der Tür hinüber, die in Evelyns Praxisräume führt, und horcht an der Wand.

»Schalldicht«, beruhige ich ihn und setze mich auf das Sofa. »Als Teenager habe ich immer versucht zu lauschen.«

»Wie ungezogen!« Sonny nimmt auf dem Sessel Platz.

Am Sonntag hat sich Sonny mit Harriet getroffen. Ich habe versucht zu erfahren, wie es lief, aber er meinte, er würde mir lieber alles persönlich erzählen.

»Nachdem ich sie gefragt habe, ob Dave, ihr Mann, etwas mit den Kindern unternehmen könnte, hat sie schon geahnt, dass etwas nicht stimmt.«

Er versucht, die Schilderung des Treffens kurz und knapp zu halten, damit er das Ganze nicht noch einmal durchleben muss, doch selbst so nimmt es mich mit. Er hat Harriet zwar nicht im Detail erzählt, was passiert ist – ich selbst weiß das ja auch nicht –, aber sie war dennoch völlig in Tränen aufgelöst und stand unter Schock.

Natürlich erinnert sie sich an den Freund noch. Das Schlimmste daran ist, dass sie meint, gar nicht in ihn verliebt gewesen zu sein.

Sonny zwinkert heftig. »Sie sagte, zum Teil sei sie bloß deshalb mit ihm zusammengeblieben, weil er so lieb zu mir war. Sie meinte wohl, so einen müsste man sich warmhalten.«

Bei seinen bitteren, sarkastischen Worten zucke ich zusammen.

»Ist schon okay.« Er hebt eine Hand, um mich davon abzuhalten, zu ihm zu gehen. »Wenn es dir nichts ausmacht, werde ich lieber erst mal alles los. Ich stehe selbst noch unter Schock, glaube ich, werde es am Freitag aber bestimmt verarbeiten können, wenn Evelyn mich in die Finger kriegt.«

»Harriet hat dir seinen Namen genannt?«

Er nickt. »Ich habe gestern im Internet nach ihm gesucht. Er ist tot«, fügt er achselzuckend hinzu.

»O Gott.«

»Yep. Ich weiß nicht, wie ich damit umgehen soll.«

Ich auch nicht. Einerseits bin ich froh, dass dieses Schwein niemandem mehr schaden kann. Andererseits hat Sonny so keinerlei Chance mehr, ihn mit seinen Erlebnissen zu konfrontieren.

»Weißt du, wie es dazu kam?«

»Er wurde vor etwa zehn Jahren von einem Zug überrollt. Das stand auch in den Zeitungen.«

»O je! Selbstmord?«

Er schluckt und zuckt wieder die Achseln. »Keine Ahnung. Vielleicht hat ihn ja jemand gestoßen? Ich wünschte, das wäre ich gewesen.«

»Ich würde dich jetzt so gern umarmen«, flüstere ich.

Er steht auf. »Besser, du tust es nicht. Komm, gehen wir. Ich muss dir mein neues Auto zeigen.«

»Du hast ein neues Auto?« Ich zwinge mich, fröhlich zu klingen, obwohl ich einen Kloß im Hals habe.

»Yep, ich habe meinem armen Vater endlich seinen fahrbaren Untersatz zurückgegeben.«

Es ist ein gebrauchter sportlicher Seat Leon, ideal, um Imogen und Natalie von der Schule abzuholen und Ausflüge mit ihnen zu unternehmen. Der Wagen ist ein weiteres Zeichen dafür, dass Sonny sich entschlossen hat, England zu seinem ständigen Wohnsitz zu machen.

»Wie läuft es mit Rochelle gerade so?«, frage ich ihn auf dem Weg zu Archie und Matilda.

»Nicht schlecht. Es geht voran.«

»Trifft sie sich eigentlich immer noch mit diesem Typen?«

»Ja. Sie wirkt glücklich.«

Wir unterhalten uns weiter, und plötzlich sind wir auch schon bei Archies und Matildas Haus.

Archie öffnet uns die Tür.

»Ja verdammt, endlich!« Er zerzaust Sonny das Haar und umarmt ihn. »Alles gut, Alter?«, fragt er freundlich.

»Ja, alles gut«, erwidert Sonny und geht an ihm vorbei.

Archie klopft ihm auf den Rücken und nimmt dann mich in die Arme.« Gott sei Dank bist du hier«, raunt er mir ins Ohr. »Matilda braucht jemanden, mit dem sie über Hochzeiten quatschen kann. Irgendwann kann ich's dann doch nicht mehr hören.«

»Irgendwann *darfst* du darüber nichts mehr hören, meinst du wohl,« ruft Matilda uns zu. Als ich Archie in die Küche folge, grinst sie mir entgegen. »Brautkleider!« Sie deutet vielsagend auf einen Stapel Zeitschriften auf der Kücheninsel.

»Ooh! Und, hast du schon eins gefunden, das dir gefällt?«

»Bisher habe ich sie nur kurz durchgeblättert, aber ein paar davon würde ich dir gerne mal zeigen.«

Gespannt nehme ich den Stapel und folge ihr ins Esszimmer.

Als wir später *Stranger Things* weiter anschauen wollen, besteht Matilda darauf, mit Archie den Kuschelsitz zu nehmen.

»Ich will nichts hören!« Sie schüttelt energisch den Kopf und lässt sich darauf nieder. »Archie und ich können uns hier draufquetschen. Ihr nehmt das Sofa.«

Sie glaubt, uns damit einen Gefallen zu tun, aber dem kurzen Blick nach zu urteilen, den Sonny mir beim Hinsetzen zuwirft, bin ich mit meiner Enttäuschung nicht allein.

***

Ich liege zusammengerollt auf der Seite und lehne mich an die Armlehne. Wir haben etwa ein Dreiviertel der zweiten Folge hinter uns, und bei mir flattern die Nerven. Winona Ryder schreit, Glühbirnen flackern, und aus den Lautsprechern dröhnt »Should I Stay or Should I Go« von The Clash.

Letzteres mag nicht furchteinflößend klingen, aber glaubt mir, in diesem Zusammenhang tut es das. Ich werde mir diesen Song nie wieder auf die gleiche Weise anhören können.

Sonny greift hinüber und zieht meine Füße zu sich heran. Ich schaue zu ihm, doch er hält den Blick auf den Fernseher gerichtet.

Versucht er, mein wild schlagendes Herz zu beruhigen? Falls ja, so klappt es nicht. Seine warme Hand macht mich kribbelig, und es lenkt mich unheimlich ab, dass er mir mit dem Daumen Kreise auf die nackte Haut meines Knöchels malt. Jeden Moment muss ein Monster auf der Mattscheibe erscheinen, doch meine ganze Aufmerksamkeit gilt seinen Berührungen.

Seit unserer Umarmung am Samstagabend in seiner Küche habe ich mich so nach mehr Nähe zu ihm gesehnt. Doch das hier reicht mir noch nicht.

Ich setze mich auf, und er nimmt seine Hand weg. Vielleicht befürchtet er ja, eine Grenze überschritten zu haben? Ich lege mich dennoch in die andere Richtung, so dass mein Kopf nun auf seinem Schoß ruht.

Er sammelt bedächtig meine losen Haarsträhnen zusammen und streicht sie mir aus dem Nacken. Und dann fährt er mit der Daumenkuppe über mein Kinn, streicht mit den Fingerspitzen sanft über meinen Hals.

Auf dem Fernsehschirm geht es inzwischen wieder ruhiger zu – die Gefahr scheint fürs Erste gebannt –, aber ich bin so hippelig, dass ich kaum Luft bekomme.

Was ist das, was ich da fühle? Es ist völlig neu für mich. Es ist schon so lange her, dass ich mit jemandem so vertraut umgegangen bin, so intim. Wenn ich ehrlich bin, war es zuletzt Danielle. Und dabei meine ich nicht Intimität im sexuellen Sinne, wir standen uns einfach nur nahe. Haben Händchen gehalten, unsere Beine ineinander verflochten, solche Sachen.

Bei Nina und mir war das nie so, auch nicht bei Nina und Danielle. Nina schien sich nicht so nach Berührungen zu sehnen, wie Danielle und ich es taten.

Sobald es zwischen Danielle und Brett allerdings ernst wurde, zog sie sich von mir zurück. Inzwischen ist ihr unsere damalige Vertrautheit unangenehm. Und nicht zuletzt deshalb ist unser Verhältnis jetzt auch etwas schwierig.

Bei diesen Gedanken entschlüpft mir ein Seufzer.

Sehr verwirrend, das alles.

27

Am Sonntagmorgen, fast zwei Wochen darauf, bekomme ich von Sonny eine Nachricht: *Bist du zu Hause? Und hast nichts vor?*

Ja! Und nein! erwidere ich umgehend und mache mich hastig fertig. Nachdem er die letzte Woche über in Amsterdam war, haben seine beiden Töchter gestern Abend zum ersten Mal bei ihm übernachtet. Keine Ahnung, wie sie es geschafft haben, sich alle in seine winzige Wohnung zu quetschen, aber ich wette, sie hatten großen Spaß.

Als es an der Tür klingelt, beschließe ich, gar nicht erst zu versuchen, meine Freude zu verbergen. Ich habe ihn vermisst!

»Ja, hallo!« Ich reiße die Tür auf und ziehe dann ein langes Gesicht.

Nicht eine Person steht vor der Tür, sondern drei. Sonny hat seine Töchter mitgebracht!

»Hey!«, sagt er, doch seine Miene wird angesichts meiner Reaktion sofort misstrauisch.

Schnell setze ich ein Lächeln auf. »Hallo, Mädels! Keine Angst vor Bertie, sie beißt nicht.« Sie hat sich an mir vorbeigedrängt, wedelt mit dem Schwanz und verzichtet netterweise auf ihre übliches Begrüßungsgebell. Imogen und Natalie stürzen sich sofort auf sie. Ich erinnere mich, dass Sonny sagte, sie hätten so gerne einen Hund.

»Sorry«, murmelt Sonny über ihr aufgeregtes Geplapper

hinweg. »Ich dachte, wir könnten eine Kanufahrt machen, hätte aber anrufen sollen.«

»Klar könnt ihr das. Wollt ihr schon in den Garten gehen? Ich hole die Paddel.«

»Eigentlich hatte ich gehofft, du würdest mitkommen.«

»Oh, ich …«

Er zieht die Augenbrauen zusammen. »Du hast schon was anderes vor?«

»Nein.« Ich habe ihm ja bereits gesagt, dass ich Zeit habe.

Ich schaue an ihm vorbei zu seinen Töchtern, und er dreht sich zu ihnen um. Sie haben sich vor Bertie hingekniet und sind ganz hin und weg von ihr. Dann sieht er wieder zu mir, und sein Lächeln verschwindet.

»Tut mir leid, keine Ahnung, warum ich dachte, du würdest Lust darauf haben.«

Er denkt, ich hätte ein Problem damit, den Tag mit seinen Kindern zu verbringen.

Dabei hat er nicht die geringste Ahnung …

»Doch«, entscheide ich spontan. »Ich habe Lust.«

»Wirklich?« Er wirkt verunsichert.

»Ja. Bertie lassen wir lieber hier, aber ich bin dabei!«

Er wirkt erleichtert. »Ich hatte gehofft, ein paar Fotos machen zu können – Rochelle hat am Mittwoch Geburtstag. Da könnte ich ein wenig Hilfe gebrauchen.«

»Klar. Klingt super. Wollen wir ein Picknick machen?«

»Ich habe jetzt gar nichts mitgenommen, dachte aber, wir könnten danach in den Orchard Tea Garden gehen?«

»Perfekt! Lass mich noch schnell ein paar Snacks für unterwegs holen. Kommt rein!«

Wir gehen in die Küche. Imogen und Natalie sind immer noch voll und ganz mit Bertie beschäftigt.

Sonny zögert. »Sag mal, kann ich vorher noch schnell meine Kamera aus dem Auto holen? Bin gleich zurück.«

Vom Küchenfenster aus beobachte ich, wie er den Fußweg entlangmarschiert, und als mir klar wird, dass ich nun mit seinen Töchtern allein bin, wird mir flau im Magen.

»Können wir sie mit aufs Boot nehmen?«, fragt Natalie begierig und krault Berties Bauch – die alte Dame stellt ihn gerade voll zur Schau.

»Ich fürchte nein«, erwidere ich bedauernd. »Das letzte Mal, als sie mitkommen durfte, ist sie in den Fluss gesprungen.«

Beide Mädchen grinsen vergnügt.

»Wir könnten sie retten!«

»Dad hat gesagt, wir dürfen baden gehen!«

»Wir könnten hinterherspringen!«

Die beiden reden so schnell hintereinander auf mich ein, dass sich mir der Magen zusammenzieht.

»Aber sie könnte das Boot zum Kentern bringen, und dann wäre die Fotoausrüstung eures Dads futsch.«

Ganz zu schweigen davon, wie gefährlich das für die beiden sein könnte. Der Gedanke, dass sie sich im Schilf verfangen könnten ... Mich schaudert es.

»Aber wir können zurückkommen und sie zum Lunch mitnehmen«, verspreche ich über ihre Proteste hinweg. »Ihr könnt einen Spaziergang mit ihr durch den Orchard machen, wenn ihr wollt.«

»Darf ich dann die Leine halten?«

»Darf ich?«

»Ihr könnt euch abwechseln. Wir werfen eine Münze, wer zuerst dran ist, okay?«

In diesem Moment kommt Sonny zurück und sieht von mir zu seinen Töchtern. »Alles okay?«

»Na klar. Ich hole mal eben die Snacks.« Ich drehe mich um, mache mich in der Speisekammer zu schaffen und versuche dabei, mein rasendes Herz zu beruhigen.

Sonny transportiert das Kanu mit dem Bootswagen, ich trage seine Kamera, und die beiden Mädchen marschieren brav zwischen dem Boot und mir.

Jedes Mal, wenn ein Auto vorbeifährt, spanne ich mich an. Was, wenn sie unvermittelt auf die Straße rennen? Was, wenn ein Fahrer die Kurve falsch einschätzt?

Als wir die Meadows erreichen, atme ich erleichtert auf. Natalie und Imogen rennen kichernd über den Rasen.

»Kein Kricket heute«, bemerke ich und versuche, mich von der Achterbahn der Gefühle, die ich gerade erlebe, abzulenken.

»Archie hat mich gebeten, nächstes Wochenende einzuspringen«, verkündet Sonny. »Ein paar der Jungs sind nämlich im Urlaub.«

»Und, machst du's?«

»Ich hab mir gedacht, warum eigentlich nicht?«

»In dem Fall komme ich und schaue zu.«

»Wirklich?«

»Faith war das letzte Mal da«, sage ich beiläufig. »Wir haben uns gut unterhalten.«

Er wirkt verdutzt.

»Sie war nett«, füge ich hinzu.

Er wechselt die Hand, mit der er das Boot zieht. Das Kanu ist schwerer, als es aussieht – entsprechend spannen sich seine Armmuskeln an.

»Das hält dich doch wohl nicht davon ab zu spielen, oder?« Eigentlich wollte ich mich ja nur mit ihm unterhalten, aber jetzt ärgere ich mich, dass ich es überhaupt erwähnt habe. »Es ist ja nicht so, dass ihr euch danach gestritten habt, oder?«

»Nein«, erwidert er zögernd. »Aber ich wünschte mir trotzdem, ich hätte es gelassen.«

»Sonny, spar dir das«, sage ich sanft. »Du musst dich eh schon mit genügend Mist herumschlagen. Und soweit ich weiß, hat sich niemand beschwert. Na ja, gut, außer Nessa. Aber das lag nur daran, dass sie mehr wollte, als du zu geben bereit warst, stimmt's?«, füge ich kichernd hinzu.

»Was habt ihr denn bloß alles miteinander bequatscht?«

Ich lache. Nachdem er mich mit einem skeptischen Lächeln bedacht hat, wird seine Miene ernst.

»So ein Kerl möchte ich einfach nicht mehr sein.«

»Ich weiß.« Ich schaue nach vorn, sehe beim Überqueren der großen Grünfläche aus dem Augenwinkel aber, dass er mich beobachtet.

»Mädels, nicht zu nah an den Fluss!«, ruft er unvermittelt.

»Ich geh mal lieber hin!« Ich beschleunige mein Tempo.

Imogen steht in Ufernähe und deutet auf ein paar Schilfrohre.

»Guck mal! Da sind wieder diese blauen Schmetterlinge«, höre ich sie sagen.

»Das sind Kleinlibellen«, erkläre ich ihr. »Und diese leuchtend blauen hier werden Prachtlibellen genannt. Das passt ganz gut zu ihnen, findet ihr nicht?«

Beide Mädchen nicken, und dann wendet sich Imogen mit einem Stirnrunzeln an mich. »Was ist denn eigentlich eine Kleinlibelle?«

»Sie sind sehr eng mit den Großlibellen verwandt, unterscheiden sich aber leicht von ihnen. Das da ist eine Großlibelle, schau.« Ich deute auf sie. »Siehst du, wie sich ihre Augen von der Seite bis zur Vorderseite des Gesichts ziehen? Augen von Kleinlibellen sind kleiner. Und Großlibellen haben dickere Körper, während die der Kleinlibellen hauchdünn sind. Auch ihre Flügel sind anders«, füge ich hinzu, als Sonny sich zu uns gesellt.

»Dad, das ist eine …«, fängt Imogen an, stutzt dann und sieht mich verwirrt anschaut.

»Eine Kleinlibelle«, erkläre ich ihr.

»Großlibellen haben größere Augen«, erklärt Imogen ihrem Vater im Erwachsenenton.

»Und sie haben auch andere Flügel«, fügt Natalie hinzu und wartet gespannt auf meine Erklärung.

»Ja, richtig«, sage ich hastig und versuche, die Lektion hinter mich zu bringen, damit wir mit dem Fotoshooting weitermachen können. »Sie haben beide zwei Flügelpaare, aber die Hinterflügel einer Großlibelle sind an der Basis breiter. Die Flügel der Kleinlibellen dagegen sind gleich groß. Vor allem aber unterscheiden sie sich voneinander, wenn sie nicht fliegen. Die Flügel von Großlibellen stehen wie die eines Flugzeugs.« Ich ahme die Bewegung nach. »Kleinlibellen dagegen falten ihre Flügel so, dass sie am Körper anliegen. Kommt, steigen wir ins Boot und schauen, ob wir welche finden können, die sich irgendwo niedergelassen haben. Dann kann ich euch zeigen, was ich meine.«

»Woher weißt du das alles?«, fragt Sonny verwundert, als ich ihm helfe, das Boot zur Startrampe zu tragen, die eigentlich eher einem Stück morschen Holz gleicht.

»Ich bin in den Fens aufgewachsen«, antworte ich mit einem Achselzucken.

»Was sind die Fens?«, fragt Natalie und fügt die beiden Wörter zu einem zusammen.

»Das ist eine flache, wasserreiche Landschaft nicht weit von hier. Wart ihr schon mal im Naturreservat Wicken Fen?«

Sie zucken unsicher mit den Schultern.

»Ihr solltet euren Dad bitten, mal mit euch dorthin zu fahren. Es wird vom National Trust betreut«, erkläre ich Sonny. »Toll für einen Tagesausflug, und ein Libellenzentrum gibt es dort auch.«

Beide Mädchen drehen sich zu ihrem Dad um. »Können wir da mal hin?«

Der Klang ihrer im Chor gestellten Frage stellt meine Nerven auf eine harte Probe.

»Na klar«, erwidert Sonny, holt die Ausrüstung aus dem Boot und legt die Paddel auf den Rasen. »Vielleicht ja, wenn die Schulferien anfangen?«

»Kannst du auch mitkommen?«, fragt mich Natalie.

»Oh …« So wie Sonny mich ansieht, missversteht er mein Zögern, Zeit mit seinen Töchtern zu verbringen, einmal mehr.

»Das sehen wir dann«, kommt er meiner möglichen Antwort zuvor und wirft den Mädchen ihre Schwimmwesten zu. »Zieht euch die an.«

Sonny setzt sich hinten hin, ich vorne, und die Mädchen nehmen wir zwischen uns. Wir wollen flussaufwärts fahren, wo es ruhiger ist, und sobald wir eine geeignete Stelle gefunden haben, sollen sich die beiden zu Sonny umdrehen, damit er sie fotografieren kann.

Unterwegs entdecken wir viele Groß- und Kleinlibellen, und schon bald kennen Imogen und Natalie die Unterschiede.

Ich zeige ihnen eine orange-rote männliche Große Heidelibelle und auch eine männliche Blaugrüne Mosaikjungfer mit leuchtend apfelgrüner und taubenblauer Zeichnung.

»Wer hat dir das nun alles beigebracht?«, will Sonny wissen, als ich auf ein Großer-Blaupfeil-Weibchen deute. Es ist gelbbraun mit zwei schwarzen Streifen über die gesamte Körperlänge.

»Meine Eltern«, antworte ich und lächele ihn über meine Schulter hinweg an. Durch die hohen Pferdeschwänze der Mädchen sehe ich von seinem Gesicht allerdings kaum etwas. »Wir hatten einen sehr naturverbundenen Lebensstil«, füge ich hinzu und richte meinen Blick wieder nach vorn.

»Gehört das zu den Freuden des Homeschooling?«

»Ich schätze mal schon.«

»Die Stelle hier passt gut, finde ich!« Sonny zieht sein Paddel durch das Wasser, um das Boot zum Stoppen zu bringen. »Seid ihr bereit, euch fotografieren zu lassen, Mädels?«

Und wie sie das sind! Sonny hat den beiden erklärt, die Fotos würden ein Geburtstagsgeschenk für ihre Mum werden, es soll eine Überraschung sein und sie dürfen es auf keinen Fall verraten. Ob sie das tatsächlich schaffen, wird sich zeigen.

Sonny hält sich am Ufer fest, damit ich aus dem Kanu steigen kann. Dann helfe ich, das Boot ruhig zu halten, während sich Imogen und Natalie ihrem Dad gegenüber auf meinen freigewordenen Platz am Heck setzen.

Hier, von meinem Uferplatz im Schatten einer Trauerweide aus kann ich Sonny bei seiner Arbeit beobachten.

Beim Fotografieren seiner Töchtern geht er viel entspannter vor, als es bei mir der Fall war. Er lächelt und schmeichelt ihnen, lässt sich von ihnen erzählen, was sie über Groß- und Kleinlibellen gelernt haben, und bittet sie, ihm von beiden Art welche zu zeigen, während er die ganze Zeit über knipst. Sie strecken den Libellen, die im Schilf tanzen, die Hände entgegen und hoffen, dass eine davon vielleicht auf ihrem ausgestreckten Finger landet. Einmal kommt ihnen eine Prachtlibelle ganz nahe, und beide Mädchen kreischen auf und kichern, was Sonny alles mit der Kamera festhält. Für mich ist es aus unterschiedlichen Gründen sowohl herzerwärmend als auch herzzerreißend, ihnen dabei zuzuschauen.

»Alles okay mit dir?«, fragt Sonny, als seine Töchter von einer vorbeifliegenden Ente abgelenkt werden.

»Ja, alles gut.« Ich löse meine verschränkten Arme vor der Brust. Ich muss angespannt wirken. »Scheint gut zu laufen, oder?«

»Finde ich schon. Ich könnte noch ein paar im Orchard Tea Garden machen. Hast du immer noch Lust darauf?«

»Aber hallo! Wollen die Mädels einen Schokokeks, bevor wir zurückpaddeln?«

Dumme Frage. Sonny paddelt her und reicht mir meine Tasche. Während ich darin herumkrame, höre ich ein Klicken. Ich schaue auf und sehe, dass er sein Objektiv auf mich gerichtet hat.

»Ganz schön hinterhältig!«, schimpfe ich, als er eine weitere Aufnahme macht.

Er senkt seine Kamera und grinst mich an. Mir wird so warm ums Herz, dass ich fast vergesse, was mich ansonsten gerade so aus dem Gleichgewicht bringt.

Wie versprochen kehren wir zum Cottage zurück, verstauen das Kanu und fahren dann samt Bertie zum Orchard.

Zu Imogens riesengroßer Enttäuschung gewinnt Natalie beim Münzenwerfen.

Sonny kennt kein Erbarmen.

»Wenn du Natalie durch dein Herumgeheule die Freude verdirbst, darf sie eine umso längere Runde mit Bertie drehen«, warnt er.

Imogen hört sofort zu weinen auf und zieht kurz darauf auch keine Schnute mehr.

Es ist nur wenige Woche her, dass ich ihn das letzte Mal zusammen mit seinen Töchtern erlebt habe, doch inzwischen scheint er sich wohler zu fühlen und seine Rolle als Dad besser auszufüllen.

Als wir im Schatten eines Apfelbaums an einem Tisch sitzen, spreche ich ihn darauf an. Die Mädchen gehen mit Bertie im Garten spazieren, und immer wieder erhaschen wir durch die Bäume einen Blick auf sie. Der Garten ist groß, doch es sind so viele Gäste da, dass es sich sicher anfühlt, sie allein herumlaufen zu lassen. Sonntags ist hier immer am meisten los. Ich habe ewig anstehen müssen, um meine Bestellung loszuwerden. Alternativ hätte sich auch Sonny angestellt, und ich hätte auf Imogen und Natalie aufpassen können, aber mir war es so lieber.

»Du bist wirklich ein toller Dad«, sage ich, während Sonny aus einer großen Flasche Apfelsaft in vier Gläser gießt.

»Findest du?«

»Ja. Du wirkst viel selbstbewusster als am Anfang.«

»Ich habe mir angewöhnt, auch mal ein Machtwort zu sprechen. Rochelle meinte, ich sei zu nachgiebig und müsste auch mal meine Autorität spielen lassen, sonst würden die beiden mir auf der Nase herumtanzen.«

»Du gehst gut mit ihnen um. Sie lieben dich offensichtlich über alles.«

»Ja, so langsam wird's …«

»Wie sind die Fotos geworden?«

»Willst du sie dir mal ansehen?«

»Ja, gerne.«

Er reicht mir die Kamera über den Tisch. Er muss wohl auch fotografiert haben, während ich in der Schlange stand, denn die ersten Aufnahmen zeigen die Mädchen hier im Garten mit Bertie.

»Die sind für mich, nicht für Rochelle«, erklärt er.

Ich komme zu einem von mir unter der Weide und drehe das Display mit hochgezogenen Augenbrauen zu ihm.

»Das auch.« Er lächelt.

Ich gehe die Bilder weiter durch. Sie sind wunderschön. Das blonde Haar der Mädchen schimmert golden im Sonnenlicht, und ihre blauen Augen funkeln. Besonders gut gefällt mir eines, auf dem sie sich lachend anschauen, während im Hintergrund blau schimmernde Libellen zu sehen sind.

»Das ist mein Lieblingsbild!« Ich zeige es ihm.

Sonny nickt. »Ja, das mag ich auch.«

»Rochelle wird hin und weg sein!« Ich gebe ihm die Kamera zurück.

»Danke, dass du mitgekommen bist.«

»Ach, das hättest du garantiert auch alleine geschafft.«

»Wenn ich nur Hilfe gebraucht hätte, dann hätte ich Archie gefragt«, gibt er zu bedenken.

Ich greife nach dem Pager auf dem Tisch und drehe ihn in der Hand um. Wir haben Ofenkartoffeln bestellt – das Gerät summt, sobald sie abholbereit sind.

»Katya hat sich einverstanden erklärt, die Wohnung zu verkaufen.« Sonny trinkt einen Schluck von seinem Apfelsaft.

»Wirklich?«

Er nickt. »Sie will, dass ich die Vorfälligkeitsentschädigung für die Hypothek übernehme, aber das ist weiter kein Problem. Ich habe einen Immobilienmakler beauftragt, insofern können die Besichtigungen der Wohnung sofort starten.«

»Das ist … aufregend?«, sondiere ich seine Stimmung.

Er nickt. »Allerdings. Es wird mir guttun, nach vorn zu schauen. Na, und jetzt muss ich mich hier in der Gegend nach einer dauerhaften Bleibe umsehen.«

»Was schwebt dir vor?«

»Wahrscheinlich eine Zweizimmerwohnung direkt in Cambridge – eine, die für die Mädchen leicht erreichbar ist –, aber ich wäre auch offen dafür, weiter rauszuziehen und dadurch mehr Platz für sie zu haben. Obwohl … das haben sie ja bei Rochelle, insofern wäre eine zentralere Wohnung vielleicht schon nett.«

»Für dich wäre es doch aber auch schön, Leben um dich herum zu haben. Bin mir nicht sicher, ob ich mir vorstellen kann, wie du allein irgendwo in der Pampa wohnst.«

»Nein, ich mir auch nicht«, gesteht er, und ich sehe schon vor mir, wie er in einer Bar eine Frau anspricht und sie mit zu sich nach Hause nimmt.

Mir wird flau im Magen …

»Dann hast du letzte Woche in Amsterdam also Katya getroffen? Wie lief es?«

Er zuckt die Achseln. »Gut. Sie hatte niemanden im Schlepptau, was ja im Vergleich zum letzten Mal schon eine Verbesserung war.«

»Woher kennt ihr euch eigentlich?«

»Äh, nachdem ich nach Amsterdam gezogen bin, hat sie für eines meiner allerersten Shootings gemodelt.«

»Du und sie, habt ihr …?«

Er nickt, und sein Blick ruht für einen langen Moment auf mir.

Mein Unbehagen wächst.

»Danach sind wir uns immer mal wieder über den Weg gelaufen – bei der Arbeit, auf Partys und so weiter. Sie gehörte zu einem großen Kreis gemeinsamer *Bekannter*.« Er klingt zynisch. »Sie war es, die mir Scott vorgestellt hat. Sie haben ein paar Jahre lang eine On/Off-Beziehung geführt und sich ein Jahr vor seinem Tod getrennt. Er war komplett durch den Wind. Und ihr war das scheißegal. Niemanden hat es interessiert. Niemanden hat es genügend interessiert. *Mich* auch nicht. Er hat sich an einen dunklen Ort begeben, und von dort aus ging es den Bach runter«, setzt er mit trauriger Miene hinzu.

»Das tut mir leid.«

»Ich bin so froh, dass ich den Absprung geschafft habe. Das war keine gute Gesellschaft. *Du* andererseits«, sagt er lächelnd, beugt sich vor und nimmt mir den Pager aus der Hand, »bist *viel* netter. Und Archie und Matilda auch.«

Ich strahle ihn an. »Schön, dass du das findest. Mit dir lässt es sich aber auch ganz gut aushalten.«

»Allerdings nicht gut genug, um dich dazu zu bringen, länger hierzubleiben. Oder …?«

»Mein Ticket nach Australien ist schon gebucht.«

Er lässt die Schultern sinken. »Wann genau fliegst du?«

»Am vierten Oktober.«

Er lässt sich in seinem Liegestuhl zurückfallen. »Wow! Halbe Sachen machst du wohl nicht, oder?«

Ich wende den Blick ab und suche nach Natalie und Imogen.

»Die beiden sind hinter dir«, sagt Sonny und deutet an meiner rechten Schulter vorbei.

Ich recke meinen Hals und sehe, wie sie fröhlich hinter Bertie her traben und sich von ihr zerren lassen, wohin auch immer sie es gerade zieht.

»Ein Hund wäre das Größte für sie, oder?«, wende ich mich wieder an Sonny. »Was meinst du, schaffst du dir einen an?«

»Nein, dafür werde ich zu oft unterwegs sein.«

Ich runzele die Stirn. »Wohin musst du denn?«

»Wohin auch immer die Arbeit mich führt.«

»Modefotografie?«

Er nickt.

»Ich dachte, damit bist du durch?«

»Schon. Aber alles andere ist im Moment noch reines Hobby. Es braucht Zeit, um die Dinge anzukurbeln, und ich kann es mir nicht leisten, nicht zu arbeiten.«

»Aber du hast Zeit gebraucht, um dich wieder zu berappeln«, verteidige ich seine Gründe für die Pause. »Du und Evelyn, ihr habt noch eine Menge zu klären, richtig?«

»Ja, aber künftig werde ich einige unserer Sitzungen verschieben müssen. Ich habe diese Woche einen Job in New York angenommen.«

»Wann genau?«

Ich fliege am Dienstag und komme Samstagmorgen zurück.«

»Oh. Wie regelt Rochelle das währenddessen mit der Kinderbetreuung?«

»Sie hat immer noch eine flexible Vereinbarung mit der Tagesmutter und nimmt sich am Mittwoch, ihrem Geburtstag, sowieso frei.«

»Und für wann hast du die Fotoshootings in den Wohnheimen geplant?«

»Übernächste Woche geht's los. Allerdings werde ich einige meiner Freiwilligeneinsätze verpassen, was mir echt leidtut. Ich hoffe aber, es läuft trotzdem.«

Momentan hilft er an der Rezeption von Jimmy's aus, einem der Heime in der Stadt.

Der Pager meldet sich.

»Ich geh mal unsere Sachen holen«, sagt er.

Der Gedanke, dass er nach New York fliegt, macht mir zu schaffen. Er wird so weit weg von uns allen hier sein. Was sollte ihn davon abhalten, in seine alten Gewohnheiten zurückzufallen?

Ich verfolge seinen Weg, beobachte ihn, wie er sich unter einem tiefhängenden Ast hindurchduckt und herabgefallenes Obst umrundet, bis er den Kiesweg erreicht. Erst als er an der Durchreiche des Cafés ankommt, dämmert mir, dass er ja zwei Tabletts tragen muss, und ich springe auf.

»Ich hol das andere«, sage ich, als wir uns auf halbem Weg treffen.

»Danke. Und ich trommele die Mädchen zusammen.«

Für den Moment ist unsere Unterhaltung beendet, schätze ich.

28

Archies und Matildas Freunde haben die Laube im rückwärtigen Teil des Blue-Ball-Biergartens in Beschlag genommen. Sobald ich hinaustrete, höre ich sie auch schon.

»HANNAH! BERTIE!« Matilda hat uns entdeckt. Sie springt auf und stößt dabei an den Holztisch, so dass in ein paar frisch gefüllten Gläsern das Bier überschwappt, was aber niemanden zu interessieren scheint.

Während sie an dem rechteckigen Tisch entlang hinausrutscht und dabei versucht, den Luftballons auszuweichen, die jemand zu Ehren von Archies Geburtstag an der Decke befestigt hat, werfe ich einen kurzen Blick auf die anderen Gäste.

Da sind Faith und Cameron, Kev und Warren und ein paar Kricketspieler, die ich von dem Spiel vor ein paar Wochen kenne, dazu zwei mir unbekannte junge Frauen. Das Geburtstagskind selbst fehlt, Sonny ebenso. In der Bar waren die beiden auch nicht.

Sonny ist erst heute Morgen aus New York zurückgekehrt. Und nun schon wieder weg? Hoffentlich nicht.

»Ich freue mich so, dass du es hergeschafft hast!«, jubelt Matilda und fährt zusammen, als sich ein Bündel Luftballons von der Decke löst und auf ihrem Kopf landet. »Hab ich mich vielleicht erschrocken!« Sie schlägt sie weg und umarmt mich.

Den heutigen Tag hat sie sich freigenommen, um mit Archie feiern zu können. Ich nehme an, dass sie den Großteil des Tages hier verbracht haben.

»Wo steckt dein Verlobter?« Grinsend schwenke ich eine Glückwunschkarte und ein Geschenk.

»Huch, das klingt eigenartig!« Sie zieht die Nase kraus. »Ich habe mich noch gar nicht daran gewöhnt, ihn so zu nennen.« Bevor sie meine Frage beantwortet, sieht sie sich um. »Er muss auf die Toilette gegangen sein.«

Genau in diesem Moment kommt Archie aus dem Pub, legt mir herzlich den Arm um die Schultern und stellt mich denjenigen vor, die ich noch nicht kenne. Einige seiner Freunde stehen auf, und Faith winkt mir freundlich zu. Die anderen beiden Frauen lächeln und grüßen kurz angebunden, bevor sie sich wieder ihrer Unterhaltung widmen. Eine von ihnen, wie ich gerade mit einem mulmigen Gefühl im Magen erfahren habe, ist Nessa, eine weitere von Matildas Freundinnen also, die mit Sonny geschlafen hat.

Sie ist attraktiv – eine schlanke Brünette mit langen, leicht buschigen Haaren und blutrotem Lippenstift, den sie offensichtlich gerade frisch aufgetragen hat, denn am Rand ihres Glases sind deutliche Lippenstiftspuren zu erkennen.

»Prosecco?«, fragt Matilda, gerade als Nessa laut gackernd den Kopf zurückwirft.

Ihrem glasigen Blick nach zu urteilen, ist sie auch schon länger hier.

Matilda greift nach der Flasche im Eiskübel auf dem Tisch. Von meinem Platz aus sehe ich, dass sie fast leer ist. »Warte mal, ich besorge noch eine. Macht es dir was aus, kurz auf Bertie aufzupassen?«

Das übernimmt Matilda nur zu gern.

Bevor ich losziehe, überreiche ich Archie die Papiertüte mit seinem Geschenk. »Das ist für dich!«

Ich habe ihm in der Cambridge Distillery in Grantchester eine Flasche edlen Gin gekauft. Hoffentlich mag er ihn.

»Oh, danke schön!«

Er packt den Gin unter Ohs und Ahs aus und liest, was auf dem Etikett steht.

Nessa unterhält sich inzwischen lauthals mit Faith und der anderen jungen Frau, Keri.

»Kommt Sonny auch?«, frage ich Archie. Vielleicht sind ja gewisse Gäste Grund für seine Abwesenheit?

»Ich glaube schon.« Er schaut stirnrunzelnd auf seine Uhr. »Er meinte, er würde versuchen, gegen fünf hier zu sein.«

Vor einer Stunde also.

»Ich geh mal kurz zur Bar. Was trinkst du?«, frage ich ihn.

»Lass mich das machen!«

»Das geht schon in Ordnung. Ich besorge lieber gleich was, um ein bisschen abzuschalten. Also, was nimmst du?«

»Ich brauche nichts, danke.« Er nimmt eins der – dank Matilda – jetzt nicht mehr ganz so vollen Pint-Gläser vom Tisch.

»Bin gleich wieder da«, erkläre ich lächelnd und sehe mich nach Bertie um. Matilda hat sie zu Kev und Warren mitgenommen.

Während ich an der Bar warte, checke ich mein Handy – keine neue Nachricht. Vor meinem Aufbruch hierher hatte ich dem Wunsch widerstanden, Sonny zu schreiben, doch jetzt frage ich ihn, ob er noch kommt.

Es ist ein lauer Abend, und die Luft ist erfüllt vom Duft der roten Geranien, die in Töpfen im Biergarten verteilt sind.

Die Laube gleicht einer Holzhütte ohne Tür und ist geradezu perfekt für eine Party. Mit den Lichterketten, den bunten Papierdekorationen und den Wimpeln, die von der Decke hängen, sieht sie auch ohne Luftballons festlich aus.

An den Wänden hängen gerahmte alte und aktuelle Fotos des Grantchester-Kricketteams.

Faith ruft mir zu, mich doch zu ihr an den Tisch zu setzen. Matilda bekommt das mit, bringt Bertie her und zieht ein paar Stühle für uns beide heran. Währenddessen mache ich mich an die ernste Aufgabe, die Gläser zu füllen.

Ich muss mich dringend von Nessas Anwesenheit ablenken – und, wenn ich ehrlich bin, auch davon, dass Sonny nicht hier ist.

»Was machst du so, Hannah?«, fragt Keri, die dritte Frau am Tisch.

»Ich bin Augenoptikerin.«

»Ah, verstehe! Und was genau machst du da?«

Nessa scheint sich zu Tode zu langweilen, während ich es ihr so knapp wie möglich erkläre. Mir ist natürlich klar, dass es deutlich spannendere Themen gibt.

»Und ihr?«, frage ich, froh, das Thema auf sie lenken zu können.

»Ich bin Projektmanagerin und …«, beginnt Keri, wird jedoch von Nessa unterbrochen.

»Ich bin Grafikdesignerin. Und arbeite mit Archie zusammen«, erklärt sie selbstgefällig in dem Wissen, dass man mit ihrem coolen kreativen Job vor Fremden prima angeben kann. »Ach, was ich dir noch sagen wollte …« Sie wendet sich wieder Keri zu und fängt an, eine Story über ihren Chef zum Besten zu geben, ohne zu versuchen, den Rest von uns einzubeziehen.

Ich trinke einen großen Schluck von meinem Drink. Faith entschuldigt sich und macht sich zur Toilette auf.

»Hast du immer noch vor, dir morgen das Kricketspiel anzugucken?«, erkundigt sich Matilda.

»Schon, ja.«

»Ich muss morgen früh eigentlich sowieso in deine Richtung.«

»Warum denn?« Ich bin froh, dass sich die anderen unterhalten – es ist schön, sie mal ein Weilchen für mich zu haben.

»Ich gehe zum Gottesdienst in die Kirche.«

»Echt? Ich wusste gar nicht, dass du gläubig bist?«

»Bin ich auch nicht«, flüstert sie. »Verrat das aber bitte nicht dem Pfarrer.«

»Warum gehst du dann hin?«

»Ich möchte gerne, dass wir in St. Andrew und St. Mary heiraten.« So heißt die Kirche in Grantchester. »Böse, ich weiß. Es sollte um Gott und so gehen, aber diese Kirche ist einfach so zauberhaft, findest du nicht?«

Stimmt. Ich erinnere mich an die Zeit, als ich dort mit Charles und June manchmal in den Gottesdienst gegangen bin.

»Begleitet Archie dich?«

»Nope. Er ist wirklich nicht gläubig und hält mich für verrückt, aber ich habe mir immer vorgestellt ...« Sie verstummt, und ihre Augen nehmen einen entrückten Blick an. »Ach, egal«, meinte sie dann abrupt und greift nach ihrem Glas. »Ja, vielleicht ist es nicht die beste Idee.«

Ich bin verwirrt. »Wie jetzt? Du willst morgen nicht in die Kirche gehen? Oder willst du nicht in einer Kirche heiraten?«

»Nein, will ich schon. Und auch wieder nicht. Ach, ich weiß nicht, was ich will.« Ihr Blick trübt sich. »O je, ich stell mich vielleicht an!«, murmelt sie, dreht sich mit dem Rücken zum Tisch und beugt sich hinunter, um Bertie zu streicheln.

Ich tue es ihr nach, um sie weiter gut zu verstehen. »Alles okay?«

»Ja. Lass uns ein andermal reden.«

»Warum kommst du morgen früh nicht bei mir vorbei?«,

schlage ich vor. »Vor oder nach der Kirche, was auch immer dir lieber ist.«

»Du hättest nicht zufällig Lust, mich zu begleiten?«, fragt sie hoffnungsvoll.

»Zum Gottesdienst?« Ich zucke die Achseln und nicke, weil ich spüre, dass sie das braucht. »Klar kann ich das. Aber komm doch trotzdem auf eine Tasse Tee vorbei.«

»Okay.« Sie lächelt dankbar.

»Na, toll«, höre ich Nessa sarkastisch sagen. »Schaut mal, wer da ist!«

Ich fahre hoch, und tatsächlich, Sonny kommt durch den Garten auf uns zu.

Selbst Nessas bissiger Kommentar kann nicht verhindern, dass mein Herz einen Salto schlägt.

Er sieht nicht anders aus als sonst auch – er trägt hellgraue Shorts und ein weißes T-Shirt –, doch irgendetwas an seinem Anblick treibt meinen Puls heute Abend noch ein bisschen höher.

Er geht geradewegs zu Archie. Als ich den Blick von ihrer herzlichen Begrüßung losreiße, höre ich Nessa leise ätzen: »Bin gespannt, wem er heute wohl an die Wäsche will. Pass auf!«, warnt sie Keri. »Mit Faith hat er's ja schon getrieben, also schätze ich mal, jetzt bist du an der Reihe.«

»Igitt!«, sagt Keri.

Ihre Reaktion scheint Nessa zu freuen. Faith ist noch nicht von der Toilette zurück und kann daher selbst nicht dazu Stellung nehmen, aber sollte das ein Versuch Nessas sein, Keri von Sonny abzubringen, dann macht sie ihre Sache gut.

Nessa sieht mich direkt an. »Hat er's denn bei dir schon versucht?«

Am liebsten würde ich unter den Tisch kriechen.

»Sonny und Hannah sind einfach gute Freunde«, erklärt Matilda.

Nessa verzieht höhnisch das Gesicht, schnappt sich die Flasche aus dem Eiskübel und schenkt sich nach.

»Mittlerweile ist er ganz anders drauf«, betont Matilda. »Archie und ich haben in den letzten Wochen viel Zeit mit ihm verbracht, und er hat sich inzwischen komplett verändert.«

Es überrascht und freut mich zu hören, dass sie für ihn eintritt. Sie klingt sogar ein kleines bisschen nüchtern dabei.

Doch Nessa schüttelt nur ungläubig den Kopf und bricht in schallendes Gelächter aus.

»Was auch immer du sagst!« Anstatt Keri das Glas nachzufüllen, reicht sie ihr einfach die Flasche. »Hallihallo!«, begrüßt sie unvermittelt jemanden hinter mir.

Ich drehe mich um und sehe, dass Sonny zu uns gestoßen ist.

»Hi«, sagt er und legt mir kurz die Hand auf die Schulter. Sein Blick huscht von mir zu Nessa, Keri und Matilda.

Matilda steht auf und umarmt ihn, und genau das würde ich auch gern tun, doch Nessas blöde Bemerkungen von zuvor halten mich davon ab.

»Braucht jemand was zu trinken?«, fragt Sonny, und ich merke, dass er unbedingt wegwill.

»Für mich eine Flasche Prosecco!«, ruft Nessa dreist.

Ich sehe, wie er die Gläser auf dem Tisch checkt und nickt, weil er zu dem Schluss gekommen ist, dass wir alle das Gleiche trinken.

»Bin gleich zurück.«

»Danke.« Betrübt beobachte ich, wie er geht.

Matilda wirft Nessa einen bösen Blick zu.

»Eine Flasche Alk zu kaufen ist doch das Mindeste, was er tun kann!«, stänkert Nessa herablassend.

»Ich geh mit Bertie mal kurz Gassi«, sage ich zu Matilda und schiebe meinen Stuhl vom Tisch weg.

Sie nickt verständnisvoll.

Ohne Umwege steuere ich die Bar an.

Sonny gibt bereits die Bestellung auf. Ich warte, bis er fertig ist und der Barkeeper sich wegbewegt, bevor ich mit dem Zeigefinger über seinen straffen Rücken fahre.

Er zuckt zusammen und sieht mich über seine Schulter alarmiert an.

Ich lache, und er entspannt sich. »Hey, du bist heute Abend nervös.«

»Ich hatte schon halb erwartet, Nessa würde mit einem Messer hinter mir auftauchen«, gesteht er kleinlaut und dreht sich zu mir um.

»Eine komische Nudel, was?«

»Mm.«

Er schenkt mir ein schiefes Lächeln. Der Augenblick zieht sich in die Länge, ohne dass einer von uns spricht oder wegsieht. Meine Nervosität steigert sich eine Spur.

»Danke für deine Nachricht«, sagt er schließlich. »Sie hat mich geweckt.«

»Bist du deshalb so spät gekommen?«

»Bin auf dem Sofa eingeschlafen.«.

»Auf dem Bett«, berichtige ich ihn.

»Schlafsofa« berichtigt er wiederum mich und grinst. »Nachtflüge sind Mist.«

»Wie war New York?« Ich ziehe Bertie vom Kamin zurück. Es brennt zwar kein Feuer, aber sie sollte trotzdem nicht mit der Schnauze darin herumstöbern.

»Gut.«

Der Barkeeper stellt sein viertes und letztes Pint ab, und Sonny dreht sich zum Bezahlen zu ihm um. »Ich brauche mehr

Hände!« Er schiebt seine Geldbörse zurück in die Hosentasche, und beäugt die Anzahl der Getränke auf der Theke.

»Wenn Bertie sich benimmt, kann ich auch ein Glas nehmen.« Das mit dem Gassigehen war nur eine Ausrede, um wegzukommen. »Und die Proseccoflasche wäre auch noch drin, glaube ich.«

»Du klingst ja nicht so begeistert. Ich dachte, du trinkst ihn auch?«

»Tue ich ja auch. Aber ich möchte lieber nicht an diesen Tisch zurück.«

»Macht sie dir etwa auch Angst?«, fragt er belustigt.

Ich nicke. »Ich dachte schon, du würdest nicht mehr kommen.«

Er runzelt die Stirn. »Archies Geburtstag hätte ich niemals verpassen wollen. Und schon gar nicht wegen Nessa.«

Mir wird klar, dass es mir nicht mal gefällt, wenn er ihren Namen auch nur ausspricht.

»Woher kennt Matilda sie eigentlich?« Dass die beiden Freundinnen sind, wundert mich.

»Eigentlich ist sie eine Freundin von Archies Schwester«, erwidert Sonny und greift nach einem der aufgereihten Biere. Er kippt ein Drittel davon herunter und stellt es auf die Bar zurück. »Puh, das hab ich gebraucht!«

»Ich wusste gar nicht, dass Archie eine Schwester hat.«

Keiner von uns macht Anstalten, zu den anderen zurückzukehren.

Er nickt und wischt sich den Schaum von der Oberlippe. »Ursula heißt sie.«

Ich sehe ihn mit verengten Augen an.

»Nein!«, sagt er entschieden. Er weiß genau, in welche Richtung meine Gedanken gewandert sind. »Irgendwo gibt es Grenzen. Außerdem hat sie schon ewig einen Freund.«

Ich verdrehe die Augen und wickele mir Berties Leine sicherheitshalber ums Handgelenk.

»Ursulas Freund Sean ist in Cambridge zur Uni gegangen«, fährt er fort, »also haben Nessa und Ursula ihn hier besucht. Und Archie natürlich auch. Laut Matilda war Nessa mal scharf auf Archie. So ganz glücklich ist sie also sicher nicht darüber, dass die beiden jetzt zusammen arbeiten.«

Er greift sich drei Pint-Gläser, lässt seines aber noch auf dem Tresen stehen.

»Du scheinst eine Menge über sie zu wissen.« Ich nehme mit der Hand, mit der ich auch Berties Leine halte, die Proseccoflasche, und mit der freien anderen sein Glas.

»In der Regel unterhalte ich mich mit einer Frau, bevor ich mit ihr schlafe«, erwidert er, und auch wenn seine Bemerkung spaßig gemeint ist, merke ich, dass ich meinen Sinn für Humor verloren habe.

Ich gehe durch den Pub voran in den Biergarten, knalle die Flasche Prosecco in den Eiskübel, so dass Nessa und Keri zusammenfahren, und schnappe mir mein Glas vom Tisch.

»Cheers!«, sage ich zu Matilda und nehme einen ordentlichen Schluck. Vermutlich war sie es, die es wieder aufgefüllt hat. Sobald Sonny die anderen Gläser verteilt hat, reiche ich ihm seins, ignoriere den befremdeten, fragenden Blick, den er mir zuwirft, und wende ihm den Rücken zu. »Ich unterhalte mich mal ein bisschen mit Faith«, erkläre ich Matilda. Ich habe Faith auf der anderen Seite der Laube mit Cameron und Kev entdeckt.

»Ich komme gleich dazu«, verspricht sie.

29

Je mehr ich trinke, desto weniger kümmern mich Nessa und Sonny. Ich kann zwar immer noch ihr Gegacker und lautes Geplapper mit Keri und den beiden anderen Arbeitskolleginnen von Archie hören, die inzwischen aufgetaucht sind, aber hier auf meiner Seite der Laube gefällt es mir eigentlich ganz gut. Ich darf nur nicht vergessen, dass Bertie direkt hinter mir liegt und ich nicht auf sie treten darf. Sie hat sich entlang der Wand ausgestreckt und ist eindeutig fertig mit der Welt. Hätte ich das alte Mädchen doch nur zu Hause gelassen!

Faith und Archies Kricketkumpel bringen mich zum Lachen, und inzwischen hat sich auch Matilda samt der Proseccoflasche zu uns gesellt und füllt unsere Gläser auf.

»Wenn sie ein *bisschen* was intus hat, ist sie ganz in Ordnung«, erklärt sie, noch immer auf der Mission, Nessa zu verteidigen. »Sie ist ein bisschen zickig, aber gleichzeitig auch witzig dabei, wisst ihr?«

»Ach was. Sie ist armeselig«, entgegnet Faith todernst.

Matilda kichert und hebt ergeben die Hände. »Ich geb's auf!«

Einer von Archies Freunden – ein gutaussehender Mittzwanziger mit dem lockigsten blonden Haar, das ich je an einem Mann gesehen habe – lässt sich wegen einer Äußerung Kevins lachend nach hinten kippen.

»Vorsicht!« Ich halte ihn an der Taille fest, damit er Bertie nicht erwischt.

Er dreht sich zu mir um, und seine Augenbrauen schnellen in die Höhe.

Ich deute auf Bertie, die von alledem gar nichts mitbekommt und höchstwahrscheinlich vor sich hin schnarcht.

»Oh, sorry!«, ruft er. »Gehört der Hund dir?«

»Ich bin die Leibwächterin!«, scherze ich.

Mit einem selbstsicheren Grinsen streckt er mir die Hand entgegen. »Ich heiße Keane. Und du bist …?«, erkundigt er sich und will meine Hand gar nicht mehr loslassen.

Ich entziehe sie ihm. »Hannah.« Seine unverfrorene Flirterei amüsiert mich.

»Aha, und woher kennst du Archie?‹

»Durch Matilda. Und du?«

»Wir haben früher zusammengearbeitet.«

»Du wohnst in Cambridge?«

»Nein, in York. Ich bin nur übers Wochenende da. Hab Arch lange nicht mehr gesehen.«

Während wir uns unterhalten, bemerke ich, dass uns Sonny beobachtet. Aus dem Augenwinkel kann ich erkennen, wie er, umgeben von Archies Kricketkumpeln, immer wieder zu uns herüberlinst.

Ich weiß nicht, was mich reitet – ich bin zu betrunken, um darüber nachzudenken –, aber plötzlich verspüre ich den unbändigen Drang, ihn eifersüchtig zu machen. Und ich vermute, wenn ich mich von einem anderen Typen anbaggern lasse, erreiche ich genau das.

»Bist du von hier?«, fragt Keane.

»Bin ich, ja. Ich wohne ein Stück weiter die Straße rauf.«

Er zieht eine Augenbraue nach oben. »Wie praktisch!«

»Schon, oder?«

Er grinst. »Eigentlich soll ich ja auf Mals Sofa pennen.«

»Wer ist Mal?«

Er lehnt sich dicht zu mir und deutet auf einen großen, dürren Kerl, der vor der Laube steht.

Inzwischen hat unsere Gruppe sich längst auch im restlichen Biergarten breitgemacht. Archie hat wirklich viele Freunde.

Nicht, dass es mich überrascht. Er ist genau der Typ dafür.

Nach einer Weile unterbricht uns Faith, um sich zu verabschieden. Sie und Cameron fliegen morgen früh in den Urlaub nach Mauritius und werden daher auch das Kricketspiel verpassen.

»Bis bald«, sagt sie und will sich zu mir hinunterbeugen. Doch in diesem Moment steigt Cameron versehentlich auf Berties Schwanz, die aufjault und aufspringt.

Cameron ist das eindeutig furchtbar unangenehm, und obwohl Bertie fast sofort wieder mit dem Schwanz wedelt, bekomme ich ein richtig schlechtes Gewissen. Ich sollte sie nach Hause bringen. Sie setzt sich wieder auf ihre Hinterbeine, wagt aber nicht mehr, sich ausgestreckt hinzulegen. Abwesend kraule ich sie am Kopf, während ich versuche, mich auf Keanes Worte zu konzentrieren.

Wie aus dem Nichts erscheint Sonny an meiner Seite.

»Möchtest du, dass ich sie nach Hause bringe?« Er sieht mich mit festem Blick an.

Es ist ein nettes, aufrichtiges Angebot, und ich bekomme prompt Gewissensbisse, weil ich versucht habe, ihm weh zu tun.

»Das habe ich auch schon überlegt.«

»Ich brauche dafür zwei Minuten«, beharrt er, wobei er die Entfernung unterschätzt oder vielleicht auch extra untertreibt. Er wird mindestens fünf bis zehn brauchen.

»Bist du sicher?« Wir wissen beide, dass ich in meinen Sandalen wesentlich länger brauchen würde.

»Yep. Die Schlüssel?«

Ich gehe und hole sie aus meiner Tasche, die ich beim Tisch gelassen habe. Als ich zurückkomme, ist Keane zu seinem Freund nach draußen gegangen.

Sonny folgt meinem Blick. »Oha, es könnte sein, dass ich ihn verschreckt habe, tut mir leid.«

Er klingt kein bisschen so, als würde es ihm leidtun.

»Wie hast du das nur hingekriegt?«, frage ich trocken.

»Er muss wohl irrtümlicherweise den Eindruck bekommen haben, wir würden zusammenwohnen.« Er schürzt in einer drolligen Ups-Geste seine Lippen.

So gesehen war die Formulierung seines Angebots, Bertie »nach Hause« zu bringen, aber auch ganz schön clever. Man hätte es leicht als »unser« Zuhause deuten können.

»Jammerschade eigentlich«, fügt er hinzu und macht ein gespielt betrübtes Gesicht. »Da hätte was laufen können, denke ich.«

»Der Abend ist noch jung«, erwidere ich zuckersüß und drücke ihm Berties Leine in die Hand. »Und er ist nur für eine Nacht hier.«

»Perfekt. Ganz unverbindlich also!« Seine Gleichgültigkeit ist eindeutig gespielt. »Sofern du auf dieses ganze Justin-Timberlake-in-den-späten-Neunzigern-Pudelhaar-Ding stehst!«

»Ich *wusste* doch, dass er mich an jemanden erinnert!« Ich stupse ihn am Arm.

Seine Mundwinkel wandern nach oben, allerdings nur ein bisschen, seine Stirnfalte bleibt. Und dann verschwindet sein Lächeln, und er sieht mich mit dunklen, unergründlichen Augen forschend an, als würde er versuchen, aus mir schlau zu werden.

»Bringst du sie jetzt nach Hause, oder nicht?«, frage ich.

Er nickt, gibt sich einen Ruck und bricht den Blickkontakt ab. »Komm, mein Mädchen.«

Bertie folgt ihm pflichtbewusst aus der Laube.

»Bringt er Bertie nach Hause?«, fragt Matilda und sieht ihnen auf ihrem Weg durch den Biergarten nach.

»Ja.«

»Nett von ihm!«

Ich nicke nur, da ich nicht sprechen kann. Es ist, als hätte ich einen Stein verschluckt.

Warum, warum, *warum* versuche ich, ihm weh zu tun? Er war doch immer nur nett zu mir. Ich bin zu beschwipst, um es zu verstehen. Zu verwirrt.

Ich schaue zum Tisch hinüber und sehe, dass Nessa und Keri zu mir hersehen. Sie haben die Köpfe zusammengesteckt, und so wie sie einander angrinsen, scheinen sie gerade zu lästern.

Mir kommt es so vor, als würde jetzt nur eines Sinn ergeben. Noch etwas trinken nämlich.

***

Später stehen wir alle draußen auf dem Bürgersteig vor dem Pub und überlegen, was wir noch unternehmen wollen. Einige zieht es in die Stadt in einen Club, ich allerdings habe schon damit zu kämpfen, weiterhin aufrecht zu stehen.

»Ziehst du noch weiter?«, erkundigt sich Sonny.

Seit fast zwei Stunden spricht er das erste Mal wieder mit mir. Bei seiner Rückkehr hatte er mir den Schlüssel gegeben, mich dabei aber kaum angesehen. Den Rest des Abends unterhielt er sich ausschließlich mit Archies Kricketkollegen.

»Nein. Ich hab zu viel getrunken und muss nach Hause. Und du?«

Er nickt, die Lippen zu einem dünnen Strich verzogen. »Mir geht's genauso.«

»Auf mich wirkst du gar nicht betrunken«, sage ich. »Keiner von euch beiden eigentlich.«

Er wirft kurz einen Blick nach links, dann sieht er mir wieder in die Augen. »Äh, siehst du mich doppelt?«

Entzückt über meinen Scherz, kichere ich.

»O Hannah, du bist so betrunken.« Er schüttelt traurig den Kopf.

»Ich bin absolut hackedicht!«

»Ich bring dich nach Hause.«

»Ach, das brauchst du doch nicht.«

»Das weiß ich selbst. Du hast mir ja schon erklärt, dass du deutsche Männer problemlos im Griff hast. Justin-Timberlake-Lookalikes also sicher auch. Wo steckt dieser Idiot eigentlich? Ich habe dich gar nicht mehr mit ihm reden sehen.«

»Ach, ich war nicht mit dem Herzen dabei.«

Er sieht mich überrascht an. Und selbst ich bin ein bisschen überrascht über meine Ehrlichkeit.

Wir verabschieden uns von Archie und Matilda, die uns gestehen, dass sie eigentlich auch lieber nach Hause gehen würden, aber nicht gegen den Gruppendruck ankommen.

»Bleibt's bei unserem Plan für morgen?«, fragt mich Matilda.

»Ja.« Ich nicke entschlossen. »Um wie viel Uhr?«

»Der Gottesdienst ist um halb elf.«

»Nee, oder!« Ich ziehe ein Gesicht.

»Ich spinne, was? Wo wir morgen doch garantiert einen Riesenkater haben ...«

»Ach, ziehen wir's durch«, dränge ich. »Kommst du um

zehn bei mir vorbei? Den Tee können wir auch danach noch trinken.«

»Abgemacht. Bis morgen!«

Als Nessa sieht, dass Sonny und ich gemeinsam aufbrechen, fällt ihr die Kinnlade herunter. Sie dreht sich zu Keri um und raunt ihr etwas zu.

Ich stehe *so* kurz davor, den beiden den Stinkefinger zu zeigen.

Sonny und ich marschieren den Bürgersteig entlang, und ich bin mir der Blicke, die Oberzicke und ihr Sidekick mir in den Rücken bohren, nur zu bewusst.

»Alles okay?«, fragt Sonny, als er bemerkt, dass ich deutlicher hinke als sonst.

»Ich habe zu viel herumgestanden«, erwidere ich ruppig. »Die Gesellschaft am Tisch war nicht so meins.«

»Aha?«

»Faith kann ich ja noch verstehen, aber Nessa?«, bricht es aus mir heraus. »Was hast du dir nur dabei gedacht?«

Er stößt einen Schwall Luft aus. »Tja«, ist alles, was er darauf in resigniertem Ton erwidert.

Den Rest des Weges legen wir – jeder in seine Gedanken vertieft und sturzbetrunken – schweigend zurück.

Als wir meine Haustür erreichen, krame ich in meiner Tasche ewig nach meinen Schlüsseln. Wo sind sie nur? Ah, hier. Gut, aber warum sind es bloß so viele?

Sonny befreit mich von dem Schlüsselbund und sperrt gekonnt die Tür auf.

»Cleveres Bürschchen!«, murmele ich und torkele in den Flur.

Sonny bleibt abwartend an der Tür stehen. »Soll ich dir einen Tee und ein Toast machen?«

Ich drehe mich zu ihm um. »Gott, du bist bezaubernd!«

Er grinst. »Ich bin bezaubernd?«

»BE-ZAU-BERND!«, wiederhole ich und betone dabei jede Silbe.

»So was kriege ich eher selten zu hören.«

»Es stimmt aber.« Ich lasse meine Tasche auf den Flurboden fallen und gehe in Richtung Küche. Ich erwarte, dass er mir folgt, und freue mich, als er es tut und die Haustür hinter sich schließt.

Ich ziehe geräuschvoll einen Stuhl unter dem Küchentisch hervor und lasse mich darauf plumpsen, dann schiebe ich einen weiteren Stuhl zurecht, damit ich mein Bein hochlegen kann.

Bertie schläft in ihrem Korb vor dem Aga, zu erledigt, um überhaupt aufzuschauen, geschweige denn mit dem Schwanz zu wedeln.

»Wo bewahrst du dein Brot auf?« Sonny durchsucht die Küchenschränke.

Ich deute auf die Tür zur Speisekammer.

Er sucht sich alles Nötige zusammen, und ich beobachte ihn dabei.

Nach sehr kurzer Zeit oder aber einer gefühlten Ewigkeit serviert er mir ein gebuttertes Toastbrot und eine Tasse Tee und zieht sich einen Stuhl heran.

»Wie kannst du nur noch so munter sein?« Ich nehme mir eine Toastscheibe und beiße hinein.

»Ich habe ja den ganzen Nachmittag geschlafen«, erinnert er mich.

»Ach, stimmt. Und, wie war's in New York? Hast du was mit irgendwelchen Models gehabt?«

»Nein!« Er macht ein entsetztes Gesicht und fragt nach einem Moment stirnrunzelnd: »Dachtest du das?«

Ich zucke mit den Schultern. »Weiß nicht.«

»Das einzige Mal, dass ich meinen Schwur um ein Haar gebrochen hätte, war bei dir.«

Mir läuft ein warmer Schauer über den Rücken. Der Alkohol mildert das Gefühl ab, aber ich spüre es definitiv.

»Darf ich dich etwas fragen?«, erkundigt er sich nach rund einer Minute.

»Kommt drauf an!«

»Wolltest du mich vorhin eifersüchtig machen?«

»Ja«, antworte ich, ohne zu überlegen.

Er prustet belustigt los.

»Hat's denn geklappt?«

»Ja«, räumt er ein, stützt sein Kinn auf die Handfläche und starrt mich an.

Ich gerate in Hochstimmung. »Wirklich?«

»Warum hast du das versucht?« Er wirkt verwirrt.

»Ist das denn nicht offensichtlich?«

»Klär mich doch bitte auf.«

»Was meinst *du* denn, warum?«

Er betrachtet mich einen so langen Moment, dass die in meinem Bauch schlummernden Schmetterlinge zum Leben erwachen. Das Toastbrot ist vergessen.

»Wahrscheinlich aus demselben Grund, aus dem ich eifersüchtig wurde«, murmelt er.

»Ich finde dich wirklich heiß«, sage ich unvermittelt, lasse das letzte Toaststück auf den Teller fallen, lehne mich auf meinem Stuhl zurück und mustere ihn unverfroren.

Ihm scheint es die Sprache verschlagen zu haben.

Daher warte ich seine Antwort gar nicht erst ab. »Stehst du echt hundertprozentig hinter deinem Schwur? Ich denke nämlich, wir sollten es vielleicht einfach tun, um den Kopf wieder freizubekommen.«

Seine Augen weiten sich. »Ich nehme alles, was du heute Abend von dir gibst, lieber nicht so ganz ernst, oder?«, fragt er nach einem langen Moment.

»O doch. Im betrunkenen Zustand bin ich am ehrlichsten.«

»Ach ja? Dann werde ich alles tun, um das nicht auszunutzen.«

Jäh kommt mir eine Erinnerung an Unizeiten in den Sinn, und ich erschauere.

»Ich scherze nur«, beruhigt er mich und beobachtet stirnrunzelnd, wie ich aufstehe.

»Hui!« Alles im Raum dreht sich.

»Bist du okay?«

»Ich glaube, mir wird schlecht!«

Er ist sofort auf den Beinen. »Badezimmer?«

»Oben.«

Ich stolpere, aber er fängt mich auf, hebt mich in seine Arme und schafft es irgendwie, die steile, enge Treppe hinaufzusteigen, ohne sich den Kopf an der Decke anzustoßen. Zum Bad geht es geradeaus – er knipst das Licht an und stellt mich behutsam auf die Füße. Dabei falle ich vor der Toilettenschüssel sowieso gleich auf die Knie. Alles schwimmt, vom Inhalt meines Bauches bis hin zu den Gedanken, die in meinem Kopf herumwirbeln.

Sonny fasst meine Haare zusammen, während ich mich übergebe und dabei den Inhalt circa zweier Proseccoflaschen und das gerade erst verzehrte Toast loswerde. Als ich endlich fertig bin, schnappe ich mir Toilettenpapier, wische mir den Mund ab und betätige die Toilettenspülung.

»Igitt«, sage ich. »Tut mir echt leid.«

»Kein Problem.« Behutsam wickelt er meine Haare von seiner Hand.

Ich stehe zittrig auf, hole meine Zahnbürste aus dem linken Spiegelschrank und drücke etwas Zahnpasta darauf. Elend fühle ich mich zwar immer noch, aber durch meinen nunmehr geringeren Alkoholpegel ist mir nicht mehr ganz so schwindelig.

Sonny lehnt mit verschränkten Armen und gesenktem Blick an der Wand und wartet.

»Möchtest du, dass ich bleibe?« Er hebt den Blick.

Ich sehe ihn verdattert an.

»So meine ich das doch nicht! Nur um sicherzugehen, dass es dir gut geht!«

»Oh. Dann gerne.«

Ich räume Zahnbürste und Zahnpasta weg, belasse den Spiegelschrank aber in seiner üblichen Position.

Als Sonny das Badezimmer verlässt, schließt er die geöffneten Spiegeltüren.

Mit gefurchter Stirn mache ich einen Schritt zurück und öffne sie wieder, so dass beim Hineinblicken zwei Gesichter zu sehen sind.

Er sieht mich verdutzt an, schweigt aber.

Ich marschiere aus dem Bad.

30

Als ich in den frühen Morgenstunden mit trockener Kehle und rasenden Kopfschmerzen aufwache, ist Sonny verschwunden. Er hat mir ein Glas Wasser und zwei Paracetamol auf den Nachttisch gelegt, dazu eine Notiz, dass er sich entschlossen hat, nach Hause zu fahren – wir würden uns ja dann beim Kricketspiel sehen. Ich schlucke die Tabletten zusammen mit dem Wasser hinunter und versuche, noch einmal einzuschlafen.

Meine Erinnerungen sind vage, aber je mehr Puzzleteile allmählich zusammenfinden, umso weniger ist daran zu denken, noch mal einzuschlafen.

Ich stöhne auf und halte mir die Hände vors Gesicht.

Von unten kann ich hören, wie Bertie mit ihren Krallen über die Küchenfliesen tapst. Ihr Gehör funktioniert noch einwandfrei, und so trottet sie nun die Treppe hinauf und erscheint mit wedelndem Schwanz in der Schlafzimmertür.

Ich klopfe aufs Bett, denn dass ich sie davon fernhalten könnte, habe ich inzwischen aufgegeben.

Sie klettert auf ihren Platz an meiner Seite, und ich rutsche zu ihr, um ihre Wärme zu spüren.

»In einer Stunde gehen wir Gassi«, verspreche ich.

Sie klopft mit dem Schwanz zweimal auf die Bettdecke und legt den Kopf auf die Pfoten.

Ich schließe die Augen und gehe die Ereignisse des vergangenen Abends im Geiste noch mal durch.

»Ich finde ihn wirklich heiß«, flüstere ich schließlich. »Aber ich mag ihn auch. Ich bin gern mit ihm zusammen, und ich rede gern mit ihm. Es macht mir Angst, wie sehr.«

Bertie wedelt halbherzig mit dem Schwanz.

Seufzend schmiege ich mich enger an sie, doch umsonst: Ich fühle mich einfach unfassbar allein.

Matilda verspätet sich. Bei ihrer Ankunft trägt sie eine Sonnenbrille.

Wenn wir noch rechtzeitig zum Gottesdienst kommen wollen, dürfen wir keine Zeit verlieren.

»Ich hab dich noch nie in so einer miesen Verfassung erlebt«, meint sie, als ich die Haustür hinter mir zugezogen habe.

Ich lache und bereue es sofort denn es tut meinem armen, dehydrierten Gehirn weh. »Wer im Glashaus sitzt ...«

»Ich fühle mich so wahnsinnig mies!«, gesteht sie und öffnet das Gartentor. »Und kann ehrlich gesagt nicht glauben, dass wir das hier durchziehen. Sollten wir stattdessen nicht lieber was essen gehen?«

»Es ist gerade mal zwanzig nach zehn!« Ich biege nach links in Richtung Kirche ab.

»Gibt's im Red Lion nicht den ganzen Tag was zu essen?«

»Die servieren das *Mittag*essen erst *mittags*. Der Name ist Programm!«

»Na, dann bleiben wir eben doch bei unserem Plan.«

Wir haben schon ein Drittel des Weges hinter uns gebracht. Die Kirche befindet sich nur noch hundert Meter entfernt auf der gegenüberliegenden Straßenseite.

»Du hast dich also doch noch überreden lassen, um die Häuser zu ziehen?«

Sie nickt bedächtig und gequält. »Was ist deine Ausrede?«

»Zu viel Alkohol und nicht genügend Schlaf.«

»Nicht genügend Schlaf? Du musst doch schon um halb zwölf zu Hause gewesen sein. Moment mal …!«, japst sie. »Haben du und Sonny etwa …«

»Nein!«

»Nessa war überzeugt davon, dass ihr zusammen in die Kiste springt.«

»Die ist doch das Letzte. Wie kannst du nur mit ihr befreundet sein?« Ich schaue sie an. »Bin ich zu ehrlich?«

Sie grinst. »Nein, du hast schon recht, sie kann furchtbar sein. Aber sie ist ja auch eher die Freundin von Archies Schwester. Oder zumindest war sie es. Ihre Freundschaft scheint auch nicht mehr das zu sein, was sie mal war. An dem Tag, an dem Archie und ich uns kennengelernt haben, war sie mit auf dem Boot. Bei den fiesen Blicken, die sie mir zugeworfen hat, habe ich sie erst für seine Freundin gehalten, aber das hat er bald richtiggestellt. Sie war auch mal hinter ihm her.«

»Das kann man ihr nicht verübeln«, frotzele ich, und sie kichert.

Beim Überqueren der Straße schweigen wir beide – schließlich ist höchste Konzentration angesagt!

»Na, jedenfalls kam sie schließlich darüber hinweg, als sie anfing, jemanden aus der Arbeit zu daten.« Matilda nickt höflich ein paar älteren Gemeindemitgliedern zu, die in ihren Sonntagskleidern anrücken. Da können wir eindeutig nicht mithalten.

»Wir haben eine Weile zu viert rumgehangen, bis die beiden sich getrennt haben, dann wurde es ein bisschen schwierig, bis ihr Ex schließlich einen anderen Job gefunden hat. Nessa verkraftet es einfach nicht, abgewiesen zu werden.«

»Was du nicht sagst!« Unerwartet verspüre ich Mitgefühl für Sonny, weil sie es so auf ihn abgesehen hat.

Vermutlich würde es Matilda nichts ausmachen, dass Sonny mir schon einiges erzählt hat, aber mir fehlt die Energie, das Gespräch mit ihm zu wiederholen.

Inzwischen haben wir das Kirchentor erreicht, gehen wortlos hinein, nicken und lächeln jedem in der Nähe zu und tun alles, um nicht wie zwei völlig verkaterte Ungläubige rüberzukommen.

»Das ist wirklich die Kirche aus der Serie *Grantchester*, stimmt's?« Matilda sieht sich staunend um. »Ich war schon seit Jahren nicht mehr hier«, fügt sie hinzu.

Mein Blick fällt auf die Gebetstafel, und ich stutze. Matilda hat sie auch entdeckt. Sie schlendert hinüber und überfliegt einige der Botschaften, die Gemeindemitglieder dort angepinnt haben.

Ich will gerade vorschlagen, dass wir uns setzen, als ich höre, wie ihr ein »Oh!« entfährt, und sehe, dass ihr die Tränen kommen.

»Das ist so traurig«, murmelt sie, und kurz überkommt mich Trauer bei der Erinnerung an einige der Nachrichten, die ich bei den seltenen Gelegenheiten, zu denen ich hergekommen bin, selbst hier niedergeschrieben habe.

Matilda greift nach einem Stück Papier und einem Stift und schreibt schniefend eine Nachricht. Unsicher, was sie so aus der Fassung gebracht hat, und zu sehr damit beschäftigt, den Kloß in meinem Hals hinunterzuschlucken, um zu fragen, wende ich meinen Blick von den Tränen ab, die ihr über die Wangen kullern.

Sie heftet die Nachricht an: *Für meinen Vater, Peter Walker. Ich vermisse dich immer noch so sehr und hoffe, dass du, wo auch immer du jetzt bist, deinen Frieden findest.*

Okay, jetzt kann auch ich meine Tränen nicht mehr zurückhalten. Was geben wir nur für ein Bild ab! Kommen da als Heidinnen mit Riesenkater her und fangen an der Gebetstafel an loszuheulen wie die Schlosshunde. Vielleicht sind wir ja gar nicht ungläubig, wenn wir das so ernst nehmen, wer weiß. Verkatert, übermüdet und emotional sind wir allerdings auf jeden Fall! Ein eindeutiges Zeichen dafür, dass Alkohol ein Werk des Teufels ist.

»Schreibst du auch eine?«, flüstert Matilda mit erstickter Stimme. Der Gottesdienst fängt jeden Moment an.

Ich übernehme den Stift und schreibe hastig: *Bitte pass auf Charles auf, während er unterwegs ist, und sieh zu, dass June gut aufgehoben ist.*

»Das ist schön«, wispert Matilda.

Während sie sich schnäuzt und sich auf die Suche nach einem Platz begibt, schreibe ich heimlich noch eine weitere Zeile: *Für Anna. Mögest du auf deinen Wegen nie allein sein.*

31

Wie hat's dir gefallen?«, frage ich Matilda.

Wir sind auf dem Weg zurück zu meiner Wohnung, um unsere längst überfällige Tasse Tee zu trinken. Matilda ist immer noch ganz versessen auf etwas zu essen, doch das muss bis nach dem Spiel warten – Archie hat sie angefleht, auf ihn zu warten. Meine Freundin, eindeutig zumindest *teilweise* eine Heidin, hat ihm tatsächlich während des Abendmahls Kurznachrichten geschrieben.

Fairerweise sei gesagt, dass die Zeit sowieso knapp ist: Spielbeginn ist in einer Stunde.

»Als ich erst einmal damit klargekommen bin, dass der Pfarrer nicht James Norton oder Tom Brittney aus *Grantchester* ist, sondern eine nette Frau, war alles gut. Was für ein wunderschönes Cottage«, schwärmt sie, als wir es erreichen, und sieht sich um. »Vorhin war ich noch gar nicht in der Verfassung, es auf mich wirken zu lassen.«

Matilda besucht Charles' Haus heute zum ersten Mal.

Als ich uns in der Küche Tee und Toast zubereite, muss ich die ganze Zeit daran denken, dass Sonny am Abend zuvor dasselbe getan hat. Auch Matilda ist ungewöhnlich still.

»Alles okay mit dir?«, frage ich und überlege, ob ihre gedämpfte Stimmung ausschließlich an ihrem Kater liegt.

Sie schluckt und zögert, bevor sie mit zittriger Stimme erwidert: »Ich bin gerade etwas gefühlsduselig.«

Und dann fängt sie zu weinen an.

»Ich vermisse meinen Vater immer noch so sehr«, erzählt sie, sobald sie sich ein wenig gefasst hat. »Schon als kleines Mädchen habe ich davon geträumt, mit Dad an meiner Seite in einer Kirche wie St. Andrew und St. Mary zum Altar zu schreiten. Der Gedanke, dass er nicht dabei sein kann, schmerzt so sehr. Archie *will* ja nicht mal kirchlich heiraten. Er würde es für mich tun, aber wenn er mich jetzt so sehen würde, bekäme ich was zu hören. Wegen meines Vaters habe ich nämlich schon mal einen Heiratsantrag von ihm abgelehnt«, gesteht sie zu meiner Überraschung. »Vor einem Jahr hat er um meine Hand angehalten, aber da war der Verlust noch so frisch. Außerdem war ich noch an der Uni, und mir war es wichtig, erst meinen Abschluss zu machen. Aber hauptsächlich war es wegen Dad. Archie meinte, er würde warten, bis ich bereit sei, bis es nicht mehr so weh täte, aber ich kann mir nicht vorstellen, zu heiraten, *ohne* dass es weh tut. Wie soll das jemals der glücklichste Tag meines Lebens werden?« Sie nimmt sich ein weiteres Taschentuch. »Stehst du deinem Vater denn nahe?«

»Na ja, natürlich liebe ich ihn, aber Charles war für mich genauso eine Vaterfigur wie er.«

Sie weiß, dass ich seit meinem dreizehnten Lebensjahr hier wohne.

»Und wer würde dich zum Altar führen?«

Ich kann mir nicht vorstellen, jemals zu heiraten, aber das braucht sie nicht zu wissen, daher behaupte ich, darüber hätte ich noch gar nicht nachgedacht.

»Was, noch nie?«, wundert sie sich. »Nicht mal, als du klein warst?«

»Nope.«

»Meine Hochzeit war einer meiner liebsten Tagträume. Als ich ein Teenager war, haben sich meine Eltern immer furchtbar gestritten, aber selbst dann habe ich weiter an das Märchen geglaubt, an die große Hochzeit im Prinzessinnenstil mit blumengeschmückten Kirchenbänken. Peinlich eigentlich, wenn ich jetzt so darüber nachdenke. So eine Hochzeit könnten wir uns auch gar nicht leisten. Nicht mal annähernd.« Tief in Gedanken schürzt sie die Lippen und scheint sich dann wieder zu fangen. »Vor dem Spiel sollte ich mich wohl mal besser wieder einkriegen.« Sie schaut auf die Uhr. »O je, das fängt ja schon in zehn Minuten an! Darf ich noch kurz bei dir auf die Toilette?«

»Die ist oben, geradeaus.«

Sie springt auf, und ich sitze einen Moment da und spiele mit meinem Armband, in dessen Innenseite mein Name eingraviert ist – zwei große Hs, die ein kleingeschriebenes *anna* flankieren. Und ich frage mich, wie es wohl gewesen wäre, in einem normalen Haushalt aufzuwachsen, in dem man ganz selbstverständlich von Hochzeiten hätte träumen können.

***

Bei unserer Ankunft spielen unsere Jungs schon – gerade ist die andere Mannschaft am Zug. Archie entdeckt uns und winkt. Ich erspähe Sonny auf der anderen Seite des Feldes, die näher am Fluss liegt, und sogleich wird mir flau im Magen. Ich frage mich, ob er verkatert ist – er ist zu weit weg, um das erkennen zu können. Archie jedenfalls scheint definitiv nicht ganz auf der Höhe zu sein.

Wir legen unsere Picknickdecke im Schatten der Bäume oben beim Orchard Tea Garden aus. Heute ist es zu heiß, um in der Sonne zu sitzen, doch selbst dort kann ich meinen Schlapphut und die Sonnenbrille noch gut gebrauchen. In der Nähe befinden sich auch noch einige andere Zuschauer, ein paar davon winken Matilda zu, kommen aber nicht her. Ich bin ganz froh, keinen Smalltalk machen zu müssen. Matilda und ich lassen uns auf der Decke nieder und schauen uns, beide ganz mit den eigenen Gedanken und Kopfschmerzen beschäftigt, weitgehend schweigend die erste Halbzeit an.

Als die Männer in der Halbzeitpause das Spielfeld verlassen, werde ich nervös. Archie spurtet zu Matilda, umarmt und küsst sie und begrüßt mich dann auch.

Zum ersten Mal beneide ich sie um ihre unkomplizierte, liebevolle Beziehung. Ich bekomme mit, wie sie ein paar Worte über den Gottesdienst wechseln, habe aber so das Gefühl, dass Matilda ihm später unter vier Augen noch mehr darüber erzählen wird.

»Hallo, Hannah«, sagt Sonny, noch einige Meter entfernt.

Ich fühle mich seekrank, als ich zu ihm hochlächele. Was, seien wir ehrlich, wohl eher wie eine Grimasse rüberkommt. »Hi, Sonny!«

»Netter Hut.«

»Danke.«

Er lässt sich neben mir auf die Decke fallen, und in meinem Magen geht ein kleiner Akrobat ans Werk, macht einen Rückwärtssalto hierhin und dorthin und, da er schon dabei ist, auch gleich noch ein paar Radschläge.

Sonny stützt sich auf einen Ellbogen und lässt den Blick über die Wiese schweifen.

Wir haben uns keinen Begrüßungskuss gegeben.

»Wie fühlst du dich?«, fragt er und zwirbelt einen Grashalm zwischen Daumen und Zeigefinger.

»Mies. Und du?«

»Auch.«

Ob das stimmt, lässt sich bei seiner sonnengeküssten Haut und den strahlend blauen Augen unmöglich sagen. Kricket-Weiß steht ihm *wirklich* gut. Hach, wie sein angespannter Bizeps die kurzen Ärmel seines Poloshirts ausfüllt …

Kann mir jemand bitte einen Fächer reichen?

»Konntest du nach deiner Heimkehr denn noch mal schlafen?«

»Nein.« Er starrt immer noch in Richtung des Flusses.

»Danke, dass du dich um mich gekümmert hast«, zwinge ich mich zu sagen.

Mit eigenartig ernstem Blick dreht er sich zu mir um.

»Wasser?« Archies Angebot lässt Sonny zusammenzucken.

»Danke« Sonny setzt sich auf und fängt die Flasche auf.

»Was in aller Welt ist los mit dir und Sonny?«, zischt Matilda, als sich die beiden wieder auf dem Spielfeld befinden. »*Wahnsinn*, wie es zwischen euch knistert! Du magst ihn, oder? Er mag dich jedenfalls *eindeutig*. Ich habe dich vor ihm gewarnt, ich weiß, aber ich reiß dir auch nicht den Kopf ab, falls etwas passiert sein sollte.«

»Es ist nichts passiert«, erkläre ich, sobald sie Luft holt.

»Wirklich nicht? Warum? Du magst ihn doch, oder? Sag mir bloß nicht, dass du ihn nicht magst.«

»Doch, schon«, gestehe ich.

Sie stößt laut Luft aus. »Na, und was hält euch beide dann davon ab? Hält er immer noch an diesem blödsinnigen Schwur fest?«

»Ich fürchte schon.«

»So viel zu süßer Folter. Hast du nicht vor, nach Australien zu reisen, bevor sein halbes Jahr um ist?«

»Schon, ja.«

»Da knickt er davor doch garantiert ein!«

Sollte er es nicht tun, explodiere ich wahrscheinlich.

***

Das Spiel ist vorbei, und wir sind ans Flussufer umgezogen, da sich das Bedürfnis nach Abkühlung gegenüber Archies und Matildas Wunsch nach einem Lunch im Pub durchgesetzt hat.

Einige der Spieler sind schon weg, aber andere baden noch. Jedes Mal, wenn jemand ins Wasser springt, genieße ich die Tropfen, die zu mir hinüberspritzen.

Matilda ist sauer auf mich, weil ich schon wieder meinen Badeanzug »vergessen« habe, obwohl sie mich vor dem Weggehen noch daran erinnert hat. Sie ist im Wasser, hat die Arme um Archies glitschigen Hals geschlungen und fährt ihm mit den Fingern durch seinen nassen Schopf.

Ich sitze am Ufer und lasse meine Füße ins Wasser baumeln.

Der Boden unter meinem Hintern ist trocken – es hat seit Ewigkeiten nicht mehr geregnet, und die Erde ist hart wie Beton.

Sonny ist nirgends zu sehen. Gerade ist er noch flussabwärts gekrault, und ich konnte die Augen einfach nicht von seinem durchtrainierten Körper lösen.

Mir ist heiß, und ich bin hibbelig und genervt. Ich hasse es, dass ich mir keinen Badeanzug anziehen kann, und spiele mit dem Gedanken, stattdessen nach Hause zu gehen und mich dort zu verkriechen.

Ich sollte sowieso bald gehen, da sich Bertie, die ich bei der Hitze lieber nicht mitgenommen habe, inzwischen sicher einsam fühlt.

Sonny kommt zurück und mustert mich einen langen Moment. Dann schwimmt er zu mir und stemmt sich auf schlanken Unterarmen heraus. Fasziniert beobachte ich, wie das Wasser an seinem athletischen Körper hinunterperlt.

Die Temperaturen steigen gefühlt noch mal ein gutes Stück.

»Gehst du gar nicht rein?« Er nimmt sein weißes Shirt und trocknet sich damit ab.

»Nein.«

Er greift in seinen Rucksack, zieht ein blassblaues T-Shirt heraus und streift es sich über. Passt gut zu seiner marineblauen Badehose!

Nachdem er sich die Haare zurückgestrichen hat, deutet er mit dem Kopf seitwärts.

Ich denke mal, das soll eine Einladung sein, stehe auf und folge ihm zu einem schattigen Platz unter einem Baum, wo wir außer Sichtweite der anderen sind.

Er streckt sich auf dem Boden aus und legt einen Arm unter den Kopf.

»Immer noch verkatert?«, fragt er.

»Ein bisschen. Und du?«

»In erster Linie einfach müde.«

Er starrt auf die Blätter über unseren Köpfen und den blauen Himmel darüber und schließt einen Augenblick darauf seufzend die Augen.

Sein Haar sieht so weich aus, und ich frage mich, wie es wohl wäre, mit den Fingern hindurchzufahren. Seine langen, dunklen Wimpern bilden winzige Fächer. Zu gern würde ich mit der Fingerspitze an seiner Nase entlangstreichen und sie dann auf die Vertiefung oberhalb seiner Lippen drücken.

Ich möchte mich neben ihn legen. Meinen Kopf in seine Armbeuge schmiegen. Und meine Hand unter sein T-Shirt auf seinen Bauch schieben.

Ich *will* ihn.

»An was denkst du gerade?«, fragt er, und jetzt schimmert aus dem Spalt zwischen seinen Wimpern etwas Kobaltblaues hervor.

Ich zucke die Achseln, nehme meinen Hut herunter, werfe ihn ein Stück weit weg und drehe meine Haare zu einem Dutt ein, um ein wenig Luft an meinen Nacken zu lassen. Leider habe ich kein Haargummi dabei, was bei der Hitze extrem ärgerlich ist.

»Ich denke gerade, dass mir heiß ist«, murmele ich und lasse meine Locken über meine linke Schulter fallen.

Wortlos greift Sonny herüber und nimmt mir die Sonnenbrille ab.

Ich weiche zwar leicht zur Seite, lasse ihn aber gewähren und blinzele ihn an, als er die Brille zusammenklappt und neben sich ins Gras legt.

»Und an was denkst *du*?«

Es dauert eine Weile, ehe er antwortet. »Ich denke über deine Worte von gestern Abend nach.«

»Was genau meinst du?«, frage ich leicht panisch.

»Ich meine das, als es darum ging, ob wir es tun.«

Mein Mund verformt sich zu einem »Oh«, doch es kommt kein Ton heraus.

»Ich war sehr betrunken«, erwidere ich so unbekümmert wie nur möglich, sobald meine Stimmbänder wieder mitmachen. »Vergiss es also besser wieder.«

»Du sagst das so, als ob das möglich wäre.«

Ich beiße mir auf die Unterlippe, und mein Blick bleibt an seinen Bartstoppeln hängen … »Das muss es auch, wenn wir Freunde bleiben wollen.«

»Wir sind keine Freunde«, erwidert er düster und verdreht die Augen.

Hä? »Sind wir das nicht?«

»Ich verbringe nicht die Hälfte meiner Zeit damit, darüber nachzudenken, wie ich's mit meinen Freunden treibe.«

Seine Worte versetzen mich in eine Schockstarre. Gleichzeitig kriege ich am ganzen Körper Gänsehaut, so dass sich jedes einzelne Härchen aufstellt.

»Sorry.« Er wischt sich mit der Hand über das Gesicht. »Ziemlich krass ausgedrückt, ich weiß, aber den anderen Begriff kann ich nicht in den Mund nehmen, ohne das Gefühl zu haben, dass es mir gleich hochkommt.«

»Welchen? Sex?«, frage ich verblüfft.

Er schüttelt den Kopf, und seine Lippen sind bleistiftdünn. »... machen ...« Er wedelt mit der Hand in der Luft.

Ich zucke zusammen. »Liebe machen?«

Er nickt. »So hat es Glen immer ausgedrückt.«

Unvermittelt fröstelt es mich.

Er kneift die Augen zusammen, atmet tief ein und schwer aus.

Ich bin ratlos, welches dieser großen Themen ich zuerst anpacken soll.

Ein Käfer, der in seinem Haar landet, lenkt mich kurzzeitig ab. Instinktiv strecke ich die Hand aus und versuche, ihn zu entfernen. Sonny reißt die Augen auf und schnappt nach meinem Handgelenk.

»Du hast da einen Käfer im Haar«, erkläre ich eilig, was idiotisch klingt. Er lässt mich los, und hinterlässt sengende Hitze auf meiner Haut, während ich vorsichtig eine Blattlaus aus einer karamellblonden Strähne zupfe.

Er seufzt erneut, diesmal unbeschwerter. »Fühlt sich gut an.«

Nach kurzem Zögern fahre ich ihm mit den Fingern durchs Haar. Ich hatte recht, es fühlt sich wirklich wunderbar weich an.

Ihm entfährt aus tiefster Kehle ein Laut, und mich überkommt der überwältigende Drang, herauszufinden, von genau wo, um die Stelle zu küssen. Bei dem Gedanken halte ich inne, und er öffnet die Augen.

»Bist du okay?« In meinem Kopf herrscht noch immer Chaos von den beiden Bomben, die er geworfen hat.

Er hebt die Hand und wickelt sich eine meiner Haarsträhne um den Finger. »Gestern Abend hast du den Ausdruck ›den Kopf freibekommen‹ benutzt.«

Ich spanne mich an.

»Ist es das, was du willst? Sex haben und dann nach vorn sehen, es abhaken?« Er lässt von meinen Haaren ab und deutet auf uns beide. Sein Blick ist fest auf mich gerichtet. Zu fest.

»Du weißt doch, dass ich nicht der Typ für Beziehungen bin.« Verlegen wende ich mich ab und rupfe eine Handvoll Gras aus.

»Wir *sind* in einer Beziehung«, fährt er mich an, und ich zucke zusammen. Frustriert setzt er sich auf und stützt sich mit den Händen auf dem Boden ab. »Das ist dir schon klar, oder? Wenn ich überhaupt je so etwas wie eine Beziehung geführt habe, dann jetzt hier mit dir. Das Einzige, was fehlt, ist der Sex«, fügt er genervt hinzu.

Keine Ahnung, wie mein benebeltes Hirn das alles verarbeiten soll.

»Und das willst du jetzt ändern?«, frage ich bedächtig. »Du willst, dass wir Sex haben?«

»*Natürlich* will ich das!« Er fährt sich erregt durchs Haar. »Und gleichzeitig auch wieder nicht. Dafür muss ich mich noch mit so viel Mist auseinandersetzen. Ich habe Angst, ich könnte dich benutzen, um die Scham zu betäuben. Außerdem will ich nicht an ihn denken müssen, während wir Sex haben. Und dann bist da noch *du*. Und der ganze Mist, mit dem du dich herumschlagen musst und über den du partout nicht reden willst. Der Gedanke, du könntest einfach mit mir schlafen, mich dann vergessen und verschwinden, und dass ich dich vielleicht nie wiedersehe ... Keine Ahnung, ob ich einen Gedanken je mehr gehasst habe!«

Seine Augen lodern auf, und ich fühle mich, als wäre in meinem Inneren eine kleine Bombe explodiert und hätte alles, was ich zu wissen geglaubt habe, detonieren lassen.

Atemlos starre ich ihn an, wortlos, und er seufzt erneut und lässt sich wieder zurückfallen.

»Wann hast du das letzte Mal mit jemandem über deine Erlebnisse gesprochen?«, fragt er aus heiterem Himmel. »Ich meine jetzt mal nicht Evelyn, sondern jemand Neues.«

»Vor ein paar Jahren. Als ich zur Uni gegangen bin.«

»Wie ist es gelaufen?«

»Schlecht.« Meine Stimme bebt. »Ich habe es danach bereut.«

»Und aus diesem Grund willst du dich mir nicht anvertrauen?«

»Wir kennen uns gerade mal ein paar Wochen. Ich habe mir geschworen, wenn ich je wieder jemandem vertraue, dann muss ich ihn viel länger kennen – im besten Fall Jahre!«

»Ich habe dir vertraut«, sagt er schlicht. »Und ich sage das nicht, um dich unter Druck zu setzen, aber gilt das denn gar nichts? Glaubst du wirklich, ich würde dich enttäuschen?«

Ich ziehe scharf Luft ein, gequält.

»O Hannah«, flüstert er mit einer Stimme, die sehr nach Verzweiflung klingt. »Komm her.«

Er schlingt die Arme um mich und drückt mich fest an sich. Mein Herz fährt Achterbahn, mein Verstand rast. Völlig unmöglich, dass ich mich in seiner Umarmung entspanne, daher stemme ich mich stattdessen auf beiden Seiten seines Kopfes auf meine Unterarme. Er sieht zu mir auf. Dann umfasst er mein Gesicht und wartet einen Moment. Sein Blick ist dunkel und schwer zu deuten. Ich weiche nicht zurück – das ist das Letzte, was ich tun will –, und das muss er wohl auch erkennen, denn er zieht mich zu sich hinunter.

Seine Lippen sind weich und doch unnachgiebig, und als sie sich öffnen, öffne ich meine instinktiv auch, streiche damit sanft über seine. Wo unser Kuss in Amsterdam hektisch und chaotisch war, ist dieser Kuss bedächtig und innig. Er jagt warme Schauer über meinen ganzen Körper, die ansteigen und abebben, immer und immer wieder. Als er mit seiner Zunge meine liebkost, löst das selbst tief mir noch eine Reaktion aus, und *o Gott … Habe ich jemals jemanden mehr begehrt?*

Noch immer hält er mein Gesicht umfasst, und als er unseren Kuss unterbricht, kann ich nichts dagegen tun. Ich spüre seinen Atem heiß an meinem Mund. Er keucht, hat sich nicht mehr unter Kontrolle, andererseits aber doch noch, denn immerhin hat er aufgehört, mich zu küssen.

»Sonny …« Ich versuche, ihn mit all meiner Willenskraft zum Weitermachen zu bewegen.

Und dann schallt Matildas Gelächter zu uns herüber, und er lässt mich los. Ich kann mich gerade noch aufrappeln, da kommen sie und Archie auch schon um die Ecke gebogen, beide vollständig angezogen und bereit zum Gehen.

»Kommt ihr mit in den Pub?«, ruft Archie. Sonny steht abrupt auf und klaubt mit brennenden Ohrenspitzen seine Sachen zusammen.

»Ich muss mich dann mal auf die Socken machen«, erwidert er und reicht mir meine Sonnenbrille, ohne mich anzusehen.

Noch immer schlägt mir das Herz bis zum Hals. Ich nehme sie ihm zittrig ab, und meine Brust zieht sich zusammen, als ich sie aufsetze.

»Ich sollte lieber mal nach Bertie gucken«, bringe ich heraus, und dann kommt mir, dass Sonny vorhaben könnte, mich zum Cottage zu begleiten, um das fortzuführen, was wir angefangen haben.

Hoffentlich habe ich recht.

Leider aber nicht.

Nach einem brüsken Abschiedsgruß an uns drei macht er sich ohne einen Blick zurück in Richtung Cambridge auf.

***

Am nächsten Tag öffne ich Sonny die Tür und merke sofort, dass er bei Evelyn war. Mit seinen Bartstoppeln und Haaren, die förmlich danach schreien, zerzaust zu werden, sieht er völlig am Boden zerstört, aber auch absolut umwerfend aus.

Ich widerstehe dem Drang, ihn zu berühren, und trete zurück, damit er hereinkommen kann.

Er schüttelt den Kopf und stützt sich mit einer Hand am Türrahmen ab.

»Ich muss gleich weiter«, murmelt er. »Ich wollte nur sagen …« Sein Kiefer spannt sich an, er sieht fort, und sein Entschluss scheint sich zu festigen. »Ich werde in den nächsten Wochen nicht viel hier sein. Am Mittwoch fangen die Schulferien an, da muss ich häufiger für die Kinder da sein. Außerdem will ich mit den Shootings vorankommen, und gerade bekomme ich den Kopf einfach nicht frei – nach gestern erst recht nicht«, fügt er grimmig hinzu.

Während er seine Ausreden aufzählt, rutscht mir das Herz

immer weiter in die Hose. Schließlich kommt er zum Kern der Sache: »Ich glaube, wir könnten ein bisschen Abstand voneinander gebrauchen.«

Er erwidert meinen Blick, und ein schmerzhafter Ausdruck huscht über sein Gesicht.

»Natürlich werden wir uns durch Archie und Matilda ja weiter sehen«, fährt er nun mit sanfterer Stimme fort, »aber wenn du mich sonst für irgendetwas brauchst, wenn du *reden* willst«, fügt er bedeutungsvoll hinzu, »dann ruf mich an.«

Die Botschaft ist klar: Solange ich nicht bereit bin, meine Fensterläden zu öffnen und ihm Einblick in mein Inneres zu gewähren, lässt auch er mich nicht mehr an sich heran.

32

Ich verbringe nicht die Hälfte meiner Zeit damit, darüber nachzudenken, wie ich's mit meinen Freunden treibe.

Sonnys Worte gehen mir einfach nicht aus dem Sinn.

Wenn ich überhaupt je so etwas wie eine Beziehung geführt habe, dann jetzt hier mit dir.

Andersherum gilt das genauso, das ist mir inzwischen klargeworden.

Und: *Und der Gedanke, du könntest einfach mit mir schlafen, mich dann vergessen und verschwinden, und dass ich dich vielleicht nie wiedersehe … Keine Ahnung, ob ich einen Gedanken je mehr gehasst habe!*

Das ist der Satz, der mehr als alle anderen in Endlosschleife in meinem Kopf herumgeistert.

Und dann war da noch der Kuss. Die Küss*e*. Plural. Die sind noch viel schwerer zu vergessen.

Die Erinnerungen daran verfolgen mich, lassen mich aus dem Schlaf hochfahren und halten mich stundenlang wach. Während der Arbeit bin ich komplett durch den Wind, kaum imstande zu funktionieren, mich zu konzentrieren. Immerzu frage ich mich, was Sonny macht und an was er gerade denkt.

Aus Tagen wird eine Woche ohne ein Zeichen von ihm, dann beginnt eine zweite zu verstreichen, und mir dämmert, dass er seine Sitzungen bei Evelyn verlegt haben muss, damit wir uns nicht mehr begegnen.

Archie und Matilda machen Urlaub in Südfrankreich, und es ist fast August. In acht Wochen kommt Charles zurück. Bei dem Gedanken gerate ich in Panik. Mehr als alles andere vermisse ich Sonny. Ich verstehe vollkommen, was er meinte, als er sagte, wir seien bereits in einer Beziehung, denn nun kommt es mir so vor, als hätte er mit mir Schluss gemacht.

Noch eine weitere seiner Bemerkungen geht mir nicht aus dem Sinn, und am Freitag, über anderthalb Wochen nach unserer letzten Begegnung, sitze ich am Küchentisch und grübele über sie nach, während ich mit der Gabel lustlos auf dem Teller meines traurigen, einsamen Essens herumstochere.

Ich habe Angst, ich könnte dich benutzen, um die Scham zu betäuben. Außerdem will ich nicht an ihn denken müssen, während wir Sex haben.

Ein Pädophiler hat sich an ihm vergangen, als er zehn war. Ich verstehe ja, dass es eine Vielzahl an widersprüchlichen Gefühlen geben muss, mit denen Opfer konfrontiert werden, aber warum fühlt er nach all den Jahren immer noch Scham? Konnte er mit Evelyns Hilfe nicht verstehen, dass es nicht seine Schuld war? Dass es *nie* seine Schuld war?

Ich möchte mit ihm reden, ihn danach fragen und für ihn da sein, aber er schließt mich aus.

Das ist extrem frustrierend und ärgerlich.

Und dann geht mir auf, dass ich genau das die ganze Zeit über selbst getan habe: Ich habe ihn ausgeschlossen.

Ich höre, wie eine Autotür zugeschlagen wird, springe auf und eile nach draußen, wo Evelyn gerade die Einfahrt hinunterrollt. Sie hält an, lässt das Fenster herunter und wirkt bei meinem Anblick besorgt.

»Alles okay mit dir?«

»Ich bin verwirrt«, platzt es aus mir heraus. »Sag mir, was ich tun soll.«

Sie betrachtet mich voller Mitgefühl, da bin ich mir sicher, aber ich fasse es als Mitleid auf, weil ich bemitleidenswert *bin*.

»Möchtest du einen Termin ausmachen?«, fragt sie mit sanfter Stimme. »Nächste Woche hätte ich noch ein Zeitfenster frei.«

»Wenn ich das mache, sagst du mir dann, was ich tun soll?«, frage ich verzweifelt.

Sie lächelt. »Du weißt, dass es nicht so läuft.«

»Sonny will, dass ich mich ihm anvertraue«, sage ich daher geradeheraus.

In ihrer Miene blitzt etwas auf. »Und was hältst du davon?«, erkundigt sie sich vorsichtig.

»Ich weiß es nicht.« Ich verliere den Mut. Es ist schon spät. Ich fühle mich schlecht. Ich sollte sie nach Hause fahren lassen.

»Was denkt Anna?« Mit ihrer Frage zieht sie mir den Boden unter den Füßen weg.

Oh, das war ein Schlag unter die Gürtellinie …

»Keine Ahnung, was sie denkt!«, fahre ich sie an. »Nichts ist klar. Alles trüb.«

Sie starrt mich einen langen Moment lang an, während es in ihrem Kopf offensichtlich arbeitet. »Du willst wirklich wissen, was ich denke?«, fragt sie schließlich.

Das gab es noch nie.

Ich nicke entschlossen. »Ja.«

»Anna würde nicht wollen, dass du einsam bist.«

Einsam, nicht traurig. Traurigkeit würde ich nicht in den Griff bekommen können.

Einsamkeit hingegen schon.

***

Bis ich mich wieder gefasst habe, ist es fast zehn Uhr abends. Mit einem flauen Gefühl im Magen wähle ich Sonnys Nummer.

Nach dem dritten Klingeln nimmt er ab.

»Hallo?« Er klingt vorsichtig.

»Hier ist Hannah.«

»Das habe ich gesehen. Geht's dir gut?«

»Ach, ich bin ein bisschen …« Ich versuche, einen heiteren Ton anzuschlagen, bekomme aber kein Wort heraus. Meine Augen brennen und füllen sich jetzt wieder mit Tränen. So viel dazu, dass ich mich vor dem Anruf erst sammeln muss.

»Hey«, sagt er sanft, und ich schlucke den Kloß hinunter. »Hannah!«

Das ist doch lächerlich. Ich war diejenige, die angerufen hat. Und jetzt fehlen mir die Worte.

»Ich vermisse dich«, sagt er leise.

»Ich dich auch!«, bringe ich heraus.

»Ich hatte heute wieder ein Fotoshooting«, erzählt er, und ich weiß es zu schätzen, dass er versucht, mich von dem abzulenken, was auch immer mich gerade sprachlos macht.

»Ach ja?«, ermutige ich ihn fortzufahren.

»Das war mein drittes bislang. Mit Mel.«

»Das ist nicht wahr, oder?«

»Doch. Ich habe sie an der Ecke Green Street und Sidney aufgegabelt. Es war wirklich nicht leicht, sie zu überreden, das kann ich dir sagen, aber schließlich war sie einverstanden. Hab gerade die Bilder bearbeitet, als du angerufen hast – ich finde, sie sind gut geworden.«

»Das ist ja großartig. Hast du schon eine Galerie für die Ausstellung aufgetan?« Ich bin den Tränen nahe.

»Lustig, dass du fragst, das habe ich nämlich genau heute. Allmählich fügt sich alles. Wenn Archie nächste Woche zurückkommt, macht er die Plakate fertig. Sie werden also bald überall in Cambridge an den Zäunen kleben.

»Ich kann ein paar für dich aufhängen.«

»Danke. Das wäre toll.«

»Wie geht's den Mädchen?«

»Gut! Vor ein paar Tagen waren wir zelten. Als eine Eule vor dem Zelt aufgetaucht ist, musste ich Natalie kurz beruhigen, ansonsten verlief alles problemlos.«

»Warst du mit ihnen denn schon in Wicken Fen?«

»Nein, das haben wir für Montag geplant.«

»Äh, also ... meinst du ... Äh, könnte ich vielleicht mitkommen?« Ich wische mir mit einem frischen Taschentuch die Nase ab.

Er zögert. »Du willst Imogen, Natalie und mich begleiten?« Er klingt skeptisch, und ich werde an seinen Blick erinnert, als er merkte, dass ich davor zurückschreckte, den Tag mit den dreien zu verbringen.

»Ich würde sie gerne sehen.« So wie ich es sage, klingt es irgendwie falsch.

Er seufzt. »Du musst nicht ...«

»Nein, du verstehst nicht«, schneide ich ihm das Wort ab. »Es ist nicht einfach für mich, sie zu sehen, aber aus anderen Gründen, als du denkst.«

»Aus welchen denn?«, fragt er verwirrt.

»Es ... es ist alles ein Teil davon.«

»Alles ein Teil dessen, was du mir nicht sagst?«

»Alles Teil dessen, was ich dir gerne sagen würde«, erwidere ich tapfer. »Ich bin in der Nähe von Wicken Fen aufgewachsen. Ich dachte mir, ich könnte euch vielleicht dorthin mitnehmen.«

Am anderen Ende der Leitung herrscht Stille.

»Möchtest du, dass ich vorbeikomme?«, fragt er nach einer Ewigkeit, und o Gott, wie sehr ich das möchte. Ich sehne mich danach, ihn zu berühren, mich von ihm in die Arme nehmen zu lassen.

»Ich glaube, ich brauche ein paar Tage, um mich zu fassen«, zwinge ich mich zu antworten.

»Wir könnten auch ein andermal nach Wicken Fen fahren. Es muss nicht zusammen mit den Mädchen sein.«

»Nein, trotz allem, was ich gerade gesagt habe, denke ich, es wird helfen, sie dabeizuhaben. Sie nehmen dem Ganzen die Schwere.«

»Okay, wenn du dir sicher bist?«

»Bin ich.«

Ich glaube, so ganz überzeugt davon ist keiner von uns.

33

Nachdem er seine Töchter eingesammelt hat, kommt Sonny am Montagvormittag um halb elf, um mich abzuholen. Er hält in der Einfahrt, und ich beobachte vom Küchenfenster aus, wie die Hintertüren seines Wagens auffliegen und die Mädchen herausspringen.

Ich gehe in den Flur und versuche, tief durchzuatmen, schaffe es aber nicht. Die Panik hat mich fest im Griff!

Als ich die Tür öffne, schiebt sich Bertie bellend an mir vorbei, und Imogen und Natalie stürzen sich sofort auf sie. Aha, deshalb hatten sie es so eilig, aus dem Wagen zu kommen!

Ihr Vater erscheint hinter ihnen, und das Atmen fällt mir gleich noch schwerer.

»Hi, Hannah!« Er verzieht den Mund zu einem Lächeln, doch in seinem Blick liegt einen Anflug von Beklommenheit.

»Hi, du!«

Er kommt zu mir, um mich zu umarmen.

Sobald wir uns berühren, geraten die Schmetterlinge in meinem Bauch in Ekstase, und das Gefühl, seinen Brustkorb an meinem und seine Hand auf meinem Rücken zu spüren, stellt mit meinem Herzen merkwürdige Dinge an.

Nachdem er mich kurz gedrückt hat, lockert er den Griff, und ich will gerade pflichtschuldig zurückweichen, als er mich zu einer weiteren Umarmung wieder an sich zieht. Sie fällt stürmisch aus, ist aber trotzdem viel zu schnell vorbei.

»Kann Bertie auch mitkommen?« Natalie faltet die Hände wie zum Gebet und sieht mich mit ihren blauen Augen flehend an.

»Die Entscheidung liegt bei dir«, sage ich zu Sonny. »Ansonsten dreht Evelyn mittags mit ihr eine Runde.«

»Bitte, Daddy, bitte, ja?«, bettelt Natalie.

»Sind Hunde in Wicken Fen denn überhaupt erlaubt?«, fragt Sonny mich.

»Angeleint schon, allerdings fiele dann die Bootsfahrt flach.«

»Bootsfahrt?« Imogens Augen weiten sich.

»Man kann sich dort mit einem Motorboot auf den Wasserstraßen herumfahren lassen, aber Hunde dürfen nicht mit, und im Auto können wir Bertie nicht lassen. Ich fürchte, es geht nur das eine oder das andere: Boot oder Bertie.« Ich komme mir mies vor, dass ich Neunjährige vor so eine Wahl stellen muss.

»Können wir an einem anderen Tag wieder mit deinem Kanu fahren?«, will Imogen von mir wissen.

»Klar können wir das.«

Sie schaut zu Natalie, und beide nicken sich an, jede ein Spiegelbild der anderen, bevor sie sich zu mir umdrehen und im Chor »Bertie!« rufen.

Jedes Mal, wenn sie das tun, fühlt es sich wie ein Messerstich in meinem Herzen an.

»Klingt, als hätten wir einen Plan.« Ich greife hinter der Tür nach Berties Leine.

Ohne von meiner Qual etwas mitzubekommen, zerzaust Sonny seinen Töchtern die Haare und macht sich daran, den Kofferraum für unseren fünften Passagier herzurichten.

Die Fahrt zum Naturreservat dauert eine halbe Stunde, doch meistens drehe ich mich zu Imogen und Natalie um und unterhalte mich mit ihnen, so dass die Zeit schnell vergeht.

Imogen will mir haarklein alles über ihre neueste Minecraft-Welt erzählen, während Natalie mehr daran interessiert ist, mir zu verraten, was für Geschichten sie sich ausgedacht hat. Eine davon liest sie mir von einem Notepad vor, das sie dabeihat.

Bald fahren wir an riesigen Getreidefeldern vorbei, an Häusern mit Kieselrauputz, und unter hoch aufragenden Stromleitungen hindurch, die hohen Metallbäumen gleichen.

Diese Gegend hat etwas von einem Weltuntergangsszenario – solche Landschaften kennt man aus Zombiefilmen. Natalie weist auf eine Vogelscheuche hin, und Imogen bemerkt, dass die kreuz und quer stehenden Grabsteine bei einer alten Kirche auf beiden Seiten der Straße stehen – sie führt also direkt durch den Friedhof hindurch!

Bei der Ankunft in Wicken verstumme ich, versinke in Erinnerungen an die Reisen hierher in meiner Teenagerzeit, als ich älter und klüger war und meine ungewöhnliche Erziehung für mich allmählich Sinn ergab. Ich hatte dieses kleine Dorf mit seiner restaurierten, Mehl produzierenden Windmühle immer für eine geschäftige Metropole gehalten, doch das lag daran, dass ich in einem winzigen Cottage inmitten einer nur aus Feldern und Himmel bestehenden Landschaft aufgewachsen war.

Cambridgeshire ist wegen seiner wenigen Hügel für seinen unermesslichen Himmel bekannt, aber hier in den Sümpfen ist er sogar noch größer und wölbt sich über die flachen und sich in alle Richtungen erstreckenden Feuchtgebiete.

Unter den Wolken zeigt sich die Landschaft heute in gedämpften grünen, blauen, weißen und grauen Farbtönen.

Ab und zu bricht die Sonne hindurch und verschwindet

sogleich gleich wieder hinter Furcht einflößenden Wolkengebilden, die sich jeden Augenblick zu entladen drohen.

Dem Wetterbericht zufolge dürfte es allerdings keinen Regen geben. Hoffentlich stimmt das auch.

»Das hier ist das erste Naturschutzgebiet des National Trust«, liest Sonny aus dem Führer vor, als wir die Wanderung um das uralte Sedge Fen beginnen – ein Überbleibsel des nicht entwässerten Moorgebietes. »1899 waren es zwei Hektar, inzwischen sind es fast zweitausend. *Neuntausend* verschiedene Arten von Pflanzen, Tieren, Vögeln und Insekten leben hier«, erzählt er den Mädchen.

Das überrascht sie. Dennoch ist Bertie augenblicklich das einzige Lebewesen, für das sie sich interessieren.

Imogen hat den Münzwurf gewonnen.

»Können wir zu der Windmühle gehen?«, fragt sie ihren Vater atemlos und deutet auf das alte, mit Schindeln verschalte Bauwerk mit seinen dominierenden weißen Flügeln.

Kaum hat er »Na klar« gesagt, stürmen sie in ihren Turnschuhen auch schon los, und wir folgen ihnen in gemächlicherem Tempo.

Rechts von uns befindet sich ein Feld mit zwei Ponys, einem schokoladenbraunen und einem lohfarbenen, dessen cremefarbener Unterbauch sich von den grauen Fesselgelenken, der Mähne und dem Schweif abhebt. Es erinnert mich an Finnegan, das Pony, das wir früher hatten.

Es ist so ruhig hier. Es sind zwar Schulferien, aber es ist Montag, und weit und breit sind kaum Leute zu sehen. Gelegentlich dringt eine weit entfernte Stimme zu uns, doch meistens ist nur das in der Brise raschelnde Schilf zu hören. Es klingt wie Wellen am Meer oder das Geräusch, das man hört, wenn man sich eine Muschel ans Ohr drückt.

Oder wie ein Flüstern.

»Alles gut?«, fragt Sonny, als ich erschauere.

»Ich bin nervös.«

»Und warum?«

»Ich möchte es dir sagen. Alles. Aber ich … Das fällt mir so schwer!«

Ein Windstoß bringt das Schilf dazu, sich zu senken und zu heben wie eine La-Ola-Welle, die sich auf die Windmühle zubewegt. Ich kann die Mädchen lachen hören.

»Weißt du, es muss aber auch nicht jetzt sein«, meint er sanft. »Wir können später reden, bei dir, nachdem wir die Mädchen nach Hause gebracht haben.«

»Nein, ich muss es endlich loswerden. Ich bring's einfach schnell hinter mich.«

Trotzdem gehen wir schweigend weiter.

»Willst du mit dem Unfall anfangen?«, ermuntert er mich.

Ich zucke zusammen. »Es war gar kein Unfall.«

Er stutzt. »Aber du hattest doch einen Autounfall?«

»Nein. So lässt es sich nur leichter erklären. Aber du musst wissen, dass es nicht daran liegt, dass ich mich schäme. Das ist nicht der Grund, warum es mir so schwerfällt, darüber zu reden. Ich schäme mich nicht!«

»Okay«, erwidert er bedächtig, doch auf seiner Stirn bilden sich Sorgenfalten.

Ich schlucke schwer. »Ich hatte eine Schwester«, zwinge ich mich zu sagen.

Er hört aufmerksam zu.

»Anna. Sie war mein Zwilling. Mein *eineiiger* Zwilling. Ich habe sie verloren, als wir sieben waren.«

»O Hannah«, murmelt er schockiert und mitfühlend. Bestimmt versteht er jetzt, warum mir die Nähe seiner Töchter so schwerfällt.

Er ergreift eine meiner furchtbar klammen Hände und

zwingt mich stehen zu bleiben, aber ich stemme meine Hände auf seine Brust und halte ihn so auf Abstand. Er will mich trösten, aber ich muss noch mehr loswerden, und es wird entscheidend sein, wie er darauf reagiert. Es könnte alles ändern. Es *wird* alles ändern, auf welche Weise auch immer. Mir ist wahnsinnig flau im Magen, aber ich muss es wissen.

Mit sorgenvoll verwirrtem Blick wartet er auf eine Erklärung. Ich lasse die Hände sinken, weiche einen Schritt zurück und sehe ihm direkt in die Augen.

»Wir waren nicht nur Zwillinge«, ich recke trotzig mein Kinn, »sondern siamesische Zwillinge.«

Er wird sichtlich blass.

Ich kämpfe gegen die Tränen an. Er macht einen Schritt auf mich zu, aber wieder hebe ich abwehrend die Hände, und er bleibt stehen.

»Wir waren an den Hüften miteinander verbunden.« Ich berühre meine linke Seite. »Am Becken zusammengewachsen.«

Er wirkt erschüttert, zu meiner Erleichterung aber nicht abgestoßen. Zumindest, soweit ich das beurteilen kann, nicht.

»Nach unserer Geburt wollten uns die Ärzte trennen, aber unsere Eltern waren dagegen. Später dann drängte Anna darauf. Doch kurz nach der Operation ist sie gestorben.«

Eine derartige Operation ist nie einfach, unsere hätte jedoch eigentlich relativ problemlos verlaufen müssen – vor allem, wenn man uns schon als Babys getrennt hätte. Wir teilten keine inneren Organe und besaßen jeweils all unsere Gliedmaßen. Anna war allerdings etwas kleiner – das hat sich auf das Wachstum meines linken Beins ausgewirkt. Bei Siebenjährigen war die Operation komplizierter, das damit verbundene Risiko trotzdem immer noch verhältnismäßig gering. Die eigentliche Ursache für Annas Tod war eine Infektion nach der Operation, und wir alle waren am Boden zerstört.

Meine Verzweiflung kannte keine Grenzen. Bis heute habe ich mich noch nicht davon erholt. Sie war damals genauso ein Teil von mir wie jetzt auch noch. Ich trage ihren Namen immer noch in meinem – unsere Eltern haben uns so genannt, damit wir nie wirklich getrennt werden könnten, selbst wenn wir uns eines Tages zu einer körperlichen Trennung entscheiden würden. Auf der Innenseite des Armbands, das sie mir Wochen vor der Operation schenkten, steht mein Namen eingraviert: *HannaH*. Anna hatte ein fast identisches: *hANNAh*.

Meine Kehle schnürt sich zu.

Und dann liege ich in Sonnys Armen, und er drückt mich fest an sich, streicht mir über den Kopf, und ich spüre seinen Atem warm in meinem Haar.

Die Last, die ich getragen habe, hebt sich von meinen Schultern, und das ist so eine Erleichterung, dass ich in Tränen ausbrechen könnte.

Bevor es jedoch dazu kommt, löse ich mich von ihm. Ich schaue zu ihm auf und entdecke, dass sich in seinen dunklen Wimpern Tränen verfangen haben.

»Es tut mir so leid«, flüstert er und streicht mit dem Handrücken sanft über mein Gesicht.

Ich schlucke, nicke heftig und wende mich dann der Windmühle zu. Er nimmt meine Hand, drückt sie fest und lässt sie für den Rest des Weges fast gar nicht mehr los.

Als wir später nordwärts zu dem Haus fahren, in dem ich aufgewachsen bin, sind die Wolken, durch die vereinzelt goldenes Licht hervordringt, noch finsterer geworden. Es ist die Art von Wetter, die zu Regenbögen führen könnte, richtig schön dramatisch.

Ich dirigiere Sonny eine schmale Landstraße entlang. Inzwischen ist sie in gutem Zustand, früher aber war sie lediglich ein mit Gras überwucherter Feldweg voller Schlaglöcher. Wer auch immer hier wohnt, muss sich darum gekümmert haben.

Sofern das Cottage überhaupt noch steht. Ich bin schon seit Jahren nicht mehr hergekommen.

Die Straße schlängelt sich nach links, und als wir an dem letzten Gehölz vorbeifahren, sitze ich wie auf glühenden Kohlen. Und dann kommt es in Sicht: ein kleines, weiß gekalktes Gebäude mit einem niedrigen, windschiefen roten Ziegeldach, krummen Wänden, verzogenen Fenstern und einem hohen, dicken Schornstein in der Mitte.

Mein Herz zieht sich zusammen. »Stopp«, flüstere ich.

Sonny hält am Straßenrand.

»Kinder, in diesem Haus habe ich früher gewohnt«, erkläre ich in bemüht lockerem Ton und deute aus dem Fenster.

Natalie und Imogen beugen sich vor.

»Oh, das ist ja süß!«, ruft Natalie.

»Das sieht ja aus, als würde Goldlöckchen drin wohnen!«, schwärmt Imogen.

»Als würden die drei Bären dort wohnen, meinst du wohl«, berichtigt sie Natalie.

Sie zanken weiter herum, während ich, einen Kloß im Hals, das Haus anstarre.

Aus dem Schornstein steigt kein Rauch auf. Bei uns dagegen brannte fast immer ein Feuer. Nicht nur deshalb, weil wir keine Zentralheizung hatten, sondern auch weil meine Eltern von Suppen bis zu Aufläufen grundsätzlich alles in einem gusseisernen Topf direkt über den Flammen kochten.

Bei der Erinnerung an die Regale in der Vorratskammer, gefüllt mit selbst gemachten Marmeladen, die rot und orange glitzerten, wenn man sie gegen das Licht hielt, verspüre ich einen Stich.

»Den Gemüsegarten gibt's immer noch!« Ich deute auf das Bohnenspalier neben dem Haus. Hinter einem Garten voller Sommerblumen kann man Blattgemüse ausmachen – Kohl, glaube ich.

»Ob sie wohl noch Hühner haben? Wir haben sie in dem Stall da drüben gehalten. Oh, und da ist der Teich! Enten hatten wir auch.«

»Möchtest du nicht aussteigen und dir alles genauer ansehen?«, fragt Sonny. »Es sieht nicht so aus, als wäre jemand zu Hause, aber es hat auch garantiert niemand was dagegen, wenn du anklopfst, vor allem wenn du ihnen sagst, dass du hier gewohnt hast.«

»Nein, alles gut. Man sollte nie zurückkehren. Es würde nicht mehr dasselbe sein. Die neuen Bewohner haben es hergerichtet. Ich möchte so daran zurückdenken, wie ich es in Erinnerung habe.«

Mit seinen durchhängenden Decken, den niedrigen Balken, der abblätternden Farbe und den rustikalen Dielenböden.

Ich blinzele die Tränen zurück und lächele ihn an. »Aber danke, dass du mich hergebracht hast. Wir können jetzt fahren.«

»Bist du sicher?«, fragt er zögernd.

Ich nicke. »Ich bin sicher.«

Auf der Rückfahrt stellt er das Radio an, und ich starre gedankenverloren aus dem Fenster. Irgendwann greift er hinüber und umfasst meine Hand. Wie tröstlich das ist!

Ich bin so erleichtert, dass ich ihm endlich von Anna erzählt habe, doch den Schmerz lindert es nicht. Nichts wird das jemals können. Und noch immer habe ich ihm so vieles nicht erklärt. Bestimmt hat er Fragen.

»Ich bringe erst mal die Mädchen nach Hause, okay?«,

raunt er mir zu. »Sollen wir auf dem Weg zu dir dann einen Happen essen?«

Unfähig, meinen knurrenden Magen zu ignorieren, nicke ich.

Er hat *definitiv* Fragen.

Rochelle kommt heraus, um Hallo zu sagen – ich wäre ja im Auto geblieben, aber als ich sie auf mich zukommen sehe, steige ich doch aus. Es käme mir unhöflich vor, mit ihr durch ein offenes Fenster zu sprechen, auch wenn ich ahne, dass es ein kurzes Gespräch wird.

»Danke für das Buch«, sagt sie mit einem reservierten, leicht verlegenen Lächeln.

Im Souvenirshop vom Wicken Fen habe ich den Mädchen ein Buch über Libellen gekauft. Ich konnte einfach nicht widerstehen.

»Ich hoffe, es gefällt ihnen«, sage ich so herzlich wie möglich und halte den Blickkontakt zu ihr auch dann, als sich Sonny zu uns gesellt. Er hat sich von den Mädchen verabschiedet – sie sind schon im Haus. »Wie geht's dir?«, frage ich höflich.

»Gut, danke. Und dir? Hattet ihr einen schönen Tag?«

»Ja, hatten wir.«

Es ist ein unbeholfener Austausch, aber immerhin gibt sie sich Mühe, und dafür bin ich ihr dankbar.

Ich begreife zwar nicht ganz, warum sie sich bemüht oder warum ich dankbar bin, aber ich beschließe, dass ich mir darüber auch noch später Gedanken machen kann.

»Na, dann okay. Also, bis bald mal.« Sie geht rückwärts die Einfahrt hinauf.

»Bye!«

Sonny sieht mich über das Autodach hinweg mit bedeutungsvoll hochgezogenen Augenbrauen an und steigt dann ein.

***

Als wir am Küchentisch das chinesisches Essen verputzen, das wir unterwegs besorgt haben, ist er in sich gekehrt.

»Ich würde zu gerne wissen, was du denkst, trau mich aber nicht, dich zu fragen«, sage ich schließlich.

Er legt seine Essstäbchen auf seinem Teller ab und sieht mich an. Noch hat er sein Wokgericht nicht aufgegessen.

»Willst du reden?«, frage ich.

»Ist das okay?«

»Lass uns ins Wohnzimmer gehen.«

Ich klinge ruhiger, als ich mich fühle.

34

Ich setze mich aufs Sofa, und Sonny mustert erst den Platz neben mir, dann den Einzelsessel.

Er wägt seine Optionen ab, und als er sich schließlich am anderen Ende des Sofas niederlässt, freue ich mich im Stillen.

Ich drehe mich zu ihm um, ziehe meine bloßen Füße hoch und lehne mich an die Armlehne. Über seinem Kopf beginnt die Kuckucksuhr zu schlagen.

Er sieht auf und beobachtet, wie der kleine Holzvogel wieder hinter seinen Fensterläden verschwindet. Dann blickt er auf seine Uhr. »Die geht ja zehn Minuten vor!«

»Sie ging immer vor, egal wie oft Charles die Zeiger zurückgedreht hat. Ich habe das aufgegeben, aber den Ruf des Kuckucks höre ich immer noch gerne.«

»Warum bist du eigentlich hierhergezogen?«, fragt er, *und … los geht's.*

Das ist die erste seiner Fragen, wird aber nicht die letzte sein.

»Du weißt ja, dass ich zu Hause unterrichtet worden bin.« Ich wappne mich, möchte es so schmerzlos wie möglich hinter mich bringen. »Jetzt kennst du unser Haus ja und weißt, wie abgeschieden es war. Meine Eltern mochten es so. Bis zu unserer Geburt wussten sie nicht, dass wir zusammengewachsen waren. Von traditioneller Medizin hielten sie nicht viel, gingen selten zum Arzt – meine Mutter hat während der Schwangerschaft nicht mal einen Ultraschall machen lassen und hätte uns wahrscheinlich von Dad zu Hause entbinden lassen, doch sie hat wohl geahnt, dass etwas nicht stimmte. Es war ihre erste Schwangerschaft, und sie war in den Vierzigern ... Schließlich landete sie in einem Krankenwagen und bekam einen Kaiserschnitt. Kannst du dir vorstellen, wie schockiert die Ärzte gewesen sein müssen, die uns entbunden haben? Und was für ein schwerer Schlag es für meine Eltern gewesen sein muss? Sogar in den Nachrichten wurde darüber berichtet – Charles hat bestimmt noch irgendwo die Zeitungsausschnitte davon.« Ich schaue mich im Wohnzimmer um, als würde ich darüber nachdenken, wo er sie aufbewahren könnte, bevor ich den Faden wieder aufnehme. Es fällt mir leichter, wenn ich Sonny nicht zu oft ansehe, er aber löst den Blick keine Sekunde von mir. Ich hingegen mustere die Blumen auf meinem Rock und fahre mit den Fingerspitzen die Stiele nach. »Die Chirurgen wollten uns trennen«, fahre ich fort. »Aber davon wollten Mum und Dad nichts hören. Nicht, dass sie besonders religiös gewesen wären, aber sie hingen doch dem Glauben an, wenn die Natur uns so geschaffen habe, würde es einen Grund dafür geben. In ihren Augen waren wir ein Wunder. Nahezu die Hälfte aller siamesischen Zwillinge kommt tot auf die Welt, ein weiteres Drittel stirbt innerhalb von vierundzwanzig Stunden nach der Geburt. Dass wir überlebt hatten und es uns gut ging, machte uns also noch besonderer. Wir durften nach Hause, und Mum und Dad waren fest entschlossen, uns vor der Außenwelt zu schützen, daher auch das Homeschooling. Sie schirmten uns ab – nach dem Medienhype nach unserer Geburt waren die beiden sehr um unsere Privatsphäre besorgt, insofern gab es jahrelang nur Anna und mich.« Mir steigen Tränen in die Augen. »Ich war die Gesprächige, sie die Stille.« Es schnürt mir mehr und mehr die Kehle zu. »Tut mir leid, ich habe deine Frage noch nicht beantwortet.« Ich sehe Sonny in die Augen.

Er wirkt bestürzt – zwar nicht den Tränen nahe, aber traurig. Er greift herüber und verschränkt seine Finger mit meinen.

»Du kannst mir erzählen, was immer du willst, wann immer du willst«, beruhigt er mich.

Ich atme tief durch. »Wir waren glücklich, glaube ich.«

Meine Augen füllen sich mit Tränen. Ich atme noch einmal tief ein, und meine Unterlippe bebt unkontrolliert. Sonny drückt meine Hand und wartet geduldig.

»Wir standen uns unglaublich nahe.« Er weiß, dass ich nicht von der offenkundigen körperlichen Nähe spreche – Anna und ich standen uns auf einer anderen, abstrakteren Ebene nahe. Wir beendeten die Sätze der anderen, lasen manchmal sogar die Gedanken der anderen. Wir lagen im Bett, redeten und flüsterten, bis unsere Eltern uns schließlich mit irgendwelchen Androhungen zum Schweigen brachten – normalerweise ging es darum, dass wir andernfalls nicht mit irgendwelchen Hoftieren spielen durften, ob nun mit einem Wurf Kätzchen oder frisch geschlüpften Küken.

»Aber Anna war sehr schüchtern, selbst Mum und Dad gegenüber«, erzähle ich. Nur wenn wir beide allein waren, kam sie aus ihrem Schneckenhaus heraus. Von Medizinerseite war das Interesse an uns immer noch groß. Mum und Dad weigerten sich, mit uns zu Spezialisten nach London zu fahren, also kamen die Spezialisten zu uns – das war das Einzige, dem unsere Eltern zustimmten. Aber ich weiß, dass sie diese Eingriffe in ihr Privatleben hassten. Anna gefiel es auch nicht. Ich hatte immer das Gefühl, sie beschützen zu müssen, auch weil sie ein bisschen kleiner war als ich – deshalb hinke ich übrigens«, erkläre ich, »hauptsächlich aber, weil sie so schüchtern war. Sie flüsterte mir etwas ins Ohr, und ich sprach es dann laut für sie aus. Dass uns Ärzte besuchten, hat mich nicht gestört. Mir gefiel das sogar. Ich fand es aufregend, neue Leute kennenzulernen. Und ich war auch ein bisschen stolz.«

Sonny verzieht den Mund zu einem Lächeln. Er strahlt Mitgefühl aus, doch ich spüre, da ist mehr. Ihm liegt etwas an mir.

»Ich erinnere mich an etliche Ärzte und Psychiater, aber es gab eine Ärztin, die mochten wir beide. Sie war wunderschön, hatte glänzend rote Haare und ein wahnsinniges Lächeln. Auch unsere Eltern hat sie völlig verzaubert. Mit den anderen Ärzten habe meistens nur ich gesprochen, aber gegenüber Colleen – so hieß sie – hat auch Anna sich geöffnet. Ich glaube, Colleen fing an, uns zu besuchen, als wir vier oder fünf waren. Wir unterhielten uns aber nur über allgemeine Dinge: welche Spiele wir gerne mochten, welches unsere Lieblingsgeschichten sind, wie wir auf der Farm mithelfen. Später fing sie an, über unsere Zukunft zu sprechen und was wir werden wollten, wenn wir groß sind. Darüber hatten wir noch gar nicht nachgedacht, und so erzählte sie uns von verschiedenen Jobs, die wir machen könnten. Anna war sehr angetan von der Idee, später mal in einer Bibliothek zu arbeiten, umgeben von Büchern, Frieden und Ruhe. Mir dagegen gefiel die Idee, Lehrerin zu werden, weil es eines meiner Lieblingsspiele war, unsere Teddys nebeneinander hinzusetzen und ihnen Unterricht zu geben. Und dann meinte Colleen …« Meine Stimmt bebt, und ich brauche einen Moment, um mich wieder zu fassen. »Sie meinte, wir müssten uns für *einen* Job entscheiden. Dass eigentlich nur *eine* von uns glücklich werden könne. Die andere hätte das Nachsehen, weil wir miteinander verbunden seien. Es war das erste Mal, dass sie vage auf das Thema Trennung zu sprechen kam, und ich erinnere mich noch an das mulmige Gefühl, dass das in mir auslöste. Und damit beließ sie es noch nicht. Mit der Zeit erwähnte sie Heirat und Kinder und erklärte, wie kompliziert unser Leben sein würde. Wenn wir uns jedoch für eine Operation entscheiden würden, wäre das alles möglich. Sie spürte bald, dass wir für solche Gespräche noch nicht bereit waren, und ließ davon ab. Aber da hatten Anna und ich bereits begonnen, uns vor ihren Besuchen zu fürchten. Nachts flüsterten wir uns zu, dass wir uns niemals trennen lassen würden, dass wir keine Freunde, Ehemänner oder Kinder bräuchten, und wir schworen uns, füreinander da zu sein, für den Rest unseres Lebens.« Die letzten Worte bekomme ich nur unter großen Mühen heraus, dann beginnen die Tränen zu fließen, und ich keuche auf und presse mein Gesicht an den Stoff meines Rocks.

Ich merke, wie Sonny zu mir her rutscht, und dann schlingt er die Arme um mich, samt Knien und allem. Er legt seine Stirn auf meine Schulter, und nach einer Weile lasse ich mich von ihm an seine Brust ziehen.

Bis mein Tränenstrom versiegt, ist sein T-Shirt völlig durchnässt. Ich liege halb auf seinem Schoß, habe die Arme um seinen Hals geschlungen und schmiege mein Gesicht an sein Schlüsselbein. Noch immer atme ich stoßweise, und ich bin so müde, dass ich auf der Stelle einschlafen könnte.

»Alles okay mit dir?«, flüstert er und löst sich ein wenig, um mich ansehen zu können.

Ich nicke und versuche vergeblich, ein weiteres Gähnen zu unterdrücken. Wenigstens habe ich diesmal den Anstand, mir die Hand vor den Mund zu halten.

Er streift mit seiner Nasenspitze meine, lehnt sich kurz mit der Stirn an mich, weicht dann zurück und schmiegt meinen Kopf unter sein Kinn.

»Ich glaube, für heute Abend reicht es«, murmelt er, und ich bin froh, dass er derjenige ist, der auf Pause drückt. Ich hätte vermutlich weitererzählt, muss morgen aber arbeiten. Die Erkenntnis, dass er sich nun von mir verabschieden wird, versetzt mir einen Stich.

»Ich will nicht, dass du gehst«, entfährt es mir. Ich spüre, wie er sich verkrampft, und ich wünschte, ich könnte es zurücknehmen, aber dann entspannt er sich leicht.

»Du möchtest, dass ich bleibe?«

Ehrlich gesagt gibt es nichts, was ich mir gerade mehr wünsche.

Ich nicke und hoffe, dass es klar ist, in welche Richtung sich mein Kopf bewegt – noch immer schmiege ich mein Gesicht in seine Halsbeuge.

»Okay«, flüstert er.

35

Als ich aufwache, dämmert es noch kaum, aber ich kann Sonnys Umrisse bereits erkennen. Er liegt mit dem Gesicht zu mir auf dem Rücken.

Ich sehne mich nach seiner Wärme und rutsche näher zu ihm, komme mir dabei aber hinterlistig vor, wie eine Diebin. Immer schon hatte ich das Bedürfnis, den warmen Körper eines anderen neben meinem zu spüren, jemanden, der die von Anna hinterlassene Lücke füllt. Danielle hat das immer verrückt gemacht. Allerdings nicht gleich – es dauerte eine Weile, bis ihr aufging, dass ich mich deshalb so nahe zu ihr aufs Sofa setzte, weil ich mir auf die Art etwas von der Geborgenheit und dem Trost zurückholen wollte, den ich von meinem Zwilling vermisste. Das war ungefähr zur gleichen Zeit, als bei Nina ein Hirntumor diagnostiziert wurde.

Kurz darauf begann Danielle, Brett zu daten. Ich ging mit Josh aus, was mir über Danielles plötzliche Unnahbarkeit hinweghalf. Aber ich traute mich nicht, meinem neuen Freund die Wahrheit über meine Vergangenheit anzuvertrauen. Stattdessen tischte ich ihm die Lüge von dem Autounfall auf, war mir aber unsicher, ob sie einer genaueren Prüfung standhalten würde, daher konnte ich ihn nicht zu nahe an mich oder meine Narben heranlassen. Deshalb behalte ich beim Sex die meisten meiner Klamotten an.

Jahre zuvor hatte Charles mich dazu ermutigt, Danielle und Nina von Anna zu erzählen. Ihm war klar, wie isoliert ich mich fühlen würde, wenn ich meine Teenagerjahre über so ein krasses Geheimnis mit mir herumschleppen musste. Ich hatte eine Heidenangst davor, dass andere es herausfinden und mich anders behandeln würden. Vielleicht hätte ich mehr Vertrauen in meine Schulfreundinnen haben sollen, aber meine einzigen anderen Erfahrungen mit einem normalen Schulbetrieb – die Grundschule in dem Jahr nach Annas Tod – waren ernüchternd. Zum ersten Mal in meinem Leben war ich von Kindern umgeben, und doch hatte ich mich nie so einsam gefühlt.

Ich war anders als die anderen, das muss ich fairerweise sagen. Auch ohne Anna war ich mit meinen Hippie-Eltern und dem Homeschooling die Außenseiterin. Außerdem war ich es gewohnt, meinem Gegenüber lange in die Augen zu schauen, was viele unangenehm fanden.

Ich hatte unzählige Stunden damit verbracht, Anna direkt in die Augen zu sehen. Erst später, als ich zu Charles und June zog, erklärten sie mir behutsam, dass diese Art von Augenkontakt nicht normal sei. Ist es da ein Wunder, dass sie mich später zu einem Beruf in der Optometrie ermutigten? Sie hofften, meinen vermeintlichen Makel auf diese Art ins Positive zu wenden.

Aber der größte Unterschied zu den anderen Kindern in der Grundschule war der, dass ich nicht versuchte, Annas Verlust zu überspielen. Ich litt so sehr darunter, dass ich mich von allem und jedem zurückzog.

Eigentlich war es viel zu früh, mich überhaupt auf eine normale Schule zu schicken, aber die Psychiater meinten, es könnte helfen. Sie wollten, dass ich Hoffnung schöpfe, Freunde finde, dass mir andere Kinder Trost spenden und ich nach vorn sehen kann, aber ich war viel zu verzweifelt, um das Licht am Ende des Tunnels zu sehen. Nach einem

Jahr nahmen mich meine Eltern wieder von der Schule, da sie Angst um meine mentale Gesundheit bekamen.

Sonny dreht sich auf die Seite zu mir, aber da ich ihm nicht rechtzeitig Platz mache, stoßen unsere Beine aneinander. Er zuckt zurück, und seine Augen öffnen sich flattrig.

Wir sehen einander im Halbdunkel an.

»Hi«, flüstert er.

»Selber hi.« Ich halte inne. »Schiebst du gerade Panik?«

»Weshalb?«

»Wegen mir. Wegen allem.«

Er zieht ein langes Gesicht. »Ich dachte, dass du mir ein wenig mehr zutraust. Was würdest du davon halten, wenn ich dir diese Frage stellen würde?«

»Ich wäre stinkbeleidigt.«

»Na, siehst du.«

Lächelnd versucht er, mir den Arm um die Schulter zu legen. Ich hebe den Kopf, rutsche zu ihm und lasse mich von ihm in eine Umarmung ziehen.

Etwas Ballonartiges dehnt sich in meiner Brust aus.

»Und wie war das dann an der Uni, sag mal?«, fragt er.

»Ich habe ein paar Leuten vertraut, denen ich nicht hätte vertrauen sollen: der Mietbewohnerin und dem Mitbewohner aus meiner WG. Ich hatte ja immer nur bei meiner Familie gelebt, deshalb hatte ich Bedenken, eine Wohnung mit Fremden zu teilen, aber in den ersten Monaten haben wir uns alle super verstanden. Ich habe mich relativ normal gefühlt, obwohl ich ein paar Jahre älter war als sie – ich war ein Jahr später in die Schule gekommen und hatte mir vor der Uni auch schon eine Auszeit genommen. Wir haben Partys in unserer Wohnung gefeiert, viel getrunken, ein typisches Studentenleben eben. Und eines Abends, wir waren alle beschwipst, habe ich ihnen schließlich meine Geschichte erzählt. Sie waren mega verständnisvoll und aufgeschlossen. Mir fiel ein Stein vom Herzen, doch später hat sich herausgestellt, dass sie mir nur was vorgemacht haben. Beide waren wesentlich geschockter, als sie zugeben wollten. Wenn ich in einem Raum kam, erwischte ich sie beim Tuscheln. Und sie haben es auch ein paar anderen Leuten weitererzählt. Am Ende hat sogar ein Typ, auf den ich ein Auge geworfen hatte, versucht, sich an mich ranzumachen. Zum Glück habe ich gespürt, dass da etwas faul ist, und bin nicht darauf eingegangen. Später erfuhr ich dann, er hätte mich nackt sehen wollen, um seinen Freunden davon erzählen zu können.« Bei der Erinnerung daran wird mir übel.

»Fuck!«, flucht Sonny.

»Ja, er war ein Idiot. Na ja, alle waren eben jung und dumm. Mich hat das damals allerdings sehr mitgenommen. Ich wollte die Uni abbrechen, nichts wie weg und nie mehr wiederkommen. Charles konnte mich überreden, das Studium fortzusetzen, aber aus der WG bin ich ausgezogen. Für die restliche Studienzeit habe ich mir ein Zimmer im Haus einer alten Dame genommen und mich nicht mehr getraut, mich mit jemandem anzufreunden. Als einer meiner Dozenten mir sagte, er könne mir bei einem Optiker in der Innenstadt von Bradford ein einjähriges Praktikum vermitteln, fühlte ich mich verpflichtet, darauf einzugehen, doch besonders prickelnd fand ich es nicht. Mein Chef, Karl, war das komplette Gegenteil von Umeko: herrschsüchtig, wenig hilfsbereit und cholerisch. Und meine Kollegen waren wesentlich älter und völlig anders drauf als ich. Karl hätte gern gesehen, dass ich nach Cambridge zurückkomme, aber ich hatte etwas Geld gespart und habe es genutzt, um zu reisen. Ich brauchte Zeit und Abstand von allem, damit ich entscheiden konnte, was ich mit meinem Leben anfangen wollte.« Ich drehe mich auf den Bauch, so dass ich ihn ansehen kann. »Charles und June waren es ja, die mich zu einem Beruf im Optikbereich überreden wollten. Und damals wusste ich noch nicht, ob das wirklich etwas für mich ist.«

»Ich finde, es passt zu dir«, murmelt Sonny. Dann grinst er. »Diese Uniform steht dir!«

Ich kichere.

»Nein, wirklich. Du bist gut in deinem Job und kannst prima mit Menschen umgehen.« Er sagt es mit ernster Stimme, doch nun zucken seine Lippen. »Und außerdem ist es schön, dich so nah bei mir zu haben.«

Ich gebe ihm einen Knuff, und er lacht.

»Ich habe diese letzten Monate mehr genossen als gedacht«, räume ich ein. »Ich war mir sicher, ich würde die Arbeit in Indien vermissen. Die war hart, aber so abwechslungsreich und interessant. Irgendwann würde ich hier auch gerne irgendetwas für den guten Zweck machen. Dort zu helfen, wo man wirklich dringend gebraucht wird.«

»Gute Idee.«

»Aber ich mag meinen Job. Wie auch nicht, wenn er mich zu dir geführt hat?«

Er küsst mich lächelnd auf die Stirn.

»Und zu Matilda und Archie«. Ich kuschele mich wieder in seine Armbeuge.

»Ihnen könntest du deine Geschichte aber anvertrauen, weißt du«, sagt er leise.

Ich seufze. »Die Wahrheit macht alles komplizierter. Ich bin mir nicht sicher, ob ich will, dass sie mich mit anderen Augen betrachten. Wenn einer das verstehen müsste, dann du.«

Er drückt mich fester an sich. Ein unwillkürlicher Reflex, glaube ich, denn nach einer Sekunde löst sich sein Griff wieder.

»Hast du außer Harriet noch jemandem erzählt, was passiert ist?«, frage ich ihn behutsam.

»Nein.«

»Wie geht es ihr?«

»Das Ganze nimmt sie ziemlich mit. Evelyn will uns beide am Freitag zusammen sehen.«

»Und, was hältst du davon?« Ich lege mein Kinn wieder auf seine Brust, damit ich ihn ansehen kann.

»Nicht so viel. Harriet hat das alles sehr mitgenommen. Bei unserem Telefongespräch am Samstag war sie ein Häufchen Elend. Ich habe an meinem eigenen Mist schon genug zu knabbern. Keine Ahnung, wie ich ihr helfen soll.«

»Wäre es denn nicht besser für sie, sie würde Evelyn allein besuchen?«

»Nach dieser Sitzung wird sie das vermutlich auch tun, aber Evelyn wollte, dass wir erst beide gemeinsam kommen.«

»Schaust du danach bei mir vorbei und erzählst, wie es gelaufen ist?«

Nach kurzem Zögern nickt er. »Ich versuch's.«

Ich runzele die Stirn. »Sonny, was du da gesagt hast ... von wegen, Sex einsetzen, um die Scham zu betäuben ... Wie hast du das gemeint? Warum schämst du dich für das, was er dir angetan hat?«

Mit einem tiefen Seufzer nimmt er sich mein unbenutztes Kissen und stopft es sich hinter den Rücken. Ich setze mich auf, um ihm etwas Raum zu geben. »Haben wir noch die Zeit dafür?«, fragt er kläglich, schnappt sich sein Handy vom Nachttisch und schaut nach der Uhrzeit. Es ist sechs Uhr fünfunddreißig.

»Ja.« Ich lege ihm meine Hand auf die Brust und hoffe, die Berührung erdet ihn auf die gleiche Weise, wie seine Berührungen mich erden.

Er schließt seine Hand um meine und holt tief Luft.

»Glen …« Er erschauert und wirkt angewidert. »Er hatte sich von Anfang gezielt mein Vertrauen erschlichen. Ich hab dir ja schon erzählt, dass er mir das Gefühl gab, etwas Besonderes für ihn zu sein, und meinte, er würde mich lieber mögen als Harriet.«

Ich nicke und streiche mit meinem Daumen rhythmisch über seinen Bauch.

»Darauf hat er aufgebaut. Mum arbeitete inzwischen wieder, während Jackie zwischen Schule und Uni eine einjährige Pause einlegte. Die sollte mich eigentlich auch immer von der Schule abholen, aber sie hatte einen Freund, ihr eigenes Leben und keinen Bock auf Verantwortung. Harriet arbeitete in einem Friseurladen in der Stadt, Glen dagegen zu unregelmäßigen Zeiten in einem Supermarkt. Und so bot er an einzuspringen. Und ich war hin und weg«, gesteht er grimmig. »Wir spielten Computerspiele, jagten uns gegenseitig mit Spielzeugpistolen durchs Haus, sahen zusammen fern. Er zerwuschelte mir das Haar, umarmte mich und sagte mir, er würde mich *sehr* lieben. Ob ich ihn auch lieben würde? Das tat ich.« Er atmet zitternd ein.

»Dann beschloss er, mir zu zeigen, was Menschen, die sich lieben, miteinander tun.«

Mir ist so schlecht, dass ich mich übergeben könnte. Dabei ist Sonny noch längst nicht fertig.

»Es müsse unser ›besonderes Geheimnis‹ sein, meinte er. Ich dürfe es niemandem erzählen, weil Harriet ›so furchtbar traurig‹ wäre, wenn sie wüsste, dass er mich mehr liebte als sie, und meine Eltern wären ›wütend‹ auf uns, weil wir ihr weh getan hätten. Ich hatte ein schlechtes Gewissen, genoss es aber zu sehr, im Zentrum seiner Aufmerksamkeit zu stehen. Und das ist das, womit ich am schwersten klarkomme.«

Seine Kiefermuskeln spannen sich an, er knirscht mit den Zähnen, seine Miene drückt Ekel und Abscheu aus. »Ich habe mitgemacht. Ich wollte es. Ich *mochte* es.«

Er hält meine Hand so fest umklammert, dass ich Angst um meine Knochen bekomme.

»Oh, sorry.« Unvermittelt merkt er, dass er mir weh tut. Er lässt mich los und rutscht auf dem Bett nach hinten, so dass er nun aufrecht an der Wand lehnt. Er hat jeden Kontakt zwischen uns abgebrochen, und das mit Absicht, glaube ich – ich bin mir nicht sicher, ob er berührt werden will.

»So lief das über Monate. Wie lange genau, weiß ich nicht mehr, aber ich habe darüber nie mit jemandem ein Wort gesprochen. Ich wollte es nicht. Es hat mir *gefallen*, dass wir ein Geheimnis hatten. Ich hatte nicht das Gefühl, missbraucht zu werden, sondern geliebt. Und als Harriet mit ihm Schluss machte, war ich total am Boden zerstört. Es war, als hätte sie mir das Herz entzweigerissen, und ich war so wütend auf sie, auf Mum und Dad, auf alle. Danach habe ich ihn nur noch einmal gesehen. Ich weiß noch, ich habe mir die Augen ausgeheult und ihn angefleht, trotzdem noch zu mir zu kommen. Er weinte auch und sagte, er werde mich nie vergessen, mich immer lieben, aber ich würde ihn gehen lassen müssen. Im Grunde hat er mit mir Schluss gemacht. Es war so schrecklich. Als wäre er gestorben! Und dann, noch im selben Jahr, bekamen wir in der Schule Sexualkundeunterricht.« Sonny verschränkt die Arme vor der Brust und starrt geradeaus – überhaupt sieht er mich nur selten an, während er erzählt. »Das war sehr verwirrend. Mit der Zeit dämmerte mir, dass ich missbraucht worden war, und das hat mich total fertiggemacht. Was mich mehr verwirrte als alles andere – wofür ich mich so schämte und weshalb ich mich nie dazu durchringen konnte, es jemandem zu erzählen – war, dass ich es *zugelassen* hatte, dass er mich berührte. Und ich ihn berührt hatte. Er hatte keinen Zwang ausgeübt – ich hatte es *gern* getan. Es hatte mich nicht erregt – nicht wirklich, nicht wie ihn –, aber dann kam die Pubertät, und ich kam endgültig ins Schleudern. Meine Kumpel standen auf Mädchen und Pornos – Glen hatte mir schon ein paar Pornos gezeigt, und ich erinnere mich, dass ich mich dabei etwas eigenartig fühlte, aber als ich in die Pubertät kam, beeinflusste mich das auf einer ganz anderen Ebene. Sex törnte mich an. Also Sex mit Mädchen, meine ich, auf Jungs stand ich nie. Nachdem mir klar wurde, dass Glen pädophil war, versuchte ich, das Geschehene komplett zu verdrängen. Ich wollte es einfach nur vergessen. Doch dann, mit sechzehn, hatte ich eine Freundin, die eine Klasse über mir war. Sie hatte schon mit einem Exfreund Sex gehabt, und als wir es das erste Mal taten, stürmten die Erinnerungen nur so auf mich ein. Ich fühlte mich schmutzig, und es hat alles zunichte gemacht. Gefallen hat es mir aber trotzdem. Ich war komplett durcheinander und war danach wirklich fies zu ihr. Eine kurze Zeitlang hat sie es toleriert, aber irgendwann hat sie dann Schluss gemacht und überall rumerzählt, ich wäre das Allerletzte. Weiß der Himmel, warum, aber das schien noch mehr Mädchen anzuziehen. Sex vermittelte mir in Bezug auf das, was mir Glen angetan hatte, ein besseres Gefühl. Doch gleichzeitig fühlte ich mich auch schmutzig dadurch. Je mehr Sex ich hatte, je mehr Mädchen ich vögelte, desto besser – und schlechter – fühlte ich mich. Und keins der Mädchen lernte ich je wirklich näher kennen. Sobald wir Sex hatten, war es aus, was mich anging. Sie waren beschmutzt – *ich* hatte sie beschmutzt.«

Er fährt sich mit den Händen über das Gesicht und stöhnt verzweifelt auf, bevor er mich ansieht.

Sein Blick ist stumpf. Leblos.

»Tja. Beantwortet das deine Frage?«

»Es tut mir so leid«, flüstere ich und greife wieder nach seiner Hand. Er lässt es zwar zu, aber sie bleibt schlaff.

»Hannah, manchmal denke ich«, sagt er mit einer tiefen dunklen Stimme, die mir einen Schauer über den Rücken jagt, »dass wir beide so einen gewaltigen Knacks weghaben, dass wir uns wohl nichts Schlimmeres antun könnten, als wenn aus uns ein Paar würde. Beide schlagen wir uns mit so viel Mist aus unserer Vergangenheit herum. Du solltest jemanden an deiner Seite haben, der ein bisschen stabiler und ausgeglichener ist, jemanden, der wirklich für dich da sein kann.«

»Ach was!« Ich schüttele heftig den Kopf. »Für mich bist du das. Wie unsicher auch immer du dich manchmal fühlen magst, mich verunsicherst du nie. Und meinst du, *ich* ziehe dich runter …?«

»Nein.« Der stumpfe Ausdruck in seinem Gesicht weicht einem schmerzvollen, was ich besser finde, denn so sieht er lebendiger aus. »Wenn ich mit dir zusammen bin, dann kommt es mir vor, als würdest du ein Loch ausfüllen. Diese Leere, von der ich dir erzählt habe? Die fühle ich in deiner Nähe fast nie. Irgendwie … füllst du die Lücken.«

Seine Augen leuchten auf.

»O Sonny …« Ich rutsche zu ihm und umarme ihn. Er schlingt die Arme um mich, und ich ziehe seinen Kopf an meine Brust. Auf der Suche nach noch mehr Nähe setze ich mich aus einem Impuls heraus rittlings auf seinen Schoß und schmiege mich an ihn. Er hält mich ganz fest, und ich hoffe, ich helfe gerade dabei, eine Lücke zu schließen.

Ich wünschte nur, er könnte die Lücke füllen, die Anna hinterlassen hat. Aber ich weiß, dazu wird keiner je imstande sein.

36

Was hast du heute vor?«, frage ich Sonny, als er Bertie und mich zu Umeko's fährt.

Dafür, dass es unser Gespräch wirklich in sich hatte, verlief unser Frühstück überraschend unaufgeregt. Das einzige Problem war, dass ich keinen Bacon dahatte. Sonny brutzelte dann stattdessen ein Käse-Schnittlauch-Omelett, während ich mich für die Arbeit fertig machte.

»Ich habe in einer Unterkunft einen Fototermin mit einem Obdachlosen namens Derek.«

»Ich würde dich ja gern mal zu einem Fotoshooting begleiten.«

»Klar, mach das!«

»Um wie viel Uhr wäre das heute?«

»Um elf, da hast du ja wahrscheinlich keine Zeit. Aber vielleicht kann ich für nächsten Montag einen Termin ausmachen.«

»Das wäre toll!«

Sein Handy klingelt. Instinktiv schaue ich drauf und sehe, dass Archie ihm eine Nachricht geschrieben hat.

»Was steht drin?«, fragt mich Sonny beiläufig.

»Sie ist von Archie. Was drinsteht, hab ich nicht gesehen. Das Display ist wieder schwarz geworden.«

»Vier, zwei, sieben, vier«, erklärt er, und ich brauche einen Moment, ehe mir klar wird, dass er mir den Sicherheitscode seines Telefons verraten hat.

Ich nehme sein Handy, tippe den Code ein und lese laut vor: *»Heute Abend: Stranger Things? Matilda fragt Hannah.«*

Er sieht mich an. »Ich wäre dabei, wenn du's bist.«

»Hast du mich denn nicht satt?«

»Hast du mich etwa satt?«

»Kein bisschen!«, erwidere ich entrüstet.

Lachend deutet er auf sein Handy. »Möchtest du antworten?«

»Gerne. Was soll ich schreiben?«

»Klingt gut. H ist bei mir. Wir sind dabei.«

»Willst du ihm wirklich schreiben, dass wir um diese Uhrzeit zusammen sind?«

»Sicher doch. Äh, na, okay. Dann schreib einfach: Klingt gut.«

Sobald ich es getan habe, sind wir auch schon angekommen. Er stellt den Motor ab, steigt aus und kommt ums Auto herum zu mir. Er hält Bertie am Halsband fest, damit ich ihr die Leine anlegen kann.

»Danke.« Ich weiß nicht, warum, aber plötzlich fühle ich mich befangen.

»Dann sehen wir uns heute Abend also?« Er sucht meinen Blick.

Ich nicke nur, weil ich keine Ahnung habe, wie ich mich nach allem, was wir hinter uns haben, von ihm verabschieden soll. Ich ziehe sanft an Berties Leine, und sie hüpft artig aus dem Auto.

Er umfasst meinen Kopf und schmiegt seine Wange kurz an meine.

»Bye«, sagt er leise, schlägt die Kofferraumklappe zu und steigt in sein Auto.

Ich gehe auf Roberts und Umekos Haustür zu und höre,

wie er wegfährt. Noch bevor ich auf die Türklingel drücken kann, schreit jemand »He!«, und ich wirbele herum.

Matilda stürmt mit weit aufgerissenen Augen auf mich zu.

»Was zur Hölle ist zwischen euch gelaufen, während wir in Frankreich waren?«, zischt sie, sobald sie in Hörweite ist.

Ich lache. So viel zum Thema »keine Fragen«.

»Keine Bange,« sage ich, »sein Sechs-Monats-Ding zieht er weiterhin durch.«

»Aber es geht voran, oder?«

»Ähm ... Irgendwie schon. Ach, keine Ahnung. Hör mal, du, ich muss dringend zur Arbeit, aber ich schaue später bei dir vorbei.«

»Ich will alles wissen.« Ihre Stimme hat einen leicht drohenden Unterton.

»Okay!«, stimme ich hektisch zu.

Natürlich bin ich ein wenig aufgeregt, als ich durch die Tür von Umeko's gehe, und bemerke erst, als ich an meinem Schreibtisch sitze, dass Abbey strahlt wie ein Honigkuchenpferd.

»Du lieber Himmel, was ist denn los?«, frage ich.

»Rate mal, wer gerade einen Termin ausgemacht hat«, ruft sie.

Ich zucke die Achseln. »Wer denn?«

»Nein, du musst raten!«

»Sei nicht albern, das könnte doch einfach jeder sein!«

»Es sind Promis.«

Ich lache. »Aber da gibt es doch so viele.«

»Jetzt versuch's doch wenigstens«, drängt sie.

Ich spiele mit. »Jemand aus der Serie *Grantchester*?«

»Noch *viel* berühmter als das! Ach, und sie wohnen in der Nähe!«

Ich sehe sie nachdenklich an. Stephen Hawking weilt ja

leider nicht mehr unter uns. Wen gäbe es noch …? Joe und Alice Strike würden mir noch einfallen, aber das kann doch wohl nicht sein – oder doch?

»Joseph Strike?«, frage ich und kneife dabei ein Auge zu, weil ich damit rechne, dass sie mich auslacht.

Sie schlägt die Hände auf den Tisch und sieht aus, als würde sie spontan in Flammen aufgehen.

»SEINE KINDER!«, schreit sie im Flüsterton.

Meine Augenbrauen schnell nach oben. »Im Ernst?«

»JA!«

»Die bringt Joseph doch garantiert nicht selbst her«, erwidere ich skeptisch.

Sie rutscht auf ihrem Stuhl herum. »Vielleicht ja aber doch! Oder Alice! Das Kindermädchen könnte es allerdings auch tun«, räumt sie ein. »So oder so, ihre Kids lernen wir auf jeden Fall kennen!«, ruft sie aufgeregt. »Das wird der beste Tag aller Zeiten!«

Okay, sogar *ich* bin ein bisschen aus dem Häuschen, dabei lassen mich Berühmtheiten normalerweise kalt.

Joseph Strike ist ein Schauspieler – wir reden hier von der ersten Liga, Hollywood-Blockbuster, Oscars und dergleichen. Alice war seine erste Liebe. Sie verloren sich aus den Augen, bevor er berühmt wurde, fanden später aber wieder zueinander. Inzwischen haben sie zwei Kinder: Jack, der laut Abbey fünfeinhalb Jahre alt ist, und die dreijährige Rebecca.

Umeko hat Abbey gebeten, einen Vierfachtermin zu buchen, damit es keine Überschneidungen mit anderen Kunden gibt. Der Termin ist in drei Wochen, und wir werden das Geschäft für die Dauer des Besuchs schließen – für mögliche Umsatzeinbußen werden wir offenbar entschädigt.

»Warum holen sie sich für die Augentests denn nicht jemanden ins Haus?«, wundere ich mich.

»Ich hab gehört, sie versuchen trotz Bodyguards ein möglichst normales Leben zu führen. Einer davon wird sie begleiten. Wie schräg ist das denn, hm?«

»Schräg, aber cool!«

»Ich kann es kaum erwarten!« Abbey klatscht wie ein Kind in die Hände.

***

Der Rest des Tages verläuft ereignislos. Von Sonny höre ich nichts. Ich weiß, er ist mit seinem Fotoshooting beschäftigt, frage mich aber, wie es ihm geht. Das war alles ganz schön heftig. Ich bin froh, dass ich ihm von Anna erzählt habe. Und auch wenn er besser reagiert hat, als ich hätte hoffen können, weiß ich nicht, wie er mittlerweile darüber denkt.

Was er gesagt hat, stimmt: Wir beide müssen uns mit so vielem aus unserer Vergangenheit herumschlagen. Was, wenn der andere damit überfordert ist?

Etwas, das Charles einmal gesagt hat, kommt mir in den Sinn, und zwar, als er versuchte, mich davon zu überzeugen, mich Nina und Danielle anzuvertrauen. Er meinte, ich könne mich immer auf ihn verlassen, er gehöre ja zur Familie und werde immer für mich da sein. Meine Freunde seien es aber, die mich durchs Leben begleiten und mir mit Rat und Tat zur Seite stehen würden.

»Eine einzige Person kann mit dem emotionalen Gepäck einer anderen allein nicht fertig werden«, sagte er. »Wenn ich auf June alles abladen würde, was mich ärgert, fühlt sie sich irgendwann ausgenutzt und überfordert – und umgekehrt. Wir müssen die Last auf andere abladen, sie verteilen. Dafür sind Freunde da. Sie helfen, die Last zu tragen.«

Ich frage mich ... Wenn ich mich trauen würde, Matilda von meiner Vergangenheit zu erzählen, würde Sonny sich dann möglicherweise Archie anvertrauen?

***

Vorhin hat mich Matilda überredet, nach der Arbeit mit Bertie direkt zu ihr zu kommen. Eigentlich hätte ich mich gern noch umgezogen, bin aber zu müde, dafür extra nach Hause zu marschieren. Das kann warten.

Sie hat zur selben Zeit Schluss wie ich, und so machen wir uns gemeinsam auf den Weg.

»Wie war dein Urlaub?«, frage ich.

»Vergiss es, erzähl mir, was da zwischen dir und Sonny läuft!«

Muss mein Leben so kompliziert sein? Es wäre um so vieles einfacher, wenn Matilda alles wüsste.

Es gibt ein paar Gründe, warum ich nicht über Anna spreche.

Erstens: Es tut weh. Das ist der Hauptgrund. Über das Geschehene zu reden ist qualvoll, daher erspare ich mir das lieber.

Zweitens: Ich bin behütet aufgewachsen, abgeschirmt von der Öffentlichkeit, und habe meine Privatsphäre zu schätzen gelernt. Allein das hinter sich zu lassen ist schon schwer. Als ich mich Danielle und Nina anvertraute, hatte ich eine Heidenangst; wie sich herausstellte, waren sie sehr verständnisvoll. Doch später ging Danielle auf Distanz und vermittelte mir das Gefühl ... keine Ahnung ..., abstoßend zu sein. Es ist mir nie leicht gefallen, jemandem zu vertrauen, und es erwies sich als Riesenfehler, an der Uni die Falschen eingeweiht zu haben.

Drittens: Obwohl ich mich nicht für Anna schäme, möchte ich trotzdem nicht als andersartig betrachtet werden.

Als Kind fühlte ich mich ganz normal. Ich kannte es ja nicht anders, als mit Anna verbunden zu sein. Wir hatten keinen Kontakt zu anderen Kindern und wussten daher gar nicht, wie ungewöhnlich wir waren. Diese Erkenntnis kam erst später.

In der Grundschule hatte ich genug damit zu tun, mich einzufügen. Und in den darauffolgenden Jahren wurde mir klar, wie sehr die meisten Leute die Vorstellung von siamesischen Zwillingen abschreckt. Es fällt ihnen schwer, über die Vorstellung zweier Menschen, deren Körper miteinander verwachsen sind, hinwegzusehen. Ich wusste, sie würden mich nie wieder auf dieselbe Art und Weise betrachten, wenn sie dieses Bild davon erst mal im Kopf hatten.

Als ich ein Teenager war, spielte ich mit dem Gedanken, den Leuten zu erzählen, ich hätte eine Zwillingsschwester, die gestorben sei, ohne zu erwähnen, dass wir siamesische Zwillinge waren. Aber das kam mir Anna gegenüber illoyal vor. Außerdem hätte es Fragen über die Art ihres Todes nach sich gezogen, und ich hätte mich nicht dazu durchringen können, zu lügen. Ich habe ja schon jedes Mal ein schlechtes Gewissen, wenn ich jemandem auftische, ich hätte einen Autounfall gehabt. Zusammen mit Charles und June habe ich mir damals diese Geschichte überlegt, als ich zu ihnen zog, weil sie einfach und nachvollziehbar war. An dieser Version habe ich jahrelang festgehalten, aber leider ergeben sich dadurch manchmal neue Fragen, und ich muss sagen, ich rede lieber nicht darüber, als dass ich diese Lüge noch weiterspinne. Meiner Erfahrung nach macht es die Leute nur noch neugieriger, wenn ich Fragen ausweiche, und genauso wäre es gewesen, wenn ich erzählt hätte, dass ich meine Zwillingsschwester verloren habe. Da ich keine Details über Annas Tod erfinden konnte, war es einfacher, gar nichts darüber zu sagen. Gut, nicht direkt einfacher, aber ehrlicher.

Und wie erkläre ich Matilda nun, dass Sonny letzte Nacht bei mir geblieben ist, weil ich seelischen Beistand gebraucht habe?

Plötzlich reicht es mir mit den Geheimnissen, der Last. Ich mag Matilda so sehr – es kommt mir vor, als könnte sie mir eine Freundin fürs Leben sein. Es hat mich tief berührt, dass sie mir von ihrem Vater erzählt und mir gestanden hat, was für Ängste sie in Bezug auf ihre Hochzeit hat. Unsere Freundschaft hat sich vertieft, und darüber bin ich froh.

Ich hatte mir zwar geschworen, mich nie wieder Menschen anzuvertrauen, die ich kaum kenne, andererseits fühlt es sich so an, als würde ich Matilda tatsächlich kennen.

Ich folge also meinem Bauchgefühl. »Er hat letzte Nacht bei mir übernachtet«, bekenne ich zittrig.

Sie schnappt nach Luft und sieht mich an.

»Keine falschen Schlüsse, bitte. Ich war ein bisschen durch den Wind, und er hat mich getröstet.«

Ihre Miene wird ernst. »Was ist denn los?«

»Ach, das ist eine lange Geschichte.« Mein entschuldigender Tonfall täuscht darüber hinweg, wie wichtig mir die Sache ist.

»Okay«, erwidert sie bedächtig. »Archie kommt erst in etwa einer Stunde nach Hause ... Möchtest du darüber reden, wenn wir bei mir sind?«

»Vielleicht schon, aber ...« Ich versuche, die Panik hinunterzuschlucken, die mir die Kehle heraufkriecht. »Es fällt mir schwer, mich Fremden gegenüber zu öffnen.«

»Hey«, sagt sie sanft und bleibt stehen.

Ich drehe mich zu ihr um.

»Ich bin doch keine Fremde«, tadelt sie mich leise, »ich bin deine Freundin!« Sie richtet ihren Blick auf den Weg. »Vielleicht klingt das jetzt ein bisschen armselig«, sagt sie verlegen. »Aber wenn ich ehrlich bin, Hannah, in der kurzen Zeit, in der wir uns kennen, bist du für mich eine, wenn nicht sogar die engste Freundin geworden, die ich habe. Seit ich hierhergezogen bin, gab es niemandem, mit dem ich so richtig warm geworden bin, allerdings ist es auch nicht so, dass ich in London viele Freundinnen gehabt hätte. Ich mag Faith, aber besonders nahe stehe ich ihr nicht.«

»Mir geht's mit dir genauso.« Ich schenke ihr ein kleines Lächeln.

Sie grinst mich an. »Puh! Nun, ich bin gekommen, um zu bleiben, okay? Was auch immer geschehen mag, ich bin für dich da.«

»Danke.« Ich kämpfe mit den Tränen.

Als wir bei ihr sind, gehe ich zwar nicht so ins Detail wie bei Sonny, doch ich erzähle Matilda von Anna, dass wir siamesische Zwillinge waren und sie nach der Operation, die uns trennen sollte, starb. Ich versuche auch zu erklären, warum ich lieber nicht über sie sprechen möchte.

Matilda verfällt ins Schweigen, tief in Gedanken versunken, und ich gebe ihr die Zeit und den Raum, um ihre Antwort zu formulieren, auch wenn ich nervös darauf warte, wie sie ausfallen wird.

»Ich verstehe, was du meinst«, beginnt sie schließlich. »Und ich glaube dir, wenn du sagst, dass du dich nicht schämst«, setzt sie hinzu, während ich starr auf mein Weinglas blicke. »Du hast recht, wenn du glaubst, dass man dich dadurch mit anderen Augen sieht, aber das ist an sich ja nichts Schlechtes. Ganz im Gegenteil. Vielleicht ja, als du ein Teenager warst und so sein wolltest wie alle anderen, aber nicht jetzt, nicht mit deinen *Freunden.*« Sie greift über den Tisch und drückt meine Hand. »Ich verstehe vollkommen, dass du es vielleicht nicht an die große Glocke hängen willst, aber deine Freunde – wir – sollten dich kennen. Deine Andersartigkeit ist es, die dich einzigartig macht. Sie ist es, die dich zu derjenigen macht, die du bist. Wenn du uns nichts über Anna erzählst, lernen wir nie dein wahres Ich kennen. Deine Unterschiede sind deine Wahrheit.«

Mit bebender Unterlippe nicke ich.

Sie neigt den Kopf, um meinen Blick aufzufangen. »Um ehrlich zu sein, sehe ich dich jetzt anders. Sonny wird das auch tun, Archie ebenfalls, wenn du es ihm erzählst – und ich hoffe, das tust du oder du erlaubst mir, es ihm zu sagen.«

Ich nicke.

»Ich sehe dich mit anderen Augen und mag dich jetzt sogar noch mehr«, fügt sie hinzu und lacht mit Tränen in den Augen. Wieder drückt sie meine Hand und hält meinen Blick gefangen. »Was du durchgemacht hast … Wie stark du bist … Mensch, Hannah, du bist unglaublich!«

Sie fängt zu lachen an, und – wer hätte das gedacht? – ich tue es auch.

***

Archie und Sonny, die bei ihm im Büro noch am Design des Posters gefeilt hatten, treffen gemeinsam ein. Beim Betreten der Küche unterhalten sie sich noch immer darüber.

»Hallo, ihr zwei!«, grüßt uns Archie, als er Matilda und mich am Esszimmertisch sitzen sieht. Ich stehe auf, um ihn zu umarmen. »Du kommst direkt von der Arbeit?«, fragt er.

»Nein, das sind meine Ausgehklamotten«, antworte ich und knickse.

Er lacht und küsst Matilda, während ich mich zu Sonny drehe.

»Hey!« Er beugt sich herunter, legt die Hand auf meinen unteren Rücken und drückt seine Wange an meine. »Alles gut?«, fragt er, als er sich von mir löst.

Nein, ich will fester umarmt werden.

Ich nicke. »Alles gut. Und wie geht's dir? Wie war dein Tag?«

Er wiegt den Kopf hin und her. »Derek konnte nicht stillsitzen. Was schwierig ist, wenn man mit einem Makroobjektiv arbeitet. Aber ich glaube, es sind trotzdem ein paar gute Bilder dabei.«

»Die Fotos sind sensationell«, meint Archie und holt ein paar Bierflaschen aus dem Kühlschrank.

»Es sind wirklich krasse Nahaufnahmen. Diese vielen Details, einfach unfassbar! Der Anblick ist einem manchmal fast schon unangenehm, und doch kann man den Blick nicht abwenden.«

»Das ist der Punkt«, sagt Sonny, während er Archie eine der Bierflaschen abnimmt und sie öffnet.

Archie gibt Sonny einen Knuff. »Du hättest welche mitbringen sollen, Alter. Die Fotos sind so freaky«, fährt er dann fort. »So stellt man sich das menschliche Auge gar nicht vor. Eher wirken sie wie fremde Planeten oder so was. Verrückt.«

»Vermutlich sieht man genau das unter einem Biomikroskop.« Sonny trinkt einen Schluck Bier und blickt zu mir.

»Das ist eher Umekos Aufgabe als meine«, erwidere ich. »Ich habe Augen zwar schon von Nahem gesehen, mir aber nie die Zeit genommen, diesen Anblick richtig auf mich wirken zu lassen. Ich bin gespannt auf die Fotos.«

»Erst stehen noch ein paar Shootings an«, erwidert er achselzuckend.

»Du lässt mich also abblitzen?« Ich gebe mich eingeschnappt.

»Ich zeige sie dir, wenn du das nächste Mal bei mir vorbeikommst«, verspricht er mit einem kleinen Lächeln, das mich dahinschmelzen lässt.

Ich reiße den Blick von ihm los und wende mich an Archie und Matilda. »Wie war euer Urlaub?«

Nachdem wir uns alle auf den neusten Stand gebracht haben, gehen wir zu unserem Abendprogramm über.

Archie bleibt noch in der Küche und bestellt Essen bei einem Thailänder, Sonny jedoch drängt sich an Matilda vorbei ins Wohnzimmer und besetzt den Kuschelsessel.

»Was zum …«, beginnt sie.

»Wir sind an der Reihe!«, unterbricht er sie schadenfroh.

Bei seinem Anblick muss ich lachen – nach zwei Bieren wirkt er viel lockerer. Und auch ich fühle mich wesentlich entspannter als noch vor einer Stunde.

Matilda ist fassungslos. »Das sagst du ja so, als würdest du dich auf das Ding quetschen *wollen*!«

»Ganz genau!« Sonny klopft grinsend auf den Platz neben sich, und mir wird heiß und kalt.

Lachend geht Matilda in die Küche zurück, während ich keine Zeit verschwende und mich neben ihn auf den Sessel zwänge.

Sonny dreht sich zu mir, und noch immer umspielt ein Lächeln seine Lippen.

»Ich habe Matilda alles erzählt«, flüstere ich. Das habe ich ihm schon den ganzen Abend sagen wollen. »Also, über Anna.«

Seine Augen weiten sich. »Wann denn?«

»Bevor ihr gekommen seid.«

»Geht's dir gut damit?«

Ich nicke. »Erstaunlicherweise.«

»Wow, gut gemacht!«

»Danke.«

»Magst du dich an mich kuscheln?«, fragt er und streckt seinen Arm hinter meinen Schultern aus.

»Unbedingt!« Ich schmiege mich an seine Brust und genieße es, dass kleine Glücksblasen in mir aufzusteigen scheinen.

»Ist das so okay für euch?«, fragt Archie bei unserem Anblick stirnrunzelnd.

»Sie wollten dort sitzen«, erklärt Matilda ihm vielsagend.

Mit verwirrter Miene lässt sich Archie auf das Sofa fallen und streckt seine langen Beine von sich.

»Wenn man euch beide so sieht, würde man nie darauf kommen, dass ihr von festen Beziehungen nichts haltet …«, fügt Matilda frech hinzu und lässt sich neben ihrem Verlobten auf dem Sofa nieder.

Sonny zeigt ihr den Mittelfinger, doch beim Anblick meiner Miene verschwindet sein Lächeln.

Ich fürchte, die Glücksblasen haben sich verflüchtigt.

37

Ich habe nichts dagegen, als Sonny mich nach Hause begleitet, denn ich möchte gern noch mehr Zeit mit ihm verbringen, selbst wenn ich spüre, dass er ein weiteres offenes Gespräch sucht.

»Tja ...«, beginnt er in leisem Ton, während wir an dunklen Häusern vorbeigehen, deren Bewohner möglicherweise schon schlafen.

Jetzt kommt's ...

»Beziehungen.«

Na also!

»Was ist damit?«, frage ich.

»Deine Miene, als Matilda vorhin diese Bemerkung darüber gemacht hat!«

»Hmm.«

»Du weißt, wie ich dazu stehe, richtig?« Er wirft mir im Licht der Straßenlaternen einen Seitenblick zu. »Erinnerst du dich, was ich dir dazu an dem Tag am Fluss gesagt habe?«

»Ja«, erwidere ich. »Wenn ich überhaupt je so etwas wie eine Beziehung geführt habe, dann jetzt hier mit dir.«

»Okay.« Er klingt unsicher, als hätte das seine Frage nicht ganz beantwortet, doch wir gehen wortlos weiter und lassen die Stadt beim Erreichen der Grantchester Meadows hinter uns.

Die Luft ist erfüllt vom Geruch nach nassem Gras und Kuhfladen. Hoffentlich laufen wir keiner Kuhherde über den Weg. Der Vollmond über unseren Köpfen leuchtet uns den

Weg, so dass wir nicht einmal das Taschenlampenlicht unserer Handys brauchen.

»Okay«, meint Sonny ein paar Minuten darauf. »Warum gehst du keine festen Beziehungen ein?«, fragt er unverblümt.

»Das ist schon immer so gewesen«, antworte ich zurückhaltend. »Ich liebe Nächte wie diese!« Ich blicke nach oben. »Wie hell die Sterne leuchten! Das erinnert mich daran, wie es war, sich draußen in den Fens aufzuhalten und von den Feldern aus die Sterne zu beobachten.«

Er seufzt leise auf. »Ich habe heute von einer Klinik für Geschlechtskrankheiten Entwarnung bekommen.«

»Oh? Ich wusste gar nicht, dass du dich hast testen lassen.«

»Ja, schon vor ein paar Wochen. Das war einfach mal fällig. Ich habe mich zwar immer geschützt, aber du weißt ja, Unfälle passieren.«

»Das ist … großartig.« Meine Antwort klingt unbeholfen, auch wenn sie das nicht sollte.

»Ja, ich habe mich gefreut.« Er schmunzelt über unser höfliches Hin und Her. »Warst du schon mal da?«

»Ja, tatsächlich im April schon. Alles okay«, fühle ich mich gezwungen hinzuzufügen. »Seitdem hatte ich keinen Sex mehr.«

Zum Glück sieht man im Mondlicht nicht, wenn jemand errötet.

Moment mal! Ich drehe mich zu ihm um. »Ist das wieder einer deiner Tricks, dass du mir etwas Persönliches erzählst, damit ich mich dir im Gegenzug auch öffne?«

»Funktioniert's denn?«, fragt er hoffnungsvoll.

»Irgendwie schon.« Ich grinse.

»Also gut, zurück zu den Beziehungen.«

Ich stöhne auf.

»Quid pro quo, Clarice«, sagt er und imitiert dabei Hannibal Lecter in *Das Schweigen der Lämmer*.

Ich breche in Gelächter aus, das über die Wiese schallt.

»Erzähl mir von deinem ersten Freund«, ermuntert er mich, und ich kann das Lächeln in seiner Stimme hören. »Von dem, mit dem zu mit sechzehn zusammen warst.«

»Du erinnerst dich noch, dass ich Joshua erwähnt habe?«, frage ich erstaunt. »Das ist doch ewig her!«

Er nickt. Du hast mir zwar nicht seinen Namen verraten, aber gemeint, du hättest mit ihm Schluss gemacht hast, nachdem er dich zu sehr bedrängt hat.«

»Richtig.« Ich atme scharf aus. »Ich mochte ihn, vertraute ihm aber nicht genug, um ihm von Anna zu erzählen.«

Ich berichte Sonny von Danielle und der Nähe, die ich früher mit ihr geteilt und nach der ich mich immer so gesehnt habe. Dabei erinnere ich mich gar nicht gern daran. Ich hasse es, dass ich ihr ein ungutes Gefühl vermittelt habe, und wie peinlich es wurde. Ich erzähle ihm auch, wie sie auf Distanz ging, nachdem sie mit Brett zusammengekommen war.

»Josh war Bretts Freund«, erkläre ich. »Wäre Nina in dem Jahr nicht so oft im Krankenhaus gewesen, wäre ich nicht mit ihm ausgegangen, aber damals wollte ich einfach nur so normal sein wie Danielle. Geliebt habe ich ihn nicht. Und ich habe mich ihm auch nicht nahe genug gefühlt, um mich ihm anzuvertrauen. Niemals im Leben hätte ich ihm erlaubt, mich nackt zu sehen. Das hat noch nie jemand. Ich schaffe es ja nicht mal, mich im Badeanzug zu zeigen.«

»Meine Güte, Hannah!«, unterbricht mich Sonny schockiert. »Du gehst wirklich durchs Leben, ohne dir die Klamotten auszuziehen?«

Ich lache freudlos auf. »Wenn man keine Langzeitbeziehungen führt, funktioniert das erstaunlich einfach.«

»Aber …« Er klingt aufgebracht. »Das allein kann doch sicher nicht der Grund sein, warum du keine Beziehung willst. *Oder etwa doch?*« Er ist fassungslos. »So einfach ist das?«

»Ich möchte nicht, dass sich jemand meine Narben ansieht oder mich wie jemand aus einer Freak-Show behandelt«, murmele ich.

»Jemand, der dich liebt, würde dir dieses Gefühl niemals geben. *Ich* würde es dir nicht geben.«

»Keine Chance, dass du mich jemals nackt zu sehen bekommst!«, krächze ich, entsetzt über den Gedanken. »Du fotografierst Models, Herrgott nochmal. Ich kann mir nichts Schlimmeres vorstellen, als dass du mich mit ihnen vergleichst.«

Es stellt sich heraus, dass er dazu nichts zu sagen hat.

***

Schweigend setzen wir unseren Weg fort, aber angenehm ist die Stimmung nicht. Sonny wirkt angespannt. Ich lasse unsere Unterhaltung noch mal Revue passieren bis zu dieser einen Stelle, an der er gesagt hat: *Jemand, der dich liebt, würde dir dieses Gefühl niemals geben.* Ich *würde es dir nicht geben.«* Hat er etwa gerade angedeutet, dass er …? Kann nicht sein.

»Kommst du noch mit rein?«, frage ich nervös, als wir uns dem Cottage nähern.

»Möchtest du das denn?«

Ich nicke. Inquisition hin oder her, ich möchte es.

»Einen Drink?«, frage ich, als wir die Küche betreten.

»Nur Wasser, danke«, erwidert er, während Bertie zu ihrem Platz tapst und sofort wegratzt.

Ich gieße mir auch ein Glas ein und frage mich, was als Nächstes passiert. Sonny nickt in Richtung Wohnzimmer.

Sieht so aus, als wären wir mit dem Reden noch nicht fertig. Na toll.

Er setzt sich an das eine Ende des Sofas. Ich lasse mich auf dem anderen Ende nieder und wende mich zu ihm.

»Was denkst du gerade?« Will ich das wirklich wissen?

Er sieht mich eigenartig an. »Sorry, aber was du da gesagt hast, ist doch Schwachsinn.«

Verdammt nochmal!

»Ich glaube nicht, dass du nur allein deswegen keine feste Beziehung willst«, fährt er fort. »So oberflächlich bist du nicht, tut mir leid«, beharrt er und hebt die Hand, um mich daran zu hindern, es abzustreiten. »Bestimmt spielt es auch eine Rolle, und ich verstehe, dass es dir unangenehm ist und du dir nicht die Mühe machen willst, es immer wieder zu erklären, aber es muss da noch etwas geben, das du mir verschweigst.«

»Verdammt«, murmele ich.

»Na, komm schon, Culshaw, raus damit!«

»Ich bin keine Culshaw.« Damit hat er mir unwissentlich eine Möglichkeit gegeben, das Gespräch in andere Bahnen zu lenken. »Ich meine, ich bin eine, aber erst, seitdem ich meinen Namen habe ändern lassen. Mein Geburtsname lautet Cooper. Als ich dann hergezogen bin, habe ich den Namen von Charles und June angenommen. Charles meinte, auf die Art könnte ich leichter unter dem Radar bleiben.«

Ich erzähle ihm von dem großen Medienhype, insbesondere nach Annas Tod. Für jeden meiner neuen Klassenkameraden wäre es ein Kinderspiel gewesen, meinen richtigen Namen in die Internetsuche einzugeben und alles über Anna und mich zu erfahren.

»Charles wollte mich schützen, und meine Eltern erklärten sich damit einverstanden – auch wenn sie meine Mutter immer noch nicht dazu durchringen kann, Culshaw auf meine Adresse zu schreiben. Für sie werde ich immer ein Cooper sein.«

»Hat sie deshalb *Hannah C* auf deinen Brief geschrieben?« Er erinnert sich an den Brief an mich, den er mit anderen vom Boden aufgehoben hatte.

»Genau.«

Er breitet die Arme aus, und als ich mich an ihn schmiege, überkommt mich ein schlechtes Gewissen. Ich wollte nicht manipulativ sein, aber dennoch kommt es mir vor, als wäre ich einer Kugel ausgewichen.

»Bleibst du heute Nacht wieder bei mir?« Ich hebe den Kopf und sehe ihm in die Augen.

Er starrt mich nachdenklich an. »Wenn du das wirklich willst?«

»Ja.«

Als wir die Treppe hinaufgehen, liegt das Bad, dessen Tür offen steht, direkt vor uns. Sonny entdeckt den dreitürigen Spiegelschrank und bleibt stehen, dann tritt er vor und prüft, was er sieht, während ich mit unvermittelt rasendem Puls zurückbleibe. Die Spiegeltüren stehen so, dass zwei Gesichter zu ihm zurückstarren.

Er dreht sich um und sieht mich an, eine weitere Frage in den Augen.

»Du sprichst immer noch mit ihr«, sagt er und ahnt die Antwort schon. »Anna. Du redest noch immer mit ihr!«

Ich sinke in mich zusammen. »Die ganze Zeit.«

38

Ich war immer diejenige, die geredet hat, Anna dagegen war die Zuhörerin. Als sie noch lebte war das so, und nach ihrem Tod auch. Ich redete, und sie hörte zu.

Ich hatte mich nie von Anna trennen lassen wollen – es war ihre Entscheidung. Aber wir waren beide glücklich, bis sich die anderen eingemischt haben.

Colleen, unsere Psychiaterin, hatte schon damit begonnen, uns auf eine Trennung vorzubereiten. Doch Anna und ich waren fest dazu entschlossen, der Zukunft gemeinsam entgegensehen und uns niemals trennen zu lassen.

Eines Tages dann wanderten wir zu weit über die Felder und liefen einer Gruppe von Jungs im Teenageralter über den Weg. Die Art, wie sie uns ansahen … Der Schock und der Ekel und die Ungläubigkeit in ihren Gesichtern … Sie sagten uns, dass wir anders waren, und zwar nicht durch ihre Worte, sondern auch durch Reaktion. Sie vermittelten uns das Gefühl, schmutzig zu sein.

Wir rannten den ganzen Heimweg über, stolperten und stürzten.

Danach war Anna völlig aufgelöst. Sie zog sich in sich selbst zurück, ließ niemanden mehr an sich heran. Wollte keine Vernunft annehmen. Dieser Vorfall ging ihr nicht mehr aus dem Kopf. Die Reaktion der Jungen quälte sie. Sie hatten ihr das Gefühl gegeben, ein Freak zu sein. Und darunter litt sie.

Beim nächsten Treffen mit Colleen redete Anna. Und zwar mehr, als ich sie jemals mit einem der Spezialisten, die zu uns gekommen waren, hatte reden hören. Sie stellte Fragen. Ich hatte eine Heidenangst. Warum hielt sie denn bloß nicht den Mund? Ich wollte das nicht. Ich flehte sie an, damit aufzuhören.

Erfolglos.

Unsere Eltern, die immer erklärt hatten, Mutter Natur hätte uns so erschaffen und wir seien ein Wunder, verschlossen sich den Argumenten der Spezialisten und Annas Bitten nicht länger.

Ich kämpfte dagegen an, brachte Argumente an. Ich flehte Anna an, nicht mehr darüber zu sprechen. Doch stattdessen sprach sie nicht mehr mit mir. Sie wollte nicht mehr mit mir verbunden sein. Sie wollte ein eigenständiger, freier Mensch sein.

Schließlich gaben unsere Eltern ihre Zustimmung für die Operation. Ich war am Boden zerstört, Anna hingegen optimistisch. Ich weinte den ganzen Weg zum Krankenhaus. Ich wollte mich von ihr abwenden, aber unsere Hüften waren so zusammengewachsen, dass wir einander zugewandt waren. Ich hatte es immer geliebt, meiner Schwester in die Augen sehen zu können, wenn wir miteinander sprachen. Unser Augenkontakt bedeutete mir alles.

Doch an diesem Tag im Krankenhaus mied ich ihn.

Anna war aufgeregt, aber als ich mich weigerte, ihren Blick zu erwidern, wurde sie wütend. Sie wollte, dass ich mich darüber freute, dass sie meine Eltern zu dieser Entscheidung hatte überreden können, ich jedoch hielt das für einen großen Fehler.

An einem Tag war sie noch da, am nächsten war sie weg.

Als ich ohne sie neben mir aufwachte, weinte ich hemmungslos. Sie lag in einem separaten Bett im gleichen Krankenhauszimmer, aber ich konnte sie nicht erreichen. Sie fühlte sich so weit weg an.

Ich erinnere mich noch an jene ersten Tage nach der Operation, wie vergnügt und optimistisch sie war. Wir hatten höllische Schmerzen, aber sie kicherte mit den Ärzten und Krankenschwestern und war bester Laune.

Ich fühlte mich so allein und wollte nur noch heulen. Aber das war nichts im Vergleich dazu, was ich mich fühlte, als Anna das Bewusstsein verlor.

Sie schoben mein Bett nahe an ihres, so dass ich ihre Hand halten und mit ihr reden konnte, während sie reglos dalag. Meinen Eltern liefen die Tränen in Strömen über das Gesicht. Beide standen unter Schock.

Colleen war auch da. Colleen, die in solcher Hochstimmung gewesen war und ein paar Tage zuvor noch versucht hatte, mich für meine Zukunft und die damit verbundenen Möglichkeiten zu begeistern, verschlug es die Sprache. Ich weiß noch, wie fahl ihr Gesicht war, als uns Anna entglitt.

Keiner konnte es glauben.

Ich schon.

Ich hasste alle, weil sie mir Anna weggenommen hatten. Verübelte es meiner Schwester, dass sie mich verlassen wollte. War untröstlich.

Ich verlor die Fähigkeit, Sätze zu formulieren, und weigerte mich, Colleen oder einen anderen der Spezialisten zu sehen, die ich so gemocht hatte. Meine Eltern respektierten das und hielten sie auf Abstand.

Charles hingegen tolerierte ich. Er verbrachte sehr viel Zeit bei mir.

»Redest du mit ihr?«, fragte er mich Monate nach Annas Tod.

Ich schüttelte den Kopf. Ich redete mit überhaupt niemandem.

»Sie ist immer noch bei dir.«

Ich wusste, dass er das glauben wollte und sich wünschte, dass *ich* es glaubte, darauf vertraute, dass ich sie irgendwo, irgendwie noch immer um mich hatte.

Seine Worte hatten zur Folge, dass ich anfing, laut mit ihr zu sprechen. Ich erinnere mich noch an das erste Mal: Ich war zu Hause in unserem Garten. Es waren Küken geschlüpft, und trotz meines Kummers machte mich das glücklich. Sie waren so klein und weich. Es gefiel mir, wie sie fiepend und flügelschlagend mit ihren kratzigen Füßchen auf meine Hände hinauf- und wieder hinunterhüpften.

»Was meinst du, Anna?«, flüsterte ich. »Wie sollen wir sie nennen?«

Wir gaben ihnen Namen. *Ich* gab ihnen Namen, hatte aber das Gefühl, Anna wäre bei mir.

In den folgenden Monaten war sie bei mir, wenn ich die Kirschtomaten pflückte. Sie war dabei, wenn ich die Enten fütterte. Sie war da, wenn ich laut Geschichten las. Sie war dabei, wenn ich auf dem Rücken im Bett lag und an die Decke starrte.

Es dauerte lange, ehe ich mich zum Schlafen auf die Seite legte.

Ich weiß, dass Anna jetzt nicht hier ist. Tief in mir bin ich überzeugt davon, dass sie, als sie starb, für immer von uns gegangen ist. Wenn ich mit ihr spreche, dann nicht, weil ich glaube, dass sie sich noch in meiner Nähe aufhält. Sondern weil mir die Vorstellung Trost spendet, dass sie mir zuhört.

Mir ist bewusst, dass ich dadurch ein bisschen schräg wirke. Das war es auch, was meinen Uni-Mitbewohnern so zugesetzt hat: Sie hörten, wie ich laut vor mich hinsprach, und als ich eines Abends betrunken war, platzte ich mit der Wahrheit heraus.

Charles macht sich Sorgen – Evelyn ebenfalls. Sie fürchten, dass ich niemanden wirklich an mich heranlasse, solange ich Anna habe. Und sie haben recht damit. Beziehungen sind nichts für mich, da niemand es dulden würde, dass ich mich mit meiner toten Schwester unterhalte. Doch ich kann mir nicht vorstellen, damit je aufzuhören. Anna ist ein Teil von mir. Und wird es immer sein.

»Als ich dachte, du sprichst mit Bertie …«, flüstert Sonny.

»Da habe ich mit Anna gesprochen«, sage ich. »Manchmal war es tatsächlich Bertie, meistens aber Anna.«

»Mit ihr redest du …«

»Täglich.«

»Nur vor dem Spiegel?«

»Nein, überall. Morgens und abends, und ich weiß, du hältst mich für verrückt, und das kann ich dir nicht verübeln …«

»Nein, das tue ich nicht«, unterbricht er mich. »Ich kann verstehen, dass du dich dann besser fühlst.«

Ich atme schwer aus. »Charles belastet das. Deshalb kann ich auch nicht hierbleiben, wenn er zurückkommt.«

»Er will, dass du aufhörst, mit ihr zu reden?«

Ich nicke. »Er hat mich in den Wochen vor seiner Abreise ein paarmal belauscht und dann keine Ruhe mehr gegeben.«

»Warum?«

»Na, weil's verrückt ist.«

»Ich halte das nicht für verrückt.«

Ich schaue Sonny an, der neben mir auf dem Kissen liegt, und weiß nicht, was ich sagen soll.

»Ich finde nicht, dass du damit aufhören solltest, wenn es dich tröstet«, meint er.

»Echt nicht?«

»Natürlich nicht. Warum solltest du? Es tut doch niemandem weh?«

»Du hältst mich nicht für psychotisch?«

»Ich weiß, dass du es nicht bist. Hast du dich etwa deshalb nie auf eine Beziehung eingelassen? Weil du dachtest, dass ein fester Freund nicht damit umgehen könnte, dass du immer noch mit ihr sprichst?«

Ich nicke. »Evelyn meint, es liegt daran, dass Anna und ich uns versprochen haben, niemals zu heiraten uns immer füreinander da zu sein. Sie glaubt, dass ich immer noch an diesem Schwur festhalte. Zum Teil mag das stimmen, aber in erster Linie glaube ich, drei sind einer zu viel. Und wenn ich mich zwischen einem Mann und Anna entscheiden müsste, würde ich mich für Anna entscheiden. Kein Mann könnte mich jemals dazu bringen, sie aufzugeben.«

»Kein Mann, der dich liebt, würde das jemals von dir verlangen.«

Meine Augen füllen sich mit Tränen.

»Hannah«, flüstert Sonny mit schmerzerfüllter Stimme, nimmt mich in seine Arme und zieht mich an sich. »Weißt du eigentlich, wie viel mir an dir liegt?«

»Nicht wirklich. Aber an dir liegt mir auch viel.«

Er hält mich ganz fest in seinen Armen, bis uns der Schlaf übermannt.

39

In dieser Nacht träume ich – wie so oft – von Anna. Sie liest mir etwas vor, während ich ihr die Haare bürste. Dann ist plötzlich Colleen da, und Anna möchte zu ihr gehen, ich allerdings nicht. Wir sind ein Geschöpf, das zieht und zerrt. Ich bin stärker, aber sie ist meine Schwäche. Ich gehe zu Colleen, weil Anna weint, obwohl ich es nicht will. Ich fühle mich wie ein Geist, leer und unbeteiligt, während ich sie vorangehen lasse.

Dann sitze ich schmollend auf dem Sofa. Anna spricht, und Colleen hört ihr aufmerksam zu. Immer wieder versucht sie, mich dazu zu bringen, mich zu öffnen, aber ich bleibe stumm.

Anna will den Raum durchqueren, um ein Buch zu holen. Ich will bleiben, wo ich bin. Sie zerrt an mir, will sich wegbewegen, wird vor Frustration laut mir gegenüber, so dass ich mit dem Gedanken spiele nachzugeben.

Aber dann zerrt sie ein letztes Mal und reißt sich von mir los. Der Schock in ihrem Gesicht und der Schock, den ich empfinde, ist so immens, dass ich schreie.

»Hey, hey!«, beruhigt mich Sonny und nimmt mich in die Arme.

Es ist, als hätte jemand kaltes Wasser über mich geschüttet, und einen Moment lang weiß ich nicht, wo ich bin.

»Du hast ihren Namen gerufen«, flüstert Sonny.

Ich umarme ihn fester und weiß, dass es ihm jetzt vermutlich dämmert, dass es ihr Name war, den ich in Amsterdam gerufen habe, nicht meinen eigenen.

***

Wieder bereitet er das Frühstück zu, während ich mich für die Arbeit fertig mache. In den letzten beiden Nächten hat er in einem T-Shirt geschlafen, und das weiße, das er heute Morgen trägt, ist zerknittert. Es sieht aus wie ein altes Lieblingsshirt.

Er steht am Aga, und ich trete von hinten an ihn heran und drücke ihm einen Kuss auf den Rücken, genau zwischen die Schulterblätter.

Er wirbelt herum.

»Ich sehe dich gern in dieser Küche«, flüstere ich und atme seinen Geruch ein, während er mich in seine Arme zieht.

Sein Aftershave ist schon längst verbraucht, und er hat immer noch kein neues gekauft, doch ich habe seinen alltäglichen Duft zu schätzen gelernt: das Grapefruit-Duschgel, das er benutzt, sein Deodorant, seine warme nackte Haut.

»Hast du etwa gerade wieder an meinem Hals geschnuppert?«, fragt er belustigt.

»Könnte sein.« Ich schmiege mich fest an ihn.

»Äh«, murmelt er, und bevor er mich wegschieben kann, spüre ich, wie er hart wird.

Lust überkommt mich.

»Sorry«, flüstert er leise, rückt seine Hose zurecht und wendet sich wieder dem Kochfeld zu.

Ich verspüre den überwältigenden Drang, ihn zu berühren. Ich zittere ein wenig, so stark ist er.

Als Sonny die Eier fertig zubereitet hat, blickt er über seine

Schulter zu mir. Erfreulicherweise haben sich seine Wangen gerötet.

»Alles okay mit dir?«, fragt er mit leiser, tiefer Stimme, die mein Inneres zum Schmelzen bringt.

»Ähm … Nicht ganz.«

Er wirkt besorgt.

»Ich bin sexuell enorm frustriert«, gestehe ich.

»Na, du bist mir ja eine große Hilfe!«, versucht er, meine Bemerkung ins Scherzhafte zu ziehen.

»Willst du das Ganze wirklich ein halbes Jahr durchhalten?«

»Eigentlich hatte ich sogar an ein ganzes Jahr gedacht«, erinnert er mich, während die Muffins im Toaster hochschnellen.

»Ich glaube, ich würde sterben.« Ich nehme sie und bestreiche sie mit Butter.

Er lacht leise auf. Sobald ich fertig bin, platziert er mit einem Pfannenwender auf jeden der beiden Muffins ein Spiegelei. Unter seiner betont lustigen Oberfläche spüre ich Beklommenheit.

Ich fühle mich wie der schlechteste Mensch auf der Welt.

»Es tut mir leid!« Ich ziehe einen Stuhl unter dem Tisch hervor und setze mich. »Ich benehme mich egoistisch.«

»Ach was«, erwidert er, als wolle er nett sein. »Hast du dir schon Gedanken gemacht, wie es bei dir weitergeht?«, erkundigt er sich zwischen zwei Bissen. »Also nach Australien?«

Er möchte wissen, ob ich zurückkomme. Eigentlich war mein Plan, danach herumzureisen, aber das Reisefieber hat mich noch nicht gepackt. Ich weiß nicht, was ich machen will oder wohin es mich zieht. Offensichtlich bin ich nicht mit dem Herzen dabei.

»Noch nicht«, gestehe ich. »Wieso? Spielst du mit dem Gedanken, mich mit Sex zurückzulocken?« Ich hebe eine Augenbraue.

Gerade will er in seinen Muffin beißen, hält aber nun jäh inne. »Äh, würde das funktionieren?«, fragt er, wieder mit dieser tiefen Stimme, seine Augen dunkel und bedeutungsvoll.

»Mmmhmm.« Mehr bringe ich nicht heraus, da ich mir im Geiste gerade vorstelle, wie wir es gleich hier und jetzt auf dem Küchentisch treiben, was den Großteil meiner Gedanken in Anspruch nimmt.

Er lacht leise in sich hinein und verschlingt den letzten Rest seines Frühstücks. Wie gern würde ich mich jetzt über seinen sinnlichen Mund hermachen, an seiner Unterlippe saugen, und meine Zunge …

»Du denkst gerade an etwas Schmutziges, stimmt's?«

»Musst du deswegen gleich so selbstzufrieden klingen?«, antworte ich mit leiser, atemloser Stimme.

»Wenn du wüsstest, was mir die Hälfte der Zeit durch den Kopf geht, wärst du diejenige, die sich selbstzufrieden fühlt. Iss dein Frühstück.«

»Jawohl, Chef«, murmele ich, während es mir am ganzen Körper heiß und kalt wird.

Er lehnt sich in seinem Stuhl zurück und beobachtet, wie ich beiße, kaue und schlucke.

Ich funkele ihn an. »Hör auf, mich so anzuschauen!«

»Wie, so?«

»Als ob du noch Hunger hättest.«

Er lacht. »Alles, was ich jetzt sage, würde wie ein mieser Anmachspruch klingen, also steige ich lieber aus.«

Er erhebt sich, nimmt unsere Teller und bringt sie zur Spüle.

»Ich glaube, ich komme nach Australien wieder hierher zurück.«

Er wirbelt herum und starrt mich an. »Ernsthaft?«

Ich nicke.

Auf seinem Gesicht breitet sich das größte und hübscheste Lächeln aus, und im nächsten Moment zieht er mich auch schon hoch und schließt mich in die Arme.

Ich wünsche mir, dieser Moment würde nie vergehen!

Doch er löst sich von mir und sieht mich mit glänzenden Augen an, und dann küsst er mich, direkt auf Mund. Nur einmal. Und ich bekomme am ganzen Körper Gänsehaut.

»Wie lange dauert es noch …« Ich ringe nach Luft.

»Eigentlich bis November.« Er weiß genau, wovon ich spreche. »Aber wenn du nach Australien wieder hierher zurückkommst, würde ich wohl mit mir reden lassen.«

»Wirklich?«

Er nickt.

»Bis dahin sind es aber immer noch Monate!«

»Nenn es Vorspiel.« Er grinst frech.

Ich lasse meinen Kopf an seine Schulter fallen und stupse ihn ein paarmal damit.

Er lacht leise in sich hinein, und seine Brust vibriert. Er bewegt seine Hände zu meinen Hüften und malt mit seinem Daumen eine Linie über meine linke Seite.

Ich blicke zu ihm auf, und nun bin ich es, die sich beklommen fühlt.

»Mir ist es wichtig, dass du dabei nackt bist«, flüstert er.

Ich erschauere.

»Wenn wir es tun, dann will ich nichts zwischen uns haben«, sagt er ernst. »Nichts darf im Weg sein.«

Ich beginne den Kopf zu schütteln, aber er umfasst mein Gesicht und hält es fest.

»Auch für mich wird das alles neu sein«, erinnert er mich. »Ich habe mich noch nie auf jemandem so eingelassen. Du *kennst* mich. Du weißt, was ich durchgemacht habe. Das flößt mir Furcht ein. Gleichzeitig glaube ich, es könnte wunderschön werden. Und jetzt halte ich lieber die Klappe, weil ich wie ein Lustmolch klinge.«

Ich kichere, und er lächelt.

»Im Gegenteil, du klingst sehr überzeugend!«

Aber ich weiß, was er meint. Auch ich habe Angst.

***

»Als du den Test gemacht hast, warst du da nur besorgt, was Geschlechtskrankheiten angeht?«, frage ich, als er mich zur Arbeit begleitet.

Der sternenklare Himmel der letzten Nacht ist nun voller dicker grauer Wolken, solchen, die einem das Gefühl geben, man würde die Sonne wochenlang nicht mehr zu sehen bekommen.

»Möchtest du wissen, ob ich Drogen genommen habe? Ja, habe ich«, bestätigt er meinen Verdacht. »Ich habe nie Nadeln benutzt, falls du das denkst, aber wer weiß, ob es nicht irgendwann dazu gekommen wäre.« Er schluckt. »Scott hat sich eine Überdosis Heroin gespritzt.«

»Oh, verdammt!«

»Allerdings.« Er wirkt aufgewühlt. »Am Ende ging es ihm wirklich richtig dreckig.«

»Weißt du, was ihn dazu gebracht hat?«

Er räuspert sich und zögert, bevor er spricht. »Darüber haben wir eigentlich nie richtig gesprochen, aber einmal, als er high war, hat er angedeutet, ihm sei da als Kind etwas zugestoßen. Ich glaube, er könnte missbraucht worden sein.«

Ich atme scharf ein.

»Ich werde mir nie verzeihen, dass ich nicht mehr auf ihn eingegangen bin.« Er klingt unglücklich. »Hätte ich doch nur den Mumm gehabt, über meine eigenen Erlebnisse zu sprechen. Vielleicht hätte ihm das geholfen.«

»Das tut mir so leid.«

Kein Wunder, dass Sonny nach Scotts Tod in so ein dunkles Loch gefallen ist. Er sagte ja mal, er könne sich in seinem Freund wiedererkennen, aber erst jetzt verstehe ich, was er damit gemeint hat.

Ich greife nach seiner Hand und wünschte, ich könnte ihm etwas von der Last nehmen, die er mit sich herumschleppt.

Ich erinnere mich an Charles' Ratschlag über Freunde und begreife, dass ich das schon tue, einfach weil ich hier bin. Trotzdem wünschte ich, ich könnte ihn mehr unterstützen.

»Meinst du, ich sollte mich Archie und Matilda anvertrauen?«, fragt er unvermittelt.

»Ja.« Ich bemühe mich, neutral zu klingen. »Aber was meinst du selbst?«

»Ich ziehe es in Erwägung. Erst mal bringe ich aber diese Sitzung mit Harriet und Evelyn hinter mich.«

»Wie fühlst du dich dabei?«

Er erschauert. »Schrecklich. Harriet hat mich gestern angerufen, als ich unterwegs zur Obdachlosenunterkunft war. Sie wollte, dass ich es Mum und Dad sage – und Jackie. Sie fragen sie ständig, was mit ihr los ist, weil sie das Ganze so fertiggemacht hat. Sie glauben, dass sie Eheprobleme hat oder eine Art Zusammenbruch. Sie möchte, dass sie die Wahrheit erfahren, damit sie sich keine Sorgen mehr um sie machen.«

»Und sich stattdessen um dich sorgen.«

»Genau. Ich weiß nicht, ob ich damit schon umgehen kann … Mit ihrer Besorgnis … ihren Schuldgefühlen … Vermutlich würde ich total ins Schleudern geraten.«

Ich drücke seine Hand, und er drückt zurück.

Den Rest des Weges schweigen wir.

***

»Was hast du heute Abend vor?«, frage ich, als wir bei Umeko und Robert ankommen.

»Da kümmere ich mich um die Mädchen«, erwidert er und fährt mit der Schuhspitze auf dem Bürgersteig hin und her. »Ich dachte, ich gehe mit ihnen japanisch essen ins Wagamama.« Er sieht auf. »Hättest du denn Lust mitzukommen?«

»Meinst du, sie wären damit einverstanden?«

»Ja, sie mögen dich.«

»Wollen sie ihren Dad denn nicht für sich alleine haben?«

»Ich glaube nicht, dass es ihnen etwas ausmacht. Außerdem sehen sie mich oft genug allein.«

»Okay, dann gern.«

»Ja?« Seine Stimmung scheint sich zu heben. »Soll ich dich um sechs abholen?«

»Perfekt!« Auf die Art habe ich genügend Zeit, Bertie nach Hause zu bringen und mich umzuziehen.

»Dann bis später.« Er hebt seine Hand und umfasst meinen Kopf, wie am Vortag auch schon, aber dieses Mal drehe ich ihm mein Gesicht zu, so dass seine Lippen meinen Mundwinkel berühren.

Er weicht zurück, um mich anzusehen. Noch immer ist er mir aber ganz nah und drückt mir unvermittelt sanft einen Kuss auf den Mund.

Mir stockt der Atem, und ich öffne unwillkürlich die Lippen.

Er stöhnt leise auf und will von mir abrücken, aber ich schmiege mich an ihn, und plötzlich findet sein Mund meinen, und wir verlieren uns in einem leidenschaftlichen, sinnlichen Kuss.

Ein Schauer nach dem anderen überrieselt mich, und ich bin so angetörnt, dass ich heulen könnte.

O verdammt, er auch. Als ich ihn fester an mich drücke, keucht er auf.

Dann winselt Bertie, und wir reißen uns voneinander los.

Als ich wieder einigermaßen klar denken kann, wird mir bewusst, dass wir am helllichten Tag vor dem Haus des Freundes meines Onkels stehen, gleich neben meiner Arbeitsstätte.

Peinlich!

Bertie stößt mit dem Schwanz an unsere Beine. Sonny steht noch immer dicht neben mir.

»Na gut«, gebe ich mich unbeschwert, »dann bringe ich die kleine Dame wohl mal besser rein.« Ich deute zur Tür.

Mit gequältem Lächeln schüttelt er den Kopf. »Äh, bitte warte noch mit dem Klingeln.«

Ich sehe ihn fragend an, sein Blick schnellt nach unten, und ich erkenne sein Problem. »Ich brauch noch eine Minute.«

Grinsend lehne ich mich an die Wand.

»Deine spöttische Miene kannst du dir sparen!« Er atmet stoßweise und wendet sich für den Fall, dass jemand vorbeikommen sollte, von der Straße ab.

So wie ich unser Glück kenne, wird Matilda gleich um die Ecke biegen.

»Bring mich auf andere Gedanken«, fleht er.

Ich gehe auf seine Bitte ein, da es gut sein kann, dass Robert die Treppe hinunterkommt und die Tür öffnet. »Was hast du heute vor?«

»Nachdem ich zu Hause war, um mir einen runterzuholen?«

»Was?!«, falle ich ihm entrüstet ins Wort. »Das ist unfair!«

»Wer behauptet, dass das Leben fair ist?«

»Lässt sich das überhaupt mit deinem Schwur vereinbaren?«

Das hat Nachrichtenwert!

»Ich bin zwar abstinent, aber kein Heiliger!« Nun ist er es, der ein selbstzufrieden Gesicht macht.

Um ihm dieses Grinsen aus dem Gesicht zu wischen, drücke ich auf die Türklingel. Ha!

»Hannah!«, zischt er und wird blass, während er seine Hose eilig im Schritt zurechtrückt und sich ein Stück entfernt.

»Musst du mich in solche Schwierigkeiten bringen?« Er wirft einen Blick nach links und rechts und joggt über die Straße.

Ich pruste los und versuche, mich wieder einzukriegen, als ich höre, dass Robert die Treppe herunterkommt.

Die nächsten Monate könnten unterhaltsam werden!

40

»Unsere Mummy will wissen, ob du Daddys Freundin bist«, erklärt mir Imogen atemlos, als sich Sonny wieder auf den Fahrersitz setzt.

»Will sie das?«

»Moment mal, was war das gerade?«, fragt Sonny, der noch dabei ist, sich anzuschnallen.

»Rochelle möchte wissen, ob ich deine Freundin bin.« Ich sehe ihn vielsagend an.

»Ach ja?« Er schaut nach hinten zu seinen kichernden Töchtern. »Ich rede mal mit Mum, okay?«, verspricht er, legt den Gang ein und biegt aus der Einfahrt.

Später, als wir im Wagamama an einem Tisch Platz genommen haben und sich die Mädchen eifrig mit den Spiel- und Rätselbögen beschäftigen, die ihnen ein freundlicher Kellner mit knallblauem Haar gebracht hat, fängt Sonny über den Tisch hinweg meinen Blick auf.

»Was denkst du gerade? Oder sollte ich diese Frage besser erst stellen, wenn wir alleine sind?«, erkundigt er sich in so leisem Ton, dass ich ihn in dem ganzen Trubel um uns herum gerade noch hören kann.

»Ich überlege gerade, was du, äh, du weißt schon wem erzählen wirst ...«

Ich werfe einen Seitenblick nach links zu seinen Töchtern. Natalie sitzt neben mir, Imogen ihr gegenüber neben Sonny. Sie sind beide zu sehr damit beschäftigt, so schnell wie möglich ihre Worträtsel zu lösen, als dass sie uns beachten würden.

»Hm.« Er lächelt zwar, doch sein Blick ist ernst. »Darüber habe ich auch schon nachgedacht.«

»Und? Was wirst du sagen?«

Nach kurzem Zögern erwidert er: »Ja?«

Es ist eine Frage.

Bin ich seine Freundin?

Das hört sich gut an.

Ich nicke.

Sein Lächeln wird breiter.

Der Kellner bringt uns einen Teller mit japanischen Teigtaschen. Und damit ist das Gespräch erst einmal beendet.

***

Nachdem wir die Mädchen nach Hause gebracht haben, fahre ich noch mit zu Sonny. Übernachten kann ich wegen Bertie zwar nicht bei ihm, aber ich möchte mir unbedingt die Fotos ansehen, die er Archie gezeigt hat.

Er geht voraus und macht dabei das Licht an.

Die Studiowohnung ist nicht mehr so ordentlich wie bei meinem letzten Besuch, sondern bewohnter. Auf der Küchentheke stehen noch ein paar schmutzige Teller, und das Sofa ist zu seiner Bettposition ausgeklappt. Die Laken sehen zerknittert und benutzt aus, und auf dem Kissen ist von Sonnys Kopf noch immer eine Vertiefung zu sehen. Das muss vor drei Tagen gewesen sein.

»Ich war wenig zu Hause«, entschuldigt er sich und sammelt das Bettzeug zusammen.

»Ach komm, lass doch.« Ich vermute, dass er das Bett

wieder in ein Sofa verwandeln möchte. »Du schläfst doch eh bald. Außer, du kommst mit zu mir?« Ich würde es mir wünschen.

Er wirft mir einen betrübten Blick zu. »Das geht heute leider nicht. Ich muss morgen ganz früh nach London.«

»Weshalb denn?« Es verunsichert mich etwas, dass ich erst jetzt davon erfahre.

Nicht, dass er verpflichtet wäre, es mir zu sagen, wenn er in eine andere Stadt muss. Oder sogar in ein anderes Land.

Außer dass ich jetzt ihm zufolge seine Freundin bin.

»Ich treffe mich mit dem Bildredakteur einer Zeitschrift«, erklärt er.

»Einer Modezeitschrift?«

Er nickt.

Würg!

»Jetzt schau doch nicht so!«, Grinsend kommt er zu mir an die Kücheninsel. »Du weißt, dass du dir nie Sorgen um mich machen musst, oder?« Er bewegt sich nach links, so dass er in mein Blickfeld gerät. Ich schaue weg, weshalb er den Kopf wieder wendet. »Diese Zeiten liegen hinter mir«, verspricht er.

Ich erlaube ihm, den Blickkontakt zu halten.

Sein Lächeln verschwindet. »Keine der Frauen, mit denen ich geschlafen habe, hat mir je ein gutes Gefühl vermittelt«, erklärt er nüchtern. »Und ich selbst habe mich dabei auch nie gut gefühlt. Derzeit bin ich um so vieles glücklicher.« Er umfasst meine Hüften, und ich lege meine Hände auf seine.

»Was du da mal gesagt hast …« Er verstummt und runzelt die Stirn. »Ich hasse die Vorstellung, dass du … ich weiß auch nicht … dass du meinst, ich würde dich vergleichen oder so was.«

»Ich würde es dir nicht übelnehmen.« Ich verziehe das Gesicht und schiebe seine Hände von meinen Hüften.

Er legt eine Hand auf mein Herz. »Für mich bist du schöner, als jede andere es mal war oder sein wird. Ich möchte, dass dir das klar ist.«

Mein Herz klopft gegen seine Hand.

»Und überhaupt.« Er verdreht die Augen. »Woher weiß ich denn, dass du mich nicht mit einem deiner Typen vergleichst. Mit diesem deutschen Riesen zum Beispiel.«

Ich kann nicht anders, ich muss einfach lachen, aber er verzieht seltsamerweise keine Miene.

»Johann kann dir nicht das Wasser reichen.«

Er zuckt zusammen. »Ich will nicht hören, wie du seinen Namen sagst.«

Ich versuche, mir ein Lächeln zu verkneifen. »Bist du etwa eifersüchtig?«

»Und wie!«, erwidert er knapp und scheint sich dann einen Ruck zu geben. »Komm, lass mich dir diese Aufnahmen zeigen, bevor ich mich noch völlig zum Affen mache.«

Die Fotos, die er bislang geschossen hat, sind unglaublich.

»Es war nicht einfach, sie so einzufangen, ohne dass die Wimpern einen Schatten werfen«, erklärt Sonny und beugt sich über meine Schulter.

Ich sitze an seinem Schreibtisch und klicke mich durch die Bilder auf dem Computerbildschirm. Es ist erstaunlich, wie viele Details man aus dieser Nähe erkennen kann. Und ich verstehe nun auch, was Archie gemeint hat. Manche sind wunderschön, bei manchen ist es aber schon fast unangenehm, sie anzuschauen.

Ich glaube, die blauen Augen gefallen mir am besten. Die Zonulafasern, die sich von der schwarzen Pupille ringförmig ausbreiten, sind klarer, zarter und weniger massiv. Sie sehen fast aus wie ein sich umgekehrt bewegender Wasserfall, es entsteht der Eindruck, als würde das Wasser nach außen stürzen anstatt in das, was wie ein tiefes Loch in der Mitte wirkt. Ein anderes hat fedrige weiße Flecken in der Iris, die Wolken oder Kondensstreifen an einem blauen Himmel gleichen. Und die Fasern eines anderen erinnern mich an eine Qualle, deren Tentakel im wässrigen Blau leuchten.

Ein grün- und bernsteinfarbenes Auge erinnert mich an eine Blume, obwohl sich die Blütenblätter nicht voneinander absetzen. Es liegt eher daran, wie es sich von einem zentralen Kreis aus in alle Richtungen verteilt.

Bei manchen sind die Farbunterschiede sehr gering. Einige haben nur einzelne Farbflecken. Und sie alle sind vollkommen unterschiedlich.

Während ich mir die Aufnahmen anschaue, beteuere ich immer wieder, wie absolut überwältigt ich von ihrer Qualität bin und wie sehr es mich beeindruckt, dass er das alles in nur wenigen Wochen geschafft hat.

Nun drehe ich mich zu ihm um. »Wie viele möchtest du noch machen?«

»Am liebsten hätte ich eine Serie von zwanzig Stück.« Er weicht ein Stück zurück und hockt sich auf das Ende des Sofabetts.

»Dann hast du bisher also ungefähr die Hälfte?«

Er nickt.

»Und Archie verwendet für das Poster dann eine einzige Aufnahme?«

»Ja, ich dachte an die hier.« Er steht auf, nimmt die Maus und klickt sich durch die Bilder, bis er zu dem Auge kommt, das einer Blume gleicht.

»Wessen Augen ist das?«

»Mels.«

»Niemals!«

»Doch.«

Er hat mir schon erzählt, dass die meisten der Personen, die ihm Modell gestanden haben, nicht unter einer Sehschwäche leiden. Das hätte ihn zu sehr eingeschränkt. Doch sie alle haben keinen festen Wohnsitz und haben sich bereit erklärt, für den guten Zweck mitzumachen.«

Mir wird ganz warm ums Herz. »Du bist so klug und talentiert!« Ich strahle ihn an. »Ich bin unglaublich stolz auf dich.«

Er küsst mich auf den Scheitel. »Danke«, erwidert er schlicht. »Ich bin auch stolz auf dich.«

Ich stehe auf, schlinge meine Arme um seine Taille und drücke ihm einen Kuss auf die Brust.

»Ich wünschte, ich müsste morgen nicht nach London fahren«, seufzt er.

»Ja, und ich sollte jetzt wohl mal besser den Heimweg antreten, damit du noch zum Schlafen kommst.«

»So meinte ich das gar nicht.« Er deutet auf seinen Computerbildschirm. »Das ist die Art von Fotografie, die ich gerne machen würde. Aber es lässt sich halt schwer davon leben.«

»Vor allem, wenn man es umsonst macht«, füge ich mit einem kleinen Lächeln hinzu.

Er erwidert mein Lächeln. »Aber ich habe mich dabei wohlgefühlt. Viel besser als bei den Modeshootings.«

»Du wirst deinen Weg finden«, sage ich, und daran glaube ich auch.

Er neigt den Kopf und küsst mich.

41

Am Freitagabend nach seiner Sitzung mit Evelyn und Harriet sehe ich Sonny das nächste Mal. Ich hantiere gerade in der Küche herum, als ein unbekanntes Auto die Einfahrt zur Straße hinunterrollt. Harriet, die wegfährt, nehme ich an.

Kurz darauf läuft Sonny am Küchenfenster vorbei, den Kopf tief gesenkt, die Schultern gebeugt.

Kaum hat er geklingelt, öffne ich ihm auch schon die Tür.

»Das ging aber schnell!« Er kommt herein und schließt die Tür hinter sich.

»Ich habe dich am Fenster vorbeigehen sehen.«

Er sieht schrecklich aus. Seine Augen sind blutunterlaufen, und aus seiner Haut scheint jegliche Farbe gewichen zu sein.

Ich trete zu ihm, und er zieht mich in die Arme und hält mich eine lange Zeit fest.

Ich hasse es, dass er das durchmachen muss. So sehr, dass es mir fast das Herz zerreißt.

»Ich liebe dich«, entfährt es mir, kaum dass ich es gedacht habe.

Er sieht mich an, und seine düstere Miene erhellt sich vor Erstaunen.

»Und ich liebe dich. Aber das dürfte ja schon eine Weile klar sein, schätze ich.«

***

Es ist Sonntagmorgen, und wir sind auf dem Weg zu Archie und Matilda, nachdem Sonny Archie heute Morgen eine Textnachricht geschickt und gefragt hat, ob wir auf einen Kaffee vorbeikommen können.

Er hat beschlossen, es ihnen zu sagen. Ich fühle mit ihm – er ist so nervös!

Ich dachte, er würde vielleicht erst mit Archie allein sprechen wollen, aber anscheinend möchte er alles auf einmal loswerden, denn er hat mich gebeten, dabei zu sein.

Archie öffnet die Tür.

»Alles klar, Leute?«, fragt er fröhlich und klopft Sonny auf die Schulter. »Was für eine schöne Überraschung. Kommt rein.«

Sonny geht in die Küche, um Matilda zu begrüßen, so dass Archie nun mich begrüßen kann.

Seine Umarmung fällt etwas länger und etwas fester aus als sonst.

»Matilda hat mir von Anna erzählt«, sagt er, die braunen Augen voller Mitgefühl, als er sich wieder von mir löst. »Es tut mir so leid!«

Ich stutze – bei allem, was diese Woche bei Sonny los war, hatte ich fast vergessen, dass Matilda vorhatte, Archie in meine Geschichte einzuweihen.

»Danke.« Vor Rührung habe ich einen Kloß im Hals. Zugleich wird mir warm ums Herz, weil ich erkenne, wie viel ihm an mir liegt.

Er geht mir voraus in die Küche. »Eine Tasse Tee? Oder einen Kaffee?«

Wir setzen uns an den Tisch im Esszimmer, wo die Türen

zum Garten weit offen stehen. Es ist einer dieser windstillen, schwülen Tage, an denen es zu allem Übel auch noch regnet. Dabei ist es nicht einmal richtiger Regen, sondern so ein unangenehmer, ganz feiner Nieselregen. Mit eingezogenen Schultern hält Sonny seine Tasse umfasst. Ich lege ihm unter dem Tisch meine Hand aufs Knie.

»Also … Leute …«, beginnt er und sieht aus, als würde er sich wünschen, dass der Demogorgon aus *Stranger Things* erscheinen und ihn in eine andere Dimension saugen möge. »Es gibt da etwas, das ich euch erzählen sollte und … möchte.«

Archie und Matilda hören ihm in Ruhe zu, was er zu sagen hat.

Wie ich die beiden liebe!

Alles wird gut.

In dieser Woche ändert sich etwas. Das Gefüge unserer Freundschaft verschiebt sich.

Am Dienstag bekomme ich eine Nachricht von einer unbekannten Nummer und entdecke, dass sie von Archie stammt, der mich zu seinen Kontakten hinzugefügt hat.

Matilda und ich essen drei Tage hintereinander gemeinsam zu Mittag, und an einem dieser Tage kommt auch Sonny dazu. Es ist so schön mitanzusehen, wie auch ihre Freundschaft und Anteilnahme aneinander wächst. Kaum zu glauben, wie negativ Matilda noch vor ein paar Monaten über Sonny geredet hat.

Ich muss immer wieder daran denken, wie sie ihn umarmt hat, nachdem er sich ihr und Archie anvertraut hat, seine Hand hinter sich ausgestreckt, noch immer mit meiner verschränkt, während Matilda ihn fest drückte.

All diese Dinge heben meine Stimmung enorm.

Das Wetter hat sich endlich gebessert, und am Wochenende soll es heiß und sonnig werden. Wir verabreden uns zu einem Treffen im Blue Ball, nur wir vier, und suchen uns einen Platz vor dem Pub direkt in der Sonne.

Sonny erzählt uns von seinem letzten Fotoshooting am Vortag.

Am Montag durfte ich ihn, wie versprochen, in eine der Obdachlosenunterkünfte begleiten. Dort wollte er Leonard fotografieren, einen hoch gewachsenen, schlaksigen Mann mittleren Alters, der sich extrem unwohl fühlte und dennoch behauptete, er freue sich darüber, Modell zu stehen.

»Ist mal eine Abwechslung«, erklärte er immer wieder.

Mir gefiel es sehr, die Interaktionen zwischen ihm und Sonny zu erleben. Sie unterhielten sich die ganze Zeit miteinander.

Leonard wollte Sonny seine Geschichte erzählen, und Sonny ließ ihn reden, allerdings stellte er ihm auch die ein oder andere Frage, um herauszufinden, was für ein Mensch er eigentlich ist und wie er tickt.

Dadurch verliebte ich mich noch ein Stückchen mehr in ihn. Und ja, verliebt bin ich schon eine ganze Weile, das ist mir inzwischen klar.

Meine Liebe zu ihm hat sich langsam herangeschlichen, aber jetzt, da ich sie mir selbst eingestanden habe, ist sie grenzenlos. Ihm geht es genauso, glaube ich. Jedenfalls sieht er mich mit einem neuen Leuchten in den Augen an.

Das Merkwürdige ist, dass ich fast kaum mit Anna rede. Sonny ist es, mit dem ich mich unterhalten will.

Wo ich zuvor süchtig nach seinem Aftershave war, bin ich es jetzt nach ihm. Und wie! In dieser Woche hat er jede Nacht bei mir übernachtet, und wir haben es irgendwie geschafft, unsere Zärtlichkeiten einigermaßen jugendfrei zu gestalten.

Okay, manchmal erreichen sie einen Level, das wohl erst ab zwölf Jahren freigegeben wäre, und ab und an sogar erst ab sechzehn, aber alles andere heben wir uns für die Zeit nach meiner Rückkehr aus Australien auf.

Und ich *werde* zurückkommen. Da bin ich mir sicher. Sogar Charles habe ich schon erzählt, dass ich noch ein Weilchen in Cambridge bleiben werde. Er war überglücklich – die Nachricht sei das Highlight seiner Woche, erklärte er, als er mich vom Hafen von Ho-Chi-Minh-Stadt aus anrief.

Und auch Umeko freut sich. Während meines Trips nach Australien muss sie zwar eine Vertretung für mich finden, aber da wird sich schon irgendetwas ergeben, meint sie. Abbey hat angeboten, einen Teil meiner Aufgaben zu übernehmen, und sogar gefragt, ob sie eine Weiterbildung machen sollte, um Voruntersuchungen und Brillenanpassungen vornehmen zu können. Ich habe Umeko noch nie so zufrieden erlebt. So hätte ich auch mehr Zeit, mich ehrenamtlich zu engagieren – hoffentlich ein weiteres Puzzlestück auf meinem Weg, mich vollständiger zu fühlen.

»Wie läuft's denn mit den Hochzeitsplanungen?«, frage ich Matilda, als wir genug über das Fotoshooting gesprochen haben.

Matilda stöhnt auf, und selbst der arme Archie zieht ein langes Gesicht.

»Hab ich etwas Falsches gesagt?«, frage ich.

»Ich weiß immer noch nicht, was ich machen will«, gesteht Matilda und sieht zu Archie hinüber. Dann wendet sie sich an Sonny: »Ich habe immer von einer kirchlichen Hochzeit geträumt, bin aber davon ausgegangen, dass mein Vater mich zum Altar führen würde. Und nun macht es mir zu schaffen, dass das nicht möglich sein wird.«

Sonny runzelt die Stirn. »Tut mir leid, das zu hören.«

Archie starrt in sein Bierglas.

»Arch will einfach nur heiraten.«

»Ich würde dich gleich morgen heiraten, wenn du mich nur lassen würdest.« Er verzieht den Mund zu einem schmalen Strich, bevor er einen Schluck von seinem Bier nimmt.

»In den letzten Wochen hat's bei uns ein bisschen geknirscht«, gibt Matilda zu. Mittlerweile sind wir so gut befreundet, dass wir uns gegenseitig nichts vorzumachen brauchen.

»Matilda hat schon immer von einer Märchenhochzeit geträumt«, erkläre ich Sonny. »Aber dann ist ihr Vater gestorben …«

»Deine Hochzeit hat sich also von dem vermeintlich glücklichsten Tag deines Lebens in einen Tag verwandelt, an dem du todtraurig sein wirst«, sinniert Sonny.

»Du triffst den Nagel auf den Kopf«, sagt Archie.

Matilda sieht niedergeschlagen zu ihm. »Das Dumme ist, dass ich weiß, dass sich dieser Tag nur um uns drehen soll und nicht um meinen Vater. Ich versuche gerade, mir das bewusst zu machen, damit ich mich nicht mehr die ganze Zeit traurig fühle. Momentan bringe ich es ja nicht mal fertig, mir ein Hochzeitskleid auszusuchen.«

»Habt ihr schon ein Datum festgelegt?«, fragt Sonny.

»Noch nicht konkret«, erwidert Archie. »Irgendwann um Ostern des nächsten Jahres herum.«

»Eine Zeit also, in der du definitiv dabei sein kannst, Hannah«, sagt Matilda lächelnd zu mir.

»Definitiv.« Sonny und ich sehen uns über den Tisch hinweg an.

»Die Leute setzen sich bei Hochzeiten immer viel zu sehr unter Druck«, meint Sonny. »Ich weiß noch, wie gestresst Jackie und Harriet waren. Und, o je, meine Mutter erst! Man hätte meinen können, sie hätte nach Harriets Hochzeit dazugelernt, aber bei Jackies war sie wieder genauso durch den Wind, wenn nicht sogar noch mehr. Wenn ich heirate, dann möchte ich es so einfach halten wie möglich, ganz intim, nur mit meinen absoluten Lieblingsmenschen um mich herum.«

»Amen«, füge ich in meiner besten Imitation eines amerikanischen Predigers hinzu.

Sonny grinst mich an.

Ich erinnere mich noch daran, wie ich vor vielen Wochen hier im Blue Ball nachgefragt habe, ob Rochelle Sonnys Frau sei. Archie hat gespottet, Sonny und Ehe, das übersteige seine Vorstellungskraft. Mittlerweile sieht die Sache anders aus.

Der arme Archie wirkt immer noch betrübt. »Das klingt wie meine Vorstellung vom Paradies«, meint er und fährt mit der Fingerspitze die Maserung des Holztisches nach.

»Vielleicht muss ich mich ja von meiner Vorstellung einer Märchenhochzeit verabschieden«, beginnt Matilda. »Ohne meinen Dad kann es die ja so eh nicht geben, stimmt's?«

Archie sieht sie mit einem Funken Hoffnung in den Augen an.

»Wie wäre es, wenn du dir vorstellst, es wäre eine große Party, ein gemeinsamer Geburtstag – dein Vierzigster zum Beispiel«, schlägt Sonny vor. »Was würdest du da machen?«

»Vermutlich eine Kneipe mieten«, erwidert Matilda.

»Wie diese hier«, fügt Archie hinzu.

»O Gott, ja, könnt ihr euch den Biergarten vorstellen, von lauter Lichterketten beleuchtet?«, fragt Matilda. »Wir könnten Würstchen grillen oder so. Und Halloumi-Burger zubereiten.« Sie grinst mich an. »Und natürlich gäbe es massenhaft Eiskübel mit Prosecco.«

»Danach würden wir dann einfach nach Hause laufen«, sagt Archie.

»Nein, mit dem Kanu nach Hause rudern«, wirft Sonny ein. »Hannah und ich übernehmen die Paddel. Und überhaupt«, Sonny begeistert sich immer mehr für die Idee, »ihr könntet in einem Standesamt in Cambridge heiraten, dann fahren wir mit dem Kanu hierher zurück, trinken im Boot schon ein Gläschen Schampus, chillen ein bisschen, nur wir vier, und der Rest eurer Hochzeitsgäste nimmt den Bus oder läuft, wie auch immer. Und wenn ihr in den Biergarten kommt, warten sie dort alle mit eimerweise Konfetti auf euch.«

»Ich liebe diese Idee«, sagt Matilda verträumt, lehnt sich vor und stützt ihr Kinn auf die Hand.

Archie sieht sie mit großen Augen an. »Ernsthaft?«

»Du nicht?«

»Du lieber Himmel, doch!«

»Du könntest die Blumen auf dem Markt kaufen«, werfe ich ein. »Oder ich könnte sie euch dort besorgen. Damit dekorieren wir alle Tische, betrinken uns und stellen eine Playlist mit deinen Lieblingssongs zusammen. Und wir stellen überall Kerzen auf.«

Matildas Augen nehmen einen entrückten Blick an. Sie nickt. »Und ich könnte mir einfach ein hübsches Kleid von der Stange kaufen.«

»Müssen wir wirklich bis zum Frühling warten?«, fragt Archie.

Sie grinst ihn an. »Wie lange brauchen wir, um das Ganze zu organisieren?«

»Besser nicht zu lange, damit der Fluss nicht Hochwasser hat«, meint Sonny.

»Wie wär's nach Hannahs Rückkehr im Oktober?«, fragt Matilda.

Wir starren sie alle an. Ich glaube, keiner von uns hat bis

zu diesem Augenblick wirklich damit gerechnet, dass es sich um etwas anderes als reine Gedankenspielereien handeln könnte.

»Ich meine es ernst!«, sagt sie.

»Wirklich?«, fragt Archie misstrauisch.

»Ja, *wirklich*. Ich bin es leid, mich deswegen so hin- und hergerissen zu fühlen. Ich will dich heiraten, Arch.«

Sie greift über den Tisch nach seiner Hand. »Ich möchte den Rest meines Lebens mit dir verbringen. Wenn wir so etwas täten, etwas völlig Neues, dann würde es uns gehören, nur uns, ein Tag ganz ohne Erwartungsdruck. Nur du und ich, die sich das Versprechen geben, für immer zusammenzubleiben.«

Sonny sieht mit hochgezogenen Augenbrauen zu mir. Er lächelt. Ich strahle ihn an, und gleichzeitig steigen mir Tränen in die Augen.

»Ich frage gleich mal, ob wir den Biergarten im Oktober mieten können«, sagt Archie und springt auf.

»Ich komme mit!« Matilda eilt ihm hinterher.

Lachend sehen wir ihnen nach.

»Wow«, sage ich. »Ob die beiden das wirklich durchziehen?«

»Darauf wette ich.«

Während wir den Tisch für uns allein haben, greift Sonny hinüber, verschränkt meine Finger mit seinen und streicht mir mit dem Daumen über den Handrücken.

Archie streckt den Kopf zur Pubtür hinaus. »Wenn wir schon an der Bar sind: Braucht ihr noch was zu trinken?«

»Gerne«, sagt Sonny und hebt sein fast leeres Pintglas.

»Dasselbe noch mal?«, fragt Archie uns beide.

»Ja, bitte«, antworte ich, und Sonny nickt.

Dann lächeln wir uns wieder an.

»Diese Sonnenbrille gefällt mir«, sage ich. »Ich weiß nicht genau, wie du zu uns ins Geschäft gekommen bist. Ich habe dich draußen auf dem Bürgersteig stehen sehen. Du hast mit jemandem telefoniert.«

»Ach, echt?«

»Du erinnerst dich nicht mehr?«

Er überlegt mit gerunzelter Stirn. »Ah«, er nickt. »Mit Rochelle vermutlich.«

»Wie läuft es mit ihr?«

»Viel besser. Mit Phil, ihrem Freund, ist sie wirklich glücklich, und das hilft.«

»Hast du ihn schon kennengelernt? Wie ist er so?«

Er nickt. »Er ist ein guter Kerl. Die Mädchen mögen ihn, das ist das Wichtigste. Ich freue mich, dass Rochelle und ich nach all den Jahren endlich Waffenstillstand geschlossen haben.«

»Hast du ihr von uns erzählt?«

Er nickt und leert mit einem Grinsen sein Glas.

»Wieso grinst du?«

»Sie hat es gut aufgenommen und behauptet, das mit uns überrascht sie kein bisschen.«

Archie und Matilda kehren an den Tisch zurück, Archie mit Bier, Matilda mit Gin Tonic.

Sonny lässt meine Hand los, und gleichzeitig begreife ich, dass wir Gesellschaft bekommen haben.

»Sieh an, sieh an!«, ertönt eine unangenehme, leider nur allzu vertraute Stimme.

Ich blicke auf und sehe, dass Nessa die Treppe heraufgekommen ist. »Dann bist du also eingeknickt?«, fragt sie mich.

Na, super!

»Halt dich zurück, Nessa«, schnauzt Matilda, bevor ich

zu einer Antwort ansetzen kann. »Sonny ist in Hannah verliebt und sie in ihn, komm darüber hinweg. Und hör auf rumzuzicken. Das steht dir nicht.«

Der Schock treibt Nessa das Lächeln aus dem Gesicht und die Beleidigungen von ihren Lippen. Der Mund klappt auf wie bei einem Goldfisch, und sie macht wortlos kehrt und rauscht in den Pub.

Ich sehe Matilda ehrfürchtig an, beuge mich vor und küsse sie auf die Wange. »Du bist unglaublich!«

»Ach, komm«, winkt sie ab.

Und dann macht Sonny dasselbe mit ihrer anderen Wange.

Sie lacht, und er grinst mich an ihr vorbei an. Ihre Miene hat sich aufgehellt. Tut mir leid, Arch«, erklärt sie mit Bedauern. »Ich hoffe, du kriegst jetzt in der Arbeit keinen Ärger mit ihr.«

Lächelnd schüttelt er den Kopf, dann schiebt er seinen Stuhl nach hinten, beugt sich über den Tisch und gibt ihr einen dicken Kuss auf den Mund.

»Als Nächstes wird sie uns vier noch Gruppensex vorwerfen«, scherzt Matilda, als er sich wieder gesetzt hat, und wir alle brechen in schallendes Gelächter aus.

***

Keine Ahnung, wie wir darauf gekommen sind, sturzbetrunken wie wir sind, aber wie es aussieht, stolpern wir gerade den Hügel hinunter zum River Cam.

Jemand hatte die verrückte Idee, baden zu gehen – das Wetter ist mild und das Wasser des Cam berühmt für seine angenehmen Temperaturen, und außerdem ist Nachtschwimmen etwas, das Archie und Matilda schon immer einmal machen wollten. Anscheinend wollen sie heute Abend in mehr als einer Hinsicht etwas Neues wagen.

Matilda packt mich an der Hand und rennt los. Ich halte mir die andere Hand vor den Mund, um nicht loszukreischen.

Über unseren Köpfen funkeln die Sterne.

Die Jungs holen uns ein, Sonny schließt die Hände um meine Taille und wirbelt mich im Kreis herum. Ich kann nicht anders, ich muss einfach lachen.

»Pst!«, zischt Matilda. »Wir wollen doch nicht, dass jemand unsere Party sprengt.«

Im Mondlicht sehe ich, wie sich Archie das T-Shirt über den Kopf zieht.

In meinem benebeltem Zustand spüre ich einen Anflug von Nervosität.

Sonny dreht mich zu sich herum und umfasst mein Gesicht. »Du kommst doch mit rein, oder?«

»Weiß noch nicht«, flüstere ich.

»Es ist dunkel.«

Ich zögere und nicke dann unsicher. »Okay.«

Jetzt oder nie, schätze ich.

Irgendwo in der Nähe versucht Matilda kichernd, ihr Kleid aufzuknöpfen.

»Zieh es dir über den Kopf«, drängt Archie sie im Flüsterton. Wir hören, wie er ins Wasser taucht und aufkeucht.

»Ist das Wasser kalt?«, fragt Matilda besorgt.

»Überhaupt nicht«, erwidert er. Was für ein Schwindler!

Sonny beobachtet mich gespannt und unterbricht den Augenkontakt nur für die kurze Zeit, in der er sich sein T-Shirt über den Kopf streift. Seine nackte Brust schimmert in dem schwachen Licht. Ich möchte ihn berühren und mache einen Schritt nach vorne, doch er hebt die Hände.

»Quid pro quo, Clarice«, sagt er mit tiefer Stimme, und ich pruste los.

»Es ist nicht besonders sexy, wenn du einen auf Serienmörder machst.«

»Fuck, ist das kalt!«, zischt Matilda.

Kichernd schaue ich zu ihr hinüber und begreife erst dann, dass Sonny immer noch darauf wartet, dass ich mir mein Oberteil ausziehe.

»Kommt ihr jetzt rein, oder was?«, fragt Matilda.

»Ja, gleich!« In Sonnys Tonfall klingt eine Art Warnung mit.

Meine Freundin hört sie heraus. »Komm, Archie, schwimmen wir ein Stück, um uns aufzuwärmen«, schlägt sie vor und schwimmt flussabwärts.

Erstaunlich scharfsinnig, wenn man bedenkt, wie viel sie heute Abend getrunken hat.

Ich hole tief Luft und ziehe mir mein Top über den Kopf.

Sonny lächelt, knöpft seine Shorts auf und lässt sie über seine langen Beine nach unten gleiten.

Ich schäle mich aus meinem Rock.

Nüchtern wäre ich nie so mutig. Oder doch?

Er zieht sich die Schuhe aus.

Ich schlüpfe aus meinen.

Er zieht seine Socken aus und deutet mit dem Kopf auf meinen BH. »Lass den bitte an. Ich will auf keinen Fall, dass Archie deine Brüste sieht. Das hab ja noch nicht einmal ich!«

Ich lache, und er nimmt meine Hand und führt mich zum Fluss.

»Laufen und springen?«

»Ist das Wasser tief genug?«

»Dort drüben schon.« Er zeigt mir die Stelle, denn er kennt diesen Abschnitt des Flusses gut.

»Okay.« Ich nicke entschlossen. »Dann mal los!«

»Drei, zwei, eins …«

Er lässt mich nicht los.

Japsend tauche ich wieder auf. Das Wasser ist so kalt! Lachend zieht Sonny mich an seinen harten Körper, hebt mich hoch und hält mich fest. Ich genieße seine Wärme und schlinge die Beine um seine Taille, während sein Mund in der Dunkelheit meinen findet. Unser Kuss – glitschig und feucht, genau wie unsere Körper – wird immer leidenschaftlicher.

Bald spüre ich einen vertrauten Stups an meinem Bauch, und mir stockt der Atem.

»Wie kann das sein?«, wundert sich Sonny. »Ich friere mir doch gerade die Eier ab!«

Ich kichere.

Wieder küsst er mich, bedächtiger, entspannter und weicht dann zurück. Ich sehe ihn im Sternenlicht an, nehme zögernd seine Hand von meiner Taille und schiebe sie zu meiner linken Hüfte hinunter.

Als seine Finger meinen Hüftknochen finden, dessen markanter Winkel auf der anderen Seite fehlt, erschauere ich. Er drückt seine Hand fest an meine Haut, gibt mir Halt, erdet mich, erklärt mir, dass er mich liebt, jeden einzelnen Teil von mir, und sieht mich dabei unverwandt an.

»Tut mir leid, wenn wir euch stören müssen«, ruft Matilda und bricht damit die Stille. »Aber uns reicht's jetzt mit dem nächtlichen Bad. War doch nicht so prickelnd wie gedacht.«

Lachend steigen wir aus dem Wasser, kalt, nass, betrunken, schlammig, vor allem aber glücklich.

42

Bei jedem vorbeikommenden Auto zucken Abbey und ich zusammen. Und dann fährt eine große schwarze Geländelimousine mit getönten Scheiben vorbei, und Abbey stößt einen schrillen Schrei aus. Eine Minute darauf hält eben dieser Wagen vor unserem Geschäft – er muss wohl einmal um den Block gefahren sein –, und ein großer, kräftiger Mann in einem gutsitzenden schwarzen Anzug steigt auf der Beifahrerseite aus und kommt herein. Mit seinem kantigen Kinn und der mächtigen Stirn könnte er selbst einem Film entsprungen sein. *Terminator* etwa. Maschinenartig. Roboterhaft.

»Wie können wir Ihnen helfen?«, fragt Abbey, leicht überdreht.

»Vince Howley«, erwidert er. »Strike Security. Ich muss überprüfen, ob der Laden hier sicher ist.«

»Aber klar! Natürlich!« Abbey erhebt sich. »Soll ich Sie herumführen?«

»Ja, bitte.«

Als sie an mir vorbeigeht, traue ich mich nicht, sie anzusehen – das ist einer dieser Momente, in denen ich definitiv einen kühlen Kopf bewahren möchte.

Abbey hat vergessen, das Geschlossen-Schild an die Tür zu hängen, also mache ich es selbst. Kurz darauf kommen Abbey und Vince zurück, der geradewegs nach draußen geht und die hintere Tür des SUV öffnet.

»*Joseph, Alice, Kindermädchen*«, murmelt Abbey. »Alice!«, kreischt sie.

»Pst!«, zische ich und versuche selbst auch, mir ein Kichern zu verkneifen, als Alice aus dem Auto steigt. Sie trägt ein schwarz-weißes Etuikleid und sieht mit dem dunklen, fast schon ebenholzschwarzen Haar, das ihr bis zur Hälfte des Rückens hinabfällt, absolut umwerfend aus.

Sie dreht sich um, beugt sich in den Wagen und hilft einem kleinen Mädchen mit dunklem, kinnlangem Haar heraus. Vince ist von der anderen Wagenseite mit einem Jungen mit Strubbelkopf auf dem Arm aufgetaucht. Er lächelt tatsächlich wie ein Mensch aus Fleisch und Blut.

Alice geht mit ihrer Tochter an der Hand voran in den Laden.

»Hallo«, sagt sie warm, aber leise, lächelt erst Abbey und dann mich an, bevor sie sich Vince zuwendet. »Vince, danke. Sie können nun gehen.«

Er nickt, verlässt den Laden und baut sich nach Schließen der Tür direkt davor auf.

»Tut mir leid, dass wir so einen Wirbel veranstalten«, entschuldigt sich Alice und schüttelt Abbey die Hand. »Ich bin Alice.«

»Abbey.«

Ich komme hinter meinem Schreibtisch hervor. »Und ich bin Hannah.«

Trotz ihrer kleinen Hände ist Alices Händedruck erstaunlich fest. Und sie selbst mit ihrer makellosen Porzellanhaut und ihren mandelförmigen grünen Augen einfach wunderschön.

In diesem Moment erscheint Umeko und begrüßt Alice, während ich in die Knie gehe und die Kinder anlächele. »Hallo, ihr zwei«, sage ich. »Und wie heißt ihr?«

»Jack«, erwidert der Junge schüchtern und sieht mich mit seinen großen braunen Augen an. Was für lange Wimpern er hat! »Und das ist meine kleine Schwester Becca.«

Du meine Güte, ist der niedlich!

»Wir machen einen Sehtest!«, erklärt mir Becca eifrig.

»Ganz genau«, sage ich. »Bist du schon aufgeregt?«

Sie nickt entschlossen. »Ich will die Bawongs sehen.«

»Du willst die Ballons sehen?« Ich schätze, damit meint sie den Test mit dem Autorefraktor, bei dem ein Heißluftballon zu sehen ist, der in den Fokus kommt und wieder verschwindet.

Sie nickt strahlend.

Es klingt so, als hätte man ihr schon erzählt, was auf sie zukommt.

Ich kichere und sehe zu Alice und Umeko auf.

Als ich mich wieder aufrichte, schenkt mir Alice ein warmes Lächeln.

Die persönliche Assistentin der Strikes hat die Formulare im Voraus ausgefüllt, damit wir gleich loslegen können. Als wir in meinen Raum gehen, spüre ich Abbeys Blick im Rücken. Sie ist enttäuscht, dass sie nicht dabei sein kann.

»Ich überlasse Sie Hannahs äußerst fähigen Händen und sehe Sie dann in Kürze«, erklärt Umeko Alice, Jack und Becca. Nach einem Lächeln in meine Richtung verschwindet meine Chefin wieder in ihrem Behandlungszimmer.

Die Kinder sind absolut entzückend, und Alice ist warmherzig und freundlich und redet den ganzen Termin über ganz ungezwungen mit mir.

Alles läuft problemlos, und so führe ich sie bald zu Umeko und kehre an meinen Schreibtisch zurück. Nur kurz darauf bekomme ich mit, wie Matilda mit offenem Mund am Schaufenster vorbeiläuft.

Was zur Hölle? textet sie mir.

Erzähle ich dir später.

Sie verschwindet aus dem Blickfeld – vermutlich nachdem Vince sie von oben bis unten gemustert hat.

Umekos Tür öffnet sich, und sie führt Alice und die Kinder heraus. Lächelnd nickt sie mir zu, woraus ich schließe, dass mit den Augen der Kinder alles in Ordnung ist.

Es ist großartig von Alice und Joseph, dass sie die Augen ihrer Kinder schon so früh untersuchen lassen.

»Oh, haben Sie das übrigens gesehen?«, fragt Umeko die beiden beiläufig und deutet auf das Poster von Sonnys Ausstellung, das ich an die Wand hinter meinem Schreibtisch aufhängen durfte. »Hannahs Freund Sonny ist Fotograf«, erzählt sie Alice, und mein Herz setzt einen Schlag aus. »Seine Ausstellung findet zugunsten von Vision Care for Homeless People statt. Er hat in Cambridge die Augen vieler Obdachloser fotografiert.«

»Beeindruckend!« Alice geht ganz nah heran. »Ist das ein menschliches Auge?«

»Ja«, erwidere ich. »Es wurde mit einem Makroobjektiv aufgenommen. Sie sollten die anderen sehen – sie sind alle so vielfältig und unterschiedlich!«

Auf einem schwarzen Hintergrund nimmt die Iris – und wirklich nur sie – die Mitte des Plakats ein. Die Ausstellung trägt den Titel *Sieh nicht weg*, und die Daten und Details dazu stehen unter der Iris.

»Sie haben nicht zufällig noch so ein Plakat?«

»Ich kann problemlos eins besorgen«, sage ich hastig. »Bitte nehmen Sie in der Zwischenzeit doch das hier.«

»Sind Sie sicher?«, fragt sie.

»Absolut.« Ich nehme es behutsam ab, rolle es zusammen und überreiche es ihr mit leicht zittriger Hand.

»Danke. Ich werde mit Joe darüber sprechen.«

Hinter ihrem Rücken strecken Abbey – und Umeko! – jeweils beide Daumen nach oben.

Ich beschließe, Sonny nicht davon zu erzählen, weil ich ihm keine falschen Hoffnungen machen will. Matilda weihe ich allerdings ein.

Sie organisiert mir ein Ersatzposter direkt von Archie und kann ihre Begeisterung kaum zügeln.

Danach versuche ich, nicht mehr weiter daran zu denken. Alice wollte vermutlich nur nett sein. Die Wahrscheinlichkeit, dass sie – und Joseph – auftauchen, scheint unglaublich gering.

Aber man weiß ja nie.

***

Nina kommt Ende August über ein verlängertes Wochenende aus Amsterdam zu Besuch. Zusammen mit Danielle, die Calvin mit Brett zu Hause lässt, besuchen wir die Movies on the Meadows, eine Freiluftkino-Veranstaltung, die in Grantchester jedes Jahr im Rahmen des Cambridge Filmfestivals stattfindet.

Archie, Matilda und Sonny werden dort zu uns stoßen, aber zunächst einmal genieße ich die Zeit allein mit meinen beiden ältesten Freundinnen. Auf dem sonnigen Balkon des Rupert Brooke Pubs haben wir uns zum Essen verabredet. Es gibt so viel zu erzählen, und natürlich wollen die beiden wissen, wie es um mein Liebesleben steht.

Es bringt nichts, es zu leugnen: Ich war noch nie so glücklich. Meine Freundinnen kommen aus dem Grinsen gar nicht mehr heraus.

So ganz passt es mir ja nicht, dass sie so versessen darauf sind, dass ich mich anpasse, verliebe und häuslich niederlasse, doch ich weiß, dass das unfair ist. Eigentlich wollten sie vor allem immer nur, dass ich glücklich bin. Vielleicht stehen wir uns nicht mehr so nahe wie früher, aber ich werde ihnen immer dankbar für die Rettungsleine sein, die sie mir in der Schule zuwarfen. Sie kennen mich so gut, und unsere gemeinsame Zeit damals wird uns immer verbinden. Ich freue mich sehr, dass sie Teil meines Lebens sind.

»Hast du deinen Eltern schon von ihm erzählt?«, fragt mich Nina.

»Noch nicht. Das mache ich lieber persönlich. Mum und Dad haben immer noch kein Telefon, und in einen Brief würde ich nie alles unterbringen können. Außerdem würde ich wahrscheinlich vor ihm ankommen – sie gehen so gut wie nie zum Postamt. Nichts ist für sie je dringend.«

***

Sonny muss irgendetwas geahnt haben, denn als wir später im Bett liegen, erkundigt er sich nach ihnen.

»Du redest nie über deine Eltern«, sagt er. »Liegt das daran, dass es nichts zu sagen gibt, oder daran, dass es zu viel gibt?«

Ich rolle mich auf den Bauch und sehe ihn an. »Mit was du manchmal so ankommst … Du würdest einen guten Therapeuten abgeben.« Ich lächele.

Er setzt sich etwas aufrechter hin und stopft sich ein Kissen hinter den Rücken. »Gibst du ihnen die Schuld dafür, was mit Anna passiert ist?«, erkundigt er sich vorsichtig.

Ich blicke an seiner rechten Schulter vorbei auf einen

Punkt an der Wand. »Nicht wirklich. Ich verstehe ihre Gründe. Lange Zeit hatte ich ein schlechtes Gewissen, weil ich die beiden verlassen habe und zu Charles und June gezogen bin. Manchmal bin ich frustriert über die Entscheidungen, die sie damals getroffen habe, über ihre Entschlossenheit, am Rande der Gesellschaft zu leben, so dass ich gewissermaßen gezwungen war, mich von ihnen zu trennen, denn für sie gibt es nur entweder das eine oder das andere. Wenn sie anders drauf gewesen wären, hätten wir alle zusammen in einen anderen Teil des Landes ziehen und einen Neuanfang machen können, den ich so dringend gebraucht hätte. Doch stattdessen haben sie sich dafür entschieden, dass ich zu Charles und June komme.« Seufzend stütze ich mein Kinn auf seine Brust. »Manchmal denke ich, dass es für sie zu schmerzhaft war, mich anzuschauen, weil ich sie an Anna erinnert habe. Das wollten sie sich nicht länger antun.«

»Ich bin sicher, so war es nicht«, beteuert Sonny und streicht mir mit den Fingern durchs Haar. »Wahrscheinlich haben sie getan, was sie für das Beste hielten. Ihnen wird klar geworden sein, was Charles und June dir bieten können. Und wenn deine Mum noch immer nicht Culshaw auf einen Umschlag an dich schreiben will, ist das ein Beweis dafür, dass sie dich liebt und dich nur ungern hat gehen lassen.«

Meine Nase beginnt zu kribbeln. »Normalerweise reagiere ich nicht so emotional.« Ich blinzele Tränen zurück und gebe auf, als sie zu laufen beginnen.

Sonny streicht sie mir von den Wangen.

»Irgendwie nehme ich es ihnen auch übel, dass sie nach Australien ausgewandert sind.« Ich setze mich ebenfalls etwas auf. »Mir zuliebe konnten sie nicht aus ihrem geliebten Cottage ziehen, aber als die Mutter meines Vaters krank wurde, da flogen sie ans andere Ende der Welt, um sich um sie zu kümmern. Dann starb sie, und sie kauften sich ein Hausboot und kamen nie wieder zurück. Und ich musste mich um das Cottage und die Tiere kümmern. Zum Glück hatte ich mir nach dem Schulabschluss ein Jahr Auszeit genommen, und Charles und June unterstützten mich sehr, aber aus einem Jahr wurden dann zwei, weil so viel Zeit für den Verkauf des Hauses draufging. Charles war stinksauer.«

»Ich find's toll, dass du jetzt für ihn auf das Haus und den Hund aufpasst«, wirft Sonny sanft ein.

»Ich weiß. Was für eine Ironie, hm?«

»Nicht, dass ich ihm nicht dankbar wäre«, fügt er hinzu und fährt mit der Daumenkuppe zart über meine Unterlippe.

Ich küsse seinen Daumen.

»Was deine Eltern angeht …«, beginnt er. »Nachdem du weg warst, muss es doch unglaublich schwer für sie gewesen sein, in diesem Cottage zu bleiben. Vielleicht brauchten sie auch einen Neuanfang?«

Ich rufe mir einige meiner Besuche in Erinnerung – wie leer und dunkel die Räume wirkten, selbst wenn Mum und Dad dort herumwerkelten. Unvermittelt bin ich mir nicht mehr sicher, was sie so lange dort gehalten hat. Nach jedem kurzen Aufenthalt konnte ich es kaum erwarten, zurück zu Charles und June und ihrer Normalität zu kommen. Spürten meine Eltern diese Dringlichkeit in mir, meine Zurückhaltung, sie zu besuchen? Das muss weh getan haben.

Zumindest begleitete mich June oft, als ich zurückkehren musste, um das Haus zu verkaufen und ein Zuhause für die Tiere zu finden. Manchmal auch Charles. Sie brachten ihre Normalität mit, und durch die Aufgabe hatten wir etwas, worauf wir unsere Gedanken lenken konnten. Dennoch war es alles andere als einfach. Wohin ich auch blickte, überall stiegen Erinnerungen auf, und jede einzelne davon schmerzte.

Ja, vielleicht brauchten meine Eltern wirklich einen Neuanfang. Vielleicht hatten sie ihn schon seit Jahren gebraucht, doch erst durch die Krankheit von Dads Mutter konnten sie sich dazu entschließen. Kann ich ihnen das wirklich übel nehmen?

Plötzlich bin ich mir da nicht mehr sicher.

***

An diesem Sonntag feiert Sonny seinen dreiunddreißigsten Geburtstag, und seine Eltern haben uns zu einem großen Familienessen eingeladen.

Sonny graut es davor, aber er ist froh, dass ich mich bereit erklärt habe, ihn zu begleiten.

Alle werden da sein: Harriet, Jackie, ihre Ehemänner, deren Kinder sowie Natalie und Imogen.

»Sehen deine Eltern die Mädchen oft?«, frage ich, als wir sie abholen.

»Nicht so viel wie die Kinder meiner Schwestern. Die fünf halten sie auf Trab. Allerdings würden sie bestimmt mehr mit ihnen unternehmen, wenn ich sie darum bitte. Sie kennen Rochelle. Sie hat Wert darauf gelegt, Imogen und Natalie immer mal wieder zu einer Tasse Tee zu ihnen zu bringen, allerdings mehr aus dem Pflichtgefühl heraus, dass die Mädchen ihre Großeltern kennen sollen. Das hat ihr einiges abverlangt, glaube ich. Meine Eltern haben sie zu Tode gelangweilt. Ich liebe sie, aber sie sind wirklich unglaublich ermüdend.«

Überrascht von seiner Direktheit pruste ich los.

»Na, du siehst es ja bald selbst«, fügt er hinzu.

***

In Wirklichkeit sind Sonnys Eltern bezaubernd.

Sie sind klein und knuffig. Vor allem sein Vater mit seinem weißen Schnurrbart und den Augenbrauen, die ein Eigenleben zu führen scheinen, so rege sind sie, ist unglaublich süß.

Sonny hat seinen Eltern immer noch nicht von seinem Missbrauch erzählt, aber ich weiß, dass er versucht, sich seelisch darauf einzustimmen. Harriet haben die Therapiestunden jedenfalls geholfen. Inzwischen ruft sie Sonny weniger oft an und versucht stattdessen, ihre Schuldgefühle mit Evelyns Hilfe zu verarbeiten. Das ist eine große Erleichterung für ihn, das weiß ich.

Schrecklich, dass er Ähnliches nun noch einmal mit seinen Eltern und Jackie durchmachen muss.

Aber heute wird gefeiert, und ich freue mich, dabei zu sein.

Da Sonny schon so jung Vater wurde, zu einer Zeit, als Harriet und Jackie gerade ihre Familien gründeten, gibt es zwischen den sieben Kindern keine großen Altersunterschiede. Es ist schön, sie miteinander spielen zu sehen. Ab und an versetzt mir das aus Gründen, über die ich lieber nicht nachdenken will, einen Stich, doch der Schmerz ist erträglich und eigentlich eher Wehmut.

Jackie ist schlagfertig und witzig und erinnert mich in mancher Hinsicht an Sonny. Sie hat die gleichen blauen Augen und das gleiche süße Halblächeln. Harriet ist zurückhaltender, ihr Lächeln ist ein wenig verkniffen, die Augen sind wachsamer. Ich weiß nicht, was ich nach Sonnys Erzählungen erwartete, doch aus irgendeinem Grund hatte ich sie mir ein wenig matronenhaft vorgestellt, vielleicht ja wegen des Altersunterschieds. In Wirklichkeit ist sie schlank und glamourös, mit falschen Wimpern und einer bauschigen blonden Frisur, die bei jeder Bewegung in Schwingung gerät.

Als wir aufbrechen, drückt sie mich fest an sich, und als sie sich wieder von mir löst, verrät ihr Blick ihren Kummer.

»Pass gut auf ihn auf«, raunt sie mir zu und ergreift mit einer kühlen, schlanken Hand meinen Unterarm.

Ich drücke sie noch einmal kurz und flüstere: »Mach ich. Versprochen.«

Ich habe so das Gefühl, dass wir uns mit der Zeit besser kennenlernen werden.

43

Aufgrund eines Sturms über dem Atlantischen Ozean während der Kreuzfahrt Richtung New York kommt Charles mit einem Tag Verspätung an – genau am Tag von Sonnys Ausstellungseröffnung. Unglückliches Timing!

Ich hatte versprochen, ihn vom Flughafen abzuholen, und das ziehe ich jetzt auch durch, auch wenn es mir leidtut, dass ich Sonny nicht bei den letzten Vorbereitungen helfen kann. Er behauptet, alles im Griff zu haben, und scheint die Ruhe selbst zu sein. Ihn mache lediglich die erste Begegnung mit Charles nervös.

»Sieh dich nur an!«, rufe ich, als mein Onkel zwischen den Schiebetüren der Ankunftshalle auftaucht. Sein grau-weißer Haarschopf braucht dringend einen Schnitt – zwar gab es Friseure auf dem Schiff, aber er hat es eindeutig nicht für nötig befunden, sie aufzusuchen –, und er ist braun gebrannter denn je. Groß und schlank, wie er ist, sieht er fit und gesund aus – ein Weltenbummler durch und durch!

Zum ersten Mal in meinem Leben erinnert er mich an seine Schwester.

»Hannah, mein Schatz!«, ruft er und schwenkt mich hin und her, bevor er mich auf Armeslänge von sich hält, während ich von einem Ohr zum anderen strahle. »Es ist so schön, dich wiederzusehen!«

»Genau das könnte ich auch sagen«, erwidere ich und umfasse sein liebes altes Gesicht.

Er umarmt mich ein weiteres Mal.

Den ganzen Heimweg über unterhalten wir uns, und sind ausnahmsweise einmal in allem und jedem einer Meinung. Als ich zu meiner Tante und meinem Onkel zog, musste sich mein Onkel allerdings erst den Mund fusselig reden, bevor ich mich ihnen gegenüber öffnete. June war ruhiger, eher bereit, meine Schweigsamkeit anzunehmen. Ich vermisse sie schmerzlich – ich hatte sie so gerne um mich, diese besänftigende Seele, in deren Nähe ich mich immer sicher fühlte. Doch es war Charles, der mich herausforderte, der mich aus meinem Schneckenhaus lockte und mir half, meine Stimme und das Selbstvertrauen wiederzufinden.

Vielleicht habe ich ihn manchmal als zu anstrengend empfunden, aber für sein Durchhaltevermögen werde ich ihm ewig dankbar sein. Nie hat er auch nur mit dem Gedanken gespielt, mich aufzugeben.

Ich greife hinüber und drücke seine Hand.

Bertie ist völlig aus dem Häuschen, als sie ihr geliebtes Herrchen wiedersieht. Sie springt an ihm hoch, setzt die Pfoten auf seine Brust, und ihr Schwanz schlägt wild gegen die Flurwand, während sie Charles übermütig über das Gesicht leckt. Dann lässt sie sich zu Boden fallen und kläfft und bellt, bis mein ebenso seliger Onkel sie ins Wohnzimmer jagt. Dort entdecke ich die beiden ausgestreckt auf dem Boden liegend, wo sie sich fest umarmen.

Bei ihrem Anblick muss ich lachen. »Dass sie dich vermisst hat, dürfte hiermit feststehen!«

»Ich habe sie auch vermisst«, erwidert er liebevoll und rollt sie auf den Rücken, damit er ihr den Bauch kraulen kann.

Ich überlasse die beiden ihrer Wiedersehensfreude und mache mich fertig.

***

Die Ausstellung findet in einer Kirche im Zentrum von Cambridge statt, an die sich ein großes Café anschließt. Als wir eine Stunde vor der offiziellen Eröffnung hereinkommen, unterhält sich Sonny gerade mit dem Manager.

Bei seinem Anblick verschlägt es mir den Atem. Er trägt einen schmal geschnittenen dunkelblauen Anzug, darunter ein weißes Hemd, das oben aufgeknöpft ist und ein Stückchen gebräunter Haut enthüllt. Sein von der Sonne aufgehelltes Haar hat er im üblichen Retro-Stil nach hinten gekämmt. Wie gern würde ich jetzt mit den Fingern hindurchfahren!

Als er uns entdeckt, lächelt er, entschuldigt sich beim Manager und kommt herüber.

Er reicht Charles die Hand. »Es freut mich sehr, Sie kennenzulernen«, sagt Sonny, als Charles sie warmherzig mit beiden Händen ergreift und schüttelt.

»Die Freude ist ganz meinerseits«, erwidert Charles aufrichtig. Als er sich umdreht und umschaut, gibt mir Sonny schnell einen Kuss.

»Donnerwetter!«, staunt Charles. »Das kann sich sehen lassen!«

Hand in Hand gehen Sonny und ich vor dem Eintreffen des Publikums für eine persönliche Vorschau von Bild zu Bild.

Die Fotografien wurden auf riesige Formate vergrößert. Um den Rand einer in Farbe gehaltenen Iris, die sich mittig auf einem quadratischen weißen Hintergrund befindet, stehen in winziger Schrift einige persönliche Angaben über die jeweiligen Besitzer.

Manchmal erzählen die Personen auch, wie sie auf der

Straße landeten: Derek verlor seinen Job, als er seine kranke Mutter pflegen musste, wohingegen Samantha, die an Depressionen litt, sich mit ihrer Familie verkrachte und so lange auf den Sofas von Freunden übernachtete, bis diese sie fallen ließen. Manche erzählen von ihren mentalen oder körperlichen Problemen und dass sie kaum mit ärztlicher Hilfe oder Unterstützung rechnen konnten. Andere bekennen, dass sie drogen- oder alkoholabhängig wurden. Viele haben als Kinder Traumatisches durchlebt: Sie wurden Opfer von sexuellem oder körperlichem Missbrauch, oder ihnen fehlten stabile Verhältnisse, da sie zwischen Pflegefamilien oder geschiedenen Eltern herumgeschoben wurden.

Einige versuchen das Gefühl zu vermitteln, auf der Straße zu leben, wie etwa Mel, die aus Angst, vergewaltigt oder überfallen und ausgeraubt zu werden, nicht länger als eine halbe Stunde am Stück schlafen kann. Unvorstellbar, wie furchtbar das sein muss. Und ihre Situation ist umso schlimmer, weil sie so schlecht sieht. Sie muss sich unglaublich verletzlich fühlen.

Die meisten bitten darum, als Menschen behandelt zu werden und nicht länger das Gefühl vermittelt zu bekommen, als wären sie weniger als nichts, weniger als ein Mensch. Sie wollen einfach nur gesehen werden.

Einige werden jetzt gesehen – Sonny hat sie eingeladen, und ein paar der Fotoshooting-Teilnehmer sind gekommen.

Gerade beobachte ich Leonard, der stolz neben seinem Foto steht und sich mit Archie und Matilda unterhält.

»Das war mal eine Abwechslung«, höre ich ihn vergnügt sagen.

Gerade begrüße ich Nina und Aart, die eigens für die Ausstellung hergeflogen sind, als Abbey zu mir kommt und mir ins Ohr kreischt: »Sie sind da!«

Ich werfe einen Blick zur Tür und sehe, wie sich Vince einen Überblick über den Ausstellungsraum verschafft.

Ich entschuldige mich hastig bei meinen Freunden und mache mich auf die Suche nach Sonny. Er ist in ein Gespräch mit einem silberhaarigen Mann mit einem gezwirbelten Schnauzbart vertieft.

»Entschuldigen Sie bitte«, wende ich mich an den Herrn. »Dürfte ich Ihnen Sonny einen Augenblick entführen?«

»Sicher doch.« Er tritt zurück.

»Was ist denn los?«, fragt Sonny verdutzt.

»Joseph und Alice Strike!«, flüstere ich.

Er sieht mich verständnislos an.

»Na, der Filmstar und seine Frau!«

»Ja, ich weiß schon. Was ist mit ihnen?«

»Sie sind hier! Sie sind zur Ausstellung gekommen!«

Ich wünschte, ich hätte eine Kamera, um seinen Gesichtsausdruck festzuhalten. Er dreht sich zur Tür, durch die Vince gerade wieder eintritt, dicht gefolgt von Alice und ihrem hoch gewachsenen, dunkelhaarigen Ehemann, den man auf den ersten Blick erkennt.

Ein Raunen geht durch die Menge.

Ich packe Sonny an der Hand und führe ihn wie im Nebel zu den beiden, wobei ich beim Näherkommen Alices Blick suche. Sie hebt kurz die Hand und winkt.

»Hallo!«, sage ich, als wir sie erreichen. »Es freut mich so, dass Sie kommen konnten! Das hier ist Sonny Denton, der Fotograf.«

»Und Ihr Freund«, sagt Alice lächelnd. »Hallo, ich bin Alice.« Nachdem sie Sonny die Hand geschüttelt hat, tritt Joseph vor und streckt ihm seine Hand entgegen. »Joe.«

Dann wendet sich Joseph an mich. Ich versuche, nicht in Ohnmacht zu fallen, als seine feste Hand meine ergreift, und sich in seinen Augenwinkeln beim Lächeln kleine Fältchen bilden.

»Möchten Sie sich einfach selbst umsehen? Oder darf Sonny Sie ein wenig herumführen?«, frage ich.

»Eine Führung wäre großartig, wenn Sie die Zeit dazu haben?«, meint Joseph. »Das Projekt klingt interessant.«

»Gerne«, erwidert Sonny. »Fangen wir doch mit Derek an.«

Sobald die Aufmerksamkeit der beiden kurz abgelenkt ist, sieht er mich mit großen Augen verwundert an. Eigentlich dachte ich, er macht die Führung alleine, aber er ergreift meine Hand. »Du bleibst bei mir«, murmelt er.

Das muss ich mir nicht zweimal sagen lassen. Diese Geschichte werde ich noch meinen Enkeln erzählen.

Vielleicht sogar *unseren* Enkeln.

Fokussiere dich, Hannah. Und was auch immer du tust, sieh nur nicht zu Abbey!

***

Der Anruf kommt am nächsten Morgen, als ich schon im Geschäft bin.

»Wenn ich in fünfzehn Minuten vorbeischaue, hast du dann Zeit zum Reden?«, fragt Sonny mich.

»Klar! Was gibt's denn?«

»Das erzähle ich dir dann!«

Eine Viertelstunde darauf sehe ich ihn von meinem Schreibtisch aus vor dem Schaufenster telefonierend auf dem Bürgersteig stehen. Er trägt seine Sonnenbrille, und ein kleines Lächeln umspielt seine Lippen, während er mit der Schuhspitze etwas auf den Bürgersteig malt.

Mein Herz macht einen Sprung, und gleichzeitig erlebe ich ein seltsames Déjà-vu. Seit er vor all den Monaten zum ersten Mal vor dem Geschäft stand, ist so vieles passiert!

Sonny späht durch das Schaufenster herein, stutzt und entdeckt mich. Sein Lächeln wird breiter. Dann beendet er sein Telefonat, und ich mache mich auf den Weg zu ihm nach draußen.

»Bin gleich zurück«, sage ich Abbey.

»Okay«, ruft sie mir hinterher.

»Jetzt sag schon, worum geht's denn?«, frage ich lächelnd, als wir uns ein Stück vom Laden entfernt haben.

»Joseph Strike hat mich vor zwanzig Minuten angerufen«, sagt er mit leiser, aufgeregter Stimme. »Joe – nicht seine persönliche Assistentin, *er selbst*!«

Ich hüpfe aufgeregt auf und ab.

»Er hat die ganze Sammlung gekauft!«

Ich schlage mir die Hand vor den Mund und reiße erstaunt die Augen auf. »Was?«

»Und bei weitem mehr als nötig dafür hingeblättert. Er möchte die Bilder an Obdachlosenunterkünfte spenden, doch davor soll sie durchs Land touren, um das Bewusstsein für Vision Care for Homeless People zu erhöhen.«

»O Sonny, das ist ja unglaublich!«, japse ich.

»Pst! Ich erzähle es lieber noch nicht herum. Nicht, dass noch was schiefgeht. Daher habe ich mich auch noch nicht getraut, es meiner Mum zu sagen.«

Vermutlich hat er gerade eben mit ihr telefoniert. Seit er seinen Eltern die Sache mit Glen anvertraut hat, haben sie und sein Dad ihn täglich angerufen. Die Art, wie sie damit umgehen, ist für ihn allerdings erträglicher als die Harriets.

Die Anrufe seiner Eltern sind kurz, aber einfühlsam. Sie lassen ihn wissen, dass sie ihn lieben und für ihn da sind, ohne in Tränen auszubrechen oder sich von ihm Trost spenden lassen zu wollen. Sie besuchen nun auch selbst einen Therapeuten.

Ich bin hin und weg. »Der macht keinen Rückzieher mehr, schon gar nicht, wenn er dich persönlich angerufen hat. O mein Gott!«

»Pst«, wiederholt er lachend und zieht mich in seine Arme. »Mensch, Hannah«, flüstert er mir ins Haar. »Ich kann's gar nicht glauben!«

»Ich schon. Ich könnte heulen, so stolz bin ich auf dich!«

44

Die nächsten Tage vergehen wie im Flug. Joseph Strikes' Agentur veröffentlicht eine Presseerklärung zu der Ausstellung, und die Nachricht schafft es in die britischen Zeitungen, und das sogar einschließlich eines Fotos von Alice, Joe und Sonny, mit Mel und ihrer brandneuen Brille in der Mitte.

Sonny hatte Mel davon überzeugt, sich vor der Ausstellung die Augen untersuchen zu lassen, und Umeko übernahm freundlicherweise alle anfallenden Kosten. Ja, auch meine Chefin hat sich bereit erklärt, ehrenamtlich tätig zu werden.

In erster Linie geht es natürlich darum, Obdachlosen dabei zu helfen, von der Straße wegzukommen, dennoch beweist Mels gestärktes Selbstvertrauen durch ihr verbessertes Sehvermögen, dass Augenvorsorge wichtig ist. Letztendlich sollten Beihilfen für Bedürftige leichter zugänglich sein, doch bis es so weit ist, braucht die Wohltätigkeitsorganisation jede Hilfe, die sie bekommen kann.

Sonny ist in Hochstimmung, doch als er mich für meinen Flug nach Australien zum Flughafen bringt, ist davon nichts mehr zu spüren, stattdessen wirkt er in sich gekehrt.

»Ich will gar nicht daran denken, wie furchtbar ich mich fühlen würde, wenn ich nicht wüsste, dass du zurückkommst«, bemerkt er mit einem freudlosen Lachen, als er mit mir beim Check-in ansteht.

»Sonny, es sind doch gerade mal zwei Wochen.« Ich schmiege den Kopf an seine Schulter.

»Ich werde dich abholen«, verspricht er. »Es ist verrückt, dass Matilda und Archie noch in derselben Woche heiraten werden.«

»Allerdings!«

Nachdem ihr Entschluss erst mal feststand, leiteten Matilda und Archie ruckzuck alles in die Wege. Ich fuhr mit Matilda zum Brautkleid-Shopping nach London. Ein toller Tag! Es spricht so viel dafür, sich ein Kleid von der Stange zu kaufen, das noch dazu nur ein Zwanzigstel eines Couture-Kleides kostet.

»Hey, ich hoffe, du hast eine schöne Zeit«, sagt er leise.

»Danke.« Ich drehe mich um und küsse ihn. »Ich wünschte, du könntest mitkommen.«

»Beim nächsten Mal?« Er zieht eine Augenbraue nach oben.

»Definitiv!«

Der Mann hinter uns räuspert sich. Sonny nimmt meinen schon reichlich ramponierten Rucksack und bewegt sich in der Schlange ein Stück nach vorn.

»Man kann dir wirklich nicht vorwerfen, nicht zu wissen, wie man mit leichtem Gepäck reist.«

»Da ist so ziemlich alles drin, was ich besitze. Bestimmt hast du mich inzwischen oft genug dieselben sieben Röcke tragen sehen, um das zu wissen!«

»Ich liebe deine sieben Röcke«, erwidert er mit einem schiefen Lächeln.

»Und ich liebe *dich*!«

***

Etwas mehr als vierundzwanzig Stunden darauf sitze ich in einem Bus und fahre irgendwo in Südaustralien eine schnurgerade staubige Straße entlang. Die Landschaft auf beiden Seiten des Busses ist so flach wie Cambridgeshire, doch anstatt der kräftigen Grüntöne Englands dominieren hier Orange-, Rot- und pastellige Gelbtöne.

Da Mum und Dad kein Auto besitzen, haben sie mir eine Wegbeschreibung zu einem Treffpunkt geschickt. Ich kann nur hoffen, dass nichts schiefläuft, denn sie über das Flussradio, oder wie auch immer sie es nennen, zu suchen, könnte schwierig werden.

Ich habe zwei wahnsinnig lange Flüge hinter mir, bin in Adelaide zu einem Busbahnhof gefahren, dort in einen Bus nach Murray Bridge gestiegen, wo ich in einen weiteren umgestiegen bin, der mich nun an mein endgültiges Ziel bringt – und ich bin zum Umfallen müde.

Erschöpft schultere ich den Rucksack und marschiere durch das winzige Städtchen Mannum, linse im Vorbeigehen mit brennenden Augen in Schaufenster und inhaliere die Gerüche frittierter Gerichte aus Schnellrestaurants, auch wenn ich zu müde bin, um wirklich etwas von den vielen Eindrücken aufzunehmen. Mein letzter Australienaufenthalt ist über zwei Jahre her, aber bis auf den blauen Himmel und die sengende Sonne bei meinem letzten Trip ist alles noch genau so, wie ich es in Erinnerung habe. Heute ist es kühl und wolkenverhangen, der australische Frühling zum englischen Herbst.

Ich entdecke den Community Club und biege in die Straße daneben ein, die zum Wasser führen soll. Und tatsächlich, da ist er auch schon: der braune Murray River, der etwa fünfzigmal breiter als der River Cam ist.

Als ich den Parkplatz hinter dem Community Club überquere, blicke ich an dem Spielplatz zu meiner Rechten vorbei und sehe eine Parklandschaft, die direkt ans Flussufer grenzt. Genau dort wollten Mum und Dad angeblich anlegen.

Allerdings ist von ihnen weit und breit nichts zu sehen.

Leichte Wut steigt in mir auf.

Mit immer schwereren Schritten betrete ich den Park und setze mich auf eine Bank unter mehreren riesigen Eukalyptusbäumen. Von ihren Stämmen löst sich in gespenstischen Fetzen die Rinde, die feuchte Luft ist erfüllt von Eukalyptusduft. Regen steht an.

Plötzlich fliegt ein Schwarm schneeweißer Papageien mit gelben Kämmen unter lautem Gekreische über meinen Kopf hinweg und landet auf den Zweigen der Eukalyptusbäume. Ich sehe lächelnd zu ihnen hoch, bevor ich wieder zum Fluss spähe.

Und dann entdecke ich das marode zweigeschossige Hausboot mit seinem Oberdeck, auf dem man sich vor lauter Pflanzen garantiert kaum noch bewegen kann, und die beiden kleinen Gestalten, die sich durch das Blattwerk zwängen und wild winken – meine Eltern. Erleichtert stehe ich auf und gehe zu dem grasbewachsenen Ufer hinunter.

Wer steuert eigentlich das Boot?, frage ich mich, und dann hört Dad zu winken auf, und das Boot dreht ganz langsam auf mich zu. Jetzt erinnere ich mich wieder, dass es auf dem Oberdeck ein zweites Steuerrad gibt, so dass er im Freien sitzen und steuern kann.

»Wir haben auf der anderen Flussseite festmachen müssen!«, ruft mir meine Mum zu. »Wir haben vergessen, dass man auf dieser Seite nur kurz anlegen darf!«

Das Boot macht einen entsetzlichen Lärm, es stottert und ächzt und wirbelt am Heck Wasser auf, während Dad anzulegen versucht.

Mum, die sich nun auf dem normalen Deck befindet, schiebt eine Rampe hinaus, damit ich an Bord gehen kann.

»Kannst du springen?«, fragt sie atemlos. Ihr langes feines Haar fällt ihr offen über den Rücken.

Ich nehme meinen Rucksack nach vorn und springe auf gut Glück. Meine Mutter fängt mich auf und zieht mich in eine innige Umarmung. Sie ist so groß wie ich, aber dünner – und paradoxerweise stärker –, ihrer Umarmung nach zu urteilen, muss sie Stahl in den Knochen haben.

Meine Augen brennen, allerdings gar nicht mehr aus Müdigkeit, sondern weil mich meine Gefühle überwältigen.

Als Dad rückwärts wieder vom Ufer ablegt, geschieht das ebenso geräuschvoll wie beim Anlegen.

»Komm, gehen wir rauf«, drängt Mum, deren grün-goldene Augen verdächtig glänzen. »Dad kann es kaum erwarten, dich zu sehen.«

Ich helfe ihr, die Rampe wieder einzuziehen, und dann schultert sie meinen Rucksack und erinnert mich damit an die Hippie-Reisende, die ich von Fotos kenne. Sie führt mich ums Deck herum zur Außentreppe und wirft meinen Rucksack im Vorbeigehen durch die offene Tür ins Wohnzimmer.

Mach nur, Mum, ist nichts Wichtiges drin.

Sie grinst mir über die Schulter hinweg zu und sieht in ihren winzigen Shorts und dem ärmellosen T-Shirt zehn Jahre jünger aus als Ende sechzig. Ich lache und spüre einen unerwarteten Anflug von Zuneigung.

»Ellen, übernimm du!«, brüllt Dad, lässt das Steuer los, noch bevor sie es erreicht, und schlängelt sich durch den Oberdeckdschungel zu mir. Dann nimmt er mich in die Arme und hebt mich in die Höhe.

»Du bist da!« Er küsst mich, und sein weicher Bart streift dabei meine Wange.

Erst jetzt wird mir bewusst, wie sehr ich meine Eltern vermisst habe. Ihre Begrüßung lässt ahnen, dass es ihnen ähnlich ging.

Dads Haar ist von einem helleren Braun als das von Mum und fast schulterlang. Auch wenn er zehn Jahre jünger ist, mischen sich darunter ungefähr gleich viele graue Strähnen.

»Ist dir denn nicht kalt?« Angesichts seines ausgebeulten T-Shirts und seiner Shorts fröstelt es mich leicht.

»Du musst erschöpft sein.« Meine Mutter wirft mir vom Kapitänssessel aus einen Blick zu. Das Hausboot bewegt sich wieder, zwar immer noch im Schneckentempo, aber doch sehr geschmeidig.

»Ich bin fix und fertig«, gestehe ich.

»Möchtest du eine Tasse Tee oder dich erst mal ausruhen?«, fragt Dad.

»Was für einen Tee habt ihr denn?«, erkundige ich mich argwöhnisch, da ich mich gut an den Tee erinnern kann, den sie früher immer brauten und auf dem Ingwerstückchen und was nicht noch alles schwammen.

»Ich habe extra für dich einen stinknormalen Tee besorgt«, erklärt Mum.

»Dann nichts wie her damit!«

Etwas, das meine Mutter Charles und June nie ganz verziehen hat: dass die beiden mich süchtig nach Yorkshire Tea gemacht haben.

Auf dem Oberdeck hat sich seit meinem letzten Besuch einiges verändert. Etliche kleine Bäume in Terrakottatöpfen sind ordentlich in die Höhe geschossen. Die Zitronen-, Orangen- und Grapefruitbäume tragen üppig Früchte, und zusätzlich gibt es Dutzende von Töpfen und Trögen mit unzähligen weiteren Nutzpflanzen. Ich entdecke Karottenspitzen und Kartoffeln, und über der Erde wachsen Artischocken,

Spargel, Saubohnen, Brokkoli, Frühlingszwiebeln, Kopfsalat, Kohl und Erbsen. Die ersten Erdbeeren sind reif, die ersten Kumquats ebenso, und es gibt alle nur erdenklichen Kräuter, von duftendem Basilikum über Minze und Salbei bis hin zu Rosmarin, Thymian und Oregano.

Entsprechend beengt ist es dort oben, doch immerhin bleibt noch Platz für zwei Liegestühle und den Kapitänsstuhl, den Dad übernimmt, als Mum nach unten geht.

Sie kehrt mit einem Tablett und einem vertrauten bunten Wolltuch zurück, das sie sich über die Schulter geworfen hat.

Sie stellt das Tablett auf einem leeren Blumentopf ab und wirft mir die handgehäkelte Decke zu, die Anna und mir als Babys gehörte.

»Die hält dich warm.« Falls Mum bewusst ist, was ihr Anblick bei mir auslöst, so zeigt sie es nicht.

Ich lege mir die Decke über die Knie, die so weich ist wie in meiner Erinnerung und nach Holzrauch riecht. In der Nähe entdecke ich eine gusseiserne Feuerschale, in der von ihrem letzten Einsatz noch verkohlte Holzscheite liegen.

Ich bin zu müde, um über Sonny zu sprechen, und so unterhalten wir uns stattdessen über Charles. Während seiner Kreuzfahrt hat er ihnen ab und zu einen Brief geschrieben, aber sie wollen mehr erfahren, und so unterhalte ich sie mit seinen Geschichten, bis ich meinen Tee ausgetrunken habe und mir fast die Augen zufallen.

»Lasst mich nicht zu lange schlafen«, flehe ich meine Mutter an, die mich in mein Zimmer begleitet. Im rückwärtigen Teil des Schiffes gibt es zwei Räume, beide mit einem kleinem Bad, meiner ist allerdings auch das Arbeitszimmer und, so wie es aussieht, die Müllhalde. Ich bin mir ziemlich sicher, dass es meine Eltern für mich aufgeräumt haben, und möchte mir lieber nicht ausmalen, wie es vorher aussah. Auf Schränken und Kommoden stapeln sich Kisten und Behälter, die zwei Regale sind mit Büchern vollgestopft, noch dazu teilweise mit drei Reihen hintereinander. In den verbleibenden Raum passt kaum noch ein Sofa, geschweige denn eines, das zu einem Bett ausgezogen wurde. Seitlich daran herumzugehen ist nicht möglich, und so klettere ich vom Sofaende her hinauf. Als ich mich hinlege, geben die Sprungfedern unter mir nach, und ich muss an Sonnys federndes Schlafsofa in Cambridge denken. Kein Wunder, dass er in letzter Zeit so viel Zeit in meinem Bett verbracht hat.

Na gut, vielleicht ist das auch nicht der einzige Grund.

»Wie lange möchtest du denn schlafen?«, fragt Mum von der Tür aus. Sie scheint sich so darüber zu freuen, mich dazuhaben, dass ich einen Moment lang ein schlechtes Gewissen bekomme.

»Höchstens zwei Stunden, danke, sonst kann ich heute Nacht nicht mehr schlafen.«

»Geht klar.«

Lächelnd schiebt sie die wackelige Ziehharmonikatür zu. Ich verschwende keine Zeit, sondern falle, die Häkeldecke fest an mich gedrückt, umgehend in einen tiefen, traumlosen Schlaf.

***

Ich komme mir vor wie ein Schiff auf stürmischer See, als meine Mutter vorsichtig über das Bett krabbelt und meinen Namen gurrt.

Ich stöhne auf.

»Die zwei Stunden sind um. Zeit, aufzustehen, sonst

kannst du heute Nacht nicht mehr schlafen.« Listig verwendet sie meine eigenen Worte gegen mich.

»Bin noch so müde«, protestiere ich.

»Willst du etwa, dass ich dich wachkitzele?«

Gott, das hat sie schon seit Jahren nicht mehr gemacht …

Noch ehe ich antworten kann, ist sie schon unter der Bettdecke und schiebt den Arm unter mich.

Beruhigend streichelt sie mir über den Rücken und durchs Haar, und es dauert nicht lange, bis ich mich entspanne. Diese Seite meiner Mutter kommt nur selten zum Vorschein, und ich hatte nicht erwartet, sie so bald zu erleben.

Beschweren will ich mich nicht, ich bin nur ein bisschen überrascht, das ist alles.

Dad erscheint in der Tür und lächelt bei unserem Anblick.

Ich hebe verschlafen den Kopf. »Huch, wer steuert denn das Boot?«

»Wir haben schon für die Nacht angelegt. Willst du mit nach oben kommen und dir den Sonnenuntergang ansehen?«

Die Holzscheite knistern in der Feuerschale auf dem Deck, doch viel spektakulärer ist das abendliche Feuerspiel am Himmel mit Wolken, die vor einem Hintergrund aus flammendem Rot, loderndem Orange und zwielichtigem Blau dunklen Rauchschwaden gleichen.

Dad reicht mir ein Glas Rotwein. Alkohol trinken die beiden nur selten, insofern muss es für sie wohl ein besonderer Anlass sein.

Wir erheben unsere Gläser.

»Auf dich«, sagt meine Mum. »Auf einen tollen Urlaub!«

»Darauf trinke ich!« Ich stoße mit ihnen an.

Während ich einen Schluck nehme, merke ich, dass ich mich in ihrer Gesellschaft total wohlfühle. Bei meinem letzten Besuch dauerte es einige paar Tage, bis wir miteinander warm wurden, doch dieses Mal ist die Stimmung von Anfang an besser.

»Und was gibt es Neues in deinem Leben?«, fragt Dad.

»Ich habe jemanden kennengelernt.«

»Oh!«, ruft Mum. »Einen Mann oder eine Frau?«

»Einen Mann«, antworte ich, und sie klatscht begeistert in die Hände, was sie zweifellos auch getan hätte, wenn die Antwort anders ausgefallen wäre.

»Wie heißt er denn?«, will Dad wissen.

»Sonny. Sein richtiger Name ist James, aber als kleiner Junge hat er den Spitznamen Jimmy verpasst bekommen, sein Großvater hat ihn dann Sonny Jim genannt, und schließlich blieb nur Sonny hängen. Und es passt zu ihm.«

Mum und Dad tauschen einen entzückten Blick aus.

Sie wollen alles wissen. Und von manchen Dingen erzähle ich auch ausgiebiger wie etwa von Sonnys neuestem Projekt und wie es zustande kam. Sie haben keine Ahnung, wer Joe oder Alice Strike sind – meine Eltern könnten genauso gut auf dem Mars leben –, aber von der wohltätigen Seite des Ganzen sind sie sehr beeindruckt.

»Was ist das eigentlich da drüben?«, frage ich.

Es sieht aus, als würde eine gigantische Taschenlampe ihr gelbes Licht durch die Silhouetten der am Ufer stehenden Eukalyptusbäume schicken.

»Der Mond«, erwidert Papa beiläufig.

»Scherz, oder?« Ich stehe auf.

Der Mond ist absolut riesig, so groß, wie ich ihn noch nie gesehen habe.

»Ich wünschte, Sonny wäre jetzt mit seiner Kamera hier!«

Wieder tauschen meine Eltern den gleichen entzückten Blick aus.

»Höre ich mich etwa an, als wäre ich verliebt?«, frage ich sie mit einem verlegenen Lächeln. »Das bin ich nämlich.«

Mum drückt mein Knie. »Wir freuen uns so für dich. Ich hoffe, du bringst ihn das nächste Mal mit.«

Vermutlich würde er eine kurze Zeit auf so engem Raum mit meinen Eltern klarkommen, andererseits ... bei dem quietschenden Schlafsofa ...

Wenn ich daran denke, was nach meiner Rückkehr aus Australien passieren wird, überrieselt es mich heiß.

Die Vorfreude bringt mich noch um.

***

Ich erwache vom Kreischen der Gelbhaubenkakadus, wie die Papageien, die ich in den Eukalyptusbäumen in Mannum gesehen habe, tatsächlich heißen. Es sind die lautesten Vögel, die mir je untergekommen sind, andererseits gibt es schlimmere Arten, geweckt zu werden.

Moment mal ... Dieser Geruch! Vielleicht bin ich auch davon wach geworden?

Mum ist in der Küche und holt einen Laib knuspriges Brot aus dem Ofen.

»Oh, lecker!«, rufe ich beim Anblick dieses himmlischen Gebäcks.

»Für das Frühstück«, erwidert sie lächelnd, »mit Aprikosenmarmelade!« Sie stellt ein Glas vor mir aufs Tablett. »Eine unserer Nachbarinnen an unserem Bootsliegeplatz in Mannum hat eine Tochter, die im Garten Aprikosenbäume stehen hat. Die hat immer Unmengen davon abzugeben.«

Obwohl meine Eltern der Welt da draußen wenig Beachtung schenken, kann man nicht länger behaupten, sie würden sich abkapseln. In den letzten Jahren haben sie sich einer netten Gruppe von Hausbootbewohnern in Mannum angeschlossen, mit denen sie den Großteil des Jahres verbringen. Diese Reise den Murray River hinauf geschieht eigentlich mehr mir zuliebe – ein Hausbooturlaub mit wechselnder Landschaft.

Apropos Landschaft: Endlich sehe ich, wo meine Eltern letzten Abend angelegt haben. Auf der anderen Flussseite ragen, hell erleuchtet von der Morgensonne, hohe ockerfarbene Felsklippen aus dem Wasser und erheben sich hin zu einem kornblumenblauen Himmel. Winzige in den Fels gegrabene Löcher beherbergen unzählige Kakadus, die dort vermutlich nisten.

»Wo ist Dad?«

»Oh, der ist oben und beobachtet Vögel.«

Und da schwimmt auch schon, wie bestellt, ein schwarzer Schwan am Fenster vorbei, und in der Nähe sitzen drei weiße Pelikane auf einem Baumstamm, der aus dem Totwasser ragt.

»Möchtest du ihn zum Frühstück runterholen?«, fragt Mum.

***

In den nächsten Tagen bestätigen sich meine Vermutungen. Meine Eltern sind viel entspannter und zufriedener als bei meinem letzten Besuch.

Oder vielleicht bin auch ich es, die sich verändert hat. Vor ein paar Jahren war ich ganz versessen darauf, ohne festes Ziel herumzureisen, und hätte den Gedanken, an einem Ort zu bleiben oder mich über einen längeren Zeitraum an jemanden oder etwas zu binden, mit einem Nasenrümpfen quittiert. Ich war unglücklich, in mehr als einer Hinsicht verunsichert und versuchte noch immer, meine traurige Vergangenheit zu verarbeiten. Der Umgang mit mir dürfte sicher nicht einfach gewesen sein.

Höchstwahrscheinlich haben wir alle uns verändert. Mum und Dad scheinen auf jeden Fall glücklicher und mehr im Reinen mit sich zu sein. Dass ich es bin, weiß ich.

»Sonny hat Kinder«, erzähle ich ihnen eines Morgens, als wir zu einem Spaziergang aufbrechen, um uns etwas die Beine zu vertreten.

Es ist ein wunderschöner Morgen, die Sonne steht noch tief am Himmel und bringt das Wasser zum Glitzern. Das Licht schimmert auf den Grashalmen, die sich in der Brise wiegen, und dringt durch das Laub der Eukalyptusbäume über uns.

»Ach, ja?«, meint Mum.

Ich glaube, sie fragt sich, warum ich erst jetzt damit herausrücke.

»Zwei Töchter.« Ich schlucke und kicke den weichen Sand aus meinen Flip-Flops, während wir den Pfad entlanglaufen. »Zwillinge«, füge ich hinzu. »Eineiig.«

»Oh«, sagt Mum.

Dad macht ein besorgtes Gesicht. »Wie alt?«

»Neun. Imogen und Natalie.«

Eine Weile herrscht Schweigen. Ich konzentriere mich darauf, nicht auf schwarze Ameisen von der Größe meines großen Zehennagels zu treten.

Wir erreichen einen See, dessen Ufer stellenweise mit ungewöhnlichen Gräsern bewachsen ist und an dem wir Tierlosung entdecken. Kängurus? Kaninchen? Wombats vielleicht, die Erdhöhleneingänge in der Nähe würden dafürsprechen. Der Boden ist mit einer weißen Schicht überzogen. Salz, glaube ich. Sie sieht wie Raureif aus und knirscht unter den Füßen. Und das sage ich auch, aber meine Eltern scheinen nicht in der Stimmung zu sein, sich über die Landschaft zu unterhalten.

»Hannah.« Mum bleibt stehen und sieht mich an.

Ich blinzele die Tränen zurück.

Dad streicht mir mitfühlend über den Rücken. »Sicher war es anfangs schwer für dich, die beiden um dich zu haben.«

»Ein wenig ist das immer noch so.« Ich nestele an dem Armband an meinem linken Handgelenk herum.

»Weiß Sonny von Anna?« Mum ergreift sanft meine linke Hand. Sie und Dad sind die Hüter von Annas Armband.

Ich nicke. »Ich hab ihm alles erzählt. In mancher Hinsicht hat die Zeit, die ich gemeinsam mit Natalie und Imogen verbracht habe, geholfen.« Nach einem kurzen Blick zu Mum sehe ich gleich wieder weg, denn ihr Schmerz macht es noch schwerer, darüber zu reden. Sie ist sich bewusst, wie sehr ich mich die ganze Zeit über bemüht habe, unser Geheimnis zu hüten. »Es hat geschmerzt, Imogen und Natalie auf gleiche Weise lächeln zu sehen, und ihr identisches Kichern zu hören. Manchmal beenden sie die Sätze der anderen. Natalie klingt wie Anna, wenn sie niest, Imogen allerdings nicht, was eigenartig ist.«

Wir sind stehen geblieben, und nun blicken meine Eltern, rechts und links neben mir, auf den See, ganz im Bann meiner Worte und zugleich in eigene Gedanken versunken.

»Als es neulich ein Geburtstagsessen für Sonny mit seiner ganzen Familie gab, spielte Imogen irgendwann in einem Raum nebenan mit ihrem Cousin Benji auf der PlayStation.« Benji ist Harriets Jüngster. »Und Natalie saß auf dem Boden des Wohnzimmers und legte mit den beiden Töchtern von Sonnys Schwester Jackie ein Puzzle. Ich konnte hören, wie Imogen im Nebenzimmer mit Benji plauderte und einen Lachanfall bekam, weil sie durch irgendeinen frechen Trick das Spiel gewonnen hatte. Währenddessen saß Natalie direkt vor mir auf dem Teppich und war so zufrieden, wie man es nur sein kann.«

Meine Mutter verschränkt die Arme vor der Brust, und mein Vater lässt den Kopf hängen.

»Ich weiß, das habt ihr euch für Anna und mich auch gewünscht, eine Chance, unser Leben zu leben und tun und lassen zu können, was wir wollen, ohne ständig Kompromisse eingehen zu müssen.«

»Was wir am meisten bedauern ...«, beginnt Dad heiser, »... das, worüber wir einfach nicht hinwegkommen, ist, dass wir den Ärzten nicht erlaubt haben, euch als Babys zu trennen, als die Operation einfacher gewesen wäre.« Er schluckt.

»Anna hätte sich aber trotzdem eine Infektion holen können«, gebe ich zu bedenken. »Oder ich. Dann wäre eine von uns aufgewachsen, ohne die andere je kennengelernt zu haben. Keiner trägt Schuld an dem, was passiert ist. Es war eine Tragödie, nichts weniger.« Ich sammele mich einen Moment lang. »Wenn ihr uns als Babys getrennt hättet, dann hätten wir nie das Wunder unserer ganz besonderen Verbindung erleben dürfen. Und darauf hätte ich nicht verzichten wollen. Anna genauso wenig. Diese Erinnerungen finde ich so kostbar. Ich bin froh, dass ihr uns das nicht verwehrt habt.«

Sie bewegen sich gleichzeitig, fast schon synchron, rücken näher an mich heran und legen mir ihre Arme um meine Taille.

»Wir lieben dich, Hannah«, sagt Mum.

»Ich liebe euch beide auch.« Ich neige den Kopf und lege ihn erst auf ihre und dann auf Dads Schulter, ehe ich mein Kinn himmelwärts hebe.

45

Unser Gespräch am See ist nur eines von vielen, das ich während meines Australienaufenthalts mit meinen Eltern führe: Wir unterhalten uns auch über ihre Einwilligung, mich zu Charles und June ziehen zu lassen, und über ihre Entscheidung, England den Rücken zu kehren.

Sonny hatte recht. Im ersten Fall meinten sie, es geschähe zu meinem Besten, auch wenn es ihnen unfassbar weh tat, und im zweiten Fall entschieden sie sich für das, was für sie selbst richtig war.

Sie hatten nicht vor, für immer nach Australien zu ziehen, aber als sie unser kleines Cottage in den Fens erst einmal verlassen hatten, verspürten sie eine riesengroße Erleichterung. Der Gedanke an eine Rückkehr schien auf einmal unmöglich. Sie hatten die Chance auf einen Neuanfang, und wer könnte ihnen nach allem, was sie durchgemacht hatten, verdenken, dass sie sie ergriffen?

Wir unterhalten uns auch über Anna. Bislang war das immer zu schmerzhaft, andererseits haben wir dadurch auch viele schöne Erinnerungen verdrängt.

Wir lachen und weinen und teilen unzählige Geschichten miteinander. Dad beschreibt uns, wie er versucht hat, Anna dazu zu bringen, einen Schneckengarten anzulegen, und bringt uns damit derart zum Lachen, dass uns Tränen über die Wangen laufen. Anna sträubte sich unglaublich dagegen, war aber schließlich so angetan von der Idee, dass sie mich eines Abends überredete, die Schnecken in einer Rührschüssel ins Haus zu schmuggeln. Aus der sie dort natürlich entwischten. Meine Eltern fallen vor Lachen fast von ihren Liegestühlen, als sie sich an die Miene des Arztes erinnern, als eine Schnecke über seinen auf Hochglanz polierten Schuh kroch. Sie konnten sich nie dazu überwinden, die zahllosen silbrigen Spuren, die diese Schnecken hinterließen, wegzuschrubben.

Am Ende meiner zwei Wochen fühle ich mich meinen Eltern näher als seit Jahren, vielleicht sogar so nahe wie noch nie. Ja, diese Reise hatte eine unglaublich therapeutische Wirkung – für uns alle, hoffe ich.

»Was hältst du davon, wenn wir nächstes Frühjahr zu dir nach Cambridge kommen?«, fragt Mum, als ich verspreche, zwischen meinen Besuchen nicht wieder so viel Zeit verstreichen zu lassen.

»Das wäre toll!« Ich umarme beide zum Abschied.

Und nun bin ich schon fast am Ende dieser Reise und voller nervöser Vorfreude auf das Wiedersehen mit Sonny. Ich habe Charles gesagt, dass ich mich morgen mit ihm treffe. Heute werde ich bei meinem Freund übernachten …

***

Sonny steht reglos hinter der Absperrung, die Hände in den Hosentaschen und mit seltsam gedankenverlorener Miene. Dann entdeckt er mich, und sein Gesicht erhellt sich.

Es fühlt sich unglaublich an, wieder in seinen Armen zu liegen! Ich drücke ihn an mich, und meine Hände verkrallen sich in dem Versuch, ihn noch näher an mich zu ziehen, in seinem T-Shirt.

»Ich habe dich unfassbar vermisst«, flüstert er mir ins Ohr.

Aber auf der Autofahrt zu ihm ist der Ausdruck, den ich auf seinem Gesicht entdeckt hatte, als ich durch die Tür in die Ankunftshalle kam, plötzlich wieder da. Wenn wir ins Schweigen verfallen, was ziemlich regelmäßig vorkommt, weil ich so fertig bin, wirkt er eigenartig nachdenklich und in sich gekehrt.

»Alles okay?«, frage ich schließlich.

»Ja! Natürlich! Mir geht's gut!«, erwidert er verdächtig schnell.

Als wir die Vororte von Cambridge erreichen, bin ich in Panik. Ist während meiner Abwesenheit irgendetwas vorgefallen?

»Willst du mich etwa zu Charles bringen?«, frage ich argwöhnisch.

Er wirft mir einen beunruhigten Blick zu. »Nein. Möchtest du das denn?«

»Nein, aber du benimmst dich so eigenartig, dass ich mir nicht sicher bin, ob du mich bei dir haben willst.«

Er greift nach meiner Hand und hält sie fest. »Hannah, natürlich will ich dich bei mir haben. Ich habe mich so verdammt nach dir gesehnt. Dich unendlich vermisst. Sag nicht, dass du zu Charles möchtest.«

Mir fällt ein Stein vom Herzen. »Aber warum bist du mit deinen Gedanken dann ganz woanders?« Ich drehe mich zu ihm und sehe, wie sein Adamsapfel auf und ab hüpft.

»Bin ich nicht.«

»Bist du wohl!«

Er lässt meine Hand los, um den Blinker zu setzen, und legt sie dann aufs Lenkrad. Ich beschließe, das Thema ruhen zu lassen, bis wir in seiner Wohnung sind.

Als er die Tür hinter uns schließt, wirkt er angespannt. Und ich bin es auch. Dabei hatte ich mir unser Wiedersehen so schön ausgemalt!

»Bist du wirklich sicher, dass sich nichts geändert hat, während ich weg war?« Ich schaffe es nicht, die Angst aus meiner Stimme zu halten.

Er legt seine Schlüssel auf die Kücheninsel und wirbelt herum. »Nein!«

»Mir wär's lieber, wenn du ehrlich zu mir wärst.«

Er atmet scharf ein, dann schwer wieder aus und fährt sich mit der Hand über das Gesicht. »Ich komme mir so idiotisch vor.«

»Was? Warum?«

Ich mache einen Schritt auf ihn zu, und er streckt die Hand aus und zieht mich sanft an sich heran. Seufzend vergräbt er sein Gesicht in meinem Haar.

»Ich bin nervös«, flüstert er.

Den Kopf an seiner Schulter geschmiegt, runzele ich die Stirn. »Warum?«, flüstere ich zurück, verkneife es mir aber, ihn anzusehen.

»Ich bin nervös, was als Nächstes passiert.«

Er gesteht das nur ungern, so viel ist klar.

Nicht klar dagegen ist, wovon genau er eigentlich spricht. Doch dann geht mir ein Licht auf.

»Du machst dir Sorgen, wie es sein wird, wenn wir miteinander schlafen?« Ich hebe den Kopf, weil ich ihn nun einfach ansehen muss.

Seine Wangen verfärben sich, und er nickt zittrig.

»Oh!«, sage ich überrascht.

»Wir haben so lange gewartet. Ich habe dich unbeschreiblich vermisst. Und nun habe ich Angst, deinen Erwartungen nicht gerecht zu werden.«

»Ist das alles?«, frage ich erleichtert.

Er sieht mich mit seinen blauen Augen besorgt an und nickt wieder, nur einmal.

»Wir brauchen es heute Abend doch gar nicht zu tun.« Ich lege meine Handflächen flach auf seine Brust.

»Ich *möchte* aber.« Er umfasst meine Hüften und zieht mich wieder sanft zu sich heran. »Aber nach all der Zeit will ich nicht, dass etwas schiefgeht.«

»Komm, setzen wir uns aufs Sofa.« Ich möchte ihm die Sorgen nehmen. »Es gibt keinen Grund zur Eile.« Ich lehne mich ans Sofaende, damit ich ihn ansehen kann. »Ich bin sowieso fix und fertig und fände es schön, wenn du mich heute Nacht einfach nur in den Armen halten würdest.« So wie er es in den Wochen vor meinem Australientrip fast jede Nacht getan hat.

Er zieht meine Füße auf seinen Schoß. »Was, wenn ich an *ihn* denke?«, fragt er mit gequälter Stimme. »Ich wäre vielleicht nicht imstande …«

»Dann drücken wir auf Pause«, versichere ich ihm sanft. »Ich verschwinde nirgendwohin, Sonny. Ich liebe dich, und wir haben alle Zeit der Welt. Ursprünglich wolltest du das Ganze sowieso länger durchziehen. Wenn es diese Woche also nicht klappt, oder nächsten Monat oder sogar nächstes Jahr, dann versuchen wir es einfach wieder, wann immer du dich bereit fühlst. Ich habe gelernt, geduldig zu sein, was dich angeht.« Lächelnd ergreife ich seine Hand.

»Sorry«, murmelt er.

»Wag es ja nicht, dich dafür zu entschuldigen«, erwidere ich scharf. Dann übernimmt der Instinkt die Oberhand, und das Bedürfnis, ihn zu umarmen, überwindet alles andere. Ich setze mich rittlings auf seinen Schoß.

Er schenkt mir ein halbherziges Lächeln, und ich küsse

ihm die Sorgenfalten weg, bevor ich mit den Lippen seinen Mund suche.

Unser Kuss ist sanft, bedächtig und voller Liebe. Nach ein paar Augenblicken beenden wir ihn und lehnen unsere Köpfe aneinander, während er seine Arme um meine Taille schlingt und mich festhält. Ich kann spüren, wie sich sein Brustkorb hebt und senkt.

»Ich liebe dich«, flüstere ich.

»Und ich liebe dich.« Er zieht mich noch fester an sich.

Ich versuche, dem in mir pulsierenden Verlangen keine Beachtung zu schenken.

Seine Hände wandern zu meinem Gesicht, und als ich ihm wieder in die Augen sehe, haben sich seine Pupillen geweitet.

Unser nächster Kuss ist völlig anders als der davor. Er ist wild, leidenschaftlich. Dann finden seine Lippen meinen Hals, und er hebt mich in einer fließenden Bewegung hoch und legt mich aufs Sofa, drückt mich mit seinem warmen Körper fest in die Kissen. Ich schlinge die Beine um ihn und ziehe ihn noch enger an mich.

Es ist okay, wenn er aufhört, erinnere ich mich. *Zeig keine Enttäuschung!*

Es ist in Ordnung. Ich habe das im Griff. Wir gehen es langsam an.

Nur, dass wir es nicht tun. Er küsst sich wieder an meinem Hals entlang und löst sich nur kurz von mir, um sich sein T-Shirt über den Kopf zu ziehen.

Er sieht mich mit ungläubigen Augen an und schüttelt den Kopf, erschrocken darüber, wie bereit er plötzlich ist.

Ich greife nach den Knöpfen seiner Shorts, aber als ich daran nur erfolglos herumnestele, übernimmt er das für mich, und ich reiße mir stattdessen mein Top vom Leib und versuche mein Bestes, mich aus meinem Rock zu winden, während er zwischen meinen Beinen kniet.

Sekunden später hilft er mir, mich von dem lästigen Kleidungsstück zu befreien, und nun tragen wir nur noch Unterwäsche. Nach einem ehrfürchtigen Blick auf mich senkt er sich wieder auf mich und küsst mich. Es ist ein himmlisches Gefühl, ihn auf mir zu spüren, und als sein Brustkorb meinen streift – weiche Haut, harte Muskeln –, ist es, als erhielte ich überall kleine Stromschläge. Und dann zieht er mir den BH aus, und sein Mund ist auf mir, und ich kann kaum glauben, dass ich am helllichten Tag nahezu nackt bin und *das okay finde*. Mehr als okay!

Als er von mir abrückt und dann mit seinen Lippen wieder meinen Mund verschließt, biege ich mich ihm keuchend entgegen.

»Es könnte sehr, sehr schnell gehen«, warnt mich Sonny verlegen.

»Das ist okay«, bringe ich in meinem glückseligen Zustand irgendwie heraus, fahre mit den Händen durch seine Haare und ziehe daran. Er stößt gegen mich.

»O Sonny!«, entfährt es mir. Ich will ihn in mir haben. *Am liebsten von jetzt auf gleich.*

»Beim nächsten Mal gehen wir's langsamer an«, bringt er unter Mühen heraus, und klingt dabei so sexy, dass mir ein Schauer über den Rücken läuft.

Und dann streift er sich seine Boxershorts herunter, während ich mir meinen Slip vornehme. Er hilft mir dabei und gleitet dann wieder zwischen meine Beine.

»Sieh mich an!«, fordert er mit tiefer Stimme.

Ich nicke schnell. Ich hatte nicht vor wegzusehen, aber ich weiß, er erinnert sich daran, dass keiner von uns beiden bisher beim Sex dem anderen in die Augen geschaut hat.

Unsere Blicke verschmelzen, als er langsam in mich eindringt.

Und dann gebe ich mich ganz meinen Gefühlen hin, vergehe vor Lust, fühle mich schwindelig vor Liebe.

***

Danach brauche ich lange Zeit, um wieder zu Atem zu kommen. Sonny liegt noch immer auf mir, aber jedes Mal, wenn er sich aus Angst, er könnte mich erdrücken, zurückziehen will, halte ich ihn fest. Ich möchte ihn noch nicht gehen lassen.

Schließlich finde ich meine Stimme wieder. »Das war …« Ich zögere. »… einfach sensationell! So viel zu deiner Sorge, den Erwartungen nicht gerecht zu werden.«

Nachdem er den Kopf gehoben und mir ein kleines, verschlafenes Lächeln geschenkt hat, stützt er sich auf seine Ellbogen, um mich besser betrachten zu können.

»Und wie war es für dich?«

Sein Lächeln verwandelt sich in ein leicht überhebliches, aber liebenswertes Grinsen. »Das Warten hat sich gelohnt!« Er küsst mich sanft. »Tut mir leid, dass es so schnell ging.«

»Nein, alles gut«, beeile ich mich zu sagen. »Mehr als gut!« Ich hatte schon wesentlich schnellere und weit weniger befriedigende Erlebnisse dieser Art. »Ich verspreche, dass ich nie Erwartungen haben werde, okay? Einigen wie uns darauf, jeden Moment so zu nehmen, wie er kommt.«

»Du bist nackt«, begreift er unvermittelt und macht ein erstauntes Gesicht. Dann gleitet er mit seiner Hand zu meinem Hüftknochen hinunter.

Ohne das geringste bisschen zusammenzuzucken, lache

ich und lege meine Hand auf seine. »Fällt dir das etwa erst jetzt auf?«

»Es ist hellllichter Tag, und du bist nackt, und ich liebe dich!«, verkündet er.

Ich schmelze dahin. »Das weiß ich. Ich liebe dich auch, Sonny Jim Jimmy James Denton. Du ahnst ja gar nicht, wie sehr.«

46

Sie dürfen die Braut küssen.«

Im Standesamt brandet so stürmischer Applaus auf, dass man meinen könnte, es wären dreimal so viele Gäste geladen und nicht nur der allerengste Kreis.

Archie und Matilda sind endlich verheiratet, und niemand könnte sich mehr für sie freuen.

***

Matilda köpft eine Flasche Champagner. Selbst wenn sie und Archie mit noch weniger Platz vorliebnehmen müssen als in ihrem Kuschelsitz zu Hause, könnten sie nicht glücklicher sein.

»Legt irgendwo an und stoßt mit uns an«, bittet sie, während Archie Sektflöten mit dem gekühlten Schampus füllt.

Sonny und ich paddeln mit dem Kanu an den Flussrand, und ich drehe mich auf dem vorderen Sitz vorsichtig zu den anderen um. Archie verteilt Gläser, zuerst an seine frisch gebackene Ehefrau, dann an mich, gefolgt von Sonny. Eines behält er für sich.

»Auf ein Leben voller Liebe und Glück!« Ich erhebe mein Glas.

»Für uns alle«, fügt Archie hinzu, und dann kentern wir fast bei dem Versuch, mit den Gläsern anzustoßen.

Matilda glüht förmlich und sieht in ihrem bodenlangen weißen Kleid mit Flatterärmeln und dem Blumenkranz aus weißen Röschen in den langen dunklen Haaren, das in herrlichen glänzenden Wellen offen herabfällt, einfach wunderschön aus.

Auch Archie selbst sieht in seinem eng geschnittenen schwarzen Anzug mit der dazu passenden schmalen schwarzen Krawatte und dem wie immer leicht zerzausten sandblonden Haar unfassbar gut aus.

»Vielen Dank, ihr Lieben!«, sagt er mit leuchtenden Augen. »Ich glaube, ohne euch würde das alles nicht geschehen.«

»O doch«, lacht Matilda und grinst uns an. »Aber danke, dass ihr mitgeholfen habt, dass es jetzt schon und auf so verdammt geniale Art und Weise geschehen ist. Einfach unglaublich, das Ganze!«, kreischt sie, streckt die Hand ins Wasser und spritzt etwas davon in die Luft.

Ich lache und spritze etwas davon zu ihr zurück.

»Ich bin so glücklich!« Sie sieht Archie strahlend an.

Sonny und ich lächeln uns über ihre Köpfe hinweg an. Heiß sieht er aus!

Er trägt einen Anzug, der dem von Archie sehr ähnelt. Denn Sonny ist sein Trauzeuge, und zu meinem Erstaunen und meiner Freude hat Matilda mich gebeten, ihre Trauzeugin zu sein. Entsprechend haben Sonny und ich im Standesamt unsere Unterschrift geleistet. Noch nie habe ich mich so geehrt und geschmeichelt gefühlt.

Auch ich trage ein bodenlanges Kleid aus smaragdgrüner Seide, ebenfalls erstanden auf unserer Londoner Shoppingtour. Mein gewelltes Haar trage ich zwar offen, es wird jedoch an den Seiten mit goldfarbenen Steckkämmen zurückgehalten, die ich von Matilda als Dankeschön bekommen habe.

Sonny holt seine Kamera hervor und schießt ein paar Fotos. Er hat angeboten, das zu übernehmen, so dass Matilda und Archie sich den Stress sparen konnten, kurzfristig einen Hochzeitsfotografen finden zu müssen. Ich bin mir nicht sicher, wie stressig das für Sonny ist, aber er sieht das entspannt. Er will nur das Beste für die Menschen, die er liebt.

»Hannah!«, ruft er.

Ich schaue in seine Richtung, und er drückt auf den Auslöser.

Allmählich gewöhne ich mich daran, dass er mich fotografiert. Ich hatte schon damit gerechnet, dass er mich bitten würde, Makroaufnahmen von meinen Augen machen zu dürfen, aber er meint, dass er mich lieber so fotografiert, wie er mich sieht. Das fand ich irgendwie sehr schön.

Mit viel Schampus, Konfetti und Tanz vergeht der restliche Abend wie im Flug. Archies Kricketfreunde sind da, Faith ebenso. Sie und ich albern ein wenig herum und versuchen uns an einem Boogie, und sie gesteht mir betrunken, wie super sie es findet, dass Nessa nicht eingeladen worden ist. Archie meinte, sie hätte sich für einen Job in London beworben, wo ihre Familie lebt. Und ich kann nicht sagen, dass ich sie vermissen werde.

Archie und Matilda haben so viel Spaß, dass sie es nicht eilig haben, nach Hause zu kommen. Da Sonny und ich sie mit dem Kanu bringen werden, beschließen wir ab einem gewissen Zeitpunkt, uns mit dem Trinken zurückzuhalten.

An sich ein guter Vorsatz, aber wir sind trotzdem ganz schön beschwipst, als wir vier zum Fluss hinunterwanken. Wir haben alle Hände voll damit zu tun, das Boot ruhig zu halten, damit unsere Frischvermählten hineinsteigen können.

Zum Glück ist die Rückfahrt flussabwärts weniger anstrengend als die Fahrt flussaufwärts. Die Flut unterstützt uns dabei, und wir sind sowieso betrunken, insofern verfügen wir über übermenschliche Kräfte. Wir unterhalten uns vergnügt, bis wir eine Stelle am Fluss erreichen, an der wir das Kanu sicher festmachen können. Sonny und ich werden am nächsten Morgen damit zu Charles paddeln, jetzt aber geht es erst einmal zu ihm nach Hause.

Ich bin gespannt, was der Rest der Nacht bringen wird. Wir haben in den letzten Tagen vieles nachgeholt, und es hat unsere Erwartungen bei weitem übertroffen.

Archie und Matilda fliegen morgen für einen Kurzurlaub nach Amsterdam. Sonny überlässt ihnen dort seine Wohnung, die letzte Möglichkeit, bevor der Verkauf über die Bühne geht. Er hat vor, sich hier in Cambridge eine Wohnung zu kaufen, und mich gebeten, ihm bei der Suche zu helfen. Er möchte, dass ich mit einziehe, und auch wenn ich weiß, dass das Ganze überstürzt wirkt, fühlt es sich überhaupt nicht so an – wir haben die letzten Monate ja ohnehin praktisch schon zusammengelebt, und man darf auch nicht vergessen, dass wir schon lange, bevor es mir klar war, eine Beziehung geführt haben.

Mein Herz hat bereits Ja zu ihm gesagt.

Archie, Matilda, Sonny und ich verabschieden uns am Ufer des River Cam sehr emotional voneinander, was durch die große Menge an Alkohol in unserem Blut noch befeuert wird. Da gibt es viele »Ich liebe euch« und »Ihr seid die besten Freunde aller Zeiten« und »*Stranger Things*, sobald wir wieder da sind, ja?«.

Wir verabreden uns für Dienstag, und ich freue mich schon darauf. Denn dann können wir uns wieder um den Kuschelsitz streiten.

Sonny und ich legen den restlichen Weg Hand in Hand zurück und lassen uns bei ihm schließlich erschöpft auf sein Schlafsofa fallen – und werden fast wieder hinausgeworfen.

Ich kann es kaum erwarten, in einem richtigen Bett zu liegen.

***

Am nächsten Morgen paddeln wir – verkatert, aber glücklich – nach Grantchester zurück. Der vergangene Tag hätte für unsere Freunde nicht besser laufen können, wir freuen uns so sehr für sie!

Als wir beim Cottage ankommen, werden wir von Charles und Bertie freudig empfangen. Bertie springt sogar genauso an mir hoch, wie sie es bei der Rückkehr meines Onkels getan hat. Charles bereitet einen Tee zu, und wir setzen uns an den Küchentisch und erzählen ihm vom Vortag. Er möchte auch noch mehr über meine Australienreise erfahren. Ich musste ja nach meiner Rückkehr sofort wieder arbeiten, weshalb wir uns seitdem kaum gesehen haben.

»Meinen nächsten großen Urlaub muss ich unbedingt in Australien verbringen. Ellen liegt mir schon ständig in den Ohren damit. Allerdings lasse ich mir bis dahin noch etwas Zeit«, erklärt er und krault Bertie mit einem liebevollen Lächeln hinter den Ohren. »Dieses alte Mädchen wird leider nicht mehr lange bei mir sein.«

»Ich kümmere mich immer gerne um sie, das ist dir ja hoffentlich klar«, sage ich aufrichtig.

»Oh, gut zu wissen, meine Liebe. Das merke ich mir für den Fall, dass ich jemals wieder eine Ausrede brauche, um dich dazu zu bringen heimzukommen.«

Ich sehe ihn mit offenem Mund an.

Er zwinkert mir zu.

»Das heißt, es war von Anfang an dein Plan, dass ich für eine Weile in England bleibe?«

»Na, hat doch geklappt, oder?« Er grinst Sonny an.

»Ich hatte ja keine Ahnung, wie manipulativ du bist!«

»Ich wollte nur, dass du dich für ein Weilchen an einem Ort niederlässt, meine Liebe, damit du die Chance hast, richtige Freundschaften zu schließen.«

Sonny und ich grinsen uns gegenseitig an. Mein Onkel ist wirklich gerissen!

Vor unserem Aufbruch gehe ich noch ins Badezimmer. Charles hat die linke Spiegelschranktür zugemacht, wie er das immer tat, als ich noch hier wohnte. Aus Gewohnheit öffne ich sie ein Stück, bis zwei Gesichter meinen Blick erwidern.

Ich lächele, lächele das Leben an, lächele Anna an.

»Es läuft jetzt ganz gut, Sis«, sage ich leise. »Ich habe einen Mann gefunden, der mich genauso sehr liebt wie ich ihn, und inzwischen liebe ich sogar auch seine beiden kleinen Töchter, die mich so an dich und mich erinnern. Ich werde sie aufwachsen sehen, und ich weiß, ich werde immer wieder daran denken, was du und ich hätten haben können, was wir hätten sein können. Ich finde es so schade, dass du nicht hier bei mir bist. Und dass ich nicht miterleben konnte, wie du aufwächst und die Liebe und dein Glück findest. Aber du wirst immer bei mir sein, Anna. Ich trage dich in meinem Namen und in meinem Herzen. Und auch wenn ich vielleicht nicht mehr so viel mit dir rede wie früher, werde ich dich immer lieben. Weißt du das? Ich liebe dich.« Ich atme tief und zittrig ein und blicke in ihre grün-goldenen Augen. »Aber für den Moment verschiede ich mich von dir.«

Sanft schließe ich die Türen des Spiegelschranks.

Und als ich nach unten gehe, lächele ich noch immer.

Paige Toon

Am Ende gibt es nur uns

Ein erschütterndes Geheimnis. Eine Liebe, die alles verändert.

Als Wren den Moment beobachtet, in dem sich ihr Verlobter in eine andere verliebt, verlässt sie fluchtartig ihre Heimatstadt und zieht über den Sommer zu ihrem Vater auf seine Farm in Amerika.
Dort verliebt sich Wren in den stillen Anders. Er hat seine Frau verloren und trauert immer noch. Und nun platzt Wren mitten in seine Welt. Doch Anders hat ein Geheimnis, und wenn er seinen wachsenden Gefühlen für sie nachgibt, wird das schreckliche Konsequenzen für sein Umfeld haben. Allen voran für Wren.
»Herzzerreißend, wunderschön und unvergesslich.«
Dani Atkins

Aus dem Englischen von Andrea Fischer
432 Seiten, Klappenbroschur

Weitere Informationen finden Sie auf
www.fischerverlage.de

Paige Toon
Du schenkst mir die Welt

Alle Wege führen zu dir
Angie wollte schon immer die Welt bereisen. Doch sie steckt in ihrem winzigen australischen Heimatdorf fest: Ihre Mutter ist tot, ihren Vater kennt sie nicht und sie ist die Einzige, die sich um ihre demente Großmutter kümmern kann. Als diese stirbt, macht Angie eine Entdeckung: Ihr Vater lebt, und zwar in Rom! Doch warum hat ihr nie jemand von ihm erzählt? Angie wirft sich in ein italienisches Abenteuer, um die Wahrheit über ihre unbekannte Familie herauszufinden. Kann sie der charmante Draufgänger Alessandro, auf dem ebenfalls ein Geheimnis lastet, auf ihrem Weg begleiten?

Aus dem Englischen von Andrea Fischer
464 Seiten, Klappenbroschur

Weitere Informationen finden Sie auf
www.fischerverlage.de